CME

3rd Edition

Textbook 課本7

繁體版

CHINESE
Made Easy
輕鬆學漢語

Yamin Ma

Joint Publishing (H.K.) Co., Ltd.
三聯書店（香港）有限公司

Chinese Made Easy *(Textbook 7)* *(Traditional Character Version)*

Yamin Ma

Editor	Shang Xiaomeng, Chan Kaling
Art design	Arthur Y. Wang, Yamin Ma
Cover design	Arthur Y. Wang, Zhong Wenjun
Graphic design	Arthur Y. Wang, Wu Guanman
Typeset	Chen Xianying

Published by
JOINT PUBLISHING (H.K.) CO., LTD.
20/F., North Point Industrial Building,
499 King's Road, North Point, Hong Kong

Distributed by
SUP PUBLISHING LOGISTICS (H.K.) LTD.
16/F., 220-248 Texaco Road, Tsuen Wan, N.T., Hong Kong

Third edition, first impression, December 2018
Third edition, second impression, March 2024

Copyright ©2018 Joint Publishing (H.K.) Co., Ltd.

Photo credits
Below photos only © 2018 Microfotos:
pp. 4, 6, 8, 10, 11, 15, 18, 20, 24, 29, 32, 36, 38, 39, 43, 48, 54, 59, 62, 64, 68, 69, 73, 76, 78, 80, 82, 83, 87, 92, 94, 96, 98, 99, 103, 106, 110, 113, 117, 120, 122, 124, 126, 127, 131, 136, 138, 140, 142, 143, 147, 150, 152, 154, 156, 157, 161, 164, 166, 170, 171, 175, 180, 182, 186, 191, 194, 200, 201, 205, 208, 214, 215, 219.
Below photo only © 2018 1tu:
p. 210

E-mail:publish@jointpublishing.com

輕鬆學漢語（課本七）（繁體版）

編　著　馬亞敏

責任編輯	尚小萌　陳家玲
美術策劃	王　宇　馬亞敏
封面設計	王　宇　鍾文君
版式設計	王　宇　吳冠曼
排　版	陳先英
出　版	三聯書店（香港）有限公司 香港北角英皇道 499 號北角工業大廈 20 樓
發　行	香港聯合書刊物流有限公司 香港新界荃灣德士古道 220-248 號 16 樓
印　刷	中華商務彩色印刷有限公司 香港新界大埔汀麗路 36 號 14 字樓
版　次	2018 年 12 月香港第三版第一次印刷 2024 年 3 月香港第三版第二次印刷
規　格	大 16 開（210×280mm）244 面
國際書號	ISBN 978-962-04-3704-5

© 2018　三聯書店（香港）有限公司

本書部分照片 © 2018 微圖 © 2018 壹圖

本書引用的部分文字作品稿酬已委託中國文字著作權協會轉付，敬請相關著作權人聯繫：86-10-65978917，wenzhuxie@126.com。

簡介

- 《輕鬆學漢語》系列（第三版）是一套專門為漢語作為外語／第二語言學習者編寫的國際漢語教材，主要適合小學高年級學生、中學生使用，同時也適合大學生使用。

- 本套教材旨在幫助學生奠定扎實的漢語基礎；培養學生在現實生活中運用準確、得體的語言，有邏輯、有條理地表達思想和觀點。這個目標是通過語言、話題和文化的自然結合，從詞彙、語法等漢語知識的學習及聽、說、讀、寫四項語言交際技能的訓練兩個方面來達到的。

- 本套教材遵循漢語的內在規律。其教學體系的設計是開放式的，教師可以採用多種教學方法，包括交際法和任務教學法。

- 本套教材共七冊，分為兩個階段：第一冊至第四冊是第一階段，第五冊至第七冊是第二階段。第一冊至第四冊課本和練習冊是分開的，而第五冊至第七冊課本和練習冊合併為一本。

- 本套教材包括：課本、練習冊、教師用書、詞卡、圖卡、補充練習、閱讀材料和電子教學資源。

課程設計

教材內容

- 課本綜合培養學生的聽、說、讀、寫技能，提高他們的漢語表達能力和學習興趣。

- 練習冊是配合課本編寫的，側重學生閱讀和寫作能力的培養。其中的閱讀短文也可以用作寫作範文。

- 教師用書為教師提供了具體的教學建議、課本和練習冊的練習答案以及單元測試卷。

- 閱讀材料題材豐富、原汁原味，旨在培養學生的語感，加深學生對中國社會和中國文化的了解。

INTRODUCTION

- The third edition of "Chinese Made Easy" is written for primary 5 or 6 students and secondary school and university students who are learning Chinese as a foreign/second language.

- The primary goal of the 3rd edition is to help students establish a solid foundation of vocabulary, grammar, knowledge of Chinese and communication skills through natural and graduate integration of language, content and culture. The simultaneous development of listening, speaking, reading and writing is especially emphasized. The aim is to help students develop skills to communicate in Chinese in authentic contexts and express their viewpoints appropriately, precisely, logically and coherently.

- The unique characteristic of the 3rd edition is that the programme allows the teacher to use a combination of various effective teaching approaches, including the Communicative Approach and the task-based approach, while taking into account the Chinese language system.

- The 3rd edition consists of seven books and in two stages. The first stage consists of books 1 through 4 (the textbook and the workbook are separate), and the second stage consists of books 5 through 7 (the textbook and the workbook are combined).

- The "Chinese Made Easy" series includes Textbook, Workbook, Teacher's book, word cards, picture cards, additional exercises, reading materials and digital resources.

DESIGN OF THE SERIES

The series includes

- The textbook is designed to help students develop the four language skills simultaneously: listening, speaking, reading and writing. The textbook plays an important role in helping students develop their communication skills and enhance their interest in learning Chinese.

- In order to support the textbook, the workbook is designed to help the students develop their reading and writing skills. Engaging reading passages also serve as examplar essays.

- The Teacher's Book provides suggestions on how to use the series, answers to exercises and unit tests.

- Authentic reading materials that cover a wide range of subjects help the students develop a feel for Chinese, while deepening their understanding of contemporary China and the Chinese culture.

教材特色

- 考慮到社會的發展、漢語學習者的需求以及教學方法的變化，本套教材對第二版內容做了更新和優化。
◇ 課文的主題是參考 IGCSE 考試、AP 考試、IB 考試等最新考試大綱的相關要求而定的。課文題材更加貼近學生生活。課文體裁更加豐富多樣。
◇ 生詞的選擇參考了 IGCSE 考試、IB 考試及 HSK 等考試大綱的詞彙表。所選生詞使用頻率高、組詞能力強，且更符合學生的交際及應試需求。此外還吸收了部分由社會的發展而產生的新詞。

- 語音、詞彙、語法、漢字教學都遵循了漢語的內在規律和語言的學習規律。
◇ 語音練習貫穿始終。每課的生詞、課文、韻律詩、聽力練習都配有錄音，學生可以聆聽、模仿。拼音在初級階段伴隨漢字一起出現。隨着學生漢語水平的提高，拼音逐漸減少。
◇ 通過實際情景教授常用的口語和書面語詞彙。兼顧字義解釋生詞意思，利用固定搭配講解生詞用法，方便學生理解、使用。生詞在課本中多次復現，以鞏固、提高學習效果。
◇ 強調系統學習語法的重要性。語法講解簡明直觀。語法練習配有大量圖片，讓學生在模擬真實的情景中理解和掌握語法。
◇ 注重基本筆畫、筆順、漢字結構、偏旁部首的教學，讓學生循序漸進地了解漢字構成。練習冊中有漢字練習，幫學生鞏固所學。

- 全面培養聽、說、讀、寫技能，特別是口語和書面表達能力。
◇ 由聽力入手導入課文。
◇ 設計了多樣有趣的口語練習，如問答、會話、採訪、調查、報告等。

The characteristics of the series

- Since the 2nd edition, "Chinese Made Easy" has evolved to take into account social development needs, learning needs and advances in foreign language teaching methodology.
◇ Varied and relevant topics have been chosen with reference to the latest syllabus requirements of: IGCSE Chinese examinations in the UK, AP Chinese exams in the US, and Language B Chinese exams from the IBO. The content of the texts is varied and relevant to students and different styles of texts are used in this series.
◇ In order to meet the needs of students' communication in Chinese and prepare them for the exams, the vocabulary chosen for this series is not only frequently used but also has the capacity to form new phrases. The core vocabulary of the syllabus of IGCSE Chinese exams, IB Chinese exams and the prescribed vocabulary list for HSK exams has been carefully considered. New vocabulary and expressions that have appeared recently due to language evolution have also been included.

- The teaching of pronunciation, vocabulary, grammar and characters respects the unique Chinese language system and the way Chinese is learned.
◇ Audio recordings of new words, texts, rhymes and listening exercises are available for students to listen and imitate with a view to improving pronunciation. Pinyin appears on top of characters at an early stage and is gradually removed as the student gains confidence.
◇ Vocabulary used in practical situations in both oral and written form is taught within authentic contexts. In order for the students to better understand and correctly apply new words, the relevant meaning of each character is introduced. The fixed phrases and idioms are learned through sample sentences. Vocabulary that appears in earlier books is repeated in later books to reinforce and consolidate learning.
◇ The importance of learning grammar systematically is emphasized. Grammatical rules are explained in a simple manner, followed by practice exercises with the help of ample illustrations. In order for the students to have a better understanding of and achieve mastery over grammatical rules, authentic situations are provided.
◇ In order for the students to understand the formation of characters, this series stresses the importance of teaching basic strokes, stroke order, character structures and radicals. To consolidate the learning of characters, character-specific exercises are provided in the workbook.

- The development of four language skills, especially productive skills (i.e. speaking and writing) is emphasized.
◇ Each text is introduced through a listening exercise.
◇ Varied and engaging oral tasks, such as questions and answers, conversations, interviews, surveys and oral presentations are designed.

◇ 提供了大量閱讀材料，內容涵蓋日常生活、社會交往、熱門話題等方面。

◇ 安排了電郵、書信、日記等不同文體的寫作訓練。

• 重視文化教學，形成多元文化意識。

◇ 隨着學生漢語水平的提高，逐步引入更多對中國社會、文化的介紹。

◇ 練習冊中有較多文化閱讀及相關練習，使文化認識和語言學習相結合。

• 在培養漢語表達能力的同時，鼓勵學生獨立思考和批判思維。

課堂教學建議

• 本套教材第一至第四冊，每冊分別要用大約 100 個課時完成。第五至第七冊，難度逐步加大，需要更多的教學時間。教師可以根據學生的漢語水平和學習能力靈活安排教學進度。

• 在使用本套教材時，建議教師：

◇ 帶領學生做第一冊課本中的語音練習。鼓勵學生自己讀出生詞。

◇ 強調偏旁部首的學習。啟發學生通過偏旁部首猜生字的意思。

◇ 講解生詞中單字的意思。遇到不認識的詞語，引導學生通過語境猜詞義。

◇ 藉助語境展示、講解語法。

◇ 把課文作為寫作範文。鼓勵學生背誦課文，培養語感。

◇ 根據學生的能力和水平，調整或擴展某些練習。課本和練習冊中的練習可以在課堂上用，也可以讓學生在家裏做。

◇ 展示學生作品，使學生獲得成就感，提高自信心。

◇ 創造機會，讓學生在真實的情景中使用漢語，提高交際能力。

馬亞敏

2014 年 6 月於香港

◇ Reading materials are chosen with the students in mind and cover relevant topics taken from daily life.

◇ Composition exercises ensure competence in different text types such as E-mails, letters, diary entries and etc.

• In order to foster the students' multi-cultural awareness, the teaching of Chinese cultural elements is emphasized.

◇ As students' Chinese language skills increase, an effort has been made to introduce more about contemporary China and Chinese culture.

◇ Plenty of reading materials and related exercises are available in the workbook, so that language learning can be interwoven with cultural awareness.

• While cultivating the ability of language use in Chinese, this series encourages students to think independently and critically.

HOW TO USE THIS SERIES

• Each of the books 1, 2, 3 and 4 covers approximately 100 hours of class time. The difficulty level of Books 5, 6 and 7 increases and thus the completion of each book will require more class time. Ultimately, the pace of teaching depends on the students' level and ability.

• Here are some suggestions as how to use this series. The teachers should:

◇ Go over with the students the phonetics exercises in Book 1, and at a later stage, the students should be encouraged to pronounce new Pinyin on their own.

◇ Stress the importance of learning radicals, and encourage the students to guess the meaning of a new character by applying their understanding of radicals.

◇ Explain the meaning of each character, and guide the students to guess the meaning of a new phrase using contextual clues.

◇ Demonstrate and explain grammatical rules in context.

◇ Use the texts as sample essays and encourage the students to recite them with the intention of developing a feel for the language.

◇ Modify or extend some exercises according to the students' levels and ability. Exercises in both textbook and workbook can be used for class work or homework.

◇ Display the students' works with the intention of fostering a sense of success and achievement that would increase the students' confidence in learning Chinese.

◇ Provide opportunities for the students to practise Chinese in authentic situations in order to improve confidence and fluency.

Yamin Ma

June 2014, Hong Kong

Author's acknowledgements

The author is grateful to the following who have so graciously helped with the publication of this series:

- 侯明女士 who trusted my ability and expertise in the field of Chinese language teaching and learning.
- Editors, 尚小萌 and Annie Wang for their meticulous hard work and keen eye for detail.
- Graphic designers, 吳冠曼、陳先英、楊錄 for their artistic talent in the design of the series' appearance.
- 鄭海檳、郭楊、栗鐵英、蘇健偉、王佳偉 who helped with proofreading and making improvements to the script.
- 于霆 for her creativity and imagination in her illustrations.
- The art consultant, Arthur Y. Wang, without whose guidance the books would not be so visually appealing.
- 劉夢簫 who recorded the voice tracks that accompany this series.
- Finally, members of my family who have always supported and encouraged me to pursue my research and work on these books. Without their continual and generous support, I would not have had the energy and time to accomplish this project.

目錄

生詞

1. 譽（誉）praise

2. 凡 fán every; any　凡是 fán shì every; any

3. 賓客 bīn kè guest; visitor　4. 流傳 liú chuán hand down

5. 名貴 míng guì famous and precious

6. 填 tián stuff　填鴨 tián yā force-fed duck

7. 飼（饲）sì raise; feed　飼養 sì yǎng raise; feed

8. 溯 sù trace back　追溯 zhuī sù trace back to

9. 相傳 xiāng chuán the legend goes that

10. 帝 dì emperor　帝王 dì wáng emperor

11. 狩 shòu go hunting　12. 獵（猎）liè hunt　狩獵 shòu liè go hunting

13. 意外 yì wài unexpected　14. 捕 bǔ catch　捕獲 bǔ huò catch

15. 馴（驯）xùn tame　馴化 xùn huà domesticate

16. 培育 péi yù breed　17. 催 cuī speed up　催肥 cuī féi fatten

18. 故 gù hence　19. 派 pài group　20. 燜（焖）mèn braise

21. 軀（躯）qū body　22. 重量 zhòngliàng weight

23. 炙 zhì grill　炙烤 zhì kǎo grill　24. 盈 yíng full　豐盈 fēngyíng plump

25. 飽滿 bǎomǎn plump　26. 潤（润）rùn smooth

27. 光亮 guāngliàng shiny　28. 呈 chéng manifest; show

29. 鮮 xiān bright-coloured

30. 豔（艳）yàn bright　鮮豔 xiānyàn bright-coloured

31. 棗紅 zǎohóng burgundy　32. 趁 chèn while; when

33. 席 xí feast; banquet; dinner

34. 當 dāng facing　當……面 dāng……miàn to somebody's face

35. 食客 shí kè customers of a restaurant

36. 片 piàn cut into slices

37. 嫻（娴）xián skilled　38. 熟 shú skilled　嫻熟 xiánshú skilled

39. 歎（叹）tàn exclaim in admiration　讚（赞）歎 zàn tàn highly praise

40. 已 yǐ stop　不已 bù yǐ endlessly

41. 荷 hé lotus　42. 葉（叶）yè leaf　荷葉 hé yè lotus leaf

43. 爽 shuǎng clear　爽口 shuǎngkǒu delicious and refreshing

44. 勁（劲）jìn strength　45. 十足 shí zú full of

46. 回味 huí wèi aftertaste　回味無窮 huí wèi wú qióng leave prolonged aftertaste

47. 創始 chuàng shǐ initiate　48. 售賣 shòumài sell

49. 累 lěi accumulate　積累 jī lěi accumulate

50. 資金 zī jīn capital　51. 開創 kāi chuàng open; set up

52. 廷 tíng (imperial) court　宮廷 gōngtíng palace

53. 掌勺 zhǎngsháo be the chef　54. 明火 mínghuǒ open flame

55. 杏 xìng apricot　56. 質地 zhì dì quality

57. 堅硬 jiānyìng hard　58. 燃 rán burn　燃料 rán liào fuel

59. 香氣 xiāng qì sweet smell; pleasant scent

60. 撲（扑）pū rush against　撲鼻 pū bí assail the nostrils

61. 膩（腻）nì greasy　62. 柴 chái bony

63. 沿 yán follow (an established practice)
沿用 yán yòng follow (an established practice)

64. 創新 chuàng xīn bring forth new ideas

65. 首創 shǒuchuàng initiate　66. 胸 xiōng chest; breast

67. 脯 pú chest; breast　胸脯 xiōng pú chest; breast

68. 膀 bǎng wing (of a bird)　翅膀 chì bǎng wing

69. 備 bèi fully　70. 好評 hǎopíng favourable comment

71. 磷 lín phosphorus

72. 銅（铜）tóng copper　73. 鋅（锌）xīn zinc

74. 微量 wēi liàng micro-　75. 氨基酸 ān jī suān amino acid

聽課文錄音，做練習

A 選擇

1) 北京填鴨飼養的歷史有多久？

　　a) 上千年　　　b) 一百年

　　c) 幾百年　　　d) 幾千年

2) 用來做北京烤鴨的是什麼樣的鴨子？

　　a) 純白的野鴨　　　b) 優質的肉食鴨

　　c) 自然長肥的鴨子　　d) 野外捕獲的鴨子

3) 做掛爐烤鴨的鴨子一般多重？

　　a) 大概三斤　　b) 不超過三公斤

　　c) 大約六斤　　d) 三公斤以上

4) 跟生鴨的重量相比，烤好的鴨子重量輕了多少？

　　a) 三分之二左右　　b) 至少一半

　　c) 不到三分之一　　d) 三分之一左右

B 判斷正誤

□　1) 北京烤鴨分兩大派，一派是掛爐烤鴨，另一派是燜爐烤鴨。

□　2) 掛爐烤鴨所選用的鴨子一般比較肥壯，鴨皮厚實。

□　3) 烤好的鴨子豐盈飽滿，表皮光亮透明，呈粉紅色。

□　4) 烤鴨要趁熱吃，廚師都會當着食客的面片鴨肉。

□　5) 人們會把鴨肉、葱絲、黃瓜條、甜麵醬等放在荷葉餅上，捲起來吃。

□　6) 北京烤鴨味道鮮美，讓食客回味無窮。

□　7) 北京烤鴨所含的營養有蛋白質、維生素，還有多種微量元素及氨基酸。

C 選擇（答案不止一個）

1) 全聚德的創始人是楊全仁，他 _____ 。

　　a) 靠買賣雞鴨掙到了第一桶金　　b) 聘請了為宮廷做烤鴨的師傅當廚師

　　c) 店裏用的鴨子都是自己飼養的　　d) 積攢了足夠的資金後創立了自己的烤鴨店

2) 全聚德的烤鴨 _____ 。

　　a) 聞起來很香　　b) 吃起來肥而不膩　　c) 深得食客的喜愛　　d) 價錢便宜

D 回答問題

1) 為什麼來北京旅遊的國內外賓客都以品嚐"北京烤鴨"為一大樂事？

2) 全聚德烤鴨店烤鴨子時用的是什麼燃料？

3) 全聚德的"全鴨席"有什麼特別之處？

中華第一吃——北京烤鴨

被譽為"中華第一吃"的烤鴨是一道北京名菜。凡是來北京旅遊的國內外賓客，都以品嚐"北京烤鴨"為一大樂事。在北京流傳着這樣一句話："不到長城非好漢，不吃烤鴨真遺憾。"

北京烤鴨採用的是名貴的北京填鴨，其飼養歷史可以追溯到千年之前。相傳，一位帝王外出狩獵時意外捕獲了一隻純白的野鴨，經過不斷馴化飼養，逐漸將其培育成了優質的肉食鴨。因鴨子是被填餵催肥的，故得名"填鴨"。

北京烤鴨分兩大派，一派是掛爐烤鴨，另一派是燜爐烤鴨。掛爐烤鴨所選用的鴨子一般軀壯皮薄，重量約三公斤。經過炙烤，鴨子的重量會減輕三分之一左右，鴨體豐盈飽滿，表皮油潤光亮，呈鮮豔的棗紅色。

烤好的鴨子要趁熱上席。在一些餐廳，廚師會當着食客的面片鴨肉。廚師的刀工嫻熟，片片帶皮，令人讚歎不已。烤鴨的吃法多樣，最經典的吃法是把鴨肉放在荷葉餅上，根據個人喜好加上蔥絲、黃瓜條、甜麵醬等，捲起來吃。烤鴨皮脆肉嫩，蔥絲、黃瓜條清新爽口，麵餅嚼勁十足，一口咬下去令人回味無窮。

北京的全聚德烤鴨店是掛爐烤鴨的代表。全聚德烤鴨店的創始人是楊全仁。他早年通過售賣雞鴨積累了一定的資金，之後開創了自己的烤鴨店。為了做出美味的烤鴨，楊全仁聘請了為宮廷做掛爐烤鴨的孫師傅來掌勺，採用傳統的明火掛爐烤鴨的技術，以棗樹、桃樹、杏樹等質地堅硬的果木為燃料來製作烤鴨。全聚德的烤鴨香氣撲鼻、肥而不膩、瘦而不柴，深得食客喜愛。

全聚德一方面沿用古法烹飪，一方面在菜式上不斷創新，首創了以烤鴨為主料烹製的"全鴨席"。全鴨席以烤鴨為主菜，另外配有用烤鴨的胸脯、翅膀等不同部位做出的特色菜餚。現在，全鴨席已成為全聚德的經典菜品，備受好評。

北京烤鴨不僅味道鮮美，而且營養豐富。烤鴨中富含蛋白質、維生素，還有鈣、磷、鐵、銅、鋅等微量元素及多種氨基酸。

2 根據實際情況回答問題

1) 烤鴨是一道北京名菜，被譽為"中華第一吃"。你吃過北京烤鴨嗎？味道怎麼樣？請介紹一道你喜歡吃的菜，可以是中餐，也可以是其他國家的名菜或小吃。請介紹它的食材、烹飪方法以及味道。

2) 北京的全聚德烤鴨店是掛爐烤鴨的代表。請介紹一家你喜歡的飯店，包括該店的歷史、招牌菜、創新菜、創新亮點等。

3) 中國著名的八大菜系是魯菜、川菜、蘇菜、浙菜、徽菜、湘菜、閩菜和粵菜。你喜歡吃什麼風味的中國菜？請選擇一個菜系，介紹一道名菜，包括這道菜的名稱、典故、烹飪方法、味道等。

4) 中國傳統的特色點心有湯圓、綠豆糕、蝦餃、燒賣等。你比較喜愛什麼點心？請介紹一種你喜歡吃的中式點心。

5) 現今，吃素成為了潮流。數據顯示，生產一磅牛肉所需的土地可生產十磅植物性蛋白質。許多生態學家預言，人口爆炸將迫使人們不得不吃素。此外，人們相信吃素對身體健康有好處。你是怎麼看待吃素這股潮流的？

6) 中國人相信藥食同源，認為食物有保健和養生功效，比如梨可以止咳化痰，苦瓜可以清熱解毒等。在其他國家的飲食文化中有類似的觀念嗎？請舉例說明。

7) 中醫有幾千年的歷史，是中國傳統文化中的瑰寶。有些病症，比如跌打損傷、口腔潰瘍等，看中醫會更加有效，你同意嗎？你曾經貼過膏藥／扎過針灸／拔過火罐／服過湯藥嗎？你是怎麼看中醫的？

8) 由於生物技術的發展，市面上出現了轉基因食品。你知道哪些轉基因食品？你是怎麼看轉基因食品的？如果讓你選擇，你會吃轉基因食品嗎？為什麼？

3 諺語名句

1) 三個臭皮匠，勝過諸葛亮。

2) 小病不治，大病難醫。

3) 山外有山，天外有天。

4) 君子動口不動手。

5) 疑人不用，用人莫疑。

6) 兵不在多而在精，將不在勇而在謀。

臥虎藏龍

魯菜

魯菜是中國八大菜系之一，起源於春秋戰國時期的齊國和魯國，即現在的山東省一帶。魯菜經過數千年的發展和演變，逐漸形成了重味道、守正統的經典風格。

山東是中國北方的富庶之地，食材種類繁多，瓜果蔬菜、野味海鮮，應有盡有。食材的多樣對魯菜的烹飪技法提出了很高的要求：不同的原材料要有獨特的處理方式，保證菜式在最大程度上還原食材本身的特色。魯菜有眾多的烹飪技巧，以爆、炒、燒、炸、扒、塌等最具特色。爆的技法充分體現了魯菜在用火上的功夫。爆還分很多種，比如油爆、醬爆、葱爆、火爆等。"油爆雙脆"是魯菜中的名菜，以豬肚尖和雞胗片為食材，經沸油爆炒而成，吃起來脆嫩滑潤、清香爽口。該菜對火候的要求極為苛刻，少一秒鐘就不熟，多一秒鐘就不脆，最能考驗廚師爆的烹飪技法。

魯菜的經典菜品有糖醋黃河鯉魚、油燜大蝦、糟溜魚片、清湯銀耳、木須肉、拔絲山藥等。在魯菜中，有着"無湯不成菜"的說法，而吊湯的祕訣則在於"無雞不鮮、無骨不香、無肘不濃"，用這種方法熬成的湯色清味鮮。如果說湯頭是魯菜的獨門祕訣的話，那拔絲可稱得上是魯菜的一個看家招式。糖絲是從熬製好的黏稠的糖液中拉出來的，細如髮絲，色如金縷。咬下口的那個瞬間，甜的、脆的、糯的、香的一起躍動於味蕾之上，其美妙無與倫比。

魯菜講究排場和飲食禮儀。孔子是魯國人，對飲食十分有追求，儒家學派有"文明始於飲食"的說法。魯菜深受儒家學派飲食思想的影響，不同主題的宴會在菜式的搭配、上菜的順序上大有講究。

魯菜以歷史悠久、技法豐富而著稱，又深受儒家學派"食不厭精、膾不厭細"精神的影響。魯菜講究原料質地優良，以湯壯鮮，突出本味，是很多北方菜式的基礎。有人認為儒家學派奠定了中國飲食注重精細、中和、健康的取向。

一個地區的飲食文化往往滲透着最真實的文化變遷。隨着時間的推移，經過不斷改良，魯菜成了老百姓餐桌上的家常菜。赫赫有名的北京烤鴨便是其中一個最好的例子。如何在魯菜平民化的同時，讓它所承載的飲食禮儀重歸餐桌，讓老祖宗留下的文化精髓得以傳承，是這個時代賦予我們的新命題。

A 選擇

1) 魯菜是中國八大菜系之一。魯菜的特點是＿＿＿＿。

　　a) 味道偏鹹、口感香脆　　　　b) 以海鮮作為主要食材，味道清淡

　　c) 烹飪技巧單一，每個菜都有湯　　d) 重味道、守正統

2) 魯菜所用的烹飪技法有很多，其中爆的技法用＿＿＿＿。

　　a) 中小火煸炒　　b) 溫度很高的油來炒　　c) 小火　　d) 慢火

3) 油爆、醬爆、蔥爆、火爆等烹飪技法可以考驗出廚師的＿＿＿＿。

　　a) 用火技巧　　b) 製湯祕訣　　c) 選料眼光　　d) 刀工技法

4) "油爆雙脆"是魯菜中的一道名菜，吃起來＿＿＿＿。

　　a) 原汁原味　　b) 清香脆嫩　　c) 爽口、偏油　　d) 醇厚、甘甜

B 配對

☐ 1) 魯菜有"無湯不成菜"的說法，

☐ 2) 中國北方物產豐富，

☐ 3) 魯菜講究排場，

☐ 4) 儒家學派在飲食方面很講究，

☐ 5) 魯菜享有悠久的歷史，隨着時間的推移，

a) 經過不斷改良，日漸平民化。

b) 有"文明始於飲食"的說法。

c) 其湯頭的熬製有自己的獨門祕訣。

d) 讚揚山東人的烹飪技巧。

e) 還很重視飲食禮儀。

f) 出產蔬菜、瓜果、野味、海鮮等。

g) 選用上好的食料，加工時要盡可能精細。

C 判斷正誤

☐ 1) 魯菜的發源地在今天的山東省一帶。

☐ 2) 魯菜所用的食材有瓜果蔬菜、野味海鮮等。

☐ 3) 爆是魯菜獨特的技法，做出來的菜餚脆嫩滑潤、湯清味鮮。

☐ 4) 拔絲山藥屬於魯菜的經典菜品，糖絲是在熬製好的糖液中拉出來的。

☐ 5) 愛吃魯菜的人對飲食十分有追求，吃魯菜儀式繁瑣，魯菜館富麗堂皇。

D 回答問題

1) 食材的多樣給魯菜的烹飪技法提出了什麼要求？

2) 魯菜是怎樣體現飲食禮儀的？

E 學習反思

你認為人們應該怎麼做才能在魯菜平民化的同時，使其承載的飲食禮儀重歸餐桌，讓老祖宗留下的飲食文化精髓得到傳承？

❶ 你最喜愛哪一種飲料？汽水、果汁、咖啡、茶……

❷ 中國人自古就喜歡喝茶。相傳上古時代，一次偶然的機會神農氏在林間的石灶上煮水，幾片葉子飄入缽中。綠葉在沸騰的水中翻滾，散發出陣陣清香，水色也變得微黃，喝入口中潤喉止渴。這也許就是茶的起源吧！到了唐代，茶聖陸羽撰寫了中國第一部關於茶的著作——《茶經》，讓後人知道種茶和焙茶的技術、飲茶的益處以及品茶的情趣。陸羽等一批文人雅士時常聚在一起，邊品茗邊寫詩作畫，賦予了茶一種文化內涵。現今，很多中國人仍以茶待客，茶香滿座，暢談天南地北。不論是新朋友還是舊知己，人們以茶結緣、相聚、相知。

❸ 茶是什麼？佛家說茶是禪，有悟性；道家說茶是氣，能養生；儒家說茶是和，講禮儀。茶說，我是我自己，我有我的品行。茶以淡然的姿態接受命運的安排，任自己經歷採摘、萎凋、揉捻、緊壓、發酵等繁瑣的工序製成紅茶、綠茶、黑茶、烏龍茶等。茶明白再好的茶葉沒有水便成不了茶，所以它一定要與水默契配合，才能釋放出自己最美的清香。茶常與茉莉、玫瑰等鮮花製成香氣濃郁的花茶，並冠以“茉莉花茶”“玫瑰花茶”的名字，似乎茶不介意讓茉莉和玫瑰扮了主角。茶很低調、溫順，不像咖啡、紅酒那樣高調、張揚。茶不卑不亢，不分高低貴賤、名流權貴，都一視同仁。

❹ “茶”這個漢字可以分拆成“人在草木中”，道出了人與茶的關係——茶銜接人與自然。喝了多年的茶，我感悟到茶是生活的媒介。我是一個沒有茶不能過一日的人。清晨，茶香催我清醒，迎接一天的到來；午後，我忙裏偷閒，泡上一壺香茗，喝上幾口，趁機歇息片刻；晚上，品一口清茶，讓自己沉澱下來，調整好心態擁抱明天。最愜意的是細雨濛濛的日子，沏一壺茶獨自坐在後花園的亭子裏，在詩情畫意中靜品香茗，意趣盎然。我認為，茶取自於自然，啜茗能把人帶入自然，給人一種返璞歸真的感覺。

❺ 茶讓我靜下心來。世間一些繁雜的事，不被纏繞進去，就不會糾結於心。對待人生就要像茶一樣，茶葉沉時坦然，浮時淡定。對待人生就要像喝茶時的動作一樣，懷著感恩之心拿起茶杯，輕輕地放下體味苦澀後的甘甜。任塵世浮華，我們應該灑脫地面對人生，接受生活給予我們的一切。

A 選擇（答案不止一個）

1) 人們一般在 _____ 時飲茶。

   a) 生日會　　b) 賦詩作畫　　c) 獨自享受　　d) 聚會

2) 製作茶葉所經歷的工序包括 _____ 。

   a) 採摘　　b) 緊壓　　c) 萎凋　　d) 水泡

3) 茶葉的品種有 _____ 。

   a) 紅茶　　b) 黑茶　　c) 綠茶　　d) 烏龍茶

4) 茶的性格 _____ 。

   a) 不卑不亢　　b) 很溫順　　c) 矯揉造作　　d) 很孤傲

B 選擇

1) 這篇文章採用的文體是 _____ 。

   a) 散文　　b) 記敘文

   c) 博客　　d) 新聞報道

2) 這篇文章的標題是 "_____"。

   a) 漫話茶

   b) 飲茶的歷史

   c) 製茶的過程

   d) 喝茶引發的生命感悟

C 配對

☐ 1) 第二段

☐ 2) 第三段

☐ 3) 第四段

☐ 4) 第五段

a) 作者通過茶來表達自己是怎樣看待人生的。

b) 人與茶、人與自然的關係。

c) 陸羽所撰寫的《茶經》對後人品茶的影響。

d) 茶所具有的秉性。

e) 飲茶跟儒釋道有着密切的聯繫。

f) 茶的起源以及人們何時飲茶。

D 配對

☐ 1) 作者一日三個時間段喝茶，

☐ 2) 在雨中飲茶能讓作者

☐ 3) 品茗時，作者能把世間煩惱雜事

☐ 4) 作者對世俗的態度

a) 通過茶與自然零距離接觸，體會到生活的情趣。

b) 很瀟灑，坦蕩接受生活給予的一切。

c) 飲茶的益處以及品茶的情趣。

d) 茶對作者起到不同的作用。

e) 學習茶，以淡然的姿態接受命運的安排。

f) 拋在腦後，靜下心來思考人生。

E 回答問題

1) 作者認為茶銜接着人與自然。請從文中找一個例子加以說明。

2) 從哪方面可以看出作者是一個 "沒有茶不能過一日的人"？

3) 作者建議拿起茶杯喝茶時應懷有什麼樣的心態？

F 學習反思

你是怎樣面對 "世間一些繁雜的事" 的？你是否會被纏繞進去，糾結於心？請舉例說明。

要求　由於全球化的快速發展，很多國家或地區的人口構成開始變得多樣化。不管是原住民還是新移民，都希望自己的飲食文化能被他人接受。很多人認為飲食文化的多樣性使得不同民族的人相互了解、融合，會產生積極、正面的影響。請談談你的看法。

例子：

你：　　我們今天談談飲食文化的多樣性對各國、各民族互相理解、融合所產生的影響。我們身處地球村，可以方便地接觸到不同國家、民族的飲食文化，這對我們的日常生活影響很深遠。

同學1：我居住的社區中有來自世界各地的居民，整個小區好似一個迷你"地球村"。我們品嚐到的異域美食、接觸到的不同文化有助於大家互相了解、和平相處。我們家平時包的餛飩、端午節包的粽子、過年做的傳統食品都會分一些送給街坊們吃。他們做的傳統小吃、美食佳餚也會跟我們分享。美食拉近了我們之間的距離。鄰里之間即使偶爾有點兒小摩擦、小誤會也都能心平氣和地溝通、交流，化大事為小事。我想這就是美食起到的正面作用吧！

同學2：我認為各國人民可以通過飲食文化搭起溝通的橋樑，建築互信的基礎。

……

你 可以用

a) 隨着移民政策的不斷開放，人口流動變得方便、通暢。移民將自己國家的料理及飲食習慣帶到了世界各地。飲食多樣化使食物的種類更加豐富了，人們的選擇更多了。除此之外，飲食多樣化還讓人們有更多的渠道去接觸、了解其他民族的習俗、文化。這無疑對各國、各民族間的相互交流和理解起到了積極的促進作用。

b) 通過吃的食物和就餐的禮儀，中國的傳統習俗傳播了出去，優秀文化發揚了開來。對於食物，中國人相信不同的食物有不同的保健功效。"藥食同源"是中華飲食文化中很值得大家借鑒的地方。中國人就餐用的餐桌是圓形的。把方桌的棱角削掉變成圓桌，無形中模糊了人與人之間的等級差別。坐在一起吃飯時視野寬廣了，說話、交流便利了。人們圍坐在一起吃飯，氣氛融洽、溫馨。這些都彰顯出中國人"以和為貴"的思想。

7 寫作

在烹飪課上，老師鼓勵同學們對一個傳統菜式進行改良，創造出一道新菜。請用介紹性文章的形式把你的創意介紹給大家。

你可以寫：

- 傳統菜式的名稱、由來及典故等
- 改良的思路、做法及味道
- 新菜的名字、營養價值

例子：

宮保紅燒肉

　　宮保雞丁是一道聞名中外的傳統特色川菜，而紅燒肉是一道著名的上海本幫菜。我要把完全不相干的烹飪技法與菜餚嫁接起來，烹製出新菜"宮保紅燒肉"。

　　宮保雞丁選用雞肉為主料，佐以花生米、黃瓜、辣椒等輔料烹製而成。宮保雞丁色澤紅潤、辣而不猛、香味濃郁。滑嫩的雞肉配以香脆的花生，入口鮮辣，回味無窮。紅燒肉選用五花肉為主料，做出來的肉肥瘦相間、香甜鬆軟、入口即化。紅燒肉具有很高的營養價值，在中國各地流傳甚廣。……

你 可以用

a) 關於宮保雞丁的起源有好幾種説法，其中一説是和清朝的一位官員有關。據說，山東巡撫丁寶楨到了四川做總督。這位總督對烹飪很有研究，特別喜歡吃雞肉和花生，還喜歡辣味。宮保雞丁由他所創，因他的官位是"宮保"，所以這個菜就叫"宮保雞丁"。

b) 在短短的幾十年裏，中國人的口味發生了很大的變化。很多人喜歡上了濃油赤醬、鹹淡適中、原汁原味、醇厚鮮美的上海本幫菜。紅燒肉可以説是其中最受歡迎的一道菜。除此之外，現在喜歡吃辣的人也成倍增加。四川菜以善用麻辣調味著稱。宮保雞丁是川菜中的經典，很多人都喜歡吃。

c) 做宮保紅燒肉的主料是紅燒肉，輔料有花生、腰果、青豆、土豆、花椒、乾辣椒。先用傳統的方法把紅燒肉做好，然後把花生和腰果炒香放在一邊備用，再在鍋中放入少許油，放入花椒和乾辣椒，用小火煸出香味兒。隨後，放入事先煮熟的青豆、土豆、葱段、薑末、蒜茸，翻炒片刻。之後，調入芡汁，待湯汁漸稠後放入花生、腰果，拌炒數下。最後，摻入紅燒肉，攪拌幾下，這道菜就完成了。

雞蛋炒飯　　唐魯孫

前不久萬象版男士談家政，有人說到雞蛋炒飯，中國人從古而今，由南到北雞蛋炒飯好像是家常便飯，人人會炒，其實細一研究，個中也頗有講究呢！

就拿炒飯用的飯來說，大家平素吃飯，有人愛吃蓬萊米，說它軟而糯，輕柔適口，有人專嗜在來米，說它爽而鬆，清不膩人，各隨所嗜，互不相犯；可是到了吃雞蛋炒飯，問題就來了。

誰都知道雞蛋炒飯必定要熱鍋冷飯，炒出飯來才好吃，可是蓬萊米煮的飯，不論是電鍋煮，還是撈好飯用大鍋蒸，涼了之後總是黏成一團，極難打散。請想成團成塊的飯，炒出來能好吃嗎？炒飯用的飯，一定要弄散再炒，有些性急的人，打不散在鍋裏用鏟子切，這一切，把米都切碎了，所以飯如果黏成一團一塊時，等飯一見熱，再用鏟子慢慢捺兩下，自然就鬆散開了。

炒飯不需要大油，可是飯要炒得透，要把飯粒炒得乒乒的響，才算大功告成，炒飯的蔥花一定要爆焦，雞蛋要先另外炒好，然後混在一起炒。此外有人喜歡把雞蛋黃白打勻，往熱飯上一澆再炒，名稱到挺好聽，叫做金包銀，先不論好吃與否，請想，油炒飯已經不好消化，飯粒再裹上一層雞蛋，胃納弱的人當然就更不容易消化啦。

筆者一向對於雞蛋炒飯有特別愛好，所以每到一處地方，總要試一試廚子炒出來蛋炒飯是什麼滋味，早年家裏雇用廚師，試工的時候，試廚子手藝，首先準是讓他煨個雞湯，火一大，湯就渾濁，腴而不爽，這表示廚子文火菜差勁，再來個青椒炒肉絲，肉絲要能炒得嫩而入味，青椒要脆不泛生，這位大師傅武火菜就算及格啦。最後再來碗雞蛋炒飯，大手筆的廚師，要先瞧瞧冷飯身骨如何，然後再炒，炒得了要潤而不膩，透不浮油，雞蛋老嫩適中，蔥花也得煸去生蔥氣味，才算全部通過，雖然是一湯一菜一炒飯之微，可真能把三腳貓的廚師傅鬧個手忙腳亂，"稱練"短啦（稱練兩字北平話考核的意思。）。筆者年輕的時候，有一次到北平船板胡同匯文中學看運動會，在田徑場的西南特角有個小食堂，據說那裏大師傅蝦片炒飯是一絕，試吃結果紅暾暾的對蝦片，綠油油的莞豆米，襯上鵝黃鬆軟的一碗熱騰騰的蛋炒飯，吃到嘴裏，柔滑香醇，可稱名下無虛。也許年輕時，口味品級不高，認為這碗飯是吃炒飯中極品了。後來浪跡四方，對於這碗金羹玉飯，仍舊時常會縈回腦際。渡海來台，一直在台北工作，後來奉調嘉義，於是三餐大成問題，幸虧有一隨從，是軍中退役伙食兵，只會雞蛋炒飯，豆腐湯，經過一番調教，炒飯漸得竅門，從此立下了連吃七十幾頓蛋炒飯的紀錄，亡友徐廠長松青兄，是每天早餐雞蛋炒飯一盤，十餘年如一日，友朋中叫他炒飯大王，叫我炒飯專家，以我二人輝煌紀錄，確也當之無愧。

今年春天在台北住了好幾個月，每天要到汀州街一帶辦事，午飯就只有在附近小飯館解決，於是又恢復吃炒飯生涯，有些家飯爛如糜，也有黏成粢飯的，最妙有一家小飯館，佈置裝潢都還雅靜，可是叫的蛋炒飯端上來，令人大吃一驚，碗面鋪滿一層深綠色葱花，葱花之下是一層切得整整齊齊平行四邊形雞蛋，頂底下是油汪汪的一盅炒飯，堂倌說得一口廣東官話，他說這種炒飯叫"金玉滿堂"，金大概是指炒雞蛋，玉甫解釋是生葱花啦。名實雖然相符，一股生葱大油味，直撲鼻端，雖然平素愛吃雞蛋炒飯的我，也只有望碗興歎沒法下箸了。雞蛋炒飯，雖然是極平常的吃法，可是偏偏有若干千奇百怪的花樣，仔細想想，茫茫大千，凡百事物，莫不皆然，豈只雞蛋炒飯一項呢！

（選自《酸甜苦辣鹹》，大地出版社，1980 年）

A 選擇（答案不止一個）

1) 炒蛋炒飯時要 _____ 。
   a) 事先把飯弄散　　　　　　b) 等飯熱後用鏟子捺幾下把飯鬆開
   c) 用鏟子把米切碎　　　　　d) 用電飯鍋將飯煮熟後再放在大鍋裏蒸

2) 在作者眼裏，成功的蛋炒飯 _____ 。
   a) 雞蛋跟米飯要先分開炒　　b) 不需要用大油炒
   c) 中的蒜一定要爆香　　　　d) 粒粒米飯外都包裹着雞蛋

B 配對

□ 1) 雖然蛋炒飯是家常便飯，　　a) 千奇百怪的做法和花樣讓人眼花繚亂。

□ 2) 做蛋炒飯的時候，　　　　　b) 一股生葱大油味，實在不敢恭維。

□ 3) 作者每到一處總是　　　　　c) 裝潢金碧輝煌，氛圍恬靜高雅。

□ 4) 合格的廚師煲出來的雞湯　　d) 有的人喜歡先把蛋黃蛋白打勻，澆到熱飯上炒。

□ 5) 名為"金玉滿堂"的蛋炒飯　e) 很清爽，這道菜很能考驗廚師文火菜的功夫。

　　　　　　　　　　　　　　　f) 要去品嚐不同廚師做的蛋炒飯。

　　　　　　　　　　　　　　　g) 但要炒好並不容易，有很多講究。

C 選出四個正確的句子

作者認為 _____ 。

□ a) 合格的蛋炒飯應葱花飄香、雞蛋老嫩適中、口感潤而不膩

□ b) 做青椒炒肉絲時大火用得恰當，青椒才會脆爽碧綠，肉絲才會嫩而入味

□ c) 胃口不好的人不宜吃"金包銀"，因為油太多，不易消化

□ d) 在北平匯文中學的小食堂吃到的蛋炒飯可謂色、香、味俱全

□ e) 別人贈予自己的"炒飯專家"稱號名副其實

D 回答問題

1) 作者用哪幾道菜來考核廚師是否合格？這幾道菜可以考出廚師的哪些廚藝？

2) 從哪句話能看出作者不喜歡廣東人做的蛋炒飯？

E 學習反思

1) 文中提到廣東人做的蛋炒飯冠名"金玉滿堂"，取個好彩頭。請舉個類似的例子。

2) 很多人初學做中國菜會學做蛋炒飯或西紅柿炒雞蛋。請你介紹一下你想學做的中國菜。

元朝

　　蒙古族是中國北方的一個古老的民族。孛兒只斤•鐵木真（1162 年 – 1227 年）二十幾歲就當上了蒙古部落的首領。經過多年的征戰，鐵木真統一了蒙古各個部落，建立了大蒙古國。鐵木真被擁戴為大汗，尊稱"成吉思汗"。成吉思汗在軍事、政治、法律、文化等方面採取了一系列措施，促進了大蒙古國的發展。隨着國力的強大，成吉思汗逐漸產生了稱霸世界的雄心，開始對南方和西方展開大規模的戰爭。他率領的軍隊征服了中亞、東歐等地。1227 年，成吉思汗進攻西夏時一病不起，在六盤山去世。成吉思汗是世界史上傑出的政治家和軍事家之一。

　　忽必烈（1215 年 – 1294 年）是成吉思汗的孫子，1260 年當上了蒙古大汗。1271 年忽必烈改國號為元，第二年定都於大都（今北京）。1279 年元軍滅了南宋的殘部，完成了中國的大一統。為了維護統一、鞏固皇位，忽必烈廢除了蒙古傳統的分土立國的方法，設立了管理全國行政、軍事、監察的機構，加強了中央集權。為了管理好遼闊的疆土，忽必烈實行行省制度，也就是以省作為一級地方行政區劃的名稱。忽必烈重視人才，任用了很多漢人儒士，參照漢族的統治制度來進行管理。忽必烈招攬流亡的百姓開墾荒地、發展農業，還整頓財政和軍隊、懲處貪官污吏、完善了一系列法規。在短時期內，各地經濟繁榮、生活穩定，出現了一派祥和的景象。

　　元朝是中國戲曲繁榮興盛的時期，產生了一批經久不衰的作品。王實甫的《西廂記》是古典戲劇的現實主義傑作，其中體現出的追求自由的思想，對後來愛情題材小說、戲劇的創作影響很大。

　　相傳，1275 年威尼斯人馬可•波羅跟隨父親和叔叔來到中國。他在中國遊歷了 17 年，擔任過元朝的官員，還曾被忽必烈派去很多地方考察。後來，他把在中國的所見所聞講給別人聽，並由獄友寫下來，這就是著名的《馬可•波羅遊記》。《馬可•波羅遊記》向世界介紹了中國的情況，激起了西方對東方文明的興趣和嚮往。

成吉思汗

![dragon icon] **古為今用** (可以上網查資料)

1) 成吉思汗和忽必烈當上了大汗後有一個共同點：加強和鞏固皇權。他們分別採用了哪些措施？

2) 內蒙古自治區是中國五個自治區之一。它的首府叫什麼？

3) 內蒙古自治區的北面緊鄰哪幾個國家？

4) 《西廂記》生動形象地講述了"有情人終成眷屬"的故事。你相信"有情人終成眷屬"嗎？為什麼？

5) 為什麼說世人通過《馬可·波羅遊記》了解了中國？

10 地理知識

陸上絲綢之路

陸上絲綢之路起源於西漢，是張騫出使西域時開闢的。絲綢之路的起點是西漢的都城長安（今西安），全長六千多公里，將歐亞諸國連接了起來。

通過這條神奇的絲路，沿線各國進行頻繁的商業貿易交流。漢朝期間，經由絲綢之路，中國的絲綢、漆器等物品傳到西方，西方的良馬、寶石、葡萄、樂器等輸入中國。到了唐朝，絲綢之路上的國際交往進入鼎盛時期，通過絲綢之路慕名來到長安的各國使節、商人多不勝數。

陸上絲綢之路

除了經濟交往的重要通道之外，絲綢之路也是各國間思想、文化交流的紐帶。絲路的暢通與繁榮促進了東西方文明的交流。佛教就是通過絲綢之路傳入中國的。傳說，東漢明帝在夢中見到一個金人從西方飛來，大臣說這可能是西域的佛陀，所以明帝派遣使臣，經由絲綢之路，迎請佛法。佛教的傳入對中國的社會、文學、藝術等都產生了深遠的影響。

![icon] **造福後代** (可以上網查資料)

1) 葡萄、西瓜、石榴、菠菜等都是從西域傳入中國的，還有哪些物品是沿着絲綢之路傳入中國的？

2) "洋貨"指的是從國外進口的貨品。請猜猜"洋酒""洋油""洋火""洋釘""洋槍""洋布"是什麼？

3) 世界上哪些國家以佛教為國教？

第1單元 | 第二課 宗族文化

生詞 3

① 祠堂 cí táng ancestral temple　② 宗族 zōng zú patriarchal clan

③ 供 gòng lay (offerings)　供奉 gòngfèng enshrine and worship

④ 神靈 shénlíng gods　⑤ 祭祖 jì zǔ offer sacrifice to the ancestors

⑥ 拜 bài worship　⑦ 神聖 shénshèng sacred; holy

⑧ 嫁 jià (of a woman) marry　婚嫁 hūn jià marriage

⑨ 喪（丧）sāng funeral; mourning　喪事 sāng shì funeral affairs

⑩ 濃 nóng concentrated

⑪ 縮（缩）suō contract　濃縮 nóngsuō condense

⑫ 佛山 fó shān Foshan, a city in Guangdong province

⑬ 領略 lǐng lüè experience

⑭ 莊（庄）zhuāng solemn　莊重 zhuāngzhòng solemn

⑮ 雄偉（伟）xióngwěi grand　⑯ 雕 diāo carve

⑰ 樑（梁）liáng beam　⑱ 棟（栋）dòng ridgepole

⑲ 寬（宽）kuān wide　⑳ 敞 chǎng spacious　寬敞 kuānchang spacious

㉑ 采 cǎi spirit　風采 fēng cǎi graceful bearing

㉒ 睹 dǔ see　目睹 mù dǔ see with one's own eyes

㉓ 盛況 shèngkuàng grand occasions

㉔ 貫（贯）guàn join together　一貫 yí guàn all along; consistent

㉕ 傳宗接代 chuánzōng jiē dài produce offspring

㉖ 脈（脉）mài arteries and veins　血脈 xuè mài blood lineage

㉗ 延 yán extend　延續 yán xù continue; go on

㉘ 嬰（婴）yīng baby　嬰兒 yīng ér baby　㉙ 韻（韵）yùn charm

㉚ 綢（绸）chóu silk　㉛ 緞（缎）duàn satin　綢緞 chóuduàn silk and satin

㉜ 呈現 chéngxiàn emerge; show　㉝ 酣 hān fully　酣睡 hānshuì sleep soundly

㉞ 稚嫩 zhì nèn young and tender　㉟ 龐（庞）páng face　臉龐 liǎnpáng face

㊱ 緋（绯）fēi red　緋紅 fēi hóng a pink glow　㊲ 時髦 shí máo fashionable

㊳ 紛（纷）fēn numerous　紛紛 fēn fēn one after another

㊴ 丁 dīng population　人丁 réndīng population

㊵ 見證 jiànzhèng witness　㊶ 薪 xīn firewood　㊷ 相傳 xiāngchuán pass on

㊸ 衍 yǎn develop; spread out　繁衍 fán yǎn increase gradually in number

㊹ 生息 shēng xī grow; propagate

㊺ 諦（谛）dì meaning　真諦 zhēn dì true meaning

㊻ 凝 níng coagulate　凝聚 níng jù condense

㊼ 納（纳）nà accept　接納 jiē nà take in

㊽ 媳 xí daughter-in-law　媳婦 xí fù daughter-in-law

㊾ 色調 sè diào tone　㊿ 毯 tǎn blanket　地毯 dì tǎn carpet

(51) 呼應 hū yìng echo　(52) 托 tuō set off　襯托 chèntuō serve as a foil

(53) 殿 diàn palace　殿堂 diàntáng palace　(54) 枚 méi a measure word

(55) 蓮（莲）子 lián zǐ lotus seed　(56) 真誠 zhēnchéng sincere

(57) 緣（缘）yuán fate　良緣 liángyuán good match

(58) 偕 xié together with
白頭偕老 bái tóu xié lǎo remain a devoted couple till ripe old age

(59) 洋 yáng grand　(60) 溢 yì overflow　洋溢 yáng yì be overflowing with

(61) 悅 yuè happy　喜悅 xǐ yuè happy

(62) 啟 qǐ start　開啟 kāi qǐ start up

(63) 征 zhēng go on a long journey　征程 zhēngchéng journey

(64) 濃重 nóngzhòng strong

(65) 根 gēn root　(66) 蒂 dì stem of plants

(67) 固 gù firm　根深蒂固 gēnshēn dì gù deep-rooted

(68) 歸 guī return　回歸 huí guī return　(69) 密 mì intimate　親密 qīn mì intimate

(70) 團結 tuán jié unite　(71) 仰 yǎng admire; respect　敬仰 jìngyǎng revere

(72) 守 shǒu guard　守護 shǒu hù guard　(73) 歸屬 guī shǔ belong to

(74) 堅定 jiāndìng firm　(75) 傳承 chuánchéng pass on and inherit

(76) 攜手 xié shǒu hand in hand　(77) 並進 bìng jìn advance side by side

聽課文錄音，做練習

A 選擇

1) 上個週末，作者參加了誰的婚禮？

a) 室友的表叔　　b) 表叔的兒子

c) 室友的叔叔　　d) 叔叔的室友

2) 婚禮的主色調是什麼顏色？

a) 金黃色　　b) 紅色

c) 緋紅　　d) 黃色

3) 敬茶時杯子裏的紅棗和蓮子表達什麼希望？

a) 心心相印　　b) 連年好運

c) 早生貴子　　d) 子孫滿堂

4) 婚禮的喜宴擺在哪裏？

a) 殿堂外　　b) 新房裏

c) 祠堂裏　　d) 大廳裏

B 判斷正誤

☐ 1) 中國人一貫重視傳宗接代，所以孩子的誕生和滿月都是宗族的大事。

☐ 2) 擺滿月酒、辦婚禮時，祠堂都會裝扮得莊嚴、肅穆。

☐ 3) 在祠堂裏擺滿月酒時，親友們會前來祝孩子健康成長、家族人丁興旺。

☐ 4) 嬰兒滿月在祠堂慶賀，族人一起見證宗族的薪火相傳。

☐ 5) 家族活動熱鬧的場面和歡快的氣氛讓人感受到宗族文化的凝聚力。

☐ 6) 接納新媳婦是宗族的一件大事，新媳婦要得到所有族人的認可。

☐ 7) 婚禮儀式十分隆重，新人在親人的見證下開啟新的人生征程。

C 選擇 (答案不止一個)

1) 按照傳統習俗，婚禮上新人 ＿＿＿＿ 。

a) 拜天地　　b) 拜祖先　　c) 拜父母　　d) 拜親友

2) 在婚禮上，賓客們真誠地祝願新郎、新娘 ＿＿＿＿ 。

a) 有福同享　　b) 白頭偕老　　c) 養育之恩　　d) 百年好合

D 回答問題

1) 為什麼祠堂是宗族最神聖的地方？

2) "這一來一去，一輩子全濃縮在此"中"一來一去"具體指什麼？

3) 親歷了兩場盛宴，作者對中國的宗族文化有什麼感受？

祠堂在中國人心中的地位

　　宗族文化是中國傳統文化的重要組成部分。祠堂是宗族供奉祖先、神靈，祭祖、拜神的場所，是宗族最神聖的地方。祠堂也是家族活動的中心：出生擺滿月酒，婚嫁設喜宴，離世辦喪事，都離不開祠堂。這一來一去，一輩子全濃縮在此。

　　上個週末，我跟室友去了他的家鄉廣東佛山。在那裏，我領略了祠堂莊重雄偉、雕樑畫棟、寬敞高大的風采。我還親眼目睹了在祠堂擺滿月酒、辦中式婚禮的盛況。

　　上個週六，室友哥哥的兒子滿月。中國人一貫重視傳宗接代、血脈延續。孩子的誕生是宗族中的大事，在嬰兒滿月時一般會在祠堂設宴慶賀。古風古韻的祠堂裏掛着綢緞，貼着對聯，呈現一片歡快的氛圍。剛剛滿月的嬰兒在媽媽的懷裏酣睡，稚嫩的臉龐帶着淡淡的緋紅，十分可愛。穿着時髦的親友紛紛獻上祝福，祝願孩子健康成長、家族人丁興旺。祠堂見證了宗族的薪火相傳、繁衍生息，反映了宗族文化的真諦。在祠堂裏熱鬧的宴席上，我感悟到宗族文化強大的凝聚力。

　　上個週日，室友的表叔也是在祠堂舉行的婚禮。接納新媳婦成為宗族的成員是一件大事，儀式十分隆重。婚禮的主色調是紅色，地上的紅地毯、牆上的紅雙喜字"囍"與新郎、新娘身上的紅色禮服交相呼應，襯托出喜慶的氣氛。殿堂裏，新郎、新娘按照傳統習俗拜天地、拜祖先、拜父母。之後，新人向父母敬茶，答謝他們的養育之恩。敬茶時，茶裏有兩枚紅棗、兩枚蓮子，表達"早生貴子"的希望。殿堂外，擺着一桌桌宴席，坐着一位位賓客。新郎、新娘向各位賓客敬酒，賓客真誠地祝賀新人喜結良緣，祝願他們白頭偕老。在族人的祝福和見證下，臉上洋溢着喜悅笑容的新人開啟了人生的新征程。

　　室友的爺爺告訴我濃重的宗族文化在廣東根深蒂固，現在越來越多的年輕人回歸傳統，選擇回到宗祠舉行重大的儀式。這表現了年輕人對親密、團結的家族關係的重視，對宗族文化的敬仰、守護。在祠堂中，我親身感受到宗族文化給族人的歸屬感，相信中國的年輕人會堅定地傳承中國的傳統文化，攜手並進，走向美好的未來。

2 根據實際情況回答問題

1) 宗族文化是中國傳統文化的重要組成部分，祠堂是一個家族的中心。中國的宗族文化對社會以及個人有哪些正面、積極的意義？有哪些負面的影響？

2) 中國人過春節會給親戚朋友拜年，給孩子壓歲錢，還會吃傳統美食，如年糕、湯圓等。在新時代，這些習俗有什麼現實意義？請選一個其他國家的傳統節日，介紹其慶典習俗，並説明它的現實意義。

3) 中國人有給孩子辦滿月酒、設百日宴的習俗。在其他國家有類似的習俗嗎？請舉例介紹一下，並説一説該習俗反映出什麼觀念。

4) 有些西方人選擇在教堂舉行婚禮，而有些中國人的婚禮是在祠堂舉行的。這兩種婚禮形式各含有什麼樣的文化內涵？

5) 中國人很重視禮儀、禮節。送生日禮物給不同輩分、不同關係和不同社會地位的人有不同講究，要特別注意。請以一個特定的場合為例，介紹一下該送什麼樣的生日禮物、要注意哪些禮節。

6) 中國人重視傳統節日，逢年過節會舉辦慶祝活動。現在，很多中國的傳統節日變得過分地商業化了。你是怎麼看這種現象的？你認為人們應該怎樣做才能既保持傳統的習俗又符合現代人的需求？

7) 現在，中國的一些年輕人熱衷於過西方的節日，而忽略了中國的傳統節日。你是怎麼看這種現象的？

8) 全球化的趨勢不可阻擋，這也反映在節日慶典上。如今，中國人過西方的傳統節日，而西方人也過中國的傳統節日。這種現象對文化交流有何正面意義？

3 諺語名句

1) 不入虎穴，焉得虎子。
2) 不怕一萬，只怕萬一。
3) 人過留名，雁過留聲。
4) 不怕學問淺，就怕志氣短。
5) 內行看門道，外行看熱鬧。
6) 一個籬笆三個椿，一個好漢三個幫。

龍馬精神

中國紅

紅色是中華民族最喜愛的顏色。在中國，紅色無處不在，無時不在。紅色已成為中華文化的代表，深入中國人的靈魂。

據說"中國紅"在大明王朝朱元璋時期得到了正名。由於皇帝姓朱，朱即紅色，所以從明朝開始，在朝廷各個部門和各類文化活動中常常採用紅色。長此以往，紅色逐漸滲透到中華文化的各個層面。

紅色扎根於中國人的心中。在中國人的眼中，紅色代表喜慶、熱鬧、祥和。紅色又是一種極具力量的顏色，有驅邪逐惡的功能，有關年獸的傳說就是一個最好的佐證。自從連年下凡禍害百姓和牲畜的年獸被紅色的火光嚇跑後，人們不僅深信紅色可以驅邪、保平安，還把紅色和一年中最重要的節日——春節聯繫在一起。春節的鞭炮、揮春、年畫、窗花、福字、燈籠、紅包、新衣服等都用上了紅色。

紅色跟中國人的日常生活有着千絲萬縷的聯繫。在操辦人生頭等大事——婚禮的時候，紅色是不可或缺的重要元素。婚禮前，所有請柬都要用紅信封裝。新房佈置的主色調也為紅色：門上貼紅雙喜字，床上放紅被子和紅枕頭，桌上擺大紅蠟燭，家裏掛紅燈籠等等。婚禮當天，新郎胸前佩戴大紅花，還要有大紅轎子。新娘的裝扮則從頭紅到尾——紅蓋頭、紅嫁衣、紅鞋。人們用紅色表達對新人生活幸福、美滿的祝福。

慢慢地，紅色已不僅指顏色，還含有成功、順利、受歡迎、受重視等意思。比如，"紅紅火火"形容生意興隆，人氣十足的影星被叫作"當紅明星"，漂亮、美好的女子叫"紅顏"，促成美好姻緣的人叫"紅娘"，受上司賞識的人是"紅人"，碰上好運氣就說是"走紅運"，開始一項新的工作時希望"開門紅"，一出戲一炮打響叫"走紅"了，一首歌在網上很受歡迎叫"唱紅"了。一些帶"紅"字的成語也有興旺、發達、圓滿等含義。比如，"姹紫嫣紅"原先指顏色鮮豔的花朵，現比喻事物的繁榮興旺、豐富多彩。

紅色在中國藝術領域中也是最耀眼的顏色。民間裝飾剪紙、風箏、國畫等都喜歡用上紅色，寓意吉祥、美滿。在京劇臉譜中，紅臉代表忠義、勇敢，是正面角色。

紅色是中國的國色。紅色象徵着昌盛、永恆的期許，含有吉祥、順遂的寓意，對紅色的鍾愛傳遞了中華民族對美好生活的嚮往。

A 選擇

1) 紅色代表 _____ 。
   a) 喜慶、祥和　　b) 紅顏、知己
   c) 掃興、吉祥　　d) 嬌豔、熱鬧

2) 受到老闆賞識、重用的人是 _____ 。
   a) 明星　　b) 紅人
   c) 紅娘　　d) 紅顏知己

3) "開門紅"的意思是 _____ 。
   a) 先苦後甜　　b) 火光衝天
   c) 運氣不佳　　d) 一開始就順利

4) "這首歌唱紅了"的意思是這首歌 _____ 。
   a) 不受歡迎　　b) 非常流行
   c) 很難唱　　d) 唱得很好

B 判斷正誤

☐ 1) 紅色是中國人在很多喜慶的場合會選用的顏色。
☐ 2) 紅色能嚇跑年獸的傳說使百姓堅信紅色可以驅逐邪惡。
☐ 3) 中國人過年用的揮春、福字、燈籠都是紅色的。
☐ 4) 中國人辦婚禮，用紅色表達對新人婚姻美滿的祝福。
☐ 5) 人們會用"紅紅火火"來形容第一天開市大吉。
☐ 6) "姹紫嫣紅"原本的意思是繁榮昌盛、多姿多彩。

C 判斷正誤，並說明理由

1) 紅色已經成為中華民族的象徵，深入到中國人的靈魂。　　對 錯
_____　　___ ___

2) 傳說，每年出來禍害牲畜和百姓的年獸是被紅色的火光嚇跑的。
_____

3) 在中國人的心目中，紅色已不僅僅是顏色，還有成功和順遂的含義。
_____　　___ ___

D 配對

☐ 1) 紅色是中國人最喜愛的顏色，　　a) 紅色是必定要用的顏色。
☐ 2) 自從明朝皇帝為紅色正名後，　　b) 有發達、興旺、圓滿等意思。
☐ 3) 中國人操辦婚禮的時候，　　c) 在中國人的日常生活中隨處可見。
☐ 4) "紅"字在很多四字成語中　　d) 京劇臉譜中用紅色代表正面角色。
　　　　　　　　　　　　　　　e) 有很多引申的含義，比如顏色鮮豔。
　　　　　　　　　　　　　　　f) 紅色逐漸滲透到中華文化的各個層面。

E 回答問題

1) 在中國，哪些藝術領域喜歡運用紅色？

2) 中華民族喜歡用紅色傳遞了什麼信息？

F 學習反思

中國人喜歡紅色。請介紹你熟悉的民族，並舉例說明他們喜歡的顏色及其表達的含義。

壓歲錢的習俗

　　新春伊始，關於壓歲錢金額的調查在網上掀起了熱議。在福建省、浙江省和北京市，單個壓歲紅包最高金額高達 12000 元，墊底的是廣東省，只有 50 元。富裕的廣東省，為何在發紅包時顯得那麼 "小氣" 呢？

　　發紅包的習俗已有一千多年的歷史。紅包起源於 "壓祟錢"。因為 "祟" 與 "歲" 諧音，後來 "壓祟錢" 就改為了 "壓歲錢"。

　　早在西漢，鑄成錢幣形狀的壓祟錢就被當作壓邪的吉祥物件。傳說，祟是一種小妖，每年的年三十夜裏出來摸熟睡孩子的頭，被它摸過的孩子會發燒，伶俐的孩子會變傻。人們怕祟來傷害孩子，便用紅線把壓祟錢串起來放在孩子的枕頭底下辟邪，還會點燈圍坐一起守祟。民國以後，漸漸流行用紅紙包着一個百文銅元給孩子，寓意長命百歲。後來，有的長輩喜歡用連號的紙幣當壓歲錢，寓意好運連連。這個習俗一直延續至今。

　　派發壓歲錢的初衷是壓祟驅邪、保佑平安，而廣東人發紅包則另有寓意。廣東人派發的紅包也叫 "利是"，取其 "利於市" "利於事" 的好意頭。紅包裏一般放 5 元、10 元，而 20 元以上的紅包甚為少見。廣東有些地區還有紅包 "剪一角" 的習俗，剪下一角代表收到了祝福，紅包便原封退回。廣東人派發紅包顯示出人情往來的社會意義，也包含了祈求福澤的文化內涵。

　　隨着中國人收入的穩步上升，壓歲錢水漲船高，也逐漸變了 "味兒"。壓歲錢的感情成分和祝福意識逐漸淡化了。名義上是給孩子壓歲錢，其實是大人們的禮尚往來和面子工程。親朋好友之間的攀比風日盛，高額的壓歲錢給很多工薪族帶來巨大的壓力，怪不得有人把派發紅包的春節戲稱為 "春劫"。在這樣的大環境下，壓歲錢的用途也悄然發生了改變。2018 年《杭州市壓歲錢調查報告》中對兩千名初、高中生進行了電話採訪，有近八成學生主要把錢用來購買學習和生活用品，有一成左右的學生主要把錢積攢着作日後的教育經費。浙江大學的一位學者指出：有些家長的行為讓孩子在不知不覺中只看重壓歲錢的數目而忽視了親情和感恩，這容易使孩子養成攀比習慣，導致拜金傾向。

　　派發壓歲錢是傳統的習俗，應該被看作是一種衷心的祝福、一個美好的祈求、一份情感的寄託。看來，廣東人絕對不是不近人情，相反，他們給全國人民樹立了一個榜樣！

（秦思）

A 寫出字／詞的確切意思

在文本中……	這個字／詞……	文中的意思是……
1) "壓歲錢也逐漸變了'味兒'"	"味兒"	
2) "其實是大人們的禮尚往來和面子工程"	"面子工程"	
3) "有人把派發紅包的春節戲稱為'春劫'"	"春劫"	

B 判斷正誤，並說明理由

1) 民國以後，流行把連號的紙幣包在紅包裏當作壓歲錢，寓意長命百歲。　　　　對　　　錯

_____　　___　　___

2) 如今，紅包的金額越來越大，給工薪階層帶來很大的壓力。

_____　　___　　___

C 選擇 (答案不止一個)

1) 壓歲錢金額的調查結果顯示 _____ 。

　　a) 福建人給的壓歲錢金額最高

　　b) 廣東人單個紅包裏的金額最多 50 塊

　　c) 廣東人給壓歲錢的金額最低

　　d) 北京人單個紅包的金額是 12000 元

2) 紅包 _____ 。

　　a) 起源於一千多年前的"壓祟錢"

　　b) 有壓邪之意

　　c) 在廣東也叫"利是"，指"利於市""利於事"

　　d) 裏的錢主要用作教育經費

D 判斷正誤

□ 1) 古時的壓歲錢一般放在小孩子的枕頭底下，有辟邪的意思。

□ 2) 廣東人派發紅包，紅包裏的金額一般在 20 元以下。

□ 3) 如今，壓歲錢蘊含的祝福意識淡化了很多。

□ 4) 在杭州，有超過 80% 的學生用收到的壓歲錢購買文具。

□ 5) 如果只看壓歲錢的數目，人們會忽視派發壓歲錢的真正意義。

E 回答問題

1) 為什麼廣東人收到紅包後會剪去一角？

2) 廣東人派發利是的真正含義是什麼？

3) 現在的孩子把注意力放在壓歲錢的數目上，會引致什麼後果？

4) 從哪句話能看出作者號召人們以廣東人為榜樣？

F 學習反思

收到壓歲錢時，你會把它當作大人的禮尚往來嗎？請發表你對廣東人派發壓歲錢的看法。

要求 傳統節日凝聚着一個國家或民族的歷史文化。傳統節日的慶典則反映了祖輩們的社會生活和文化傳統，值得後人繼承、傳播和頌揚。請介紹一個傳統節日，包括慶典活動及其中蘊含的傳統文化。

例子：

你： 節日是隨着人類社會的發展逐漸形成、完善的。中國有很多傳統節日。藉助節日慶典活動，人們隆重地拜天地、祭鬼神，津津樂道地講述神話故事、民間傳説。節日慶祝活動給生活增添了喜慶和浪漫的色彩，背後還蘊藏着深層的意義。中國的春節就是一個典型的例子，其中蘊藏着人們對家人的衷心祝福、對生活的美好追求和對未來的殷切期盼。

同學1： 我們要將本民族的傳統文化根植於心，同時也要學習其他民族優秀的傳統和文化。即使身處社會快速發展的 21 世紀，我們也不應該遺忘自己民族優秀的傳統和文化。

……

你 可以用

a) 我發現有這麼一種現象，有些人過分崇拜其他國家的節日、傳統和文化，而忽視了本民族的傳統節日和優秀文化。這是相當悲哀的！每個民族的傳統和文化都有獨一無二的特質，對於異域文化我們不應該盲目崇拜，不能夠迷失自我。我們應該本着既不照單全收，也不全面否定的態度，秉持取其精華、棄其糟粕的精神。

b) 西方的萬聖節，大人和小孩都化上妝，扮成妖魔鬼怪的樣子。猙獰的妝容、血淋淋的模樣，給人們留下十分恐怖的印象。在中國文化中，這樣的做法是對死者極大的不尊重，是不可以接受的。

c) 過父親節、母親節時，子女會向父母贈送禮物，還會陪父母吃一頓大餐，來表達對父母的敬意。西方的父親節、母親節和中華民族孝敬父母的傳統美德完美契合。我們可以大力提倡，努力推廣。

d) 清明節時一家人去墓地掃墓，寄託對逝者的哀思，同時祈求祖先保佑。中秋節是舉家團圓的節日。一家人在花前月下賞菊花、吃月餅、品香茗，向長輩表達關愛，向晚輩表示關心。這其樂融融的場景彰顯出中國人重視家庭，希望闔家團聚、和諧美滿。

7 寫作

中國傳統文化是中華民族的精神支柱。中國傳統文化包括哲學思想、宗教、藝術、文字、語言等，後來又衍生出棋類、節日等。請在本地的刊物上發表一篇文章，呼籲大眾增強文化自信，發展文化創意產業。

你可以寫：

• 增強文化自信的必要性

• 開展文化活動和發展文化創意產業的建議

例子：

增強文化自信，發展文化創意產業

文化是一個民族的靈魂和血脈，是一個民族的集體記憶和精神家園。中華民族經歷了幾千年的歷史積澱和文明發展，形成了寶貴財富及精神支柱——中國傳統文化。文化認同與文化傳承是中華民族賴以生存的基礎和繼續發展的前提，其重要性是不言而喻的。

進入 21 世紀，中國傳統文化受到了全球化帶來的文化衝擊。文化自信是一個國家繼續發展的源頭活水。在此，我呼籲大眾增強文化自信，搭建文化創意平台，讓中國傳統文化在激烈的文化競爭中求得生存與發展，並在世界舞台上大放異彩。

談到中國的傳統文化，作為中國人，我們首先要表現出對中國傳統文化的自信。中華民族的傳統文化博大精深：中國人有自強不息的精神，有"天下興亡，匹夫有責"的擔當，有"以人為本"的治國理念，有"天下為公"的社會理想……

你 可以用

a) 文化自信是一個民族在發展的過程中最基本、最持久的力量。如果一個人對自己的文化不認同，那就相當於沒有根。如何做到文化自信？首先我們要對自己的傳統文化有深刻的了解，真正接受並尊重自己的文化，這樣才有自信和定力朝着文化創新的方向邁進。

b) 中國的書法是一種古老的漢字書寫藝術。通過學書法、練書法，耐力、專注力和觀察力都可以得到提升。同時，臨摹古人的碑帖、敬仰古人的風範，必定對人格的塑造、氣質的培養起到潛移默化的影響。通過書法比賽、藝術創作，可以讓社會大眾對自己的傳統文化產生自豪感，增強民族自信心。

c) 中國音樂有悠久的歷史，體現了民族的文化和民族的精神。中國的民族樂器有古箏、二胡、揚琴、笛子等。組織民樂隊、舉行民樂表演、創作新歌新曲都是弘揚中國傳統文化有效的途徑和方式。

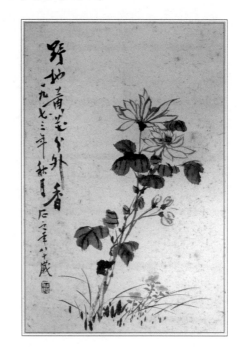

小仙童　　琦君

　　端午節又過了。想起幼年時在故鄉，有一年閏五月，幾個鄉的鄉長聯合舉辦擴大慶祝端午節，熱鬧非凡。我由老長工阿榮伯牽着到鄰村看比龍船更好玩的抬閣。

　　那是一條大大的平頭船，船上是張燈結彩的亭台樓閣。高高的樓頂上豎着一根木柱，上面掛着一塊木板，木板上騎着一個小孩，紅襖綠褲，圓嘟嘟的臉上擦了厚厚的胭脂粉。鼻樑正中一點紅珠點，頭頂一根衝天小辮子。

　　阿榮伯說那是小仙童，是窮苦人家的孩子扮的。五月的驕陽曬着他，他一定被曬得渾身火燙吧！我抬頭看不出他是不是滿臉汗水，也看不清他是男孩還是女孩。阿榮伯說當然是男孩，女孩哪有資格高高掛在上面呢？

　　船在微微地搖擺，小仙童也在空中蕩來蕩去。我們小孩子都在抬頭看他，他張開雙手向我們搖。我不知道他這樣被掛着，是快樂還是生氣呢？過一段時間，船主用長長的鐵叉，叉兩個帶皮的荸薺，伸上去給他，他雙手接過去，像寶貝似的塞在嘴裏啃。阿榮伯說那是給他解渴充飢的。

　　我問："那怎麼夠呢？"

　　阿榮伯說："吃多了要撒尿拉屎不行呀！"

　　我問他："媽媽為什麼讓他這樣掛在上面曬太陽呢？"

　　阿榮伯說："掛一天就有一塊銀洋錢哪。"

　　我聽了不由得喉頭哽咽，好像那個高高掛着的、又渴又餓的孩子就是我自己。我緊緊捏着阿榮伯的手，帶哭聲地說："我不要看了，我要回家。"

　　阿榮伯歎口氣說："不看也好。你這回該知道世間窮苦的人有多少，以後吃香噴噴的白米飯，就不要再嫌沒有中段黃魚啦！"

　　我一路抹着眼淚回家，也不知自己為什麼這樣傷心。回到家裏，把那個高吊在空中的小男孩啃帶皮荸薺的情形講給母親聽。

　　母親拉起衣角抹去我的眼淚，緊緊摟着我，輕聲地說："你不要哭，我怎麼也捨不得讓你去扮小仙童的。"

　　我說："媽媽，他媽媽為什麼那麼狠心呢？"

　　母親說："哪個媽媽不疼兒女，但是他家窮，掙一塊銀洋錢就好買一擔穀子了。你要記住，世間窮苦的人很多，總要多多想到他們啊！"

　　從那以後，每回吃香噴噴的白米飯時，我就會想起阿榮伯和母親的話，想起小仙童啃荸薺的樣子。每回當母親把我打扮起來，上街或看親友時，我也會想起穿紅襖綠褲的小仙童，因為媽媽也喜歡給我穿紅襖綠褲，覺得自己是多麼幸福。

　　長大以後，小仙童啃荸薺的迫切神情，一直浮現心頭。在上海求學時，寫信給母親，總稟告她我雖然身處十里洋場的大都市，卻時時記住母親的教誨，知道節儉自愛。我也牢記大學恩師教誨我的詩句："但願此心春常在，須知世上苦人多。"

　　那個高掛在空中，在烈陽下蕩來蕩去的小仙童，不就是一個苦人兒嗎？他那時與我正是一樣大小的孩子。我有慈愛的雙親呵護，長大成人，而他究竟如何呢？如仍健在的話，也已逾七十高齡了。但願他的一生，也是一帆風順。

　　半個多世紀過去了，天涯海角，他究在何處呢？

（選自《媽媽銀行》，九州出版社，2014 年）

A 選擇 （答案不止一個）

1) 小仙童坐在木板上，他 ＿＿＿＿ 。

a) 的臉圓圓的，臉上有厚厚的妝

b) 紮着一根衝天的小辮子

c) 很樂意做這份差使

d) 不時高興地跟觀眾揮揮手

2) 作者 ＿＿＿＿ 。

a) 經常提醒自己勤儉節約

b) 常常想到窮苦的人

c) 總是杞人憂天

d) 是個富有同情心的人

B 判斷正誤，並説明理由

我時常想到大學老師的教導：世上還有很多窮苦人，應常常想到他們。　　　　對　　　錯

＿＿＿＿＿＿＿＿＿＿＿＿＿＿＿＿＿＿＿＿＿＿＿＿＿＿＿＿＿＿＿＿＿　　＿＿＿　＿＿＿

C 選出四個正確的句子

當作者看到小仙童 ＿＿＿＿ 時，表現出強烈的同情心。

☐ a) 在驕陽似火的天氣裏被高高地掛着

☐ b) 將唯一能用來解渴充飢的食物——荸薺塞進嘴裏

☐ c) 因為大小便不方便而不能吃得太多

☐ d) 又渴又餓在半空中吊着

☐ e) 為了掙一塊銀元而心甘情願受這份罪

D 配對

☐ 1) 龍船和抬閣都是

☐ 2) 小仙童一般是男孩，

☐ 3) 即使作者長大成人，

a) 仍不時回憶起小仙童的身影，掛念小仙童的狀況。

b) 過端午節時的慶祝活動。

c) 一般是由窮人家的孩子扮的，因為他們的身體強壯。

d) 因為女孩子根本就沒有資格。

e) 仍牽掛着小仙童的處境，希望他也有出息。

E 回答問題

1) 從哪些方面可以看出小仙童給作者留下了深刻的印象？

2) "半個多世紀過去了，天涯海角，他究在何處呢？"作者想通過這句話表達什麼？

F 學習反思

1) 你是一個身在福中不知福的人嗎？請舉例説明。

2) 作者一直保持着節儉自愛的優良品德。你在這方面做得怎樣？是否有改進的空間？

明朝

由於元朝末年宗室之間鬥爭激烈，政治腐敗，統治殘暴，民不聊生，百姓不得不起來造反。其中一路農民起義軍的領袖叫朱元璋（1328 年－1398 年）。朱元璋作戰英勇，帶領起義軍消滅了其他割據勢力，於 1368 年在應天府（今南京）稱帝，國號為大明。明朝是中國歷史上最後一個由漢族建立的大一統王朝。

朱元璋執政後在政治、軍事等方面採取了整頓和改革的措施，進一步強化了集權統治。朱元璋十分專制，因為擔心朝廷重臣會謀反，他設立了特務機構錦衣衛，監視、抓捕可疑的人。為了恢復、發展經濟，朱元璋制定了一系列的政策。明朝時，農業和商業在前代的基礎上繼續發展。

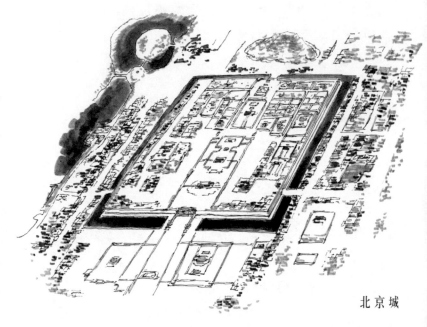

北京城

1398 年朱元璋死後由他的孫子朱允炆繼位。朱元璋的第四個兒子燕王朱棣（1360 年－1424 年）因為不滿這個侄子的削藩政策，所以起兵謀反。相傳，當朱棣攻入南京時，朱允炆在奉天殿放火自焚了。1402 年，朱棣在南京稱帝。

當上了皇帝的朱棣重建了被燒毀的奉天殿，但他入住後經常感到不安，因為他知道是自己奪了侄子的皇位。後來，朱棣決定遷都到北京並大規模營造北京城，這樣也有利於控制北方的局勢、控制北部的邊防，畢竟南京離北方太遠了。

1420 年北京城基本建成，第二年明成祖朱棣正式遷都。北京城的設計是以一條縱貫南北的中軸線為依據佈局的，整個北京城平面呈 "凸" 字形，分為宮城、皇城、內城和外城。中軸線南起永定門，往北經過正陽門、宮城、景山、鼓樓和鐘樓，全長約 7.8 公里。宮城也叫紫禁城，是皇帝和后妃們生活的地方，也是北京城的核心。紫禁城的城牆高約十米，城牆外有護城河。皇城在紫禁城的外面，由九千多米長的圍牆組成，有六個城門。內城在皇城的外面。由於皇城的阻隔，內城的主要道路是南北走向的。外城在內城的南面，可以防禦外敵。北京不僅是中國歷史上城市建設的典範，也是當時世界上最雄偉壯觀的都城之一。

古為今用 (可以上網查資料)

1) 在古代，北京城的鼓樓派什麼用場？

2) 現在，首都北京是一座什麼樣的城市？

3) 北京城有很多名勝古跡。請介紹一座著名的皇家園林以及它的前世今生。

4) 你去過北京的紫禁城嗎？你對紫禁城的印象怎麼樣？

5) 北京是中國的古都，還有哪幾個城市也是中國的古都？請列舉四個。

10 地理知識

海上絲綢之路

漢武帝大力發展海上交通，漢朝時期開闢了海上絲綢之路。海上絲綢之路從中國的東南沿海港口出發，繞過馬來半島，進入印度洋，到達南亞。隋唐時期，造船技術和航海技術大幅提高，海上絲綢之路成為中國對外交往的主要通道。到了宋朝，指南針廣泛應用於航海，再加上政府鼓勵海外貿易，海上絲綢之路日益發達。明朝時期，海上絲綢之路進入極盛時期。明朝永樂皇帝派遣鄭和率領龐大的艦隊七次下西洋，開闢了中國與亞非三十多個國家和地區的海上交通航線。

瓷器

海上絲綢之路是中國與外國貿易往來的大通道，促進了各國的共同發展。中國向沿途國家和地區輸出絲綢、瓷器、茶葉等特產，從外引進香料、藥材、珠貝等物品。

海上絲綢之路也是中外文明的交流之路。通過海上絲路，中國的儒道思想和民族工藝走向了世界，產生了很大的影響。

造福後代 (可以上網查資料)

1) 中國的瓷器和茶葉對世界有很大的影響。中國的製瓷工藝對世界其他國家有何影響？

2) 請上網查一查日本茶道的歷史。為什麼說日本的茶道源自中國？

3) 通過陸上絲綢之路和海上絲綢之路，有哪些外來蔬菜進入了中國？

生詞 5

① 提議 *tí yì* propose

② 框架 *kuàng jià* framework ③ 完整 *wánzhěng* complete

④ 念 *niàn* idea 觀念 *guānniàn* idea; concept

⑤ 絢（绚）*xuàn* gorgeous (of colour) 絢麗 *xuàn lì* splendid

⑥ 瑰 *guī* rare 瑰寶 *guī bǎo* treasure

⑦ 財富 *cái fù* wealth ⑧ 棟樑 *dòngliáng* pillar

⑨ 合格 *hé gé* qualified ⑩ 提倡 *tí chàng* advocate; promote

⑪ 德行 *dé xíng* moral integrity ⑫ 悌 *tì* brotherly

⑬ 義 *yì* righteousness 正義 *zhèng yì* justice

⑭ 廉 *lián* incorruptible
廉潔 *lián jié* incorruptible 清廉 *qīng lián* honest and upright

⑮ 賢（贤）*xián* an able and virtuous person
先賢 *xiānxián* a wise man of the past

⑯ 起碼 *qǐ mǎ* at least

⑰ 準 *zhǔn* norm; standard 準則 *zhǔn zé* norm; standard

⑱ 職（职）*zhí* duty 職責 *zhí zé* duty 職守 *zhí shǒu* duty

⑲ 弘 *hóng* expand 弘揚 *hóngyáng* promote

⑳ 贍 *shàn* provide for; support 贍養 *shànyǎng* provide for; support

㉑ 自然 *zì rán* naturally

㉒ 睦 *mù* harmonious 和睦 *hé mù* harmonious

㉓ 真理 *zhēn lǐ* truth ㉔ 信仰 *xìnyǎng* faith

㉕ 忠心 *zhōng xīn* devotion; loyalty

㉖ 耿耿 *gěnggěng* loyal; faithful 忠心耿耿 *zhōng xīn gěnggěng* loyal and devoted

㉗ 始終 *shǐ zhōng* from beginning to end 始終如一 *shǐ zhōng rú yī* constant

㉘ 忠於 *zhōng yú* loyal to ㉙ 盡心竭力 *jìn xīn jié lì* exert one's utmost

㉚ 信譽 *xìn yù* reputation

㉛ 欺 *qī* deceive

㉜ 騙（骗）*piàn* deceive 欺騙 *qī piàn* deceive

㉝ 誠信 *chéng xìn* honest

㉞ 允 *yǔn* consent

㉟ 諾（诺）*nuò* promise 允諾 *yǔn nuò* promise

㊱ 食言 *shí yán* break one's promise

㊲ 恭 *gōng* respectful 恭敬 *gōng jìng* respectful

㊳ 以禮相待 *yǐ lǐ xiāng dài* treat somebody with due respect

㊴ 制度 *zhì dù* system ㊵ 卑 *bēi* inferior

㊶ 秩 *zhì* order 秩序 *zhì xù* order

㊷ 循 *xún* follow 遵循 *zūn xún* follow

㊸ 合乎 *hé hū* conform with

㊹ 公德 *gōng dé* social morality ㊺ 品行 *pǐn xíng* conduct

㊻ 端 *duān* proper; upright 端正 *duānzhèng* proper; upright

㊼ 大公無私 *dà gōng wú sī* selfless and just

㊽ 原則 *yuán zé* principle

㊾ 損公肥私 *sǔn gōng féi sī* seek private gain at public expense

㊿ 羞 *xiū* shame

51 愧 *kuì* ashamed 羞愧 *xiū kuì* ashamed

52 辱 *rǔ* disgrace 恥辱 *chǐ rǔ* shame; disgrace

53 底線 *dǐ xiàn* bottom line

54 堅信 *jiān xìn* firmly believe

55 升華 *shēng huá* raise to a higher level

56 和平 *hé píng* peace 57 採納 *cǎi nà* accept

1 聽課文錄音，做練習

A 選擇

1) 這封信是寫給誰的？

    a) 家長   b) 校長

    c) 老師   d) 學生會

2) 教育的根本職責是什麼？

    a) 培養人的德行   b) 傳授知識

    c) 增強學生的自信心   d) 培養精英

3) 品德的升華對社會有何影響？

    a) 增強競爭力   b) 光宗耀祖

    c) 促進社會友愛   d) 薪火相傳

4) 秦學文寫這封信的目的是什麼？

    a) 馬上開課   b) 商討   c) 得到回應

    d) 希望開設中國傳統道德教育課

B 判斷正誤

☐ 1) "孝" 指要有感恩之心，贍養父母是子女應盡的義務。

☐ 2) "悌" 指的是兄長要愛護、照顧弟弟，而弟弟要尊重兄長。

☐ 3) 在工作上 "忠" 表現為喜歡做的事就盡力做，不喜歡做的就敷衍。

☐ 4) "信" 指做人要有信譽，與人交往要有誠信。

☐ 5) "禮" 指待人接物要有恭敬心，要以禮相待。

☐ 6) "義" 指的是言行舉止要合乎正義，要遵守社會公德。

☐ 7) "廉" 指的是要廉潔自律，不能損公肥私。

☐ 8) "恥" 指的是做錯了事要感到羞愧，不做不道德的事。

C 選擇 (答案不止一個)

1) 中國是一個有着 _____ 的國家。

    a) 悠久歷史   b) 絢麗文化   c) 豐厚家底   d) 很多傳統美德

2) 中國的傳統美德是 _____ 。

    a) 中國文化的瑰寶   b) 全世界的財富   c) 應該改良的   d) 值得學習的

D 回答問題

1) 秦學文為什麼認為學校現有的教育框架不夠完整？

2) 中國傳統文化所提倡的八種德行是誰訂立的？

3) 在這封信中，秦學文向校長提議開設什麼課程？

關於開設中國傳統道德教育課的建議書

尊敬的王校長：

　　您好！

　　我寫這封信是想提議在我們學校開設中國傳統道德教育課。

　　我認為我們學校現有的教育框架不夠完整，學校從來沒有系統地向學生介紹、宣傳過中國優秀的道德觀念。有着悠久歷史和絢麗文化的中華民族擁有很多傳統美德。這不僅是中國文化的瑰寶，也是全世界的財富。了解中國傳統美德對於年輕人成為國家的棟樑、成為合格的世界公民有巨大的幫助。

　　中國傳統文化提倡八種德行：孝、悌、忠、信、禮、義、廉、恥。這"八德"是中國古代先賢訂立的最起碼的道德準則，在現代社會仍有重要的意義。教育的根本職責是培養人的德行，我認為學校應該開設中國傳統道德教育課，弘揚這八種優秀的道德觀念。

　　下面我就具體地介紹一下"八德"：

　　"孝"指孩子應該有感恩之心，尊重父母，贍養父母。讓父母生活得快樂是子女的義務。"悌"指兄長要愛護弟弟，弟弟要尊重兄長。兄弟之間互相關愛，家庭關係自然會十分和睦。"忠"指對天地、真理、信仰、國家、他人忠心耿耿、始終如一，忠於職守、盡心竭力做好自己的分內事。"信"指有信譽。做人要誠實，不能欺騙別人。與人交往時要誠信，允諾的事不能食言。人人都有信譽才能有和諧的人際關係。"禮"指的是要有恭敬心，以禮相待。"禮"也是一種制度，是尊卑長幼的社會秩序，是每個人都要遵循的。"義"指的是正義。言行舉止要合乎正義，遵守社會公德。"廉"指的是要品行端正，廉潔自律，大公無私。做事要以清廉為原則，不能損公肥私。"恥"指的是要有羞愧感、恥辱感。做人要有底線，不能做不道德的事。

　　我堅信學習"八德"可以讓我們的品行得到升華，而道德素質的提高可以促進家庭和諧、社會友愛。這會對國家發展起到積極作用，可以為世界和平做出貢獻。因此，我希望您能採納我的建議，開設中國傳統道德教育課。

　　此致

敬禮

學生：秦學文

9月19日

2 根據實際情況回答問題

1) 中國的傳統文化中崇尚八種德行——孝、悌、忠、信、禮、義、廉、恥。其他國家的文化中弘揚和傳承哪些優良的道德觀念？請舉例說明。

2) 你們學校的課程中有沒有道德教育課？如果有，課上提倡什麼道德觀念？跟中國的八德有哪些相似之處？又有哪些區別？你覺得你們學校應該弘揚中國的這八種優良品德嗎？為什麼？

3) 在你的家人、同學或朋友中，誰擁有中國的八德，並在一些領域做得很棒？你欽佩他/她嗎？請舉一兩個例子說明一下。

4) 在你們家中，有沒有一些家規是和八大德行相契合的？請舉一兩個例子說明一下。除了這八種優良品德，還有哪些品德你覺得也應該提倡？

5) 中國人有惜時如金的傳統觀念。"一寸光陰一寸金，寸金難買寸光陰""光陰似箭，日月如梭"等格言說的都是時間的寶貴。你在這方面做得怎麼樣？如果做得還不夠好，在今後的日子裏你會做怎樣的調整？

6) 中國有句古詩："少壯不努力，老大徒傷悲"，告訴人們小時候要立志勤學，積極進取。在你們家，父母是怎樣教你從小就樹立勤奮學習、努力付出的價值觀的？請藉助具體的事例說明一下父母對你的學習有何要求和期望。

7) 為人處事要謙虛禮讓，待人接物要彬彬有禮也是中國人提倡的優良品德。你在這方面做得怎麼樣？還有哪些需要改進的地方？

8) 當今社會競爭非常激烈，有些投機取巧、弄虛作假、搬弄是非的人在特定的情況下反而得勢，有的甚至還很走運。你是怎麼看這種現象的？請具體談談你的看法。

3 諺語名句

1) 人心齊，泰山移。

2) 天下無難事，只怕有心人。

3) 天有不測風雲，人有旦夕禍福。

4) 搬起石頭砸自己的腳。

5) 百聞不如一見，百見不如一幹。

6) 善有善報，惡有惡報；若還不報，時辰未到。

龍鳳呈祥

上海文明新氣象

清晨，一縷陽光灑入我的房間，我睜開朦朧的雙眼迎接在上海的最後一天。

推開窗戶，和煦的春風迎面撲來，樹上的嫩芽探出了頭，院中的花朵爭奇鬥艷，空氣中瀰漫着沁人心脾的芬芳。陶醉在這熟悉的春天的早晨，回憶這幾天的見聞，我發現上海的城市面貌變化巨大，大街小巷中人們的精神面貌也不一樣了。我走出家門，倍加細心地觀察映入眼簾的一切。

在去淮海路新天地的途中我經過了一個建築工地，正巧一輛大卡車緩緩地開了出來。卡車所過之處在馬路上留下了濕漉漉的車輪印，顯然輪胎是剛被沖洗過的。我探頭看了一下工地，只見同樣長短的鋼筋一根根排得整齊有序，各種尺寸的管道堆得井井有條，建築工人穿得乾淨整潔。這一切都出乎我的預料。

在公交車站，有十幾個大人、小孩在排隊等車，井然有序。幾分鐘後，公交車來了，下車的人從後面的車門下車，上車的人從前門上車。沒有人為了搶座位而爭先恐後地推擠，而是一個個不急不慢地上車。一位老奶奶上了車後，先拿出一張報紙鋪在車廂的地板上，然後把裝滿了菜的兩個塑料袋放在上面。她邊鋪邊自言自語："塑料袋裏有魚，可能會有水滲出來，這樣就不會弄髒車廂了。"我情不自禁地說道："老奶奶，您想得真周到！"她隨口回答："做人要有公德心，要多為別人着想。"是啊，大家一起努力，才能提升文明素質，創建文明上海。變化就在這裏！看來上海在文明進程的道路上已經邁進了一大步。

在機場的候機廳裏，我失望地得知我坐的那班飛機要延誤一個小時。候機大廳裏所有的椅子都被佔領了。我走到大廳的一角，拿出一本雜誌鋪在地上，坐下後拿出一本書來看。在我不遠處坐着的一對年輕父母正看着約莫三歲的兒子在旁邊玩耍。突然，那位年輕的爸爸站了起來，把他的位子讓給了我，還說坐在座位上看書會舒服一些。我感動得不知用什麼語言來表達我的謝意，只能一連說了好幾個"謝"字。

我坐在那位年輕爸爸的座位上，陷入了沉思。在上海各行各業中，在不同的人羣中，大家對於文明有了全新的認識。什麼是文明？文明就是"人人為我，我為人人"。文明其實很簡單，也許只是一個舉動、一點體諒、一份關懷。

A 選擇 (答案不止一個)

1) 作者在上海 _____ 。

a) 感受到了春天的氣息　　b) 看到了人們精神面貌的變化

c) 體驗到了公共交通的擁擠　　d) 看到了城市面貌的改變

2) 作者在上海感到不一樣的原因可能是上海以前 _____ 。

a) 從工地開出來的卡車輪子上有泥土　　b) 工地上的管道堆得亂七八糟的

c) 人們爭先恐後上車，還搶座位　　d) 飛機常常誤點

B 寫出字 / 詞的確切意思

在文本中……	這個字 / 詞……	文中的意思是……
1) "候機大廳裏所有的椅子都被佔領了"	"佔領"	
2) "約莫三歲的兒子在旁邊玩耍"	"約莫"	

C 填表

文明的具體表現		
1) 一個舉動	2) 一點體諒	3) 一份關懷

D 判斷正誤

☐ 1) 上海在硬件和軟件方面都有了很大的改變。

☐ 2) 上海所有的建築工地現在都能做到井然有序，表示文明程度有了很大的提升。

☐ 3) 在上海所有的公交車站，人們都排隊上下車，這是文明的進步。

☐ 4) 在上海，連公交車上的老奶奶也為營造文明城市出力，說明上海正走在文明的大道上。

☐ 5) 在機場居然所有的椅子都被佔了，作者感到很失望。

☐ 6) 文明需要每個人的參與、每個人的貢獻。

E 回答問題

1) 從哪些描寫可以看出上海的春天已經到來了？請舉兩個例子。

2) 作者在上海的最後一天觀察到什麼現象？請舉一個例子。作者得出什麼結論？

F 學習反思

1) "人人為我，我為人人"是文明的表現。你是怎樣做到文明從我做起，從現在做起的？

2) 在你居住的城市或者地區，文明程度怎麼樣？應該做哪些調整？

福建土樓

　　土樓是世界上獨一無二的大型建築形式，被稱為中國傳統民居的瑰寶。大部分土樓分佈在中國的東南部，僅福建省就有三千餘座。在福建的土樓中，大部分為客家人所建，故福建土樓又稱"客家土樓"。

　　土樓是中國古建築的奇葩。這種特殊的建築形式既能擋住野獸，又能防禦土匪山賊，讓當年從中原遷移到異地的客家人在經歷了動盪漂泊後，有了擋風遮雨的落腳之處。從外望，土樓是一個密封的碉堡；進裏看，土樓是一條宗族的紐帶。住在土樓裏，客家人守望相助，同舟共濟，繁衍生息，讓客家人的文化和智慧結晶得以代代相傳。

　　土樓的選址基本上都依山傍水、向陽避風，主要是以土、木、石、竹為建築原料。土樓一般高三四層，有的可達五六層。從外觀看，土樓形態各異，各有特色，以圓形、半圓形、方形、四角形為主，無論是遠觀還是近看都給人一種視覺震撼。大型的土樓內有四五百間住房，可住七八百人，從通風到採光，從排水到屯糧，從廚房到議事廳，一應俱全，極具實用性。

　　坐落在福建省田螺坑的土樓羣是當之無愧的建築傑作。從空中鳥瞰，這組土樓羣由三個圓形、一個橢圓形和一個方形的建築物組成，被人們昵稱為"四菜一湯"。傳說中，天上的玉皇大帝每隔一段時間就會來人間視察民間疾苦，這組神奇的建築便是土地公公敬獻給玉皇大帝作午餐的"四菜一湯"。傳說終歸是傳說，和這五座土樓有關的、最有戲劇性的莫過於它們的"成名之路"。由於造型奇特，田螺坑的土樓羣曾經被誤以為是中國的一處祕密核武器基地。這個大烏龍<u>歪打正着</u>，揭開了這組建築羣神祕的面紗。田螺坑的土樓羣不僅吸引了廣大史學家和建築學家前來研究，國內外遊客更是<u>紛至沓來</u>，一睹它們的風采。

　　時光荏苒，撫今追昔，土樓雖依舊威武無限，然已物是人非。客家人全族而居，熱鬧非凡的景象已不復存在。大山終究是閉塞的，年輕人紛紛走出大山，尋找更多的發展機會。土樓的設計總歸是老舊的，現代化的小樓在村子裏悄然成風。如何合理地修繕土樓，讓它成為客居他鄉的客家人魂牽夢繞的家？如何合理地開發土樓，讓它成為後世講述客家人智慧和文化的載體？這些都是值得我們深思的問題。

A 寫出字/詞的確切意思

在文本中……	這個字/詞……	文中的意思是……
1) "這個大烏龍歪打正着"	"烏龍" "歪打正着"	
2) "國內外遊客更是紛至沓來"	"紛至沓來"	

B 判斷正誤，並説明理由

1) 土樓的建築形式在世界範圍內獨樹一幟。　　　　　　　　　　　　　　對　　錯

_____　　___　___

2) 土樓這種建築形式在中國古建築中也屬罕見。

_____　　___　___

C 選出四個正確的句子

福建田螺坑的土樓羣 _____ 。

☐ a) 可稱得上是名副其實的土樓建築典範

☐ b) 由四幢形狀迥異的建築物組成，俗稱"四菜一湯"

☐ c) 傳説是天上的玉皇大帝派人下凡建的

☐ d) 曾經被誤認為是中國的核武器基地，後成為旅遊景點

☐ e) 受到歷史學家和建築師的極大關注

☐ f) 成了海內外著名的旅遊景點，吸引了大批遊客到訪

D 配對

☐ 1) 土樓有很多功能，

☐ 2) 客家人的祖先背井離鄉，

☐ 3) 修築土樓所用的建材

☐ 4) 關於土樓的前景應思考：

a) 經歷了千辛萬苦在異鄉落地生根。

b) 如何在開發土樓的同時讓其發揮歷史文化價值。

c) 怎樣修繕土樓，讓其成為旅遊創收的"搖錢樹"。

d) 有泥土、木材、竹子、石頭等。

e) 其中一個功能是抵禦強盜土匪的侵擾。

f) 已經成為客家人共同思念的"家"。

E 回答問題

1) 土樓是如何發揮宗族紐帶作用的？

2) 你怎麼理解"土樓雖依舊威武無限，然已物是人非"？

F 學習反思

你認為人們應該如何合理地開發土樓，讓它成為後人講述客家智慧和文化的載體？

要求 做一個什麼樣的人？如何做人？這是一門大學問。人們常說，先做人，後做事，由此可見做人是多麼的重要，這是每一個人一生的必修課。如何做人固然沒有統一的標準，但是各個國家、各個民族都有一些基本的做人準則。請分享一下你認為應該如何做人、做一個什麼樣的人以及你是怎麼做的。

例子：

你： 中國人重視修身養性，強調做一個有教養的人。所謂教養，就是知深淺、明尊卑、懂高低、識輕重、講規矩、守道義。有教養的人是與人為善的，在與人相處時會為他人着想，並能管好自己的嘴。我時常提醒自己做事要穩妥，要寬厚待人，不要得罪人，要三思而後行。我要做一個有教養的人，我已經做好了一輩子"修行"的準備。

同學1： 你說到要管好自己的嘴，讓我想起中國的一句諺語"禍從口出"。很多麻煩都是出於自己說的話，所以要管住嘴巴，不能亂說話。

同學2： 我也想起一句古語"交絕不出惡聲"，意思是有道德的人即使跟朋友絕交了，也絕對不會詆毀對方。

……

a) 中國人做人的準則深受儒家思想的影響。我信奉王陽明的"知行合一"。"知"指人的道德意識，而"行"指的是實際行動，道德意識是人實際行動的指導思想。平日裏，我們做人、做事要表裏如一、言行一致，不能口是心非、陽奉陰違。

b) 孔子說："言必信，行必果。"這句話的意思是不管做什麼事情都要言而有信，也就是答應別人的事一定要做到，否則就會失信於人。這句話一直是我為人處世的原則，跟西方推崇的"誠信"不謀而合。

c) 低調做人是我為人處世的原則。低調是一種德行，也是一種心態。低調的人跟誰都不爭，只跟自己爭。低調的人深藏不露，越是謙遜低調越會受到別人的賞識和尊敬。低調的人不盛氣凌人，可以免去很多不必要的麻煩。

d) 為人處世應該保持不卑不亢的態度。"卑"指的是身份卑微、地位較低的人表現出的可憐的姿態，而"亢"指的是身份和地位較高的人表現出的高傲的態度。不卑不亢是一種心靈境界。無論是比你尊貴的人還是地位比你低的人，相處時都應不卑不亢。如果對一部分人謙卑有加，而對另一部分人毫不搭理，這樣不但會得罪人，還會失去自己的尊嚴。

7 文體

建議書格式

標題：關於 xx 的建議書

- 稱呼："尊敬的校長""尊敬的中文組組長"等。
- 正文：提出建議的背景、原因，建議的具體內容、要求。
- 結尾：建議者的希望。
- 落款：發出建議的個人、團體，發出建議的日期。
- 建議書是個人、團體為了完成任務、進行某項活動而提出建議時使用的一種文體。

8 寫作

要求 你的中文老師是一位深受同事信任、受家長和學生愛戴的教師。在她即將退休時，你給校長寫一份建議書，建議學校設立"教師節"，表示學生對學校辛勤工作的老師的尊敬，以此弘揚尊敬師長的中華民族的優良傳統。

你可以寫：
- 為什麼要設立"教師節"
- 你的建議和做法

例子：

關於設立"教師節"的建議書

尊敬的李校長：

您好！

我今天寫信是想向您提出一個建議：將每年的 9 月 1 日設定為我們學校的"教師節"。

在您的帶領下，學校一直注重中華傳統文化教育，有尊師重教的傳統：老師們都盡忠職守，兢兢業業地教書育人，同學們也尊敬師長，勤勤懇懇地學習。

我們的中文老師殷老師即將退休。她在我們學校默默耕耘了二十多個年頭，對學校中文教學的貢獻有目共睹。我和其他同學一致認為她是教師的楷模，是我們大家學習的榜樣。……

你 可以用

a) 在短短的一年多的時間裏，我的中文取得了飛躍式的進步，成績從剛入學的 4 分提升到了 6 分。這一切都應該歸功於殷老師的辛勤教導。她為我指出每個階段的前進方向，並給予我很大的鼓勵。

b) 有人說老師是北斗星，用耀眼的光芒為我們指路。有人說老師是蠟燭，犧牲自己照亮別人。有人說老師是山泉，用清冽的泉水滋潤學生的成長。無論用什麼語言都無法表達老師在學生成長過程中起到的重要作用。

中國人，你為什麼不生氣　　龍應台

在台灣，最容易生存的不是蟑螂，而是"壞人"，因為許多中國人怕事、自私，只要不殺到他床上去，他寧可閉着眼假寐。

……

我看見成百的人到淡水河畔去欣賞落日，去釣魚。我也看見淡水河畔的住家把惡臭的垃圾往河裏倒，廁所的排泄管直通到河底。河水一漲，污穢氣直逼到呼吸裏來。

愛河的人，你為什麼不生氣？

你為什麼沒有勇氣對那個丟汽水瓶的少年郎大聲説："你敢丟，我就把你也丟進去！"你靜靜地坐在那兒釣魚（那已經佈滿癌細胞的魚），想着今晚的魚湯，假裝沒看見那個幾百年都化解不了的汽水瓶。你為什麼不丟掉魚竿，站起來，告訴他你很生氣？

我看見出租車穿來插去，最後停在右轉線上，卻沒有右轉的意思。一整列想右轉的車子就停滯下來，造成大阻塞，你坐在車中，歎口氣，覺得無奈。

你為什麼不生氣？

哦！跟計程車可理論不得，報上説，司機都是帶着扁鑽的。

問題不在於他帶沒帶扁鑽，問題在你們這 20 個受阻礙的人沒有膽量推開車門，很果斷地讓他知道你們不齒他的行為，你們很憤怒！

經過郊區，我聞到刺鼻的化學品燃燒的氣味，灣裏的小商人焚燒電纜。走近海灘，看見工廠的廢料大股大股地流進海裏，把海水染成一種奇異的顏色，使這裏生出許多缺少腦子的嬰兒。我們的下一代——眼睛明亮、嗓音稚嫩，臉頰透紅的下一代，將在化學廢料中學游泳，他們的血管裏將流着我們都説不出來的毒素。

你又為什麼不生氣呢？難道一定要等到你自己的雙手也溫柔地捧着一個無腦嬰兒，你再無言地對天哭泣？

西方人來台灣觀光，他們的旅行社頻頻叮嚀：絕對不能吃攤子上的東西，最好也少上餐廳，飲料最好喝瓶裝的，但台灣本地出產的也別喝，他們的飲料不保險……

這是美麗寶島的名譽。但是名譽還是其次，最重要的是我們自己的健康，我們下一代的健康。一百位交大學生中毒……這真的是一場笑話嗎？中國人的命這麼不值錢嗎？……

不要以為你是大學教授，所以做研究比什麼都重要；不要以為你是殺豬的，所以沒有人會聽你的話；也不要以為你是個學生，不夠資格管社會的事。你今天不生氣，不站出來説話，明天你——還有我、還有我的下一代，就要成為沉默的犧牲者、受害人！如果你有良心、有膽量，你現在就去告訴你的公僕立法委員，告訴衛生署，告訴環保局，你受夠了，你很生氣！

　　你一定要很大聲地説。

（選自義務教育課程標準實驗教科書《語文》五年級上冊，
北京師範大學出版社，2010 年）

作者介紹 龍應台（1952-），台灣著名的作家。龍應台的代表作有《親愛的安德烈》《野火集》等。

A 選擇（答案不止一個）

1) _____ ，危害到了公眾的健康。

a) 將惡臭的垃圾直接倒入河道　　b) 在河邊釣魚

c) 把化學廢料排入海中　　　　　d) 廁所的糞便不經處理直接排入河裏

2) "等到你自己的雙手也温柔地捧着一個無腦嬰兒，你再無言地對天哭泣？" 作者的潛台詞是公眾 _____ 。

a) 應該立刻採取行動制止環境污染　　b) 應該馬上行動起來避免悲劇發生

c) 對於環境污染感到無計可施　　　　d) 到那時哭泣就晚了

3) 作者寫這篇文章的目的是 _____ 。

a) 號召社會各界對缺乏公德的人進行譴責　　b) 對於不道德的事説 "不" 字

c) 激發公眾對政府部門的不滿　　　　　　　d) 喚起正義的風氣

B 選擇

"跟計程車可理論不得，報上説，司機都是帶着扁鑽的。" 這句話反映出什麼現象？

a) 民眾怕事、怕暴力　　　　　b) 坐出租車的乘客都要帶扁鑽

c) 司機為了自身安全着想而帶扁鑽　　d) 計程車司機大多不懂交通規則，因而導致塞車

C 判斷正誤

☐ 1) 未經處理過的生活垃圾被倒入淡水河，一股惡臭彌漫在空氣中。

☐ 2) 工業廢料直接排入大海，海水受到污染，公共衛生、身體健康受到嚴重的影響。

☐ 3) 台灣作為旅遊勝地，聲譽並不重要，重要的是旅客的人身安全。

☐ 4) 大部分民眾有這樣的心態：事不關己，高高掛起。

☐ 5) 民眾普遍認為自己沒權、沒勢，所以採取視而不見的態度。

☐ 6) 公眾認為即使把這些 "壞人" 告到政府有關部門，事情也只會不了了之。

D 回答問題

1) 為什麼台灣人對 "壞人" 做的不道德的事有那麼大的容忍度？

2) 哪個觸目驚心的事例説明污染已經嚴重危害到了人的身體健康？

E 學習反思

你會對哪些不道德的事發聲？你會用什麼方式來表達不滿？

長城·鄭和·古典名著

在明朝的兩百多年間，在隋唐的基礎上對長城進行了重新修建，工程十分浩大。明長城西起嘉峪關，東至鴨綠江邊，全長約一萬兩千七百里，並逐步形成了分區防守、分段管理的制度。明長城對於北部地區經濟的發展和國家的安全都起到了積極作用。人們今天看到的萬里長城主要是明代修築的。

鄭和

鄭和（1371 年－1433 年）是中國著名的航海家和外交家。1405 年，35 歲的鄭和率領兩萬七千多人，分乘 62 艘大船，出海出使西洋地區。這就是歷史上著名的"鄭和下西洋"。1405 年至 1433 年間，鄭和率船隊先後 7 次出海，到達了三十多個國家和地區。通過鄭和的船隊，中國的瓷器、漆器、絲綢、茶葉等傳播到了外國。同時，外國的香料、染料等也進入了中國。鄭和下西洋提高了中國的威望，也促進了中國與亞非國家和地區的政治、貿易往來。

中國四大古典名著中的三部都是在明朝寫成的。羅貫中（約 1330 年－約 1400 年）創作的《三國演義》是中國文學史上第一部長篇章回體歷史演義小說。《三國演義》講述了魏、蜀、吳三國之間的矛盾與鬥爭，塑造了眾多叱吒風雲的英雄人物。《三國演義》藝術結構宏偉，情節緊湊嚴密，引人入勝。施耐庵（約 1296 年－約 1370 年）創作的《水滸傳》講述了北宋末年以宋江為首的 108 位好漢在梁山反抗壓迫的故事。通過這 108 位好漢的經歷，施耐庵將當時政治腐敗、奸臣當道、民不聊生的社會面貌淋漓盡致地呈現了出來。《水滸傳》故事情節曲折，人物特點鮮明，語言極具個性。吳承恩（1500 年－約 1583 年）創作的《西遊記》是中國古代第一部浪漫主義章回體長篇神魔小說。《西遊記》講述了神奇瑰麗的幻想世界裏發生的一系列妙趣橫生的神話故事，成功塑造了超凡的英雄人物孫悟空。孫悟空堅持正義、英勇好鬥、機智靈活，但又倔強自大的形象為每個中國人所熟悉。上百年來，孫悟空已在中國民間文化中成為了機智與勇敢的化身。

古為今用 （可以上網查資料）

1) 麥哲倫和哥倫布是西方著名的探險家和航海家。為什麼說鄭和堪稱是"大航海時代"的先驅？

2) 中國提出"21世紀海上絲綢之路"的構想，與東盟國家一起打造命運共同體，迎接挑戰，具有深遠的歷史意義。東盟有哪些國家？

3) 《西遊記》講述了一個怎樣的神話故事？

4) 孫悟空在中國是個家喻户曉的人物。你知道他為什麼那麼受中國人的喜愛嗎？

11 地理知識

西安

西安，是中國四大古都之一。中國歷史上有十三個王朝曾定都西安，強盛的漢朝和唐朝的都城都在西安。

西安被譽為中華文明的發祥地之一，充滿了厚重的歷史感。享有"世界第八大奇跡"美譽的兵馬俑便是其中濃墨重彩的一筆。兵馬俑是 1974 年當地農民在挖井時偶然發現的。秦始皇兵馬俑坑有數千件戰士俑、戰車、戰馬。戰士俑高 1.8 米左右，身材高大，

兵馬俑

表情生動。戰車、戰馬排列整齊，氣勢浩大。這麼大規模、栩栩如生的墓葬品讓人無不為中華民族的智慧所折服。

除了歷史名都之外，西安也是美食之城。西安有許許多多不可錯過的美食，其中手工拉成的 biángbiáng 麵最為特別。相傳，古代有一個窮秀才，因為付不起麵錢而遭到飯館侍者的譏笑。秀才靈機一動，聽着摔打麵條發出的"biangbiang"聲創造了一個漢字，作為 biángbiáng 麵的名字。這個漢字至今沒有電腦輸入法可以打出來。

造福後代 （可以上網查資料）

1) "biángbiáng 麵"的 biáng 字是生造出來的。在網上找到這個 biáng 字，數一數有多少筆畫。

2) 有人這樣描寫 biáng 這個字：一點飛上天，黃河兩道彎，八字大張口，言字往裏走，你一扭，我一扭；你一長，我一長；當中夾個馬大王，心字底月字旁，留個勾搭掛麻糖，推個車車逛咸陽。請編出你對 biáng 這個字的描述。

3) 西安人喜歡吃麵食，牛羊肉泡饃是西安著名的小吃。上網查一查，牛羊肉泡饃的湯有什麼特別之處？牛羊肉泡饃的味道怎麼樣？如果你去西安，會去嚐一嚐嗎？為什麼？

4) 西安的古城牆又稱為西安明城牆，是中國現存規模最大、保存最完整的古代城垣。在你們國家有哪些歷史遺跡？請介紹其中一個。

第一單元複習

生詞

第一課							
譽	凡是	賓客	流傳	名貴	填鴨	飼養	追溯
相傳	帝王	狩獵	意外	捕獲	馴化	培育	催肥
故	派	燜	軀	重量	炙烤	豐盈	飽滿
潤	光亮	呈	鮮豔	棗紅	趁	席	當……面
食客	片	燜熟	讚歎	不已	荷葉	爽口	勁
十足	回味無窮	創始	售賣	積累	資金	開創	宮廷
掌勺	明火	杏	質地	堅硬	燃料	香氣	撲鼻
膩	柴	沿用	創新	首創	胸脯	翅膀	備
好評	磷	銅	鋅	微量	氨基酸		

第二課							
祠堂	宗族	供奉	神靈	祭祖	拜	神聖	婚嫁
喪事	濃縮	佛山	領略	莊重	雄偉	雕	樑
棟	寬敞	風采	目睹	盛況	一貫	傳宗接代	血脈
延續	嬰兒	韻	綢緞	呈現	酣睡	稚嫩	臉龐
緋紅	時髦	紛紛	人丁	見證	薪	相傳	繁衍
生息	真諦	凝聚	接納	媳婦	色調	地毯	呼應
襯托	殿堂	枚	蓮子	真誠	良緣	白頭偕老	洋溢
喜悅	開啟	征程	濃重	根深蒂固	回歸	親密	團結
敬仰	守護	歸屬	堅定	傳承	攜手	並進	

第三課							
提議	框架	完整	觀念	絢麗	瑰寶	財富	棟樑
合格	提倡	德行	悌	義	正義	廉	廉潔
清廉	先賢	起碼	準則	職責	職守	弘揚	贍養
自然	和睦	真理	信仰	忠心耿耿	始終如一	忠於	盡心竭力
信譽	欺騙	誠信	允諾	食言	恭敬	以禮相待	制度
卑	秩序	遵循	合乎	公德	品行	端正	大公無私
原則	損公肥私	羞愧	恥辱	底線	堅信	升華	和平
採納							

44

短語 / 句型

- 被譽為"中華第一吃"的烤鴨　• 凡是來北京旅遊的國內外賓客
- 在北京流傳着這樣一句話："不到長城非好漢,不吃烤鴨真遺憾。"
- 經過不斷馴化飼養,逐漸將其培育成了優質的肉食鴨　• 廚師的刀工嫻熟　• 令人讚歎不已
- 鴨體豐盈飽滿,表皮油潤光亮,呈鮮豔的棗紅色　• 烤鴨香氣撲鼻、肥而不膩、瘦而不柴
- 烤鴨皮脆肉嫩,葱絲、黃瓜條清新爽口,麵餅嚼勁十足,一口咬下去令人回味無窮
- 首創了以烤鴨為主料烹製的"全鴨席"　• 北京烤鴨不僅味道鮮美,而且營養豐富
- 通過售賣雞鴨積累了一定的資金　• 以棗樹、桃樹、杏樹等質地堅硬的果木為燃料來製作烤鴨
- 聘請了為宮廷做掛爐烤鴨的孫師傅來掌勺　• 全鴨席已成為全聚德的經典菜品,備受好評
- 烤鴨中富含蛋白質、維生素,還有鈣、磷、鐵、銅、鋅等微量元素及多種氨基酸

- 祠堂在中國人心中的地位　• 宗族文化是中國傳統文化的重要組成部分
- 祠堂是宗族供奉祖先、神靈,祭祖、拜神的場所,是宗族最神聖的地方
- 出生擺滿月酒,婚嫁設喜宴,離世辦喪事,都離不開祠堂　• 對親密、團結的家族關係的重視
- 領略了祠堂莊重雄偉、雕樑畫棟、寬敞高大的風采　• 重視傳宗接代、血脈延續
- 親友紛紛獻上祝福　• 祝願孩子健康成長、家族人丁興旺　• 見證了宗族的薪火相傳、繁衍生息
- 濃重的宗族文化在廣東根深蒂固　• 臉上洋溢着喜悅笑容　• 開啟了人生的新征程
- 祝賀新人喜結良緣　• 祝願他們白頭偕老　• 反映了宗族文化的真諦
- 感悟到宗族文化強大的凝聚力　• 親眼目睹了在祠堂擺滿月酒、辦中式婚禮的盛況
- 對宗族文化的敬仰、守護　• 宗族文化給族人的歸屬感　• 堅定地傳承中國的傳統文化

- 提議在我們學校開設中國傳統道德教育課　• 現有的教育框架不夠完整　• 中國文化的瑰寶
- 沒有系統地向學生介紹、宣傳過中國優秀的道德觀念　• 有着悠久歷史和絢麗文化的中華民族
- 古代先賢訂立的最起碼的道德準則　• 提倡八種德行:孝、悌、忠、信、禮、義、廉、恥
- 年輕人成為國家的棟樑　• 成為合格的世界公民　• 感恩之心　• 尊重父母,贍養父母
- 忠心耿耿、始終如一　• 忠於職守、盡心竭力做好自己的分內事　• 與人交往時要誠信
- 允諾的事不能食言　• 要有恭敬心,以禮相待　• 人人都有信譽才能有和諧的人際關係
- 尊卑長幼的社會秩序　• 言行舉止要合乎正義　• 品行端正,廉潔自律,大公無私
- 做事要以清廉為原則　• 不能損公肥私　• 要有羞愧感、恥辱感　• 讓我們的品行得到升華
- 為世界和平做出貢獻　• 對國家發展起到積極作用

生詞

❶ wěn gù 穩固 stabilize

❷ wéi xì 維繫 hold together

❸ ān dìng 安定 stable

❹ jī běn 基本 basic

❺ xì 細 tiny　xì bāo 細胞 cell

❻ chóng 崇 esteem　chóng bài 崇拜 worship; adore

❼ tuō 託 (托) support with hand　yī tuō 依託 depend on

❽ qīngmíng jié 清明節 Qingming Festival (celebrated around April 5)

❾ fén 墳 (坟) grave
　　shàng fén 上墳 honour the memory of the dead at a grave

❿ zhuī yì 追憶 recall

⓫ gù 故 pass away　yǐ gù 已故 deceased

⓬ qí 祈 pray; hope for　qí qiú 祈求 pray for

⓭ zǔ zong 祖宗 ancestors

⓮ yòu 佑 bless and protect　bǎo yòu 保佑 bless and protect

⓯ yào 耀 glory
　　guāng zōng yào zǔ 光宗耀祖 bring honour to one's ancestors
　　róng yào 榮耀 glory

⓰ jiàn gōng lì yè 建功立業 build up establishment

⓱ chū rén tóu dì 出人頭地 become outstanding

⓲ zhēng guāng 爭光 win honour for

⓳ mù 墓 grave
　　sǎo mù 掃墓 sweep a grave to pay respects to a deceased person

⓴ chū xi 出息 promising

㉑ jiāo 驕 (骄) proud

㉒ ào 傲 proud　jiāo ào 驕傲 pride

㉓ rú 儒 Confucianist　rú jiā 儒家 the Confucianists

㉔ jūn 君 monarch　jūn zhǔ 君主 monarch

㉕ chén 臣 subject under a feudal rule
　　chén zǐ 臣子 subject under a feudal rule

㉖ wēi 威 impressive strength　wēi yán 威嚴 dignity

㉗ wú fǎ wú tiān 無法無天 become absolutely lawless

㉘ yán yú lù jǐ 嚴於律己 be strict with oneself

㉙ yǐ shēn zuò zé 以身作則 set an example with one's own action

㉚ rèn láo rèn yuàn 任勞任怨 work hard and not be upset by criticism

㉛ sī 絲 the slightest

㉜ gǒu 苟 careless
　　yì sī bù gǒu 一絲不苟 be conscientious and meticulous

㉝ jīng jīng yè yè 兢兢業業 painstaking and conscientious

㉞ mò dà 莫大 greatest

㉟ dí 迪 enlighten　qǐ dí 啟迪 enlighten

㊱ shū 抒 express　gè shū jǐ jiàn 各抒己見 everybody speaks up

㊲ bǐng 秉 preside over　bǐng chí 秉持 uphold

㊳ róng 容 tolerate　bāo róng 包容 bear with

㊴ rěn ràng 忍讓 exercise forbearance

㊵ lǐng wù 領悟 comprehend

㊶ tuǒ 妥 appropriate　tuǒ xié 妥協 compromise

聽課文錄音，做練習

A 選擇

1) 社會這個 "大家" 由什麼組成？

    a) 每個社團   b) 一個個小家

    c) 各個地區   d) 大、小城市

3) 什麼因素可以使國家穩定興旺？

    a) 家庭關係   b) 人人有活兒幹

    c) 家庭富裕   d) 家庭和睦團結

2) "家和萬事興" 是什麼意思？

    a) 發財致富   b) 家庭和睦才能興旺

    c) 各幹各的   d) 全家合力奮鬥

4) 如果父母沒有威嚴，孩子會怎樣？

    a) 遵紀守法   b) 變成小乖乖

    c) 無法無天   d) 無才無德

B 選出四個正確的句子

中華文明源遠流長，有很多優秀的文化傳統。中國人 ＿＿＿＿ 。

☐ a) 很重視家庭，素有 "家國天下" 之說

☐ b) 認為 "天下" 是由每個 "國家" 構成的，"國" 是基本元素

☐ c) 以和為貴，家人要和睦團結才能一致對外

☐ d) 很崇拜祖先，每年的春節回家團聚就是個例子

☐ e) 有 "光宗耀祖" 的觀念，人們努力做事希望可以出人頭地，為宗族爭光

☐ f) 重視秩序，有 "君君、臣臣、父父、子子" 的觀念

☐ g) 認為父母要有威嚴，同時父母也要嚴於律己

C 選擇（答案不止一個）

1) 劉清源從父母身上得到的啟迪是工作上要 ＿＿＿＿ 。

    a) 斤斤計較   b) 以身作則   c) 一絲不苟   d) 兢兢業業

2) 中國家庭會秉持和睦的原則，＿＿＿＿ 。

    a) 互相理解   b) 互相包容   c) 互相忍讓   d) 常自我批評

D 回答問題

1) 這次訪談的主要內容是什麼？

2) 中國傳統家庭觀念有什麼作用？在現今社會，是否還值得我們學習？

3) 中國家庭中是否也有分歧？如果遇到分歧，會怎麼解決？

訪林英先生

劉：我是學生會主席劉清源。林英先生，您是著名的
文化人。請問，您對我校將開設的中國傳統家庭
觀課程有何看法？

林：我非常支持你們學校開設這門課。中華文明源遠
流長，有很多優秀的文化傳統。中國傳統家庭觀
念有穩固家庭團結、維繫社會安定的作用，今時
今日依然值得我們學習。

劉：林先生，請您具體介紹一下中國傳統家庭觀，好嗎？

林：好的。中國人十分重視家庭，有"家國天下"的説法。"家"雖小，卻是構成"國"
和"天下"的基本元素。家庭是國家的最小單位，是天下的基本細胞。"家和萬事
興"，中國人以和為貴，認為只要家庭和睦團結，國家就能穩定興旺。

劉：沒錯。社會這個大"家"是由一個個小"家"組成的。

林：中國人崇拜祖先，這是人們的一種精神依託。中國人每年清明節都要去上墳祭祖，追
憶已故的親人，祈求祖宗保佑。中國人還有"光宗耀祖"的觀念。人們努力做事，希
望可以建功立業、出人頭地，讓祖先有榮耀，為宗族爭光。

劉：是的。每年清明節我們都會回家鄉去掃墓。祖父常常教導我要有出息，努力成為家人
的驕傲。

林：另外，中國人也很注重秩序。儒家有"君君、臣臣、父父、子子"的説法，意思是
"君主要像君主的樣子，臣子要像臣子的樣子，父親要像父親的樣子，兒子要像兒子
的樣子"。無論國家還是家庭，有了秩序才得以穩定。

劉：我同意。家庭也需要有秩序，家規非常重要。一方面，父母要有威嚴，否則孩子就會
無法無天；另一方面，父母也要嚴於律己，孩子應該以父母為榜樣。我的爸爸媽媽就
是這樣做的。他們生活上以身作則、任勞任怨，工作上一絲不苟、兢兢業業。我希望
以後成為像他們一樣的人。

林：看來父母給了你莫大的啟迪，真為你高興！中國的家庭觀還表現在遇到分歧的時候，
家人會各抒己見，與此同時，也會秉持和睦的原則，互相理解、互相包容、互相忍
讓。在這個過程中，可以領悟到妥協的藝術。

劉：您説得太對了！今天的採訪讓我們有很大的收穫。謝謝您！

2 根據實際情況回答問題

1) 親情是維繫家庭成員之間關係的紐帶。親人之間應該互相關愛、互相幫助、互相理解、互相包容，這樣才能構成美滿和睦的家庭。你們一家人是怎樣維繫家庭關係的？請舉一兩個例子說明一下。

2) 中國的傳統家庭是三世同堂或者四世同堂的大家庭，一家人其樂融融地生活在同一個屋簷下。現在的家庭結構改變了，年輕人應該怎樣做才能傳承尊老愛幼的傳統美德？你是怎樣做到尊重、照顧長輩，以盡孝心的？

3) 在西方家庭中，長輩比較尊重孩子的感受和看法。相比之下，中國人則更看重輩分，小輩需要服從長輩的要求。你們家是怎樣的情形？如果父母不尊重你的想法，你會怎樣跟他們溝通？請舉例說明。

4) 天下沒有不疼愛自己孩子的父母。家庭是孩子的避風港，父母在任何情況下都願意無償地為孩子遮風擋雨。請以你們家為例，舉例說明你是否同意這種說法。

5) "祖先崇拜"是中國人的一種精神寄託。你們家是用什麼方式追憶已故親人的？你的家人相信祖宗會保佑你們嗎？你的家人是否有"光宗耀祖"的觀念？請談談你對"光宗耀祖"這種觀念的看法。

6) "家和萬事興"，中國人以和為貴，認為只要家庭和睦團結國家就會穩定興旺。你同意這樣的說法嗎？請舉例說明。

7) 有些青年人比較任性，碰到事情不肯妥協，有時甚至會做出一些使矛盾激化的舉動。在與朋友或者同學的交往中，如果碰到這樣的人，你會怎樣處理？請舉例說明。

8) 友誼是人生中很重要的一部分。真正的朋友可以做到有福同享，有難同當。當你遇到困難，受到挫折時，有沒有朋友給予你安慰、鼓勵和幫助？請舉例說一說。

3 諺語名句

1) 比上不足，比下有餘。
2) 讓禮一寸，得禮一尺。
3) 欲得真學問，必下苦功夫。
4) 在家靠父母，出門靠朋友。
5) 不聽老人言，吃虧在眼前。
6) 天才出於勤奮，知識來自實踐。

龍飛鳳舞

我的爺爺奶奶

在老宅被拆除之前，我跟着父親去整理東西。從一本數學習題集中掉出來一張爺爺奶奶的黑白照片。他們倆正聚精會神地用計算尺做着計算，恩愛默契。黑白的色調烘托了悲傷的氣氛，我不禁潸然淚下。

爺爺在我出生之前就去世了。爸爸告訴我，爺爺多才多藝：對攝影情有獨鍾，書法自成一體，拉二胡的水平已經達到業餘演奏級。對爺爺來説，這些都是他的副業，研究數學、認真教書才是他的天職。爺爺當時是上海灘為數不多的優秀中學數學教師。在教書方面，他認為再小的事也是大事，比如改作業打勾要認真地打，寫評語就更不用説了。上數學課，他一步步推演得有條有理，講解起來淺顯易懂。他書桌上永遠堆放着一摞一摞的習題集、高等數學書，他研究的數學遠遠超出了教書的範疇。當夜深人靜時，弄堂裏各家窗戶透出灰暗的燈光，而我家的燈火是最明亮的。從爺爺生前那些瑣事，我感悟到事情沒有大小之分，做任何事情都要精益求精。

奶奶在大學教數學，還兼任系主任。那時候，女孩子能識字已經很稀罕了，而奶奶是鄉裏出了名的才女。奶奶小時候讀書非常用功，門門功課都名列前茅。當別的女孩子玩耍時，她就躲在草堆裏演算數學題。最後，她以數學滿分的成績考入了浙江大學數學系。奶奶講浙江方言，在中學學普通話時發音怎麼都咬不準。她花了九牛二虎之力，練習到嘴巴裏都起了泡。功夫不負有心人，她後來在學校普通話比賽中獲得了第一名。奶奶是聰明加勤奮最好的例子。

在我的記憶中，奶奶戴一副眼鏡，穿着素淨，説話斯文。奶奶是個知識分子，以前很少做家務，也不大會做飯燒菜。退休以後，她儼然"轉行"成了全職家庭主婦。我記得上海的夏天有時氣溫很高。在廚房裏做飯，奶奶穿着一件白色的圓領衫，很肥大，是全棉的，很吸汗，但還是汗流浹背。奶奶要靠看菜譜做荷葉粉蒸肉，那難度可想而知。經過幾次實踐，她做出來的粉蒸肉香氣四溢、嫩而不膩、酥而爽口。奶奶相信勤能補拙、天道酬勤，有付出才會有回報。照顧家人，再苦再累，奶奶從無怨言。

勤奮是爺爺奶奶的標籤。他們的一生就是對"認真"這兩個字最好的詮釋。

A 配對

☐ 1) 烘托　　　｜a) 天資較差可以用勤奮不懈來彌補。

☐ 2) 九牛二虎之力　｜b) 比喻非常大的力量。

☐ 3) 斯文　　　｜c) 使明顯突出。

☐ 4) 知識分子　｜d) 指人的舉止文雅有禮。

　　　　　　　｜e) 加大力度宣傳以博取眾人的眼球。

　　　　　　　｜f) 指讀書人。

B 選擇 (答案不止一個)

1) 爺爺深受學生愛戴的原因是 ＿＿＿＿ 。

　　a) 工作一絲不苟　　b) 批改作業認真

　　c) 經常參加演出　　d) 他的書畫技藝高超

2) 奶奶學生時期對待學習的態度是 ＿＿＿＿ 。

　　a) 勞逸結合　　b) 得過且過

　　c) 勤學苦練　　d) 分秒必爭

C 完成句子

1) 除了"主業"教書以外，爺爺還有"副業"：＿＿＿＿＿＿、＿＿＿＿＿＿、＿＿＿＿＿＿ 。

2) 奶奶退休後，在家務方面她幹得十分出色的是：＿＿＿＿＿＿＿＿＿＿ 。

3) 爺爺和奶奶有着優良的品德。他們的共同點是：＿＿＿＿＿＿、＿＿＿＿＿＿ 。

D 判斷正誤

☐ 1) 爺爺的主業是教數學，此外他對攝影也很有研究，書法也寫得很好。

☐ 2) 爺爺的書桌上總是堆着大量的數學書和習題集。

☐ 3) 對爺爺來説，教書時沒有大小事之分，做任何事都要精益求精。

☐ 4) 奶奶小時候在鄉裏是唯一一個在學堂上學的女孩子。

☐ 5) 奶奶剛學普通話時發音不準，但在她的努力下最終獲得學校普通話比賽冠軍。

☐ 6) 奶奶退休後一直研究廚藝，她做出來的菜能達到頂級廚師的水平。

E 回答問題

1) 從哪些事能看出爺爺是個好老師？

2) "他研究的數學遠遠超出了教書的範疇"這句話是什麼意思？

3) 用"灰暗的燈光"和"燈火是最明亮的"作對比，作者想表達什麼？

F 學習反思

你是怎麼詮釋"認真"這兩個字的？在你的學習、生活中，是怎麼體現"認真"這兩個字的？

讀《虎媽戰歌》有感

❶　蔡美兒是美國華裔第二代移民，現任耶魯大學法學院終身教授。她深信在美國的華人要想出類拔萃就得付出加倍的努力和心血。

❷　蔡美兒在她的《虎媽戰歌》一書中　①　了她管教兩個女兒所付出的艱辛，並訴說了其中的苦與樂、得與失。

❸　蔡美兒在兩個女兒的身上　②　了極高的期望。她認為自己做了正確的事，並堅信成功是需要付出代價的。她以專制、嚴苛的教育方法讓兩個姐妹每天練五六個小時的琴，還想方設法　③　一些她認為不重要的體育運動和社團活動，也不允許她們和玩伴一起玩。這種武斷的教育方法在逆來順受的大女兒身上好似見效，但小女兒是"長着天使面孔的野丫頭"，常常讓蔡美兒碰釘子。

❹　蔡美兒把兩個女兒的成長經歷看作是中國傳統教育的成功典範，這引起了東西方熱烈的討論。很多中國家長認為蔡美兒自命不凡，孤芳自賞，她採用的不完全是中國傳統的教育方式。很多西方家長感到她這種近乎虐待兒童，　④　人權的教育方法會傷害孩子的自尊心，會對孩子的學習和生活產生不良的影響。

❺　我並不認同蔡美兒繼承了中國傳統教育思想這種說法。中國傳統的教育思想包括道德教育和知識教育。中國的道德教育注重培養人的氣節和操守，強調人的責任感與歷史使命感，引導人追求"天人合一"的精神境界。知識教育則要求學生掌握知識，具備思辨能力。

❻　儘管如此，對於虎媽在孩子教育上花費的精力以及表現出的熱情我是非常　⑤　的，也能體會到她用心良苦。虎媽並不是採用粗暴、簡單的方法來教育孩子。以小女兒為例，當她不想練琴時，虎媽不會粗暴地打手心、罰站，而是陪在旁邊　⑥　孩子不分心；當小女兒發泄完情緒後，虎媽會讓她繼續練習；當小女兒失去信心想放棄時，虎媽會冷靜、理智地應對，以堅定的態度引導孩子朝着既定的目標前進。

❼　我認為虎媽教育孩子算是成功的個案，但並不容易　⑦　。每個孩子都是一個個案。現在的孩子成熟得早，孩子形成自己的價值觀後，父母如果用高壓手段容易造成孩子的逆反心理。父母的主觀臆斷以及在家教觀念上的差異往往會跟子女　⑧　碰撞和衝突，不利於孩子的健康成長。

❽　俗話說：仁者見仁，智者見智。我相信每個人看完書後都會對什麼是行之有效的教育方式有自己的看法。

A 在第3至5段中找出意思最接近的詞語

1) 憑自己的意志獨斷獨行：_____

2) 自以為很了不起：_____

3) 用殘暴狠毒的手段對待：_____

4) 指人平時的行為、品德：_____

B 選詞填空

剝奪　　佩服　　寄予　　複製
坦露　　逃避　　確保　　發生

① _____　　② _____　　③ _____

④ _____　　⑤ _____　　⑥ _____

⑦ _____　　⑧ _____

C 選擇（答案不止一個）

1) 身為華裔第二代移民，蔡美兒 _____ 。

a) 講述了她教育子女苦樂參半的經歷　　　b) 認為華人要想出頭就得加倍努力

c) 認為做體育活動還不如把時間花在學習上

d) 深信"棒頭底下出孝子"的教育方法在美國不管用

2) 虎媽蔡美兒 _____ 。

a) 親力親為，陪在孩子身邊確保她們練琴時思想集中

b) 有時也會用打手心、罰站的方法來教訓女兒

c) 在小女兒發完脾氣後還是堅持讓她做該做的事

d) 對女兒的教育可謂用心良苦

D 選擇

1) "長着天使面孔的野丫頭"指的是那種 _____ 的人。

a) 很難管　　b) 逆來順受　　c) 看似乖巧，其實難管　　d) 刀子嘴，豆腐心

2) 小女兒讓蔡美兒"碰釘子"的意思是小女兒 _____ 。

a) 性格粗暴　　b) 不服媽媽管　　c) 冷靜應對媽媽的管教　　d) 被管得服服帖帖的

E 配對

□ 1) 中國的道德教育注重

□ 2) 知識教育除了要教授知識以外，

□ 3) 當孩子的價值觀跟父母的不同時，

□ 4) 家長跟子女在家教觀念上的差異

a) 還要培養思辨能力。

b) 父母用高壓手段對待孩子往往沒有好效果。

c) 培養人的使命感和責任感。

d) 引起社會對教育方法的討論及關注。

e) 成功的個案不一定適合你的孩子。

f) 常常會演變成衝突。

F 學習反思

你父母採用了什麼教育方式來教育你？你認為什麼樣的教育方式是行之有效的？

要求 當今世界，雖然科學技術發達、生活條件優越、教育環境良好，但總有一些人感到不幸福，甚至心理上出現這樣那樣的問題。怎樣才能體會到真正的幸福、過有意義的生活，這是很多年輕人需要自問的。請分享一下你認為怎麼做才能過上幸福的生活、擁有有意義的人生。請以自己的親身經歷或者看到、聽到的事為例子加以說明。

例子：

你： 我認為找到自己愛做的事、能做的事，那是一份幸福的感受。瞄準一個目標，一直走下去，努力取得一些成果，這就是一段有意義的人生。中國傑出的芭蕾舞藝術家譚元元就是一個典型的例子。11歲那年，譚元元的父母拋硬幣決定讓她學芭蕾舞。21歲時她成為舊金山芭蕾舞團歷史上最年輕的首席演員。譚元元至今仍是世界頂級芭蕾舞團中唯一的華人首席演員，堪稱芭蕾界的神話。在一次訪談中，她說要忍住寂寞與枯燥，方能破繭成蝶。她還說芭蕾舞是她的摯愛，雖然跳芭蕾舞很辛苦，有時每一步都好像踩在刀尖上一樣，但她還是義無反顧地愛着芭蕾。譚元元用青春和執着演繹了幸福的內涵和人生的意義。我也從小跳芭蕾舞，譚元元就是我的偶像和榜樣，我要學習她專心致志、吃苦耐勞、勇往直前的精神。

同學1： 我的志向是當一名兒科醫生。我知道學醫、從醫很不容易，會很辛苦。但我已經做好了準備，會義無反顧地走下去。我認為能為醫學做貢獻、為社會服務，這是最大的幸福，可以讓自己的人生充滿意義。

……

你 可以用

a) 愛是人生中最重要的寄託，也是人世間最牢固的感情紐帶。愛能傳遞的力量是無可估量的。親人間的親情、朋友間的友情，還有對弱勢羣體的關愛，都是十分重要的。

b) 一個人能在愛人的同時也被人愛，他就是個幸福的人，他的人生就是有意義的。關鍵在於自己要有愛心，是願意付出、懷有大愛的人。只有先做到了愛別人，才會收穫別人的愛。其實，愛別人是一件愉快的事，讓別人感受到自己的關懷，自己也會沐浴在愛之中。

c) 我認為如果一個人感到自己被需要、有價值，那他的幸福指數一定很高，會過上有意義的生活。人活在世上是需要證明自己價值的。如果一個人發現自己沒有被人需要，他就會感到絕望。最大的悲哀莫過於心已死去。

7 寫作

要求 作為家庭的一員、社會的一員，我們應該思考怎樣才能做一個"真實、善良、康樂"的人。在你的心目中，誰符合這樣的標準？請採訪他 / 她，寫一篇訪談稿，發表在學校的季刊上。

你可以寫：

- 怎樣做到"真實、善良、康樂"
- 採訪中你得到了什麼啟示

例子：

採訪一個"真實、善良、康樂"的人

你： 爸爸，我認為做人要做到"真實、善良、康樂"。在我看來，您就是這樣的人。我今天採訪您，想讓您說說您是怎樣做到的。您是否碰到過困難？又是怎麼克服的？

爸爸："真實、善良、康樂"，說起來容易，做起來難。我認為做一個真實的人非常難。

你： 為什麼？

爸爸：因為"真實"，首先要"真"。人要有獨立人格，要講真話。這個"真"字是最難做到的。

你： 是的，我們生活在現實社會裏，不是生活在真空世界裏。那您是怎麼做到人格獨立的？

爸爸：有獨立的人格，就是做自己，具有獨立的思考和判斷能力，對自己的人生、自己的行為負責。在當今社會，要具備獨立的人格有時候很難。比如說明明是領導做錯了，但是大家都不說，如果你把自己的想法、立場表達出來，不僅不會受到上司的賞識，甚至還可能會受到批評，或者日後被刁難。現實是很殘酷的，所以要保持獨立的人格相當不容易。

……

你可以用

a) 講真話，也很難。在現實生活中，有的人不喜歡聽真話，因為假話更加悅耳動聽，而真話往往刺耳難聽。講真話未必會得到讚賞，而講假話倒可能會有市場。忠言逆耳，良藥苦口。真話往往不好聽，但為了保持獨立的人格，我一定會說真話、道真情，忠於自己的良心。

b) 康樂，就是健康、快樂，開開心心地成長，快快樂樂地生活。這需要有正面、積極的心態。要正面地、積極地看待自己、看待別人、看待社會。這確實很難，因為這個社會不是"純淨"的，可能會遇到齷齪的事，有時候會讓你難以招架。

c) 真實、善良是做人最基本的準則，康樂是人生的樂觀態度。作為青年人，我們應該努力朝着健康、陽光的人生目標邁進。如果所有的人都追求"真實、善良、康樂"，我相信我們的世界一定會更美好。

背影　　朱自清

　　我與父親不相見已二年餘了，我最不能忘記的是他的背影。那年冬天，祖母死了，父親的差使也交卸了，正是禍不單行的日子，我從北京到徐州，打算跟着父親奔喪回家。到徐州見着父親，看見滿院狼藉的東西，又想起祖母，不禁簌簌地流下眼淚。父親說，"事已如此，不必難過，好在天無絕人之路！"

　　回家變賣典質，父親還了虧空；又借錢辦了喪事。這些日子，家中光景很是慘淡，一半為了喪事，一半為了父親賦閒。喪事完畢，父親要到南京謀事，我也要回北京唸書，我們便同行。

　　到南京時，有朋友約去遊逛，勾留了一日；第二日上午便須渡江到浦口，下午上車北去。父親因為事忙，本已說定不送我，叫旅館裏一個熟識的茶房陪我同去。他再三囑咐茶房，甚是仔細。但他終於不放心，怕茶房不妥帖；頗躊躇了一會。其實我那年已二十歲，北京已來往過兩三次，是沒有甚麼要緊的了。他躊躇了一會，終於決定還是自己送我去。我兩三回勸他不必去；他只說，"不要緊，他們去不好！"

　　我們過了江，進了車站。我買票，他忙着照看行李。行李太多了，得向腳夫行些小費，才可過去。他便又忙着和他們講價錢。我那時真是聰明過分，總覺他說話不大漂亮，非自己插嘴不可。但他終於講定了價錢；就送我上車。他給我揀定了靠車門的一張椅子；我將他給我做的紫毛大衣鋪好坐位。他囑我路上小心，夜裏警醒些，不要受涼。又囑託茶房好好照應我。我心裏暗笑他的迂；他們只認得錢，託他們真是白託！而且我這樣大年紀的人，難道還不能料理自己麼？唉，我現在想想，那時真是太聰明了！

　　我說道，"爸爸，你走吧。"他望車外看了看，說，"我買幾個橘子去。你就在此地，不要走動。"我看那邊月台的柵欄外有幾個賣東西的等着顧客。走到那邊月台，須穿過鐵道，須跳下去又爬上去。父親是一個胖子，走過去自然要費事些。我本來要去的，他不肯，只好讓他去。我看見他戴着黑布小帽，穿着黑布大馬褂，深青布棉袍，蹣跚地走到鐵道邊，慢慢探身下去，尚不大難。可是他穿過鐵道，要爬上那邊月台，就不容易了。他用兩手攀着上面，兩腳再向上縮；他肥胖的身子向左微傾，顯出努力的樣子。這時我看見他的背影，我的淚很快地流下來了。我趕緊拭乾了淚，怕他看見，也怕別人看見。我再向外看時，他已抱了朱紅的橘子往回走了。過鐵道時，他先將橘子散放在地上，自己慢慢爬下，再抱起橘子走。到這邊時，我趕緊去攙他。他和我走到車上，將橘子一股腦兒放在我的皮大衣上。於是撲撲衣上的泥土，心裏很輕鬆似的，過一會說，"我走了；到那邊來信！"我望着他走出去。他走了幾步，回過頭看見我，說，"進去吧，裏邊沒人。"等他的背影混入來來往往的人裏，再找不着了，我便進來坐下，我的眼淚又來了。

　　近幾年來，父親和我都是東奔西走，家中光景是一日不如一日。他少年出外謀生，獨力支持，做了許多大事。那知老境卻如此頹唐！他觸目傷懷，自然情不能自已。情鬱於中，自然要發之於外；家庭瑣屑便往往觸他之怒。他待我漸漸不同往日。但最近兩年的不見，他終於忘卻我的不好，只是惦記着我，惦記着我的兒子。我北來後，他寫了一信給我，信中說道，"我身體平安，惟膀子疼痛屬害，舉箸提筆，諸多不便，大約大去之期不遠矣。"我讀到此處，在晶瑩的淚光中，又看見那肥胖的，青布棉袍，黑布馬褂的背影。唉！我不知何時再能與他相見！

作者介紹 朱自清（1898-1948），著名的散文家、詩人、學者。朱自清的代表作有《春》《荷塘月色》等。

（選自義務教育課程標準實驗教科書《語文》七年級上冊，北京師範大學出版社，2005 年）

A 選擇（答案不止一個）

1) 從哪裏能看出作者的家境困難？

a) 父親失業了　　　　　　　　b) 借錢辦喪事

c) 父親還要還別人的債　　　　d) 把家裏的東西拿去典當變賣

2) 看着父親蹣跚地穿過鐵道去買橘子的背影，作者為什麼流淚？

a) 想起家裏的不幸而傷感　　　b) 心疼父親爬上爬下去給自己買橘子

c) 被深深的父愛所感動　　　　d) 憐惜父親不辭辛勞為全家人奔波

B 選出四個正確的句子

父親一生為家庭貢獻了很多。父親 ＿＿＿ 。

☐ a) 是個很細心的人，臨別時叮嚀兒子要當心身體，還要提高警惕

☐ b) 少年時就外出謀生，成就了一些大事，一個人撐起了一個家

☐ c) 年老後心情暴躁，常常為了家裏瑣碎的小事遷怒於家人

☐ d) 以前總是嫌棄作者不學好，但近兩年有了很大的變化

☐ e) 面對家境困難，樂觀地安慰作者 "天無絕人之路"

C 配對

☐ 1) 作者看見滿院狼藉的東西，

☐ 2) 看到父親的背影消失在人羣中，

☐ 3) 當父親在信中寫道

☐ 4) 作者想起父親為他做的一切，

a) 自己身體大不如前時，作者感到很傷感。

b) 作者不禁流出了惜別的眼淚。

c) 又想起祖母的離世，流下了悲哀的眼淚。

d) 情不自禁地想起父親的仕途前景。

e) 表達出父子之間的深情。

f) 深深地感受到父親的關懷和愛護。

D 回答問題

1) 文章哪處展現出父親對作者濃濃的且含蓄的愛？請舉一個例子。

2) 文章的第四段中，"唉，我現在想想，那時真是太聰明了！"這句話背後的意思是什麼？

3) 文章的結尾 "我不知何時再能與他相見！" 表達出作者對父親什麼樣的情感？

E 學習反思

中國人表達愛的方式是含蓄的。你父親用什麼樣的方式表達對你的愛？

李時珍・利瑪竇・徐光啟

明世宗（1507 年 — 1567 年）是明朝的第十一位皇帝。他渴望得到能使人長生不老的藥。為迎合皇帝，當時的太醫多進獻 "長生不老藥"。出生於行醫世家的李時珍（1518 年 — 1593 年）曾是明世宗的宮廷太醫。在太醫院任職期間，他研讀了《神農本草經》等重要的藥典，極大地豐富了醫學知識。由於不適應太醫院的環境，一段時間後他就辭官回鄉了。之後，李時珍花 27 年時間完成了藥物學著作《本草綱目》。為了編寫此書，李時珍不僅整理了很多典籍，還踏遍青山，嚐盡

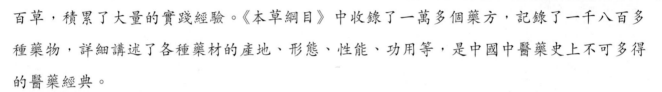

李時珍

百草，積累了大量的實踐經驗。《本草綱目》中收錄了一萬多個藥方，記錄了一千八百多種藥物，詳細講述了各種藥材的產地、形態、性能、功用等，是中國中醫藥史上不可多得的醫藥經典。

明神宗（1563 年 — 1620 年）在位 48 年，是明朝在位時間最長的皇帝。明神宗採取了一系列有效的改革措施，使社會經濟快速發展，國力也增強了。那時的明朝是世界上經濟最繁榮的國家之一，再加上新航路開闢的影響，外國傳教士紛紛來到中國。

利瑪竇（1552 年 — 1610 年）是意大利天主教耶穌會傳教士，也是一位學者。利瑪竇是天主教在中國的第一批開拓者。利瑪竇很有語言天賦，到中國後努力學習漢語。他不僅

利瑪竇　　徐光啟

可以閱讀中國文學，對中國古典書籍也很有研究。他在中國傳播西方的天文、數學、地理等科學知識，向西方介紹儒家的思想，為促進中西方交流做出了重要的貢獻。

翰林院的官員徐光啟（1562 年 — 1633 年）是著名的政治家、科學家。他向利瑪竇學習了很多西方的科學知識，還翻譯了大量的外國科學著作。徐光啟晚年回到老家上海，繼續對農業進行研究，並把自己的研究成果寫成了《農政全書》。《農政全書》是中國古代的農業百科全書。

古為今用 （可以上網查資料）

1) 《神農本草經》中記載了人參的藥用價值。人參有哪些功效？請列舉三個。

2) 中醫認為食物是治病最好的藥品。你知道哪些食物有醫療作用？請舉個例子。

3) 你看過中醫嗎？你在什麼情況下會去看中醫？

4) 利瑪竇和徐光啟一起合作，在數學方面為中國做出了哪些貢獻？

10 地理知識

洛 陽

跟西安一樣，洛陽也是十三朝古都，中國四大古都之一。

牡丹花

洛陽是華夏文明的發源地之一。中國傳統思想文化的精髓——儒、道、佛，無不與洛陽有着密切的關係。儒學在洛陽興盛，道學起源於洛陽，佛學首傳入洛陽。

洛陽的飲食文化也很豐富。洛陽水席是洛陽一帶的特色名宴，中國歷史最久的名宴之一，有一千多年的歷史。"水席"這個名字有兩個含義，一是水席上所有的熱菜都有湯水，二是水席像流水一樣，源源不絕，每吃完一道，就上下一道。水席的菜式有葷有素，選料廣泛，味道可口。

洛陽有"千年帝都，牡丹花城"之稱，洛陽的牡丹花十分出名。牡丹花又稱為"富貴花"，有雍容華貴、端莊富麗、繁榮昌盛的美好寓意。洛陽的牡丹花品種繁多、花色美艷、芳香濃郁。每年四五月牡丹花開的時候，洛陽城中慕名而來的賞花人絡繹不絕，真應了那句詩"唯有牡丹真國色，花開時節動京城"。

造福後代 （可以上網查資料）

1) 洛陽水席有一千多年的歷史。請介紹你們國家的一種歷史悠久且仍受喜愛的菜餚。

2) 在中國人心目中，牡丹花象徵着富貴吉祥，牡丹花的形象也常出現在喜慶的紅包、請柬上。在中國人的日常生活中，牡丹花的形象還常出現在哪些物品上？

3) 牡丹花是國畫中經常描繪的題材。除了牡丹花以外，梅、蘭、竹、菊也是國畫畫家十分喜愛的創作對象。在中國文化中，梅花、蘭花、竹子、菊花被稱為"四君子"。請上網查一查梅花、蘭花、竹子、菊花分別象徵什麼品質。

生詞 ◀9

❶ ^{wěi shēng}尾聲 end

❷ ^{fú}伏 bend over

❸ ^{àn}案 long table　^{fú àn}伏案 bend over one's desk

❹ ^{huí gù}回顧 look back

❺ ^{sī xù}思緒 train of thought　^{sī xù wànqiān}思緒萬千 many trains of thought

❻ ^{kē}磕 knock against　^{kē kē bàn}磕磕絆（^{bàn}絆）絆 walk with difficulty

❼ ^{pīn}拚（拼）exert all one's might

❽ ^{bó}搏 fight; struggle　^{pīn bó}拚搏 fight with all one's might

❾ ^{měng}懵 muddled　^{měngdǒng}懵懂 muddled

❿ ^{zhǎn xīn}嶄新 brand-new

⓫ ^{shū}疏 not familiar with　^{shēng shū}生疏 unfamiliar

⓬ ^{pǐn xué jiān yōu}品學兼優 good both in character and academic studies

⓭ ^{chóu}躊（^{chú}躇）躇 be self-satisfied

^{chóu chú mǎn zhì}躊躇滿志 enormously proud of one's success

⓮ ^{shī zhǎn}施展 give full play to　⓯ ^{chōng jǐng}憧憬 look forward to

⓰ ^{xiāng jù}相距 away from　⓱ ^{shèn}甚 very　⓲ ^{quān}圈 circle

⓳ ^{wù}誤 mistake　^{wù jiě}誤解 misunderstand

⓴ ^{gāo ào}高傲 arrogant　㉑ ^{mò}漠 indifferent　^{lěng mò}冷漠 indifferent

㉒ ^{qī}欺 bully　㉓ ^{líng}凌 insult　^{qī líng}欺凌 bully and humiliate

㉔ ^{fēng yán fēng yǔ}風言風語 slanderous gossips

㉕ ^{xié}脅（脅）coerce　^{wēi xié}威脅 threaten

㉖ ^{zhèn}震 be shocked　㉗ ^{jīng}驚 be startled　^{zhèn jīng}震驚 be astonished

㉘ ^{máng}茫 boundless and indistinct　^{mí máng}迷茫 confused

㉙ ^{ǒu}偶 by chance　^{ǒu rán}偶然 by chance

㉚ ^{kuàng}曠（旷）neglect (duty or work)　^{kuàng kè}曠課 play truant

㉛ ^{zhuāng}樁（桩）a measure word　㉜ ^{jiāo yì}交易 business; deal

㉝ ^{jìng}竟 unexpectedly　㉞ ^{dú yǐn}毒癮 drug addiction

㉟ ^{qiè}竊（窃）steal　^{tōu qiè}偷竊 steal

㊱ ^{bào}曝 expose to sunlight　^{bào guāng}曝光 expose

㊲ ^{huǐ}悔 regret　^{hòu huǐ}後悔 regret　㊳ ^{dī luò}低落 low

㊴ ^{zhì}摯（挚）sincere　^{zhì yǒu}摯友 intimate friend

㊵ ^{gǔ}谷 valley　㊶ ^{wō}窩（窝）nest　㊷ ^{pái}排 exclude

㊸ ^{yōu}憂（忧）worry

^{pái yōu jiě nàn}排憂解難 solve problems and alleviate sufferings

㊹ ^{yù liào}預料 anticipate

㊺ ^{qīng}輕 take things lightly

㊻ ^{dí}敵（敌）enemy　^{qīng dí}輕敵 take the enemy lightly

㊼ ^{dài}怠 slack　^{xiè dài}懈怠 slack

㊽ ^{lì}厲（厉）severe　^{lì hai}厲害 terrible

㊾ ^{jī}擊 attack　^{dǎ jī}打擊 attack

㊿ ^{dàng}蕩（荡）clear away　^{dàng rán wú cún}蕩然無存 with nothing left

51 ^{tóu rù}投入 throw into

52 ^{biān}鞭 whip　53 ^{cè}策 whip　^{biān cè}鞭策 urge forward

54 ^{chuǎng}闖（闯）break through

55 ^{pī}披 wrap around　56 ^{jīng}荊 thorns

57 ^{zhǎn}斬（斩）chop; cut　58 ^{jí}棘 thorns

^{pī jīng zhǎn jí}披荊斬棘 hack one's way through difficulties

59 ^{míng liè qián máo}名列前茅 come out on top　60 ^{mài}邁（迈）stride

61 ^{jué}倔 blunt　62 ^{jiàng}強 stubborn　^{jué jiàng}倔強 stubborn

63 ^{fú}服 convince

64 ^{shū}輸（输）be defeated　^{fú shū}服輸 admit defeat

65 ^{suān tián kǔ là}酸甜苦辣 joys and sorrows of life　66 ^{pái huái}徘徊 hesitate

67 ^{kàng zhēng}抗爭 make a stand against; resist

68 ^{háng}航 navigate; sail　^{háng tiān}航天 spaceflight　^{háng kōng}航空 aviation

聽課文錄音，做練習

A 選擇

1) 作者今年上幾年級？

　　a) 十一　　　b) 十二

　　c) 十　　　　d) 十三

2) 作者有什麼樣的性格？

　　a) 外向、大氣　　b) 高傲、冷漠

　　c) 內向、敏感　　d) 謹慎、小氣

3) 最後作者六門課的總成績怎麼樣？

　　a) 是全年級倒數第一名　　b) 排在前十名

　　c) 在全年級數一數二　　　d) 排在第一名

4) 作者申請了哪所大學？

　　a) 清華大學　　b) 航空航天大學

　　c) 北京大學　　d) 國外大學

B 選出四個正確的句子

高中的兩年，倔強、不服輸的作者經歷了很多，_____。

☐ a) 作者被同學欺凌，同學的風言風語使作者很震驚

☐ b) 作者跟一個"很受歡迎"的同學成為了朋友，對那些欺凌者進行報復

☐ c) 作者險些被帶壞，還好現在的摯友給予了很大的支持，陪伴作者走出了谷底

☐ d) 在學習上，作者一開始有些"輕敵"，以為高中的學習不那麼難

☐ e) 由於作者的學習態度有些懈怠，所有學科的成績都一路下滑

☐ f) 在學習上的失落感擊垮了作者，作者很長一段時間都情緒低落

☐ g) 作者更加了解自己的性格，更加清楚自己的理想

C 選擇 (答案不止一個)

1) 進入十一年級時，作者感到眼前是一個嶄新的世界：_____。

　　a) 嚴格的老師　　b) 生疏的環境　　c) 陌生的同學　　d) 充滿挑戰的課程

2) 高中生活跟作者原先的憧憬相距甚遠，作者 _____。

　　a) 經歷了很多挫折　　b) 吃了不少苦頭　　c) 學壞了　　d) 經歷了磨煉

D 回答問題

1) 回顧高中的學習和生活，作者有什麼感觸？

2) 作者一直是個品學兼優的學生，進入高中時對自己有什麼期望？

3) 作者希望大學畢業後從事哪方面的工作？

2018 年 11 月 9 日　　星期五　　　　　　　　　　　　　　　　　　　　　　多雲

　　時光飛梭，高中生活快接近尾聲了。今天我一邊伏案寫大學申請信，一邊回顧高中的生活，思緒萬千。高中這兩年，一路磕磕絆絆，也一路努力拼搏，有得也有失，有喜也有悲。

　　兩年前，十一年級的我懵懵懂懂地進入了高中這個嶄新的世界：生疏的環境、陌生的同學、充滿挑戰的課程……一直以來，我都是個品學兼優的學生，進入高中時我躊躇滿志，希望在學校施展才華。然而高中生活跟原先的憧憬相距甚遠，我經歷了很多挫折，吃了不少苦頭。

　　在交友方面，由於我比較內向、敏感，融不進新的朋友圈。我的內向被同學們誤解為高傲、冷漠，還有個別同學對我進行語言欺凌。同學的風言風語、粗魯威脅讓我既害怕又震驚，陷入了迷茫之中。一個偶然的機會，我與一個“很受歡迎”的同學成為了朋友。他經常遲到、曠課，我們是完全不同的人，和他做朋友像是一樁交易：我幫他解決學習上的問題，他幫我得到同伴的認可。意想不到的是，後來他竟沾染了毒癮，還有偷竊的行為，被學校開除了。事情曝光後，我慶幸自己沒有被帶壞，也後悔沒有及時幫他一把。很長的一段時間我都情緒低落。在這段時間，我遇上了現在的摯友，王毅。他給了我很多支持，陪伴我走出了低谷。後來我們一起創辦了“暖窩俱樂部”，為新同學提供諮詢、補習服務，幫同學們排憂解難。

　　在學習上，高中各科的難度都遠遠超出我的預料。以前我的物理很好，所以開始時有些“輕敵”，學習態度有些懈怠。兩個學期下來，我的物理成績下滑得厲害，上課也聽不太懂了。這讓我備受打擊，自信心蕩然無存。後來在父母、朋友的幫助下，我全身心地投入到物理學習中，不斷鞭策自己勇闖難關，一路披荊斬棘、奮起直追。最近的幾次物理考試我的成績都名列前茅。現在，我六門課的總成績在全年級數一數二，邁上了新的高度。

　　兩年中，倔強、不服輸的我經歷了酸甜苦辣，徘徊過也抗爭過。在這個過程中我更加了解自己的性格，也更加清楚自己的理想。我申請了清華大學的航天航空學院，希望以後可以從事相關的工作。

2 根據實際情況回答問題

1) 對很多學生來說，轉學無疑是一種挑戰。在這個過程中，可能面臨難以克服的困難，遇到意想不到的挫折。如果看到轉學來的新同學在學習、生活或交友方面有困難，你會怎樣幫助他們？

2) 你們學校有"暖窩俱樂部"這種為新同學提供諮詢和補習服務、排憂解難的組織嗎？如果沒有，你會聯合幾個同學一起創辦這樣的俱樂部嗎？為什麼？

3) 在中學階段，你有沒有躊躇滿志、雄心勃勃地想幹一番屬於自己的"事業"的想法？最後的現實和最初的想像一樣嗎？如果不一樣，你是怎樣調整自己的？請舉例說明。

4) 在所學的課程中，哪門課的難度遠遠超出你的預料？你是怎樣克服困難，在原有的基礎上取得進步的？請跟同學分享你的這段經歷。

5) 在你們學校，同學之間有沒有言語欺凌或行為欺凌？你受到過欺凌嗎？你是怎樣對待這種欺凌的？如果你的同學或者朋友受到不平等的對待，你會做出怎樣的反應？

6) 中國人很重視教育，一般家長很看重孩子的學習成績。你父母是否在學習方面對你的要求過高？你是怎樣跟他們溝通的？

7) 隨着互聯網深入人們的生活，網絡欺凌的數量呈現上升趨勢。哪些行為屬於網絡欺凌？你覺得校園中應該如何杜絕這樣的現象？如果身邊的朋友遇到這樣的事情，你會如何幫助他/她？

8) 你希望去哪裏上大學？最想去哪所大學學哪個專業？你為大學申請做了哪些準備？你對大學畢業以後的就業有何憧憬？

9) 在選擇大學和專業方面，你是如何跟父母溝通的？你們之間有過分歧嗎？你們是怎樣解決分歧，達成共識的？

3 諺語名句

1) 只要功夫深，鐵杵磨成針。

2) 失敗是成功之母。

3) 玉不琢，不成器；人不學，不知義。

4) 初生牛犢不怕虎。

5) 養兵千日，用兵一時。

6) 真金不怕火煉，好漢不怕考驗。

人中龍鳳

尊敬的北航招生辦老師：

❶　您好！

❷　首先，感謝您抽出寶貴的時間來看我的申請信。我叫丁柯勤，現就讀於珠海市第一中學。我申請入讀貴校的空氣動力學系。

❸　北京航空航天大學是新中國第一所航空航天高等學府，肩負着中國航空航天發展的重任。能被北航錄取，成為航空航天領域的科學家，一直是我的夢想。

❹　我從小就有個飛天夢，它源自於我的曾祖父、祖父和父親。我曾祖父是中國第一代空軍飛行員，二十五歲時不幸在戰場殉國。他的壯志豪情激勵了我祖父，祖父也因此成為了一名空軍飛行員。在祖輩的影響下，我父親從小就立志為我國的航天事業做貢獻，他現在是一名航天科學家。

❺　曾祖父、祖父穿着軍服，精神抖擻的神態和威武雄壯的氣勢深深地印刻在我的腦海中。父親常年累月伏案鑽研，是我事業的標杆。

❻　我小時候常在夢中像鳥兒一樣自由自在地在天空翱翔。從上小學開始，我就對飛機模型十分癡迷，把所有的零用錢都買了飛機模型，在家裏拆了裝，裝了又拆。

❼　初中階段，我參加了珠海航空模型趣味大獎賽，並獲得了直升機表演賽冠軍。我善於學以致用，勇於實踐，敢於創新。這段經歷不但讓我學到了相關的理論知識，還鍛煉了邏輯思維能力、分析和解決問題的能力。

❽　進入高中後，為了實現“北航夢”，我一直以北航的校訓“德才兼備、知行合一”要求自己。除了所有學科成績都名列前茅以外，我還在學校組建了機器人俱樂部。今年在物理系主任張老師的指導下，我帶領俱樂部成員設計、製造出了一個服務機器人，參加了第十三屆未來夥伴杯中國智能機器人大賽，獲得了中學組一等獎。從“單打獨鬥”到“團隊作戰”，我勇於挑戰自我，鍛煉了承受挫折和壓力的能力，同時也提高了與人溝通和合作的技巧。

❾　看着飛機模型飛上藍天，我遐想着：它承載着夢想起飛，滿載着快樂返航，準備好下一次遠航。中國航天事業的發展一日千里，已經取得了舉世矚目的成就。我已經準備好成為中國航天事業發展的一分子，希望貢獻出自己的微薄力量。

❿　我衷心希望貴校考慮我的申請，錄取我。

　　此致
敬禮

丁柯勤
2018 年 6 月 5 日

A 在第3至6段中找出意思最接近的詞語

1) 承擔：＿＿＿＿

2) 為國家的利益而犧牲：＿＿＿＿

3) 榜樣：＿＿＿＿

4) 深深地迷戀：＿＿＿＿

B 配對

☐ 1) 威武雄壯　　a) 比喻進展極快。

☐ 2) 遐想　　　　b) 吸引全世界人的注意。

☐ 3) 一日千里　　c) 悠遠地想像。

☐ 4) 舉世矚目　　d) 絢麗燦爛。

　　　　　　　　e) 威嚴有力。

　　　　　　　　f) 看到整個世界。

C 配對

☐ 1) 丁柯勤報考北航，　　　　　　　　a) 鍛煉了承受挫折的能力。

☐ 2) 受到長輩投身於航天事業的激勵，　b) 丁柯勤立志為航天事業做貢獻。

☐ 3) 丁柯勤參加了中國智能機器人大賽，c) 希望能圓自己成為航天科學家之夢。

☐ 4) 丁柯勤勇於挑戰自我，　　　　　　d) 獲得了直升機表演賽冠軍。

☐ 5) 在參加課外活動的過程中，　　　　e) 獲得了中學組一等獎。

　　　　　　　　　　　　　　　　　　f) 丁柯勤提高了跟人打交道的能力。

　　　　　　　　　　　　　　　　　　g) 極其善於單打獨鬥。

D 判斷正誤

☐ 1) 丁柯勤現在是一名高中生，想申請北航的空氣動力學專業。

☐ 2) 丁柯勤祖上三代都從事跟航天航空相關的職業。

☐ 3) 丁柯勤不是個只會死讀書的人，他能理論結合實際，活學活用。

☐ 4) 丁柯勤把參加航模大賽時學到的理論知識傳授給同組的夥伴。

☐ 5) 丁柯勤在學校組織了機器人俱樂部，並獨自造出了一個服務機器人。

☐ 6) 丁柯勤希望自己也能為中國飛速發展的航天事業出一份力。

☐ 7) 丁柯勤衷心希望能實現自己的"北航夢"。

E 回答問題

1) 哪個例子可以說明丁柯勤是一個能學以致用的學生？

2) 丁柯勤在哪些方面符合北航"德才兼備、知行合一"的校訓？

F 學習反思

1) 用北航"德才兼備、知行合一"的校訓對照自己，你做得怎樣？在哪些方面可以有所提高？

2) 如果讓你為所在的學校設計校訓，你會寫什麼？為什麼？

寄件人：xiaogang8864@gmail.com
收件人：qingchilin@yahoo.com
主題：空檔年
日期：2018 年 4 月 8 日

親愛的爸爸、媽媽：

　　你們好！

　　為期十天的國際交流生活動十分有趣，我收穫頗多。收到這封電郵，你們一定十分詫異吧！我們每天都微信視頻，為什麼還要那麼正式呢？我想提出一個新的規劃——高中畢業後希望暫緩上大學，有一個空檔年。在此，我先給你們打個預防針。

　　近年來，空檔年這個概念受到越來越多高中生的追捧，但請放心我絕不是為了趕潮流而有這樣的想法。我希望利用空檔年去接觸社會，磨煉自己，找到一個更加清晰的未來發展方向。雖然空檔年跟我們之前制定的求學規劃大相徑庭，但對剛剛離開高中校園的我來說，它會給我的成長帶來諸多好處。

　　首先，這一年能讓我更好地了解自己。從出生到高中畢業，我是在糖水裏泡大的，過着衣來伸手、飯來張口的生活，不知道生活究竟是什麼滋味，甚至有時會身在福中不知福。空檔年期間，我要置身於陌生的環境中，所有的事情、問題都要自己去面對，自己去解決。只有這樣，我才能走出"溫室"，走進真實的社會，認清自己的長處和短板。

　　其次，在這一年中我希望通過不同方式來豐富我的人生閱歷，比如去貧困地區做義工、去孤兒院做保育員、去夏令營做輔導老師、去不同國家獨立旅遊……我計劃依靠自己打工所得承擔所有的費用。通過這些經歷，相信我一定能提高待人接物的技巧，鍛煉統籌安排生活的能力，培養理財生存的技能，為將來學習、工作，以及更好地融入社會打下基礎。這些都是課堂上學不到的。

　　我知道，有很多家長對空檔年持有反對意見。在他們眼中，空檔年讓年輕人停下求學的腳步，對學業完成、工作求職都產生消極影響，甚至推遲日後的成家立業。

　　儘管我能理解他們的看法，但卻不能完全認同。我認為空檔年是磨煉性格的一年，是追尋夢想的一年。在這一年裏，我要自給自足，要變得更自律、更有責任感。在探索人生的道路上，我要逐漸成熟，快速長大，順利地從毛頭小子過渡到成年人。我堅信，那時的我看待問題會更加全面，處理事情會更加成熟，這樣的歷練彌足珍貴。

　　我猜想這封電郵一定會給你們帶來不小的衝擊。等我回國後，我們坐下來好好商討吧！你們的看法對我來說十分重要。

　　祝

安康

想你們的兒子：小剛

A 寫出字／詞的確切意思

在文本中……	這個字／詞……	文中的意思是……
1) "我先給你們打個預防針"	"預防針"	
2) "我是在糖水裏泡大的"	"在糖水裏泡大"	
3) "認清自己的長處和短板"	"短板"	
4) "從毛頭小子過渡到成年人"	"毛頭小子"	

B 選擇（答案不止一個）

1) 空檔年期間，作者可能會 _____ 。
   a) 去做扶貧工作   b) 在孤兒院看管孩子
   c) 開辦夏令營   d) 去外國旅行

2) 空檔年期間的經歷可以讓作者 _____ 。
   a) 增強與人溝通的能力   b) 鍛煉自理能力
   c) 學會管理自己的錢財   d) 搭建社會人脈網絡

C 配對

☐ 1) 有些年輕人為了趕時髦
☐ 2) 空檔年雖然打亂了升學計劃，
☐ 3) 空檔年期間，處於陌生環境的年輕人
☐ 4) 有些家長對空檔年持反對的態度，

a) 但難忘的經歷能豐富人生，鍛煉自己。
b) 能培養應變能力和解決問題的能力。
c) 在社會上獲得的經歷也是要付"學費"的。
d) 成了年輕人追尋夢想的一年。
e) 而選擇空檔年，那是不理智的。
f) 原因是空檔年推遲了日後的升學和求職。

D 選擇

作者覺得這封電郵一定會給父母"帶來不小的衝擊"。"衝擊"指的是 _____ 。
a) 讓父母很吃驚   b) 先提出來，為面談鋪個路
c) 讓父母做好心理準備   d) 計劃早就有了，只是沒有正式提出

E 回答問題

1) 作者每天都跟父母視頻聊天兒，為什麼還要給他們寫一封正式的電郵呢？

2) 作者認為空檔年能讓他走出"溫室"。"溫室"指的是什麼？

3) 選擇空檔年的好處有哪些？

F 學習反思

1) 你們學校有沒有學生高中畢業後選擇空檔年？他們為什麼做出這樣的選擇？

2) 你高中畢業後會選擇空檔年嗎？為什麼？

要求　難忘的高中生活馬上就要結束了。每個人都要走向遠方，開啟人生新的征程。在年級集會上，請談談高中這兩年難忘的經歷，以及高中畢業後的打算和憧憬。

例子：

你：　這兩年時間過得真快！我們將奔赴不同的地方。此時此刻，我心裏挺激動的，也很期待，但更多的是依依不捨。在這兩年中我經歷了酸甜苦辣，也親身體會到了什麼叫苦盡甘來，深深地感悟到經歷是人生的寶貴財富。我父親總是對我說，沒有拼搏過的人生是不完美的。前面的路也會有艱難險阻，但我會披荊斬棘，勇往直前。

同學1：我也有同感。在這兩年的拼搏中，我曾經想過放棄，但還是挺了過來。我要證明給自己看，只要堅持不懈，就一定能成功。我的班主任林老師經常鼓勵我們，她說一個人如果每天都做同一件事情，並願意花上十年的時間一直堅持，世界上沒有什麼事是做不成的。我打算去中國上大學，主修理工科。中國一流的大學理工科都很強，我希望能進清華大學學習。另外，我還打算繼續學中文。

……

你 可以用

a) 我一直堅信站得高才會有更廣闊的視野去展望未來的人生。我高中兩年的學習之路並不平坦，但是我克服了重重阻力，爬過了一個個山坡，站到了更高的山頂上。

b) 我感謝多姿多彩、充滿挑戰的高中生活，這是我人生的一筆寶貴的財富。在此，我特別要感激老師和同學們給予我的鼓勵、幫助和支持。我會永遠記住你們的。

c) 大學生活一定會充滿新的挑戰。在大學裏，除了要學好專業知識以外，還要學會跟來自不同國度、不同背景的人溝通、交朋友。

d) 大學的學習安排有很強的自主性，我要合理安排好自己的時間，盡可能地擠出時間發展自己的愛好。我還想去更多的地方看看，拓寬我的視野，豐富我的人生。

e) 對於未來，我懷有美好的憧憬，同時心裏又有少許的緊張。我深深地感到自己是幸運的，我要珍惜自己所擁有的一切，為以後的拼搏積蓄力量，以更加成熟的心態迎接即將到來的挑戰。

f) 我決定推遲一年上大學，給自己一個空檔年。我打算去廣東省，一邊學漢語一邊體驗生活。將來我希望可以參與到粵港澳大灣區的建設中去，所以中文水平的提高和親身的體驗非常重要。

7 寫作

要求 "全國青年大會"將於下個月在本市召開。為了配合這次會議,《青年》雜誌計劃出一期特刊,專門報道有關青年人的話題。請結合你最近學的文學作品寫一篇讀後感,給《青年》雜誌投稿。

你可以寫:

• 這篇文章的內容概要
• 你的感想

例子:

讀短詩《朋友》有感

最近,我讀了三毛的短詩《朋友》。整首詩好像是一個心理醫生在耐心地告訴年輕人交友的藝術。讀這首詩讓我領悟到,我們不用把交朋友看得那麼嚴肅,好像朋友一定要跟自己同生死、共患難才行。其實,能與朋友同樂是錦上添花,但假如朋友離自己而去也不必傷心煩惱。人生的路只有自己一個人走,一心依靠朋友是不切實際的。事事都要想明白,交朋友也是如此。

人生在世,每個人多多少少都有幾個朋友。有摯友、閨蜜能常伴左右,那算自己的福氣!如果朋友隨緣而來,不必過於興奮。如果朋友走了,也不必過於悲傷。朋友來去無影是常事,應該看淡一些。萍水相逢、君子之交,這是人世間的真實寫照!

朋友有好幾類。有的朋友志同道合,能給予幫助、勉勵、促進、提攜。當我們有難時能伸出援手、鼎力相助,必要時能為我們兩肋插刀。這樣的朋友要真心對待,要懂得珍惜。……

你 可以用

a) 大千世界,形形色色各種各樣的人都有,所以交朋友要慎重。俗話說"近朱者赤,近墨者黑"。朋友會在不知不覺中給你帶來這樣、那樣的影響。

b) 對待不同的朋友要拿捏好分寸。只有把握住了分寸,才能留住朋友。俗話說"距離產生美",跟一般朋友要保持一段距離,有時太熱絡反而容易有矛盾。

c) 跟朋友交往要遵循一個黃金法則:別奢望朋友對你好,而先要真誠地對待他。交朋友,如果能做到"只看耕耘,不看收穫",才可能交到好朋友。如果你真心對待別人,但他卻不夠真誠,這也沒關係,要懷着"吃虧是福"的心態。

d) 俗話說"多個朋友多條路"。有些年輕人由於各種原因一時交不到朋友,心裏有很大的壓力,甚至影響情緒、生活和學習。其實,根本就不用擔心,交朋友要隨緣,不能急。為了交朋友而交朋友,可能會交到酒肉朋友,有酒有肉是朋友,沒酒沒肉就分開。這樣的朋友還不如不交。

寫作不難　　三毛

三毛阿姨：

　　您好，我是位十六歲的高中生，不知稱謂您為"阿姨"，是否會太老？我很喜歡您的作品，文章親切，平易近人。

　　我本身也很喜歡寫作，閒暇時便嘗試"爬格子"。可是在寫作過程中，我遇到困難了。那就是常常無法用最適當的文辭來表現我內心所感受的，因此常覺得自己腹笥甚窘。雖然，我也常買些書籍回來閱讀，借以充實自己，但還是無法吸取其中的精髓，我常為這問題困擾。所以，想請您幫我解決好嗎？謝謝！　　祝
安康

郭芳廷敬上

芳廷好孩子：

　　你才十六歲，來信一句也不抱怨人生，只說喜歡寫作，這是多麼的難能可貴，因為我所收到的來信，大半是"人在福中不知福"的怨歎信，看了很使人灰心。

　　寫作其實一點也不難，一開始的時候，盡可能踏踏實實地用字，不要寫那種獨白式的文體，寫自己日常生活中所觀察、所體驗、所感動的真實人生。初寫稿，寫些實在的散文體故事，避掉個人內心複雜的感受——因為那樣寫，便需要功力，畢竟虛的東西難寫。從故事開始試，人物最好不要一次出來太多，免得難以周全地在筆下刻畫他們。

　　寫作，便如建築，結構是一個部分，建材是另一部分，外觀又是一個部分，缺一不可。這也就是肌理、文理和神理三個寫作的基本要素，而這其中，都是生命。

　　再說，所謂寫作，事實上脫不了一個"釀"字，心中有所感、有所動的題材，不要急着就伏案，急不得；將材料放在腦子裏慢慢用時間和思想去醞釀它，自己反反覆覆地在心中將文章編織，等到時機成熟了，不寫都不成，這就是一般人所謂的靈感來了，出來必然不會太壞。

　　一般初學寫作的人，往往心急，釀的時間不夠，那麼即使塗塗改改總也難以使自己滿意。

　　多看好書固然是好事，可是看見他人寫得如此深刻而自己不能，也是會喪膽的。例如我自己，便真的喪膽，越看越不敢寫，不過，我情願不寫，也捨不得不看好書。

你的年輕和興趣，就是寫作最大的本錢，很可惜我們只是紙上筆談，無法交換更多的心得。謝謝你的來信。

三毛上

（選自《親愛的三毛》，北京十月文藝出版社，2009 年）

作者介紹 三毛（1943-1991），台灣著名的作家、旅行家。三毛的代表作有《撒哈拉的故事》《夢裏花落知多少》等。

A 寫出字／詞的確切意思

在文本中……	這個字／詞……	文中的意思是……
1)"閒暇時便嘗試'爬格子'"	"爬格子"	
2)"事實上脫不了一個'釀'字"	"釀"	

B 選擇（答案不止一個）

1) 郭芳廷在寫作中碰到的困難是：_____ 。

   a) 詞不達意　　　　　　　　b) 沒有想表達的內容

   c) 經常心神不定　　　　　　d) 雖然常看書，但好像沒法從中汲取"養分"

2) 郭芳廷給三毛寫信是希望三毛能 _____ 。

   a) 在寫作入門方面給予指引　b) 幫自己解決困擾：想寫作但不知如何做好

   c) 喜歡自己的作品　　　　　d) 指出一條成為作家的路

3) 三毛認為郭芳廷最難能可貴的是 _____ 。

   a) 不抱怨人生　　b) 死讀書　　c) 不怨天尤人　　d) 身在福中不知福

C 配對

☐ 1) 初學者要腳踏實地，　　　a) 寫生活中的事和感受，不要寫獨白體。

☐ 2) 寫作猶如建築，　　　　　b) 靈感來了自然能寫出好東西。

☐ 3) 寫作不能心急，　　　　　c) 也不願意不看好書。

☐ 4) 多看書是好事，　　　　　d) 把真實的事和內心複雜的感受寫出來。

☐ 5) 三毛寧可不寫文章，　　　e) 沒有人生經歷的積累是沒法寫作的。

　　　　　　　　　　　　　　f) 由三個部分組成：肌理、文理和神理。

　　　　　　　　　　　　　　g) 但有時看到別人寫的好文章會喪失信心。

D 回答問題

1) 三毛認為寫作的靈感從何而來？

2) 為什麼三毛認為郭芳廷在寫作方面會有前途？

E 學習反思

在三毛的回信中特別提到了看書。你是個喜歡看書的人嗎？你覺得看書有哪些好處？

清 朝

明朝晚期，政治腐敗，邊疆防禦鬆懈。那時，東北地區女真族的勢力逐漸強大，其首領是愛新覺羅·努爾哈赤（1559年－1626年）。努爾哈赤很有謀略，統一了女真的各個部落，還創立了八旗制度，把女真族編為八個旗，使軍隊有更強的戰鬥力。1616年努爾哈赤在八旗貴族的擁戴下稱汗，國號大金，史稱後金。為了維護統治，明神宗派出十萬大軍跟努爾哈赤的部下大戰，結果明軍大敗，明朝元氣大傷。1625年努爾哈赤把都城遷到了瀋陽，對明朝的統治形成了直接威脅。1626年，努爾哈赤帶領軍隊又一次與明軍作戰，這次戰役金軍戰敗了。同年，努爾哈赤因病去世，他的第八個兒子皇太極（1592年－1643年）即位。

皇太極性格獨立、剛毅堅韌。他從小就隨父兄狩獵和征戰，騎射嫻熟，還很愛看書，文武雙全。1635年皇太極把族名女真改為滿洲。1636年皇太極稱帝，定國號為大清。清朝的開國皇帝皇太極是傑出的軍事家和政治家。在位17年間，他積極發展生產，增強軍隊兵力。他認為發展文教對治理國家很重要，因此十分看重教育，也非常重視吸收漢族的先進文化。

1627年明朝第十六位皇帝崇禎帝（1611年－1644年）即位。他是明朝的最後一個皇帝。崇禎帝執政期間，皇太極持續跟明軍作戰，再加上全國多處爆發農民起義，明朝陷於內外交困的處境。

努爾哈赤

當時中原災荒嚴重，民不聊生，社會矛盾極其尖銳。李自成（1606年－1645年）帶領農民舉行起義，反抗朝廷的統治。李自成打開糧倉幫助飢民，並提出“均田免賦”的口號，獲得了廣大民眾的歡迎，他領導的起義軍不斷壯大。1644年李自成在西安稱帝，國號大順。當李自成的起義軍包圍了北京城時，崇禎帝絕望地在景山的一棵槐樹上自縊了。統治了中國276年的明朝就此滅亡。

李自成進入北京後，大順政權一面懲治明朝的皇親國戚和官員，一面從百姓身上搜刮民脂民膏，逐漸失去了百姓的支持。吳三桂原來被明朝派去駐守山海關，面對李自成佔領北京，吳三桂跟清朝輔政的親王多爾袞聯合，擊敗了李自成。同年，多爾袞迎接皇太極的幼子順治帝入京，遷都北京。自此清朝逐步建立起對全中國的統治。

古為今用 （可以上網查資料）

1) 為了使軍隊有更強的戰鬥力，努爾哈赤在軍事上採取了什麼措施？

2) 皇太極是一位傑出的軍事家，他還是一位政治家，他在治理國家方面有何建樹？

3) 皇太極是清朝的開國皇帝。清朝的最後一位皇帝叫什麼名字？

4) 李自成起義為什麼最後以失敗告終？

10 地理知識

南京

南京，古稱金陵，是中國四大古都之一。

自古以來，南京就是一座崇文重教的城市。著名的江南貢院就坐落於南京市秦淮區。江南貢院是中國古代規模最大的科舉考場，可容納兩萬多名考生同時考試。中國歷史上許多狀元都出自江南貢院。

秦淮河

秦淮河被譽為南京的"母親河"，它孕育了南京古老的文明，被稱為"中國第一歷史文化名河"。秦淮河畔走出了不少文化巨匠，如《紅樓夢》的作者曹雪芹、傑出的數學家祖沖之等。

秦淮河畔的夫子廟小吃位列中國四大小吃之首。這裏的風味小吃歷史悠久、品種繁多。其中最具特色的八套小吃被稱為"秦淮八絕"，有葱油餅、雞絲澆麵、牛肉鍋貼、五香蛋等。到了晚上，租一條小船，槳聲燈影，一邊吃着風味小吃一邊觀賞兩岸的景色，可謂人生一大美事。

在國內外享有盛譽的民歌《茉莉花》也起源於南京。因為很多特殊的場合都會演出《茉莉花》，它被一些海外友人譽為"中國的第二國歌"。

造福後代 （可以上網查資料）

1) 你品嚐過秦淮八絕嗎？是哪一道小吃？味道怎麼樣？你還想吃哪些中國風味小吃？

2) 茉莉花除了觀賞以外，還能派什麼用場？

3) 你聽過享有盛譽的歌曲《茉莉花》嗎？請聽一聽這首歌，試着把歌詞寫下來。

生詞

❶ gǎi gé 改革 reform

❷ hé qù hé cóng 何去何從 what course to follow

❸ zǔ ài 阻礙 hinder

❹ xiǎngxiàng 想像 imagine　xiǎngxiàng lì 想像力 imagination

❺ hū 呼 cry out

❻ yù 籲（吁）appeal　hū yù 呼籲 appeal

❼ tǐ zhì 體制 system of organization

❽ qǔ jīng 取經 learn from someone's experience

❾ máng 盲 blind　máng mù 盲目 blind

❿ tuī chóng 推崇 hold in esteem

⓫ kuā 誇（夸）exaggerate　kuā dà 誇大 exaggerate

⓬ huái 懷 keep in mind

⓭ yí 疑 doubt　huái yí 懷疑 doubt

⓮ cháng guī 常規 convention

⓯ xiàn zhì 限制 limit

⓰ gè tǐ 個體 individual

⓱ dǎo xiàng 導向 guide

⓲ fǒudìng 否定 deny

⓳ yǐn yòng 引用 quote; cite

⓴ lián 憐（怜）pity　kě lián 可憐 pitiful

㉑ xiān jìn 先進 advanced

㉒ xī 嬉 play; have fun　xī nào 嬉鬧 laughing and having fun

㉓ màn 漫 without restraint　sǎn màn 散漫 undisciplined

㉔ xǐng 省 come to realize the truth
shēnxǐng 深省 come to fully realize
fā rén shēnxǐng 發人深省 prompt one to deep thought

㉕ shēngchēng 聲稱 claim

㉖ kuān 寬 relax　kuānsōng 寬鬆 relax

㉗ suǒ 索 search　tàn suǒ 探索 explore

㉘ qiè 切 fit in with　qiè hé 切合 fit in with

㉙ gù 固 no doubt　gù rán 固然 no doubt

㉚ gāo xiào 高校 colleges and universities

㉛ píng 評 judge

㉜ gū 估 estimate　píng gū 評估 evaluate

㉝ xún 尋（寻）search　sōu xún 搜尋 search for

㉞ zhěng hé 整合 integrate

㉟ nà 納 bring into　guī nà 歸納 sum up

㊱ zōng hé 綜合 synthesize

㊲ huāng 荒 absurd

㊳ táng 唐 exaggerative　huāngtáng 荒唐 ridiculous

㊴ mǒu 某 certain (thing, person, etc.)

㊵ yì wú suǒ zhī 一無所知 know nothing at all

㊶ jù 據 evidence　shù jù 數據 data

㊷ nuò bèi 諾貝（贝）ěr jiǎng 爾獎（奖）Nobel Prize

㊸ fēi chuán 飛船 spaceship　**㊹** gāo tiě 高鐵 high-speed train

㊺ lǐngxiān 領先 be in the lead　**㊻** háng yè 行業 profession

㊼ lǐng jūn 領軍 take the lead　**㊽** wú shì 無視 ignore

㊾ kè 客 objective　kè guān 客觀 objective

㊿ qǔ cháng bǔ duǎn 取長補短 learn from other's strong points to offset one's weaknesses

51 sī lù 思路 train of thought

1 聽課文錄音，做練習

A 選擇

1) 這篇博客的主題是什麼？

　　a) 東方教育理念　　b) 網絡教育　　c) 西方教育理念　　d) 中國的教育改革

2) 對學生以後不用學習的觀點，作者怎麼看？

　　a) 很讚同　　　　　b) 很荒唐　　　c) 不太可能　　　d) 很有可能

3) 作者對中國的教育改革抱什麼態度？

　　a) 沒有希望　　　　b) 悲觀　　　　c) 沒有盼頭　　　d) 樂觀

B 選出四個正確的句子

有一些西方教育專家聲稱，＿＿＿＿。

□　a) 老師和學生應該享受學的過程

□　b) 學生應該在輕鬆、自由的環境中學習

□　c) 學生能掌握多少、考試成績如何，這些仍十分重要

□　d) 教育的重心應該是學生心靈的成長以及個性的發展

□　e) 網絡上有海量的信息，學生只要有搜尋、整合、歸納、綜合的能力就夠了

□　f) 網絡上的數據就是知識，所以學生沒必要再花時間學習專業知識了

□　g) 現在的高等學府都不看學生的考試成績了

C 選擇（答案不止一個）

1) 有一些西方教育專家認為知識＿＿＿＿。

　　a) 容易使人固於常規　　　b) 只需要一部分天才去學

　　c) 會限制個體思維發展　　d) 不是現代教育要教的內容

2) 在否定知識的理念指導下，一位西方校長指出教學效果很不理想，學生＿＿＿＿。

　　a) 英語水平差　　b) 數學能力低　　c) 嬉鬧散漫　　d) 逃課現象嚴重

D 回答問題

1) 為什麼有很多人呼籲要改革中國現有的教育體制？

2) 作者認為應該怎樣看待西方的教育理念？

3) 作者怎麼看互聯網在教學中的作用？

http://blog.sina.com.cn/1feiblog
錢一飛的博客

中國的教育改革將何去何從　(2018-9-5 19:05)

很多人認為應試教育阻礙了學生想像力、創造力的發展，呼籲改革中國現有的教育體制。有人提出應該向西方的教育理念取經，還有人提出應該重視互聯網的影響。對於這些議題，我有不同的看法。在我看來，中國的教育改革不應該盲目推崇西方的教育理念，也不應該過分誇大互聯網的作用，更不應該懷疑現在的教育制度所取得的成就。

有一些西方教育專家認為知識容易使人固於常規，會限制個體思維發展，以知識為導向的學習過時了。在這種否定知識的理念指導下，教學的效果如何呢？可以引用一位西方公立中學校長的話來概括：“我們學校的很多學生英語水平和數學能力低得可憐。這些所謂的先進教學法是造成學生嬉鬧散漫、學習成績普遍下降的直接原因。教育的失敗令人震驚，發人深省。”

還有一些西方教育專家聲稱，應該讓師生享受學習的過程，讓學生在寬鬆的環境中去探索知識，完善自己。每個學生都是獨立的個體，課程學習和考試成績並不重要，學生心靈的成長和個性的發展才是最重要的。我覺得這種說法是不切合實際的。個性化的成長固然重要，但是在現實生活中，高校仍然需要用評估和考試來錄取學生。

另外，還有人提出互聯網上有海量的信息，只要有搜尋、整合、歸納、綜合能力就夠了，不需要再花時間去學習了。我覺得這種觀點有些荒唐。眾所周知，信息並不是知識。如果對某領域一無所知或知之甚少，有再多的信息、數據也沒有用。

在談論教育改革之前，我們還應該全面地認識中國現有的教育制度。中國培養出了諾貝爾獎獲獎者，而且中國的航天飛船、高鐵技術等都是世界領先的。中國現有的教育制度還培養出了許許多多的行業領軍人物。我們不應該無視這巨大的成就。現有教育制度的長處是應該保持的。

未來，中國的教育改革該如何進行？我認為，首先，教育專家要對中西方教育理念有更加客觀、全面的了解；其次，要取長補短，借鑒有關的理念；最後，要根據自己的實際情況，用合適的方式去實踐這些理念。按照這個思路，相信中國的教育改革一定會迎來春天。如果對這個議題感興趣，請給我留言。

2 根據實際情況回答問題

1) 家庭的肯定、鼓勵和支持對孩子有正面作用。你父母是這樣對待你的嗎？請舉一兩個例子說明一下。

2) 自信是走向成功的第一步。你是一個充滿自信的人嗎？你父母是怎樣培養你的自信心的？請舉例說明。

3) 有些教育專家認為學習知識容易使人固於常規，會限制個體思維發展，由此斷言以知識為導向的學習過時了。請以自己的經歷為例，說一說你對此類言論的看法。

4) 有些現代的教育流派認為應該讓學生享受學習的過程，讓學生在寬鬆的環境中探索知識、完善自己。他們還深信學習成績並不重要，學生心靈的成長和個性的發展才是最重要的。請發表你對這類言論的看法。

5) 有人認為考試不應該是唯一的評估方式。你認為還有其他方式能準確評估學生的學習成果嗎？你的這種方式在現今的教育體制中行得通嗎？為什麼？

6) 中國的高考制度已經實施了幾十年。在這幾十年中，雖然高考制度也經歷了一些調整，但是一直沒有進行過大幅度的改革。對於中國的高考制度，你有什麼想法和建議？

7) 在中國，每個中小學生都要學英語。英語不僅是必修課，而且是高考的科目。有些學生在某一方面有專長，比如藝術方面十分有天分，而語言能力卻很弱，這樣的學生在高考中就很吃虧。你對高考考英語有何看法？

8) 中國現在有越來越多的雙語學校要求學生中英文同時達到母語水平。學生能從小接觸雙語無疑對他們的語言學習是有利的。但是，如果學生連中文都沒有學好，就開始花大量精力學英文，學英文也容易遇到困難。如果一個人中學畢業後中英文這兩種語言都不能運用自如，會對將來的升學和就業有何影響？

3 諺語名句

1) 立如松，坐如鐘，臥如弓，行如風。

2) 叫人不蝕本，舌頭打個滾。

3) 看菜吃飯，量體裁衣。

4) 不做虧心事，不怕鬼叫門。

5) 一日為師，終身為父。

6) 君子之交淡如水，小人之交甜如蜜。

鳳毛麟角

尊敬的主席、評委、正方代表，在座的老師、同學：

大家好！

感謝對方辯友對課外補習益處的陳述。正是在這樣的大環境下，現在補習成風，好像不補習就輸在了起跑線上。其實，補習有很多弊端。我方的觀點是：課外補習弊大於利。

第一，補習會給學生的身體健康帶來負面影響。眾所周知，學生在學校的大部分時間都在伏案學習。坐着的時間久了，看書的時間長了，放學後理應做做運動，活動筋骨，緩解視力疲勞。如果課外補習成了學校的延續，這可能會造成學生視力下降、脊柱損傷、身體健康變差等問題，不利於他們的成長發育。

第二，補習也會對學生的心理健康造成無形的壓力。學生的學習負擔很重，壓力很大，放學後他們需要放鬆一下緊張的神經，比如發展自己的興趣愛好、跟朋友聊天兒談心、跟家人度過美好的時光等。如果課後、週末、節假日也變成了上課時間，神經一直緊繃着，橡皮筋也有斷的時候。用周而復始的學習填滿他們所有的時間，這完全違背了孩子愛玩的天性。這樣的童年也太苦了吧！學生長期處於高壓狀態，輕者會對學習採取消極的態度，敷衍、急躁、抱怨，重者會感到沮喪，甚至患上憂鬱症，不得不休學，嚴重影響學業。最近有則新聞報道，一個初中生學習壓力大，不堪重負，因而對人生感到絕望，最後選擇了輕生。生命不保，談何教育？這樣的悲劇一定要避免。

第三，補習加重了家庭的經濟負擔，也會使學生形成理所當然的心態。除了學費以外，額外的補習費用也不菲，這無疑增加了家庭的經濟負擔。如果學生一點兒都不體諒含辛茹苦的父母，長此以往會被寵壞，將來誤入歧途，那才是最大的悲哀。

第四，補習跟學習成績的好壞並不成正比。學習成績優秀要靠在校學習這碗 "正餐"，沒有一個成績優異的學生是靠補習這盆 "輔食" 茁壯成長的。最近，教育局對全市 6 個區的 20 所中學共 5600 名學生做了關於課外補習的調查。結果發現，64.7% 的學生有課後補習，不參加補習的學生成績反而比參加補習的好，每週補習次數多於 3 次的學生成績明顯下降。

由此看來，補習其實有很多弊端，補習並不是提高成績的 "萬靈藥"。因此，我方的觀點是課外補習弊大於利。我們不提倡，也不支持學生課外補習。

謝謝大家！

A 寫出字/詞的確切意思

在文本中……	這個字/詞……	文中的意思是……
1) "神經一直緊繃着,橡皮筋也有斷的時候"	"橡皮筋"	
2) "對人生感到絕望,最後選擇了輕生"	"輕生"	
3) "學生一點兒都不體諒含辛茹苦的父母"	"含辛茹苦"	

B 選擇 (答案不止一個)

1) 學生可以通過 _____ 放鬆緊張的神經。

a) 跳橡皮筋　　b) 跟朋友聊天兒

c) 外出旅遊　　d) 發展興趣愛好

2) 學生對學習採取消極態度可能表現為 _____ 。

a) 脾氣暴躁　　b) 做事不認真

c) 天天哭鼻子　d) 推卸責任

3) 寵壞了的孩子可能會 _____ 。

a) 走上邪路　　b) 增加經濟負擔

c) 邊學習邊玩　d) 幹壞事

4) 作者的看法是補習 _____ 。

a) 弊大於利　　b) 利大於弊

c) 沒有任何好處　d) 不應該提倡

C 判斷正誤,並說明理由

1) 學生除了學習還是學習,完全背離了他們愛玩的天性。　　對　錯

_____

2) 參加補習的學生學習成績比不參加補習的要好得多。

_____　　__　__

D 配對

□ 1) 有些家長擔心如果不補習,

□ 2) 長期伏案學習的學生

□ 3) 有些患上憂鬱症的學生不得不

□ 4) 對五千多名學生進行了補習調查後發現

□ 5) 課外補習不是"萬靈藥",

a) 不一定能幫助學生提高學習成績。

b) 需要舒展筋骨,緩解視力疲勞。

c) 孩子就會輸在起跑線上。

d) 精神崩潰以至於釀成悲劇。

e) 休學回家,這會影響學業。

f) 可能要支付不菲的補習費用。

g) 六成以上的學生有課後補習。

E 回答問題

1) 補習可能給學生的身體健康帶來哪些負面影響?

2) 為什麼有些學生不堪學習重負而走上絕路?

F 學習反思

你需要中文補習嗎?中文補習在哪些方面能幫到你?你對補習持什麼觀點?

外語學習

尊敬的曾校長：

我叫歐陽修齊，是剛入學的新生。作為十一年級的學生，選課是我最關心的事情。我們學校開設的是國際文憑課程，在六類課程中語言學習就佔了兩類，對於語言學習的重視程度可見一斑。然而，我們學校提供的外語科目十分有限，只有中文一科。

我這次冒昧給您寫信的目的就是希望學校能開設更多的外語科目供學生選擇。我認為提供不同語種的課能滿足學生的選課需求，而且外語學習本身也是有諸多好處的。

第一，提高認知能力。學習語言需要理解並記憶相關的語音、詞彙等。有研究顯示，長期處於多語言環境的人除了記憶力會變強以外，其認知能力也會得到整體提升，可以學會從另一種角度來觀察、判斷事物。遇到困難時，能主動地去找尋問題的本質，而不只是就事論事。

第二，推動母語學習。語言學習的重點在於學習語言的基本架構，比如語法、詞法等。接觸不同的語言，研究它們各自的表達系統會讓學習者獲得語言學習的方法和技巧。更奇妙的是，這些方法和技巧會在潛移默化中遷移到母語的學習上，反過來促進母語水平的提高。

第三，拓寬思維格局。長期處於單一語言環境下，思維容易形成定式，難免變得狹隘。接觸和學習多種語言，能給予學習者感受其他民族思維方式的機會。學習者對不同民族的文化有更多、更深的了解和認識，思維的格局自然而然就變大了。

我校是本地數一數二的國際學校，外語學習對身處全球一體化進程中的我們有着非常重要的意義。在高中的兩年裏接觸、掌握不同的語言，可以讓需要面對激烈競爭的我們如虎添翼，可以讓我們在未來的求學、求職或創業過程中擁有更雄厚的綜合實力。

在現有的課程體系下，要再開設其他外語課程、安排課表、新聘外語教師確實是個大工程。這樣的大工程無法一蹴而就，所以我誠懇地建議學校從小處入手，先在學生比較感興趣的西班牙語、日語、德語、法語中選擇兩門開課，其他外語課程可以之後根據實際需要再開。

多學外語絕對是有百利而無一害的，希望校長能採納我的建議。

　　此致

敬禮

十一年級學生：歐陽修齊

2018 年 9 月 10 日

A 寫出字／詞的確切意思

在文本中……	這個字／詞……	文中的意思是……
1) "我這次冒昧給您寫信"	"冒昧"	
2) "可以讓需要面對激烈競爭的我們如虎添翼"	"如虎添翼"	

B 選出四個正確的句子

外語學習的好處有：＿＿＿。

☐ a) 學生的記憶力會變得更強

☐ b) 能促進學生母語水平的提高

☐ c) 可以提高認知能力，遇到困難時能找出其根源、把握其本質

☐ d) 母語學習中獲得的各種技巧能幫助學生學好外語

☐ e) 能接觸到不同的思維方式，並對不同的文化有所了解

☐ f) 能通過外語學習開闊眼界，還能跟思想狹隘的人交往、做朋友

C 選擇 (答案不止一個)

要開出更多的外語課程，校方要考慮的方面有＿＿＿。

a) 聘請教外語的老師　　b) 廣泛徵求外語老師和學生的意見

c) 從哪裏擠出時間　　d) 如何安排課表

D 配對

☐ 1) 在六門課程中兩門是語言課，　　a) 這反映出語言學習的重要性。

☐ 2) 如果學校開設不同語種的外語課，　　b) 能說外語的人競爭力會強一些。

☐ 3) 在當今全球化的格局中，　　c) 學生在選課時就有更多的選擇。

☐ 4) 具備多種語言能力的學生　　d) 我校算得上是本地數一數二的名校。

e) 學好一門外語絕對不是一蹴而就的事。

f) 將來找工作時會更有優勢。

E 回答問題

1) 作者為什麼要建議校長為學生提供更多不同語種的外語課程？

2) 作者認為學習外語有哪些好處？

F 學習反思

1) 請結合你自己學習外語的親身經歷，講一講學習外語的重要性。

2) 有人說外語要學得好，必須有扎實的母語基礎。你同意這種觀點嗎？你認為自己應該多學一門外語嗎？為什麼？

要求 為了配合全球化的進程，雙語國際學校越來越受歡迎。這些雙語國際學校採用中西合璧的教育模式，希望學生在掌握兩種語言的同時具備國際視野和批判思維。雙語課程設置以及學生雙語能力顯然是個賣點，但是效果究竟如何？請就雙語國際學校的優勢及弊端開展辯論。

例子：

正方：尊敬的丁老師、反方代表、在座的同學們，大家上午好！我方的觀點是雙語國際學校有很大的優勢。第一，除了母語以外，學生能從小學一門外語。好的雙語能力無疑會提高他們日後在各個領域的競爭力。第二，雙語學校的學生能用兩種語言學習課程的內容，這為他們今後出國留學深造創造了條件。第三，學生從小在雙語的環境中學習，他們的抗干擾能力和專注力會更強。

反方：尊敬的丁老師、正方代表、在座的同學們，大家上午好！謝謝正方表述自己的觀點。我方認為雙語國際學校雖然有優勢，但是弊端也不少。不是每個學生都有語言天分。只有極少數的學生最終能成為真正的雙語人才，而很大一部分學生都只是跟着"陪讀"，這部分學生能把母語學好就算不錯了。可惜的是，相當多的學生因母語學習受到了干擾，結果母語和外語都沒有學好。這是最大的悲哀！大家都知道，一個人的母語能力關係到日後的學習、生活和就業。

……

你 可以用

a) 一些雙語國際學校的師資存在問題。一些外籍老師不會說當地的語言，對當地的教育制度也不了解。具有很高外語能力的當地老師也相當難覓。而要將這兩支隊伍很好地融入雙語學校的教育體系更是難上加難。如果師資存在問題，那麼教學效果肯定大打折扣。學校所標榜的教學體驗往往只是紙上談兵，很難落實。到頭來，家長昂貴的學費白付了，學生還錯過了最佳的學習時段。

b) 雙語國際學校對兩種文化的態度是不同的，無形中使得一種文化變成了主流文化，而另一種文化變成了次等文化。這對學生的語言學習和健康成長都會造成很大的負面影響。

c) 舉個例子，在中國的雙語學校，中國學生在學校學英語，而回到家裏說漢語。他們使用英語的時間是不夠的，這會影響到英語的水平。

7 寫作

在世界範圍內，教育改革的呼聲此起彼伏，教育界、商界、媒體、家長等相關羣體都加入到了這場大論戰中。大家各抒己見，但目前還沒有一個明確的改革方向。然而，教育改革在國際學校早已悄然展開，學生好像成了試用不同教學理念的"小白鼠"。請就目前國際學校的教育改革寫一篇博客，在網絡上發表。

你可以寫：

- 國際學校的教育改革現狀
- 教育改革存在的問題
- 你對教育改革的看法及建議

例子：

國際學校的教育改革將何去何從

　　教育是培養未來人才的搖籃。進入 21 世紀，教育改革成了教育界、商界、媒體等相關團體關注的焦點。有一部分人認為中式教學模式太重視知識的教授和學習，之前沿用的教學理念、課程設置、教學方法都過時了，應該進行大刀闊斧的改革。他們呼籲實施西方的教育理念。在他們看來，在互聯網時代，知識的學習並不重要，教育應該注重培養學生的獨立學習能力、思維能力、創造能力等。有些學校的校園、教室也大改模樣。教室已不像是教室，而更像是咖啡館、會議廳、遊樂場。也有一部分人認為中式教學模式未必過時了。中國的教育模式強調基礎知識的學

習和基本技能的掌握，具有課本標準化和教師專業化，知識系統性和教學快節奏，對學生高標準、嚴要求等優勢。這是中式教育成功的關鍵，也正是西方教學模式的軟肋。……

a) 一些具有創意的教學理念和教學方法應運而生，在很多國際學校試用。翻轉課堂教學法就是其中一種。它要求學生在課外自學課程內容，課上則主要進行互動活動。教師在課堂上不再傳授知識，而是對學生進行輔導，通過師生的互動，促進學生的主動學習，提高學生的學習興趣。

b) 翻轉課堂教學法存在很多弊端。第一，學生的課前學習缺乏監管。老師根本就沒法知道學生是否認真進行了預習，是否是自己獨立完成的，這將影響學生對學習內容的掌握。第二，課上如何組織學生開展深層的探究學習是個難點，這需要老師有極強的把控能力。老師要對學生的發言做出迅速、明確的點評，才能達到預期的效果。第三，課堂活動容易流於形式。學生做小組活動時吵吵鬧鬧的，寶貴的課堂時間都浪費了。

朗讀的意義（節選）　　曹文軒

"'語文'學科，早先叫'國文'，後改為'國語'，一九四九年後改稱'語文'，從字面上看，'語'的地位似乎提高了，實際上，'重文輕語'是中國語文教學中的一大弊病。"（劉卓）"語文語文"，"文"是第一的，"語"是次要的，甚至是無足輕重的。重"文"輕"語"，這是中國的文化傳統。中國在很多時候，把"文"看得十分重要，而把"語"給忽略掉了，甚至是貶低"語"的。"巧言令色"，能說會道，是壞事。是君子，便應"訥於言而敏於行"。"訥"——"木訥"的"訥"，便是指一個人語言遲鈍，乃至沉默寡言，而這是美德，是仁者之行。如此傳統下，我們看到了一個事實：在中國，能言的人，是當不了大官的。中國的大官，往往千人一面，千部一腔。他們的言說，太敗壞漢語了——漢語本來是一種極其豐富的語言，並且說起來抑揚頓挫，很有音樂感。二〇〇八年，美國總統競選，很讓我着迷，着迷的就是奧巴馬的演講。他的演講很神氣，很精彩，很迷人，很有詩意。從某種意義上講，美國總統競選，就是比一比誰更能說——更能"語"。我聽奧巴馬的講演，就覺得他是在朗讀優美的篇章。

"水深流去慢，貴人話語遲"。這便是中國人數百年、數千年所欣羨的境界。當然中國也有極端的歷史時期是講究說的。說客——說客時代。那番滔滔雄辯、口若懸河，真是讓人對語言的能力感到驚訝。但日常生活中，中國人還是不喜歡能說的人。"訥"，竟然成了最高的境界，這實在讓人感到可疑。

說到朗讀上來——不朗讀——不"語"，我們對"文"也就難以有最深切的理解。

我去各地中小學舉辦講座，總要事先告知學校的校長、老師，讓他們通知聽講座的孩子帶上本子和筆。我要送給孩子們幾句話。每送一句，我都要求他們記在本子上。接下來，就是請求他們大聲朗讀我送給他們的每一句話。我對他們說："孩子們，有些話，我們是需要唸出來甚至是需要喊出來的，而且要很多人在一起唸出來、喊出來。這是一種儀式，這種儀式對我們的成長是有用的。"

當我們朗讀時，特別是當我們許多人在一起朗讀時，我們自然就有了一種儀式感。

而人類是不能沒有儀式感的。

儀式感純潔和聖化了我們的心靈，使我們在那些玩世不恭、只知遊戲的輕浮與淺薄的時代，有了一份嚴肅、一份崇高。

於是，人類社會有了品質。

這是口語化的時代，而這口語的品質又相當低下。惡俗的口語，已成為時尚，這大概不是一件好事。

優質的民族語言，當然包括口語。

口語的優質，是與書面語的悄然進入密切相關的。而這其中，朗讀是將書面語的因素轉入口語，從而使口語的品質得以提高的很重要的一環。

朗讀着，朗讀着，優美的書面語在不知不覺中變成了口語，從而提升了口語的質量。

朗讀是體會民族語言之優美的重要途徑。

漢語的音樂性、漢語的特有聲調，所有這一切，都使得漢語成為一種在聲音上優美絕倫的語言。朗讀既可以幫助學生們加深對文本的理解，同時也可以幫助他們感受我們民族語言的聲音之美，從而培養他們對母語的親近感。

朗讀還有一大好處，那就是它可以幫助我們淘汰那些損傷精神和心智的末流作品。

（選自《中學生文學精讀·曹文軒》，三聯書店（香港）有限公司，2016 年）

作者介紹 曹文軒（1954- ），著名的兒童文學作家。曹文軒 2016 年榮獲"國際安徒生獎"，是中國作家首次獲此殊榮。他的代表作有《山羊不吃天堂草》《草房子》等。

A 選擇

"水深流去慢，貴人話語遲"的意思是 ＿＿＿ 。

a) 水在深處是流得慢的，人說話也要慢

b) 水由於深而流動得比較慢，地位尊貴的人要深思熟慮後再發言

c) 水在深處一定是流得慢的，地位高的人一定會感到高處不勝寒

d) 水不停地流動，要想慢下來很難；說話快的人，要慢下來幾乎不可能

B 配對

☐ 1) 在聲音上，漢語　　　　　　 a) 在不知不覺中變成口語。

☐ 2) 高聲朗讀能把書面語　　　　 b) 具有音樂特性，是一種抑揚頓挫、優美絕倫的語言。

☐ 3) 通過朗讀，學生們　　　　　 c) 能感受到漢語之美，並培養對母語的親近感。

　　　　　　　　　　　　　　　 d) 可以淘汰那些損害精神的劣等作品。

　　　　　　　　　　　　　　　 e) 能體會到"重文輕語"的危害性。

C 選出四個正確的句子

作者在文中寫到，在中國文化傳統中，＿＿＿ 。

☐ a) "文"很重要，"語"無足輕重，甚至被忽視了，這是有問題的

☐ b) 如果一個人口才好，會被冠以"巧言令色"之名，而這是貶義詞

☐ c) 不善言辭、言語表達能力差一些也無大礙

☐ d) 沉默寡言成了美德，還是仁者應有的品行

☐ e) 能言善辯的人才能做大官，因為當官的人要用一個腔調說話

☐ f) 演講很重要，說話要抑揚頓挫，富有音樂感

D 回答問題

1) 朗讀時產生的儀式感有什麼作用？

2) 這是口語化的時代，而我們的口語又出現了什麼問題？

E 學習反思

"口語的優質，是與書面語的悄然進入密切相關的。"請舉例子發表你對這一觀點的看法。

鄭成功·康熙皇帝

崇禎帝在北京自縊後，明朝宗室在南方建立了南明。1645 年，朱聿鍵在福州稱帝，後世稱為隆武帝。鄭成功（1624 年－1662 年）和父親擁戴隆武帝。1646 年鄭成功的父親降清，鄭成功率領父親舊部在東南沿海繼續抗清。1661 年，鄭成功率軍轉去台灣，希望將台灣作為抗清的基地。經過 8 個月的鬥爭，1662 年鄭成功從荷蘭人手中收復了淪陷 38 年的中國領土台灣，開始了鄭氏在台灣的統治。鄭成功去世後，台灣民間紛紛建立廟宇紀念他。

康熙皇帝

愛新覺羅·福臨（1638 年－1661 年），即順治帝，是清朝入關後的首位皇帝。順治 6 歲登基，由鄭親王濟爾哈朗和睿親王多爾袞輔政。順治在位 18 年，於 1661 年駕崩。他的第三個兒子愛新覺羅·玄燁（1654 年－1722 年）即位，即康熙帝。康熙在位 61 年，是中國歷史上在位時間最長的皇帝。

孝莊文皇后（1613 年－1688 年）是中國歷史上有名的賢后，也是清朝初期傑出的政治家。她 1625 年嫁給皇太極，是順治的生母，一生輔佐了順治和康熙兩代皇帝。

康熙 8 歲登基，由四位滿族大臣輔政。其中，驕橫跋扈的鰲拜欺負康熙年幼，獨斷專行。康熙 14 歲親政，因為鰲拜的勢力太大了，想除掉鰲拜。他在宮中挑選了一批健壯、武功好的少年進行訓練。有一天，當鰲拜像平常一樣大模大樣地進宮時，這些訓練好的少年一擁而上，把鰲拜打翻在地。鰲拜就這樣被除掉了。之後，康熙花了八年時間平定了南方三個藩王的叛亂，鞏固了國家的統一。

在政治上，康熙一生勤於政務，重視了解民情，曾經六次南巡。在軍事上，康熙時期無論是火炮的數量、種類、性能還是製造技術都是前所未有的。在經濟方面，康熙放寬了開墾荒地後免稅的年限，推行了一系列改善民生的政策，促進了經濟發展。在文化方面，康熙尊崇儒教禮儀，任用了大量的漢族官員，他對西方文化也很感興趣，向來華的傳教士學習西方先進的科學知識。

古為今用 （可以上網查資料）

1) 鄭成功一生最偉大的功績是驅逐了荷蘭殖民者，收復了台灣。鄭成功收復台灣後採取了哪些政治措施？

2) 台灣土地肥沃、氣候溫暖濕潤，有利於耕作，農業很發達。台灣盛產哪些農產品？

3) 台灣水果種類繁多，素有"水果王國"的美譽。台灣有一種非常出名的水果叫鳳梨，鳳梨做成的糕點很受歡迎。這種糕點叫什麼？

4) 台灣非常注重服務業的發展。他們重點發展的服務業主要有哪幾類？

10 地理知識

曲阜孔廟

　　山東曲阜是中國偉大的思想家、教育家、儒家學派的創始人孔子的家鄉。孔子去世後，後人在孔子的故居立廟祭祀，並將他的衣、冠、琴、車、書等遺物珍藏於廟中，作為紀念。自漢朝開始，孔廟經過歷代增修擴建，規模越來越大。

祭孔大典

　　孔廟是一組具有東方建築特色的古代建築羣。孔廟沿南北中軸線展開佈置，左右對稱，佈局嚴謹。大成殿是孔廟的主體建築，也是整個建築羣的核心。大成殿的殿堂重簷九脊，斗拱交錯，雕樑畫棟。清朝乾隆皇帝親手書寫的"萬世師表"巨匾高懸正中，給人莊嚴肅穆之感。

　　曲阜孔廟是中國四大文廟之一，也是中國三大古建築羣之一。規模宏大、氣勢雄偉的孔廟完整地保留下來，在世界建築史上可謂是一個"孤例"。1994 年，聯合國教科文組織將孔廟列為"世界文化遺產"。

　　自 2004 年開始，每年的 9 月 26 日到 10 月 10 日人們都在孔廟舉辦隆重的祭孔大典，用樂、歌、舞、禮為一體的綜合性藝術表演來紀念至聖先師孔子。

造福後代 （可以上網查資料）

1) 請解釋孔子的名言名句，並說一說你對這些名句的理解。

"言必誠信，行必忠正。"　　　　　　　"君子喻於義，小人喻於利。"

"少成若天性，習慣如自然。"　　　　　"君子博學於文，約之以禮。"

2) 請介紹一位你欽佩的思想家、教育家或哲學家。

第二單元複習

生詞

第四課							
穩固	維繫	安定	基本	細胞	崇拜	依託	清明節
上墳	追憶	已故	祈求	祖宗	保佑	光宗耀祖	榮耀
建功立業	出人頭地	爭光	掃墓	出息	驕傲	儒家	君
君主	臣	臣子	威嚴	無法無天	嚴於律己	以身作則	任勞任怨
一絲不苟	兢兢業業	莫大	啟迪	各抒己見	秉持	包容	忍讓
領悟	妥協						

第五課							
尾聲	伏案	回顧	思緒萬千	磕磕絆絆	拚搏	懵懂	嶄新
生疏	品學兼優	躊躇滿志	施展	憧憬	相距	甚	圈
誤解	高傲	冷漠	欺凌	風言風語	威脅	震驚	迷茫
偶然	曠課	樁	交易	竟	毒癮	偷竊	曝光
後悔	低落	摯友	谷	窩	排憂解難	預料	輕敵
懈怠	屬害	打擊	蕩然無存	投入	鞭策	闖	披荊斬棘
名列前茅	邁	倔強	服輸	酸甜苦辣	徘徊	抗爭	航天
航空							

第六課							
改革	何去何從	阻礙	想像力	呼籲	體制	取經	盲目
推崇	誇大	懷疑	常規	限制	個體	導向	否定
引用	可憐	先進	嬉鬧	散漫	發人深省	聲稱	寬鬆
探索	切合	固然	高校	評估	搜尋	整合	歸納
綜合	荒唐	某	一無所知	數據	諾貝爾獎	飛船	高鐵
領先	行業	領軍	無視	客觀	取長補短	思路	

短語 / 句型

- 中國傳統家庭觀課程　·中華文明源遠流長　·穩固家庭團結　·維繫社會安定
- 中國人十分重視家庭，有"家國天下"的說法　·構成"國"和"天下"的基本元素
- 家庭是國家的最小單位，是天下的基本細胞　·"家和萬事興"，中國人以和為貴
- 只要家庭和睦團結，國家就能穩定興旺　·中國人崇拜祖先，這是人們的一種精神依託
- 中國人還有"光宗耀祖"的觀念　·希望可以建功立業、出人頭地，讓祖先有榮耀，為宗族爭光
- 要有出息，努力成為家人的驕傲　·中國人也很注重秩序　·有了秩序才得以穩定
- 父母要有威嚴，否則孩子就會無法無天　·父母也要嚴於律己，孩子應該以父母為榜樣
- 生活上以身作則、任勞任怨　·工作上一絲不苟、兢兢業業　·父母給了你莫大的啟迪
- 遇到分歧的時候，家人會各抒己見　·秉持和睦的原則　·互相包容、互相忍讓　·領悟到妥協的藝術

- 時光飛梭，高中生活快接近尾聲了　·伏案寫大學申請信　·一路磕磕絆絆，也一路努力拚搏
- 有得也有失，有喜也有悲　·我懵懵懂懂地進入了高中這個嶄新的世界　·品學兼優
- 我躊躇滿志，希望在學校施展才華　·高中生活跟原先的憧憬相距甚遠
- 經歷了很多挫折，吃了不少苦頭　·我比較內向、敏感，融不進新的朋友圈　·進行語言欺凌
- 我的內向被同學們誤解為高傲、冷漠　·同學的風言風語、粗魯威脅讓我既害怕又震驚
- 陷入了迷茫之中　·沾染了毒癮　·很長的一段時間我都情緒低落　·陪伴我走出了低谷
- 開始時有些"輕敵"，學習態度有些懈怠　·這讓我備受打擊，自信心蕩然無存
- 我全身心地投入到物理學習中　·不斷鞭策自己勇闖難關　·一路披荊斬棘、奮起直追
- 我的成績都名列前茅　·倔強、不服輸的我經歷了酸甜苦辣，徘徊過也抗爭過

- 應試教育阻礙了學生想像力、創造力的發展　·呼籲改革中國現有的教育體制
- 不應該盲目推崇西方的教育理念　·不應該懷疑現在的教育制度所取得的成就
- 知識容易使人固於常規，會限制個體思維發展　·造成學生嬉鬧散漫、學習成績普遍下降的直接原因
- 教育的失敗令人震驚，發人深省　·在寬鬆的環境中去探索知識　·這種觀點有些荒唐
- 這種說法是不切合實際的　·高校仍然需要用評估和考試來錄取學生
- 學生心靈的成長和個性的發展才是最重要的　·搜尋、整合、歸納、綜合能力
- 對某領域一無所知或知之甚少　·對中西方教育理念有更加客觀、全面的了解
- 培養出了許許多多的行業領軍人物　·應該全面地認識中國現有的教育制度
- 要取長補短，借鑒有關的理念　·要根據自己的實際情況，用合適的方式去實踐這些理念

健康生活

生詞 13

❶ 響應 xiǎngyìng respond to
❷ 呼聲 hū shēng voice of the people
❸ 急切 jí qiè eager
❹ 遇 yù treat 待遇 dài yù treatment
❺ 號 hào sign 口號 kǒu hào slogan
❻ 透支 tòu zhī make an overdraft
❼ 鑒於 jiàn yú in view of
❽ 擔憂 dān yōu worry about; be concerned about
❾ 狀況 zhuàngkuàng condition
❿ 全心全意 quán xīn quán yì whole heartedly
⓫ 定期 dìng qī periodical
⓬ 期盼 qī pàn expect
⓭ 憊（惫）bèi fatigue 疲憊 pí bèi exhausted
⓮ 狀態 zhuàng tài state
⓯ 截然 jié rán completely
⓰ 面貌 miànmào appearance; look
⓱ 倡導 chàngdǎo advocate
⓲ 節制 jié zhì control
⓳ 膽固醇 dǎn gù chún cholesterol
⓴ 埋 mái cover up
㉑ 禍（祸）huò disaster
㉒ 患 huàn disaster 禍患 huòhuàn disaster
㉓ 堅果 jiānguǒ nuts
㉔ 燕麥 yàn mài oats
㉕ 糙 cāo coarse 糙米 cāo mǐ brown rice
㉖ 穀物 gǔ wù grain
㉗ 世間 shì jiān the world
㉘ 冷暖 lěngnuǎn well-being
㉙ 瑜伽 yú jiā yoga
㉚ 平息 píng xī subside
㉛ 恬 tián calm; tranquil 恬靜 tiánjìng calm; tranquil
㉜ 徒 tú on foot 徒步 tú bù go on foot
㉝ 喧 xuān noisy
㉞ 囂（嚣）xiāo noisy 喧囂 xuānxiāo noisy
㉟ 懷 huái chest; bosom
㊱ 抱 bào embrace 懷抱 huáibào bosom
㊲ 急躁 jí zào impatient
㊳ 幽 yōu tranquil 幽雅 yōu yǎ tranquil and elegant
㊴ 志趣 zhì qù aspiration and interest
㊵ 投 tóu fit in with
志趣相投 zhì qù xiāng tóu have similar aspiration and interest
㊶ 結伴 jié bàn go in company with
㊷ 匆匆 cōngcōng in a hurry
㊸ 腳步 jiǎo bù step
㊹ 梳 shū comb 梳理 shū lǐ organize
㊺ 混 hùn mix; mingle 混亂 hùnluàn chaos; disorder
㊻ 傾（倾）qīng do one's best 傾聽 qīngtīng listen attentively
㊼ 喚（唤）huàn call out 喚起 huàn qǐ arouse
㊽ 付 fù commit to 付諸（诸）fù zhū 實踐 shí jiàn put into practice
㊾ 衝破 chōng pò break through
㊿ 丟掉 diū diào throw away
(51) 枷 jiā cangue
(52) 鎖 suǒ chain 枷鎖 jiā suǒ shackles
(53) 宗 zōng aim
(54) 旨 zhǐ aim 宗旨 zōng zhǐ aim; purpose
(55) 迄 qì till 迄今 qì jīn up to now
(56) 擁 yōng support 擁護 yōng hù support
(57) 踐行 jiànxíng carry out
(58) 臂 bì arm
(59) 同行 tóngxíng go the same way

1 聽課文錄音，做練習

A 選擇

1) 康健俱樂部幾號招募新會員？

　　a) 一日　　　b) 五日

　　c) 十日　　　d) 二十日

2) 什麼原因使得一些同學情緒低落？

　　a) 沒時間運動　　b) 繁重的學業

　　c) 疲勞過度　　　d) 飲食不合理

3) 怎樣才稱得上是做到了飲食節制？

　　a) 頓頓喝奶　　b) 每天吃豆製品

　　c) 不吃堅果　　d) 盡量不吃高油食品

4) 康健俱樂部現有多少會員？

　　a) 一百多個　　b) 五六十個

　　c) 兩百多個　　d) 不到兩百個

B 選出四個正確的句子

康健俱樂部為同學們提供的服務包括：_____。

☐ a) 定期舉辦健康飲食知識講座，幫助同學們減輕體重

☐ b) 開展讀書活動，讓同學們在人生道路上找對前進的方向

☐ c) 組織同學們練瑜伽，讓心情恢復平靜

☐ d) 安排同學們去野外徒步，投入大自然的懷抱

☐ e) 舉辦茶藝活動，在優雅的環境中讓同學們放鬆心情

☐ f) 與志趣相投的朋友一起散步，激發出青春活力

☐ g) 介紹多種健康投資項目，讓同學們有實實在在的收穫

C 選擇（答案不止一個）

1) 魚類、奶製品、豆製品都含有豐富的 _____。

　　a) 維生素　　　b) 蛋白質　　　c) 碳水化合物　　　d) 微量元素

2) 主食最好吃 _____。

　　a) 燕麥片　　　b) 白麵包　　　c) 全穀物食品　　　d) 糙米

D 回答問題

1) 康健俱樂部為什麼發此通知招募新會員？

2) 康健俱樂部的口號是什麼？

3) 康健俱樂部期盼通過講座和活動給同學們什麼幫助？

康健俱樂部會員招募通知

為了響應同學的呼聲，滿足急切的需求，"康健俱樂部"將於一月二十日在圖書館會議廳招募會員。凡當天登記加入的新會員可以享受會費五折的優惠待遇。

康健俱樂部的口號是"健康生活＝均衡的飲食結構＋有益的生活方式"。繁重的學業使很多同學透支了身體健康，還有一些同學經常情緒低落。鑒於這種讓人擔憂的狀況，俱樂部秉持全心全意為同學們服務的精神，定期組織講座和活動，期盼幫助同學們改變身心疲憊的生活狀態，擁有截然不同的精神面貌，過上陽光健康的生活。

康健俱樂部定期舉辦健康飲食知識講座，倡導會員根據食物金字塔來安排每日的膳食。飲食要節制，盡量不吃高油、高糖、高鹽的食品。肉類要少吃，過高的脂肪、膽固醇會為將來的健康埋下禍患。魚類、奶製品、豆製品、堅果要經常吃，其中含有豐富的蛋白質、維生素、微量元素和其他營養物質，有利於青少年的成長和發育。蔬菜與水果要盡量多攝入。主食要吃，最好吃燕麥片、糙米等全穀物食品。

除了在飲食方面管住自己以外，有益的休閒活動也很重要。俱樂部經常組織會員：

• 讀好書，領略世間的冷暖，把握人生的方向。

• 練瑜伽，平息不安的情緒，回歸內心的恬靜。

• 去徒步，遠離都市的喧囂，投入自然的懷抱。

• 賞茶藝，調整急躁的狀態，享受幽雅的環境。

這些休閒娛樂活動讓會員從忙碌的學習和生活中暫時抽離出來，與志趣相投的朋友結伴，放慢匆匆的腳步，梳理混亂的思緒，傾聽內心的聲音，喚起心中的活力，享受青春的美好。

只要我們在對的時間做對的事，把均衡的飲食結構和有益的休閒方式付諸實踐，落實到每日的時間表裏，對健康生活做一些實實在在的"投資"，就可以衝破重重的難關，跳出現有的框架，丟掉精神的枷鎖，過上健康的生活。這也正是康健俱樂部組織講座和活動的宗旨。

迄今為止，俱樂部已經有兩百多名會員了。每一位會員都是俱樂部精神的擁護者、踐行者和見證者。我們張開雙臂歡迎更多同學加入我們的隊伍，一起同行在光明的人生道路上！

俱樂部主席：安靈西

　　　　　　　　　　　　　　　　　　　　　　　　　　　　　1月5日

2 根據實際情況回答問題

1) 如今，人們的生活水平普遍提高了，肥胖症成了現代病。肥胖症和飲食習慣有很大關係。什麼才是健康的飲食習慣？

2) "笑一笑，十年少；愁一愁，白了頭。"除了在飲食上要注意營養均衡以外，陽光心態是保持身體健康的法寶之一。請説一説人們應該怎樣做才能有快樂的心情，把健康掌握在自己的手中。

3) 一年會有好幾次流行性感冒來襲。流行性感冒會給人們的學習和生活帶來很大影響。請給學校或者社區提一些公共衛生的建議。

4) 由於交通高度發達，人員來往極其頻繁，這給傳染病的管控帶來了很大困難。世界衛生組織的宗旨是使全世界人民獲得盡可能高水平的健康。你認為世界衛生組織應該在世界衛生方面承擔起哪些責任？展開哪些具體的工作？

5) 毒品不僅危害個人身體健康，還給家庭、社會帶來極大的負面影響。你們學校在宣傳毒品的危害性，教育學生遠離毒品方面做得怎麼樣？在校園裏，你想組織哪些活動來呼籲青年人遠離毒品、不濫用藥品？

6) 如果你是"康健俱樂部"的發起人，除了讀書會、練瑜伽、郊野徒步、欣賞茶藝以外，你還會組織哪些有益的休閒活動？

7) 你打算在校園內組織一個娛樂性質的俱樂部。你會組織一個什麼樣的俱樂部？開展哪些活動？這個俱樂部會給同學們帶來哪些好處？

8) 很多年輕人都喜歡聽音樂。在你看來，聽音樂會對青年人的生活和思想產生哪些影響？為什麼？

3 諺語名句

1) 處事讓步為高，待人以寬是福。

2) 苦海無邊，回頭是岸。

3) 人無完人，金無足赤。

4) 要想人不知，除非己莫為。

5) 飲水要思源，為人難忘本。

6) 前人栽樹，後人乘涼；前人伐樹，後人遭殃。

龍騰虎躍

心理健康至關重要

清：觀眾朋友們，大家好！我是"朝陽"節目的主持人清風。今天，我們有幸邀請到了心理專家黃建明醫生來談一談面對繁重的學習壓力，年輕人應該怎樣保持身心健康。

黃：清風，你好！觀眾朋友們，大家好！關於身體健康，人們一般認為要吃得健康，還要多做運動。其實，一個人的身體健康取決於他的心理健康。

清：我倒是第一次聽到這樣的說法。那麼，心理健康是怎樣影響身體健康的呢？

黃：如果一個人經常處於煩躁、抑鬱、憂慮、恐慌、悲傷、不滿、嫉妒、憤怒、憎恨等負面情緒中，身體會產生一系列應激反應，出現心跳加快、呼吸急促、頭昏眼花等症狀，還容易造成血壓、血糖升高，引起心臟病、心腦血管疾病，對身體的危害極大。

清：是的，我一到考試時就特別緊張，心裏七上八下的，吃不下、睡不着。我現在知道了，這是負面情緒在作祟。

黃：在所有的負面情緒中，最容易使人生病的莫過於煩躁了。

清：我平時很注意自己的心態。我感到煩躁時會找朋友聊聊天兒，有時會拿弟弟妹妹出出氣。如果媽媽多嘮叨了幾句，我也會對她發發牢騷。我恐怕做得不對吧？

黃：你把煩惱轉嫁給了別人，這當然不是正確的舒緩情緒的做法。當你感覺煩躁時，不妨試着咯咯笑幾聲。笑聲能夠緩解焦慮的心情，平息緊張的神經。

清：我是個多慮的人，常常杞人憂天。我下次不開心時試試您介紹的這個方法。

黃：心態平和是人身體健康的關鍵。我們要知足常樂，感恩的心態有助於減輕煩躁和焦慮。我再向大家介紹一種方法，叫"與世隔絕"法：關掉手機、電腦、電視，不看郵件、不讀報刊。無雜事、無雜念，讓自己暫時遠離現實生活，置身在一個絕對安靜的環境中。

清：我們身處嘈雜的世界，很難與世隔絕吧？怪不得有那麼多人患上了焦慮症。

黃：還有一個抵禦焦慮的方法：規劃一個可行的方案，擬定一個可操作的計劃，設定一個可實現的目標。這樣能讓人從對未來未知的焦慮中解放出來。如果能達到預期的結果，將給人帶來一份成就感，增添一線動力。如果不行，就趕快調整之前的設想。

清：看來，最好的醫生是自己。非常感謝您做客"朝陽"節目！觀眾朋友，我們下個星期同一時間再見！

A 配對

☐ 1) 七上八下 ｜ a) 說起來沒完沒了。

☐ 2) 作祟 ｜ b) 人或某種因素作怪、搗亂。

☐ 3) 嘮叨 ｜ c) 忐忑不安。

☐ 4) 杞人憂天 ｜ d) 因他人勝過自己而產生忌恨心理。

｜ e) 哀痛憂傷的心情。

｜ f) 為不必要的事憂慮。

B 完成句子

1) 人們常表現出的負面情緒有：＿＿＿＿、＿＿＿＿、＿＿＿＿、＿＿＿＿、＿＿＿＿、＿＿＿＿。

2) 常處於負面情緒中，身體會：＿＿＿＿＿＿、＿＿＿＿＿＿、＿＿＿＿＿＿。

C 配對

☐ 1) 年輕人的學習壓力繁重， ｜ a) 但是沒有心理健康很難達到身體健康。

☐ 2) 雖然飲食和運動很重要， ｜ b) 這也許是他患焦慮症的前奏。

☐ 3) 一個人吃不好、睡不香， ｜ c) 因為人們很難逃離周圍嘈雜環境的影響。

☐ 4) 現在患有焦慮症的人很多， ｜ d) 笑聲能緩解緊張的心情。

｜ e) 需要注意保持身心健康。

｜ f) 這些症狀可能跟負面的情緒有關。

D 判斷正誤

☐ 1) 這期"朝陽"節目請來黃醫生談年輕人應如何保持身心健康。

☐ 2) 要想保持身體健康，除了吃得健康以外，還要每天都做運動。

☐ 3) 如果處於負面情緒中，人體可能會出現血壓、血糖升高等症狀。

☐ 4) 把煩惱轉嫁給身邊的人也是一種可取的舒緩壓力的方法。

☐ 5) 心平氣和是身體健康的關鍵。

☐ 6) 懷有知足常樂、感恩的心態對減輕焦慮、煩躁的情緒有幫助。

E 回答問題

1) 舒緩負面情緒的做法有哪些？

2) 在應對負面情緒時，"最好的醫生是自己"。你怎麼理解這句話？

F 學習反思

1) 文中介紹了用"與世隔絕"的方法來減輕焦慮。你覺得這種方法可行嗎？為什麼？

2) 在今後的日子裏，你是否會採用"規劃一個可行的方案，擬定一個可操作的計劃，設定一個可實現的目標"這種抵禦焦慮的方法？請舉例說明。

珍愛生命，遠離毒品

一、目的

毒品是世界公認的毀人於無形的頭號殺手，讓人深惡痛絕。1987 年，聯合國將每年的 6 月 26 日定為"國際禁毒日"，並提出"愛生命，不吸毒"的口號。

根據聯合國 2018 年發佈的禁毒報告，全世界使用毒品的人數在不斷上升。某戒毒中心的調查結果顯示，每一個公開的吸毒者後面都有幾個未公開的癮君子。這個數字足以說明實際吸毒人數之龐大。

此手冊以"珍愛生命，遠離毒品"為主題，旨在讓更多的社區居民了解新型毒品，提高警惕性，並號召大家幫助那些吸毒者擺脫困境，走上健康的人生道路。

二、新型毒品及其危害

最近，市面上出現了一些包裝精巧的新型毒品。這些新型毒品偽裝成糖果、奶茶等，極具隱蔽性，其危害比傳統的大麻和海洛因更大。警方據此發出警告，提醒大眾，尤其是青少年，外出社交時要千萬小心。

三、"健康七月"活動

為了讓社區居民更多地了解新型毒品以及其危害性，我們會在七月開展一系列的公益活動。

• 講座："新型毒品的危害"

7 月 8 日週日上午 9:30–11:30 在天樂大禮堂，市第三人民醫院藥物依賴科楊主任將用專業的知識、大量的圖片以及生動的案例講解新型毒品的類型、危害、治療等，以加深公眾對新型毒品的認識與防範。

• 講座："走出黑暗，迎接新自我"

7 月 14 日週六上午 10:00–12:00 在江亭中學禮堂，市公安局戒毒所會邀請一些成功戒毒人員為大家現身說法，講述毒品給生活帶來的無盡傷害以及自己在戒毒中經歷的巨大痛苦。同時，在小區康樂廣場還將舉辦同名照片展，用大量鮮活的影像資料敲響"遠離毒品"的警鐘。

• 家庭運動會："揮灑汗水，陽光生活"

7 月 29 日週日下午 1:00–4:00，由社區娛樂中心牽頭舉辦家庭接力跑活動，用接力賽的形式跑完 15 公里的路程。該活動的目的是通過團隊合作的方式來舒緩學習、工作中巨大的壓力，讓大家體會到在親友的關懷、鼓勵下完成任務的喜悅。

四、聯繫方式

如需了解更多詳情，請聯繫張先生。

電話：(21) 5400 8888

電郵：antidrug@sina.com

網址：www.jingtidupin.com

上海大宇社區
2018 年 6 月 10 日

A 寫出字 / 詞的確切意思

在文本中……	這個字 / 詞……	文中的意思是……
1) "毒品是毀人於無形的頭號殺手"	"頭號殺手"	
2) "毒品讓人深惡痛絕"	"深惡痛絕"	

B 選擇 (答案不止一個)

1) "新型毒品的危害"講座 ＿＿＿＿ 。

　　a) 由楊主任主講　　　　b) 的目的是希望公眾認識並防範新型毒品

　　c) 會採用影視手段來講解　　d) 會介紹有關毒癮的治療

2) "走出黑暗，迎接新自我"講座 ＿＿＿＿ 。

　　a) 全長兩個小時　　　b) 會讓聽眾聽到戒毒的痛苦經歷

　　c) 還會有同名照片展　　d) 由戒毒成功人員主持

3) "揮灑汗水，陽光生活"運動會 ＿＿＿＿ 。

　　a) 由社區娛樂中心組織　　b) 中的接力跑全程 30 里

　　c) 以家庭為單位參加接力賽　　d) 的目的是讓大家體會親友的關懷和完成任務的喜悅

C 配對

□ 1) 在世界範圍內，

□ 2) 這本小冊子的目的是：

□ 3) 青少年外出社交時

□ 4) 毒品給人的身體和生活帶來無盡傷害，

a) 吸毒的人數在不斷增加。

b) 呈粉末狀，看似口香糖。

c) 還提出 "愛生命，不吸毒" 的口號。

d) 而戒毒的過程也是十分痛苦的。

e) 要提高警惕，免受毒品的危害。

f) 避免居民受到毒品的危害，號召居民幫助吸毒者走出困境。

D 回答問題

1) 從哪句話可以看出在全世界範圍內對毒品危害的高度關注？

2) 從哪句話能看出實際的吸毒人數很龐大？

3) 為什麼新型毒品的隱蔽性強？

E 學習反思

1) 作為青年人，你認為應該怎樣做才能遠離毒品，走健康的人生道路？

2) 如果讓你組織這個 "健康七月" 活動，你還會安排哪些活動？

要求　健康、有益的業餘生活對青少年的健康成長非常重要。休閒活動有利於減輕學生的壓力，放鬆學生的心情，使他們在忙碌中尋覓到樂趣，把生活過得充實、有意義。請跟大家分享一種健康、有趣、有益的休閒活動。

例子：

你：　　在學習之餘，我們應該適時停下匆匆的腳步，充充電，積蓄能量，再繼續往前走。一旦我們的身心出了問題，身體虛弱、精神疲憊、心情低落，會對學習造成負面的影響。對我來說，散步是最好的選擇。第一，不需要特定的場地。第二，隨時都能做。我家住的地方離郊野公園很近，我常常去山裏走走，散散心。

同學1：我父母都喜好美食，每次外出旅遊，都會找特色飯店品嚐美食。我也被他們感染了，是一個"小吃貨"。最近我迷上了烹飪。父母很支持我的這個新愛好，還特地給我買了很多菜譜、各種佐料。我給自己定了一個小目標：每個月完成一個國家的美食研究，每個週末學做一道菜。我感興趣的菜式有中國菜、法國菜、西班牙菜、葡萄牙菜、墨西哥菜、俄羅斯菜。我還對各種調味品做了研究，我發現咖喱的種類有很多，印度咖喱、泰國咖喱、日本咖喱的味道是不同的。你們覺得這個休閒活動怎麼樣？

……

你可以用

a) 我們五個朋友成立了"互助心理輔導組"。每週六上午我們都一起去茶室，一邊喝茶一邊輕鬆地閒聊，發泄心中的不快，暢談心中的鬱悶，分享生活小點滴。怨氣、煩惱、擔憂統統拿出來說一說，大家暢所欲言。閨蜜的傾聽、理解、安慰、幫助和鼓勵對我調整自己的心態很有幫助。

b) 我是個內心很強大的人，不需要別人幫我排遣煩惱，也不需要別人給我安慰，我相信自己有能力解決所有問題。我鍾愛的休閒活動是看書。不是坐在家裏看書，也不是坐在圖書館看書，而是坐在湖邊看書。我一個人臨湖而坐，沉浸在書中世界，心靈便平靜了下來。什麼大喜大悲、成敗榮辱，一切都跟我無關，我只生活在自己的世界裏。身心愉悅了，我又能投入到新一輪緊張的學習中去了。

7 寫作

要求 我們這一代年輕人是幸運的。良好的經濟條件、優越的生活環境使我們從未嚐到過“苦”的滋味。不知愁滋味的我們碰到困難往往會不知所措，遇到挫折常常會哭哭啼啼，我們變成了溫室中的花朵。然而，社會並不是溫室。我們應該學會應對錯綜複雜的關係，面對激烈的競爭。你們幾個學生在老師的指導下組織了一個“秋收團”，去農村幫助當地農民收玉米，在那裏過上一週的集體生活。請寫一個通知，在學校的網站上發佈。

你可以寫：

- 此行的目的及計劃
- 時間、地點、住宿等具體安排
- 出行前的準備工作及注意事項

例子：

“秋收團”活動通知

十一、十二年級的同學們：

閉上眼睛，想像一下：一望無際的田野，金黃色的一片，沉甸甸的玉米已經成熟，農民們忙着收顆粒飽滿的玉米。這真是一派豐收的景象！俗話說，春種一粒粟，秋收萬顆子。讓我們跟農民們一起享受一分耕耘，一分收穫的喜悦吧！

這樣的體驗對於在城市裏長大的人一定很陌生吧？機會來了！“秋收團”將把你帶入一個真實的農業環境，擁有一段難忘的經歷，培養一種吃苦的精神。……

你 可以用

a) 一些年輕人以為自己不會經歷艱難困苦，所以沒有必要培養吃苦耐勞的精神。這是大錯特錯的！一位成功的企業家深有體會地指出：那些不會吃苦、不肯吃苦的人最後會被企業淘汰、被時代淘汰。要知道，美好的生活是靠自己的雙手勞動而來的。你不付出，怎麼會有收穫呢？

b) 在進入社會之前，年輕人要做好各種準備，要有堅定的信念、堅強的毅力，還要有面對挫折的勇氣、獨立自主的能力、強大的心理承受力。這些都是一個“勇士”應具備的素質和能力。我們要把自己培養成“全面手”，既能當領袖，又能做員工，既有扎實的知識，又有豐富的經歷。

c) “秋收團”的目的地是山東膠東村。膠東村是個只有六百多人的普通村莊，田野中鑲嵌着紅瓦房，景色十分優美。那裏的村民非常淳樸、好客，大家會受到熱情的歡迎和款待。同學們將被分配到各個村民家裏。除了幫助農戶收玉米外，還需要幹其他力所能及的農活兒。相信大家會在那裏度過一段難忘的時光。

百合花開　　林清玄

在一個偏僻遙遠的山谷，有一個高達數千尺的斷崖，不知道什麼時候，斷崖邊上長出一株小小的百合。

百合剛剛誕生的時候，長得和雜草一模一樣，但是，它心裏知道自己並不是一株野草。

它的內心深處，有一個內在的純潔的念頭："我是一株百合，不是一株野草，唯一能證明我是百合的方法，就是開出美麗的花朵。"

有了這個念頭，百合花努力地吸收水分和陽光，深深地扎根，直直地挺着胸膛。

終於在一個春天的清晨，百合的頂部結出了第一個花苞。

百合的心裏很高興，附近的雜草卻很吃驚，它們在私底下嘲笑着百合："這傢伙明明是一株草，偏偏說自己是一株花，還真以為自己是一株花。我看它頂上結的不是花苞，而是頭腦長瘤了。"

公開場合，它們則譏諷百合："你不要做夢了，即使你真的會開花，在這荒郊野外，你的價值還不是跟我們一樣。"

偶爾也會有飛過的蜂蝶鳥雀，它們也會勸百合不用那麼努力開花："在這斷崖邊上，縱然開出世界上最美的花，也不會有人欣賞呀！"

百合說："我要開花，是因為我知道自己有美麗的花；我要開花，是為了完成作為一株花的莊嚴使命；我要開花，是由於自己喜歡以花來證明自己的存在；不管有沒有人欣賞，不管你們怎麼看我，我都要開花！"

在野草和蜂蝶的鄙夷下，野百合努力地積聚內心的能量。有一天，它終於開花了，它那靈醒的白和秀挺的風姿，成為斷崖上最美麗的顏色。

這時候，野草與蜂蝶再也不敢嘲笑它了。

百合花一朵一朵地盛開，每天花朵上都有晶瑩的水珠，野草們以為那是昨夜的露水，只有百合自己知道，那是極深沉的歡喜所結的淚滴。

年年春天，野百合努力地開花、結籽，它的種子隨着風，落在山谷、草原和懸崖邊上，到處都開滿潔白的野百合。

幾十年後，遠在百里外的人，從城市與鄉村，千里迢迢趕來欣賞百合開花，許多孩童跪下來，聞嗅百合花的芬芳；許多情侶互相擁抱，許下了"百年好合"的誓言；無數的人看到這從未見過的美，感動落淚，觸動內心那純淨溫柔的一角。

那裏，被人稱為"百合谷地"。

不管別人怎麼欣賞，滿山的百合花都謹記着第一株百合的留言：

"我們要全心全意默默地開花，以花來證明自己的存在。"

作者介紹 林清玄（1953- ），台灣著名的散文家、詩人。林清玄的代表作有《心的菩提》《在雲上》等。

（選自九年義務教育課本《語文》六年級第二學期，上海教育出版社，2015年）

A 選擇

1) 文章採用了什麼文體？

　　a) 抒情　b) 說明　c) 散文　d) 介紹性

2) 文章採用了哪種修辭手法？

　　a) 誇張　b) 擬人　c) 對比　d) 設問

B 判斷正誤

□ 1) 百合把根深深地扎進泥土中，汲取養分，挺直了身板努力成長。

□ 2) 當雜草譏諷百合頭腦長瘤時，百合只是朝着認準的目標不斷努力。

□ 3) 蜂蝶和鳥雀也加入了鄙夷百合的隊伍，並規勸百合不要那麼一根筋。

□ 4) 百合告訴自己：我要開花，我一定要開花，我一定要完成我的使命。

□ 5) 有一天，百合真的開花了，它以鶴立雞羣的姿態展現出自己的孤傲。

C 配對

□ 1) 在山谷中一處斷崖上

□ 2) 小百合懷揣一個夢：

□ 3) 百合經過長年累月的努力，

□ 4) 從四面八方來"百合谷地"

a) 結籽，把種子灑向山谷。

b) 長出了一株小小的百合。

c) 要在這荒山野嶺開出美麗的花以證明自己的價值。

d) 千里迢迢趕來欣賞潔白的百合花。

e) 觀賞潔白、芬芳的百合花的人絡繹不絕。

f) 花朵開遍了山谷、草原、懸崖。

D 選擇 （答案不止一個）

第一株百合的初衷是 _____ 。

a) 跟雜草爭地盤，跟野草媲美

b) 用自己的方式來證明自己的存在

c) 讓四周的植物羨慕、妒忌

d) 用實際行動證實自己跟其他植物是不同的

E 回答問題

1) 百合誕生時跟其他植物有何區別？

2) 作者想通過百合闡述什麼道理？

F 學習反思

執着、堅韌的百合花懷着堅定的信念，用實際行動全心全意默默地開花，以花來證明自己的存在。你從本文得到了什麼啟示？

雍正皇帝·乾隆皇帝

康熙帝一共有 35 個兒子,最後傳皇位於四子愛新覺羅·胤禛（1678 年 – 1735 年）,即雍正帝。雍正勤於政事,堪稱是最勤勞的皇帝。

雍正雷屬風行,實行了很多革新措施。他重視吏治,嚴禁貪污、受賄,違者治以重罪。雍正善用漢人,他最信任的四位大臣中有三位是漢人。雍正利用密折制度更及時地掌握各地動態,更有針對性地制定措施,達到有效的統治。雍正對思想的控制極其嚴屬,大興文字獄。文字獄壓制了人們的思想,迫害了很多知識分子。

雍正病重時把皇位傳給了四子愛新覺羅·弘曆（1711 年 – 1799 年）,即乾隆帝。乾隆 25 歲即位,在位六十年。他去世時已是 89 歲高齡,是中國歷史上最長壽的皇帝。

賈寶玉

林黛玉

乾隆十分重視文化事業。1772 年乾隆下令收集、整理民間流傳的書籍,編纂成《四庫全書》。花了十年時間編纂出來的《四庫全書》共收入圖書約三千五百種,約七萬九千卷,給世人留下了豐富的文化遺產。另一方面,在編寫《四庫全書》時也查禁燒毀了很多對清朝統治不利的書。

乾隆年間,中國古典四大名著之一的《紅樓夢》問世。《紅樓夢》是一部具有世界影響力的小說作品。作者曹雪芹（約 1715 年 – 約 1763 年）出生於貴族豪門,把自己家族從興盛到衰落的經歷寫進了《紅樓夢》中。《紅樓夢》情節複雜且富有獨創性,寫作手法細緻,活龍活現地刻畫出了中華民族的文化特點,是中國古典小說的巔峯之作。

康熙、雍正和乾隆三代皇帝在位長達 134 年之久。這一百多年的時間是清朝統治的最高峯。雖然三位皇帝不斷加強君主專制,但是他們高瞻遠矚、勵精圖治,創造了持續一個多世紀的太平盛世,使得清朝社會、經濟和文化都得到了進一步發展,呈現出疆域遼闊、社會安定、經濟發展、文化繁榮、生活祥和的景象。

古為今用 （可以上網查資料）

1) 編寫《四庫全書》是控制民間不同聲音的一種方法。其功過分別是什麼？

2)《四庫全書》是中國歷史文化古籍中的寶典，也是人類文明的共同遺產。《四庫全書》記載了哪方面的史實資料？

3)《四庫全書》是中國傳統文化的重要組成部分，對後人有何影響？

4)《紅樓夢》是家喻戶曉的中國古典名著。小說最後有情人沒能成眷屬。書中的男女主角分別是誰？

10 地理知識

四大名樓

煙台的蓬萊閣、岳陽的岳陽樓、南昌的滕王閣、武漢的黃鶴樓，合稱中國四大名樓。

黃鶴樓

蓬萊閣位於蓬萊市海邊的山崖上。蓬萊在道教傳說中是神仙的住所，蓬萊閣有“人間仙境”之稱。著名的八仙過海的故事就發生在這裏。傳說，道家的八位仙人在蓬萊閣聚會，之後用各自的法寶順利渡過了東海。

岳陽樓整座建築沒用一釘一鉚，僅靠木製構件彼此勾連。整座樓承重的主柱是 4 根從一樓直抵三樓的楠木，另外還有 12 根廊柱、32 根簷柱。這種構造既增加了樓的美感，又使建築更加堅固。

滕王閣被看作是吉祥風水建築。古人相信滕王閣能聚集天地之靈氣，吸收日月之精華，民間有“求福就去滕王閣”的說法。

關於黃鶴樓的名字有一個神話傳說。相傳，黃鶴樓所在的地方原來是一家酒店。一個道士為了答謝店主，在牆上畫了一隻黃鶴。這隻黃鶴能為客人起舞助興，使酒店的生意十分興隆。十年後，道士回來，駕着黃鶴飛上天去。酒店店主建造了黃鶴樓，紀念這位仙翁。

造福後代 （可以上網查資料）

1) 你聽說過“八仙過海，各顯神通”的成語嗎？請講一講這個典故，說一說這個成語的意思。

2) 在道教信仰中，神仙無所不能，超脫生死。在你們國家的神話中有類似的“超人”嗎？

3) 中國人很相信風水。一些人的家具佈置也會考慮風水因素。請上網查一查有哪些講究。你相信風水嗎？為什麼？

4) 亭子是中國的傳統建築。亭子的建築形式有什麼特點？亭子一般建在哪裏？派什麼用場？

生詞 15

jié shí
❶ 結識 get to know

bù jiě zhī yuán
❷ 不解之緣 forge an indissoluble bond

jià　　　　yuè　　　　yuè yě
❸ 駕 drive　❹ 越 cross　越野 cross-country

zài
❺ 載 carry

piān　　　　　pì　　　　　piān pì
❻ 偏 slanting　❼ 僻 remote　偏僻 remote

xiá　　　　　　　zhǎi　　　　xiá zhǎi
❽ 狹（狭）narrow　❾ 窄 narrow　狹窄 narrow

qí　　　　　　qū　　　　　　qí qū
❿ 崎 rugged　⓫ 嶇（岖）rugged　崎嶇 rugged

xiān jìng　　　　　zhuàngguān
⓬ 仙境 fairyland　⓭ 壯觀 magnificent sight

fēng
⓮ 峯 peak

wēi　　　　　é　　　　　wēi é
⓯ 巍 towering　⓰ 峨 towering　巍峨 towering

qiào　　　　　　qiào bì
⓱ 峭 high and steep　峭壁 cliff

chánchán
⓲ 潺潺 the babbling sound of flowing water

xī　　　　　　wǔ cǎi bīn　　　fēn
⓳ 溪 brook　⓴ 五彩繽（缤）紛 multi-coloured

kuàng　　　　　yí
㉑ 曠 vast　㉒ 怡 happy and joyful

xīn kuàngshén yí
心曠神怡 relaxed and happy

shā
㉓ 剎（刹）stop

shā chē
剎車 stop a vehicle by applying the brakes

dǎng　　　　　　　　xiǎn
㉔ 擋（挡）keep off　㉕ 險（险）danger

jié　　　　mǐn jié　　　　fǎn　　　　fǎn huí
㉖ 捷 quick　敏捷 agile　㉗ 返 return　返回 return

gān　　　　　　gān xīn
㉘ 甘 willingly　甘心 willingly

chóu　　　　mò　　　yì chóu mò zhǎn
㉙ 籌 plan　㉚ 莫 not　一籌莫展 can find no way out

jì
㉛ 既 as; since

fáng　　　　　　bù fáng
㉜ 妨 hinder　不妨 might as well

shì wài táo yuán　　　　xiǎo xīn yì yì
㉝ 世外桃源 Utopia　㉞ 小心翼翼 cautiously

rào
㉟ 繞 go around

xiá　　　　　　　　　　wǎn xiá
㊱ 霞 morning or evening glow　晚霞 sunset glow

luò　　　　　　cūn luò
㊲ 落 settlement　村落 village

wú yì
㊳ 無意 by chance

xuán　　　　　yá　　　　xuán yá
㊴ 懸 hang　㊵ 崖 cliff　懸崖 overhanging cliff

tóng　　　　　hóngtóngtóng
㊶ 彤 red　紅彤彤 bright red

shān zhā
㊷ 山楂 (Chinese) hawthorn

xī yáng　　　　　　　yìng　　　　yìngzhào
㊸ 夕陽 the setting sun　㊹ 映 shine　映照 cast light on

piāo
㊺ 飄（飘）wave in the breeze

dī
㊻ 滴 a measure word used for dripping liquid

jǐn　　　　　jiē zhe　　　　jiāo
㊼ 緊 close　㊽ 接着 go on　㊾ 澆（浇）pour (liquid) on

luò tāng jī
㊿ 落湯雞 soaked through

sā　　　　　　láng bèi
51 仨 three　52 狼狽（狈）in a difficult position

lín　　　　　　　zháoliáng
53 淋 drench　54 着涼 catch cold

tāo　　　　　　jué　　　　　tāo tāo bù jué
55 滔 inundate　56 絕 cut off　滔滔不絕 keep on talking

měi bú shèngshōu
57 美不勝收 be of dazzling splendour

shèngchǎn
58 盛產 abound with

lěng pì　　　　　　zào fú
59 冷僻 isolated　60 造福 bring benefit to

hūn　　　　àn　　　　hūn àn
61 昏 dark　62 暗 dim　昏暗 dim

cí xiáng　　　　　zhī zú cháng lè
63 慈祥 kind　64 知足常樂 contentment is happiness

kē　　　　　　kē qiú
65 苛 harsh　苛求 make excessive demands

qīng pín　　　　kuì　　　　　kuì fá
66 清貧 poor　67 匱（匮）lack　匱乏 deficient

píng hé　　　　chún　　　　chúnhòu
68 平和 mild　69 淳 simple　淳厚 simple and kind

dǎ dòng
70 打動 touch; move

méng　　　　　méngshēng
71 萌 germinate　萌生 germinate

niàn tou
72 念頭 thought; idea

xiāo　　　　　xiāoshòu　　　nóng zuò wù
73 銷（销）sell　銷售 sell　74 農作物 crops

yuán fèn
75 緣分 luck by which people are brought together

zhì pǔ　　　　　shēng yá
76 質樸 simple　77 生涯 career

kuì zèng
78 饋贈（赠）make a present

1 聽課文錄音，做練習

A 選擇

1) 這次旅行的意外收穫是什麼？

    a) 美味的山楂　　　b) 美麗的景色

    c) 一次歷險　　　　d) 跟一對老夫婦結緣

2) 在山路上，什麼擋住了前行的路？

    a) 一塊巨石　　　　b) 一座村莊

    c) 一座大山　　　　d) 一條小溪

3) 車沒法往前開時，作者的父親做了什麼決定？

    a) 繼續開車前行　　b) 坐在路邊歇息

    c) 在山裏住下來　　d) 搬開擋路石

4) 老奶奶是個什麼樣的人？

    a) 過一天算一天　　b) 知足常樂

    c) 天塌下來也不怕　d) 從不多想

B 判斷正誤

☐ 1) 作者一家被一場突如其來的大雨澆得全身都濕透了。

☐ 2) 老夫婦留下作者一家，還請他們一起吃晚飯。

☐ 3) 老奶奶特意為作者的母親煮了一碗驅寒的中藥。

☐ 4) 山裏有各種名貴的中草藥，還盛產蔬菜和水果。

☐ 5) 太行山的山路難行，人們都不願意進山買中草藥。

☐ 6) 村落偏僻，交通不方便，老兩口從來都沒有出過大山。

☐ 7) 作者被老夫婦的善良深深打動，決定幫助他們改善生活。

C 選擇（答案不止一個）

1) 太行山的景色非常美，有 ＿＿＿＿ 。

    a) 壯觀的羣山　　b) 潺潺的小溪　　c) 寬敞的公路　　d) 陡峻的峭壁

2) 老夫婦雖然生活清貧，但是他們 ＿＿＿＿ 。

    a) 小心謹慎　　b) 樂於助人　　c) 心態平和　　d) 淳樸敦厚

3) 作者計劃開網店，把大山中的 ＿＿＿＿ 銷售出去。

    a) 中藥　　　　b) 山楂　　　　c) 山雞　　　　d) 人參

D 回答問題

1) 作者一家三口為什麼來到太行山？

2) 車子在山間行駛，看着車窗外的美景，作者的心情怎麼樣？

3) 一段神奇的緣分讓作者產生了什麼念頭？

一次有緣的結識

一次難忘的旅遊經歷讓我意外地跟一對老夫婦結下了不解之緣。

深秋，父親駕着越野車，載着母親和我去太行山賞秋景。"自古深山多美景，只因偏僻名不揚。"太行山的山路十分狹窄、崎嶇，而那裏的景色如同仙境一般。壯觀的羣峯、巍峨的峭壁、潺潺的小溪、五彩繽紛的樹葉，讓人心曠神怡。

在我和母親讚歎於車窗外劃過的美景時，父親突然一個急剎車，把車停了下來。原來是一塊巨石擋住了路。好險啊！幸好父親反應敏捷！要搬動這塊大石頭幾乎不可能，要原路返回又很不甘心。父親看着我一籌莫展的樣子，輕鬆地說："既來之，則安之。我們今晚不妨在這世外桃源住下來，明天再想辦法。"

我們下了車，小心翼翼地繞過巨石，頂着晚霞，向深藏在大山深處的村落走去。無意之中，我看到懸崖邊的平台上曬着紅彤彤的山楂，在夕陽的映照下，一片火紅，十分喜慶。我的心情也亮了起來。

這時候，空中飄來幾滴小雨，緊接着落下一陣密雨，我們都被澆成了落湯雞。我們仨狼狽地跑進了附近的小村莊。聽了我們的經歷，村中一對老夫婦友善地留我們在家裏過夜，老爺爺還熱情地請我們一起吃晚飯。看到母親淋了雨有些着涼，老奶奶又特意為母親煮了一碗驅寒的中藥。

晚飯時，老夫婦滔滔不絕地講起了太行山的風土人情。原來太行山不僅風景美不勝收，物產也非常豐富。山中有各種名貴的草藥，還盛產酸甜美味的山楂。可惜的是，山路難行、村莊冷僻，沒法把中草藥和山楂運出山去造福他人。說到這裏，昏暗的燈光下，老爺爺深深地歎了一口氣，老奶奶慈祥地上來安慰他要知足常樂，不要苛求。

眼前的老夫婦雖然生活清貧、物質匱乏，但卻心態平和、心地淳厚，竭盡全力幫助有需要的人。他們的善良打動了我。突然間，我萌生了一個念頭：我可以幫忙開一家網店，在網上銷售中藥和山楂。這樣既可以幫他們改善生活，也可以使更多人受惠於山中的農作物。

就這樣，神奇的緣分讓我結識了這兩位質樸的老人，開始了電商的生涯，把這些來自大山的饋贈送到更多人手中。

2 根據實際情況回答問題

1) 課文的作者用開網店銷售農作物的方式幫助老夫婦改善生活和經濟條件。如果你是作者，你還會為老夫婦做些什麼？

2) 當今世界，雖然現代文明和科學技術高度發達，但是貧窮的問題仍然存在。中國採取了各種措施扶貧，比如銀行低息貸款幫助小型企業發展、政府每月發放補助金、把整個村莊的人從貧困地區遷出來等等。你認為這些措施合理、有效嗎？其他國家或者地區能否借鑒這些措施？

3) 休閒娛樂活動有集體的，也有個人的。有益的休閒娛樂活動有助於放鬆心情、培養各種能力。你比較喜歡參加哪類休閒娛樂活動？這些休閒娛樂活動能培養、提高哪些能力？

4) 體育運動對青年人來說很重要。體育運動分激烈的運動和比較溫和的運動。什麼樣的運動形式適合你？為什麼？

5) 現在有很多人選擇玩兒手機作為休閒活動。人一旦沉迷於指尖世界，不僅會對身體造成很大的傷害，還容易在不知不覺中被手機綁架，變成它的"奴隸"。你對沉迷於手機的人有何建議？

6) 除了放鬆心情、開闊眼界、增長知識，旅遊還有哪些好處？請舉例說明一下。你一般選擇跟團遊，還是自助遊？請說一說選擇的理由。

7) 自助遊需要注意些什麼？你會跟同學一起結伴外出旅遊嗎？你覺得跟同學旅遊與跟家人旅遊有什麼不同？

8) 旅遊是一項比較花錢的休閒方式，有坐飛機、住旅館等一系列的開銷，費用不菲。於是，有些青年人成了"背包客"，在可以露營的地方過夜、休整，既省了旅館費還能零距離接觸大自然。你會選擇這樣的方式旅遊嗎？為什麼？

3 諺語名句

1) 路遙知馬力，日久見人心。

2) 吃不窮，穿不窮，不會打算一世窮。

3) 好事不出門，惡事傳千里。

4) 好花開不敗，好事説不壞。

5) 江山易改，本性難移。

6) 害人之心不可有，防人之心不可無。

虎虎生威

中國的動作片時代已經來臨

世界各大媒體頭條新聞！

背景：2015 年也門戰火紛飛

事件：2015 年 3 月 26 日至 30 日，中國海軍艦隊順利地撤離了在也門受到安全威脅的 571 名中國公民。

影響：此舉在全世界面前展示了中國的軍事力量和救援的執行力度。

《紅海行動》就是根據這一世界矚目的事件拍成的動作、軍事大片。影片將於 2018 年 2 月 16 日大年初一在全國首映。業內人士估計這部震驚中國電影界的賀歲片上映首日票房成績將排名前五，到大年初七將穩坐單日冠軍寶座，20 天後累計票房將突破 20 億。

《紅海行動》是一部軍事題材影片，導演林超賢全程用動作講述故事。作為資深槍械迷的林超賢導演對各種槍支如數家珍。拍攝現場好似一座大型武器庫，各種步槍、重型機槍、狙擊步槍等足以讓槍械迷過一把癮。在 138 分鐘的影片裏，槍戰、打鬥場景佔據了絕對篇幅，巷戰、格鬥、高地突圍、坦克戰、狙擊戰、沙漠戰、直升機戰……一個個驚心動魄的場面一定會讓大銀幕前的觀眾目不暇接。影片中一個個扣人心弦、緊張激烈的廝殺打鬥鏡頭給人的感覺是震撼的。相信觀眾看後都會感歎：沒有戰爭真好！

《紅海行動》不光是動作片、軍事片，還在整個故事的敘述中融入了細膩的情感。影片中寥寥幾筆的文戲使人物的愛情觀、成長過程、堅定信念等點得更亮、燃得更烈。

《紅海行動》以愛國主義為激昂的主旋律。通過鏡頭我們看到了中國軍人勇者無懼、強者無敵的英雄氣概。在影片中，那句擲地有聲的“一個中國人都不能傷害”是中國軍人對中國人民的承諾，是中國軍人對國家的認同感和自豪感。

《紅海行動》成功地融入動作和軍事元素，以現實題材打造出有別於好萊塢動作片的效果，更符合中國人的口味。我們相信《紅海行動》優良的製作、震撼的場面、真實的故事，不僅會讓觀眾折服，還會得到業內人士的讚許。

“引人入勝的鏡頭、刻骨銘心的人物、言之有物的台詞”，讓我們相約在大年初一的大銀幕前，共同見證中國動作片新一頁的到來！

新視影公司

2018 年 1 月 15 日

A 選擇

1) 這篇文章的文體是 _____ 。

    a) 報告   b) 報刊文章   c) 廣告   d) 演講稿

2) 這篇文章的目的是 _____ 。

    a) 激發中國人的愛國情   b) 增加公眾對電影的關注並前去觀看

    c) 鼓勵更多的年輕人入伍參軍   d) 表達對中國軍人的欽佩和尊敬

3) _____ 成為了世界各大媒體的頭條新聞。

    a)《紅海行動》單日票房成績過 20 億   b) 中國海軍艦隊撤離了在也門的中國公民

    c)《紅海行動》大年初一在全國各地首映   d)《紅海行動》可以跟好萊塢大片媲美

B 判斷正誤

☐ 1)《紅海行動》是根據中國海軍成功撤離受安全威脅的中國公民的經歷拍攝的影片。

☐ 2)《紅海行動》是一部賀歲片，肯定會穩坐單日收入 20 億票房的寶座。

☐ 3)《紅海行動》的導演是資深槍械迷，對各種槍械知之甚多。

☐ 4)《紅海行動》中有大量的槍戰和打鬥場景，高潮迭起，驚心動魄。

☐ 5)《紅海行動》中有很多慘不忍睹的打鬥場面，讓觀眾過一把癮。

☐ 6) 看《紅海行動》的觀眾會感歎：和平真好！

C 配對

☐ 1) 在《紅海行動》中動作元素   a) 是《紅海行動》這部電影的主旋律。

☐ 2) 人物的成長過程和   b) 中國軍人的英雄氣概呈現在觀眾的眼前。

☐ 3) 愛國主義情感   c) 跟軍事元素共存，同時還融入了細膩的感情戲。

☐ 4) 電影通過不同的鏡頭將   d) 有文戲也有武戲，既是動作片又是軍事片。

☐ 5) 中國軍人許諾，   e) 堅定信念是影片中的另一個亮點。

                                               f) 他們會盡全力保護每一個中國公民的安全。

                                               g) 展示了中國的軍事力量和救援的執行力度。

D 回答問題

1) 哪些因素會讓《紅海行動》受到觀眾和專業人士的褒獎？

2) 新視影公司用哪句廣告詞來號召觀眾去觀看大年初一的首映？

E 學習反思

你想去看《紅海行動》嗎？為什麼？你以前看過動作片或軍事片嗎？請介紹你喜歡的動作片或軍事片，並說出你喜歡的理由。

背包客

　　背包客，又叫驢友，是非常讓人羨慕的旅行者。背包客一般三五成羣或者單槍匹馬背着背包去自助旅行。帶着帳篷、睡袋露宿在山間野外更是家常便飯。大部分背包客喜好刺激的野外活動，比如登山、徒步、探險等，其目的在於通過遊歷開闊眼界，認識自我，挑戰極限。

　　這種"背上背包"的旅行模式受到年輕人的追捧。以下是"旅遊天地"記者王琴和驢友劉怡的訪談。

王：　①

劉：讀大學期間，我跟三個室友成了背包客，
　　經常背着背包去各地旅行。因為那時沒有
　　多少錢，所以這種旅行方式是我們最好的
　　選擇。

王：　②

劉：大學四年，我們四個人幾乎走遍了中國
　　的大江南北，但我總覺得還不過癮。畢業後，我選擇了間隔年，一個人背着背包遊歷了
　　三十多個國家。從此我的旅行夢就一發不可收拾了。

王：在這一年中，　③

劉：我為一家旅行雜誌社當職業旅行體驗師，寫推文介紹旅遊景點，還開發新的旅行線路。

王：這倒是一份好差使。你真幸運！　④

劉：我個性自由，喜歡過屬於自己的日子。這份工作雖然收入不穩定，但我從中獲得了自由
　　的生活和發展的空間。我把旅行看作是一次學習旅程。哪怕是一塊石頭、一條老街、一
　　幢民居，背後都有一段有趣的、耐人尋味的故事。我把所見所聞用鏡頭和文字記錄下
　　來，寫成遊記。這也許是我走向業餘作家的起點吧！

王：　⑤

劉：從今年開始，我不再走馬觀花旅行了，而是一旦喜歡上一個地方就"旅居"下來。我會
　　花時間去學習該地的歷史，去尋找、挖掘鮮為人知的動人故事。我竭力開創出與眾不同
　　的旅遊路線，這才是我的一技之長、生存之道。

王：這份工作看來很適合你。　⑥

劉：在旅途中，我常結交到新朋友，吸收了很多正能量。我學會了遇到困難、挫折時淡定、
　　灑脫地處理。我相信太陽明天會照樣升起。

王：我很羨慕你現在的狀態。我希望也能選擇自己喜歡的題材、內容來譜寫自己的人生。可
　　惜啊，我沒有你那麼灑脫。也沒有關係，生活就是這樣。謝謝你接受我的採訪！

A 寫出字 / 詞的確切意思

在文本中……	這個字 / 詞……	文中的意思是……
1) "幾乎走遍了中國的大江南北，但我總覺得還不過癮"	"不過癮"	
2) "這倒是一份好差使"	"差使"	

B 選出相應的採訪問題

1) [①] □ | a) 你是怎麼擔負生活和旅行費用的？

2) [②] □ | b) 在多年的旅行中，你有哪些收穫？

3) [③] □ | c) 關於旅行和這份工作，你有哪些切身的體會？

4) [④] □ | d) 這些年，你都去過哪些地方？

5) [⑤] □ | e) 你是什麼時候開始對背包客這種旅行方式感興趣的？

6) [⑥] □ | f) 你現在仍然是背包客嗎？

C 選擇

1) "單槍匹馬" 的意思是 _____ 。

   a) 一個人　b) 帶着槍　c) 騎着馬　d) 成羣結隊

2) "一發不可收拾" 的意思是 _____ 。

   a) 終止　b) 停不下來　c) 消失　d) 不再做

D 配對

□ 1) 驢友常常自帶帳篷

□ 2) 驢友喜歡參加刺激的野外活動，

□ 3) 職業旅行體驗師會

□ 4) 劉怡作為業餘作家常把所見所聞

□ 5) 對旅途中的歷史遺跡進行研究

a) 用文字或者影像記錄下來並發表。

b) 可以挖掘出有意思的故事。

c) 希望拓寬眼界、了解自己、挑戰極限。

d) 露宿在野外，零距離接觸大自然。

e) 結交新朋友，吸取正能量。

f) 寫文章推薦有趣、值得一遊的景點。

g) 有穩定的收入，工作環境自由。

E 回答問題

1) 劉怡説："我相信太陽明天會照樣升起。""太陽" 指的是什麼？在什麼情況下，劉怡會説這句話？

2) 王琴説："我希望也能選擇自己喜歡的題材、內容來譜寫自己的人生。"這句話背後的意思是什麼？王琴説這句話的心情是怎樣的？

F 學習反思

你希望用什麼"題材、內容來譜寫自己的人生"？請舉例説明。

要求 現代人的娛樂生活豐富多彩，影視、音樂、體育等大眾娛樂活動都是人們感興趣的領域。而年輕的追星族則關心他們的偶像明星、足球運動員、舞蹈藝術家等等。請介紹一個你敬佩的人，或者一首你喜歡的歌曲，或者一部你愛看的文學作品，以及你從中汲取的正能量。

例子：

你： 我最佩服的人是中國著名的建築師王澍先生。一直以來普利茲克建築獎被譽為建築界的"奧斯卡獎""諾貝爾獎"，而王澍是第一個獲此殊榮的中國人。他認為自己的建築本質上都是園林。他堅信建築要尊重自然。他設計的房子不會比山高、比樹高，這表達了他對自然的崇敬。王澍對建築界大肆浪費建材提出了強烈的抗議。在他的作品中常常用再生材料。王澍用回收來的舊磚瓦砌成了"瓦片牆"，不但環保而且很有特色，得到了同行和大眾的讚譽。我非常佩服王澍，希望可以像他一樣有獨立的人格，不走常人所走的路。

……

你 可以用

a) 唐詩逸是中國歌劇舞劇院的首席舞者，六歲便開始學習舞蹈。她的舞姿具有詩韻，就像她的名字那麼美。唐詩逸性格堅強，有韌勁，還非常努力，從來都不浪費一分一秒。她有着極高的舞蹈天賦，跳舞時好像每一個細胞都舞動了起來。她是用心、用靈魂在追求自己的夢想。唐詩逸是我的榜樣。

b) 我最喜歡的歌是由台灣歌手張韶涵唱的《隱形的翅膀》。這是一首積極、正面、激勵人心的歌曲。歌中唱出了無論在心情低落的時候，還是在十字路口徘徊的時候，即使身心受到傷害，我們都應該抱有希望。我們每個人都有一雙隱形的翅膀，讓我們飛向美好的遠方。

c) 由大壯演唱的《我們不一樣》2017 年傳遍中國大江南北，被封為網絡神曲。歌詞寫出了年輕一代從不同的地方，懷揣不同的夢想走到一起。雖然大家各有不同的境遇，但卻是"哥們兒"。歌曲表現出年輕人雖然在外生活艱辛，但珍惜相遇，互相鼓勵，勇敢地走下去。

7 寫作

要求 你們即將告別中學生活,各自朝着不同的人生方向邁進。你們全班同學計劃一起出行,以集體旅行的形式給高中生活畫上一個完美的句號。請設計一個畢業旅行方案,並製作成一份傳單發給同學。

你可以寫:

• 行程特色

• 行程安排及注意事項

例子:

張家界畢業旅行方案

經過大家多次討論,我終於把旅行方案做了出來,希望大家能提出建設性的意見,便於我做適當的調整,盡快做出最後的定稿。

此次行程中,我們會飽覽張家界的自然風光,還會一睹鳳凰古城的韻味及魅力,品嚐湘西美味佳餚,了解土家族、白族、苗族、回族等少數民族的風俗及文化。在領略自然美景的同時,我們還會豐富歷史、地理等方面的知識,拓寬自己的視野。

旅程安排如下:

時間:5 月 18 日 – 21 日

交通:坐高鐵到張家界

費用:人民幣 1280 元

行程安排:張家界國家森林公園 + 大峽谷玻璃橋 + 鳳凰古城

第一天:遊覽張家界國家森林公園。上午遊金鞭溪大峽谷,這裏是電視劇《西遊記》的外景拍攝地。下午遊袁家界,這裏是電影《阿凡達》懸浮山的取景地。晚上住在景區內特色仿古吊腳樓。

第二天:早上觀看日出。……

你可以用

a) 第二天,遊覽天子山、楊家界,以及一步一景的十里畫廊。下午體驗張家界最刺激的玻璃橋。晚上回到市區。

b) 鳳凰古城以中國最美麗的小城著稱。古城依山而建,清澈的江水、古老的吊腳樓、青石板的街道、迷人的夜色,讓人流連忘返。

c) 旅遊公司將提供一條龍服務,包括食宿、交通門票等。另外,還會有一位當地導遊全程陪同。

d) 注意事項:五月份的日夜溫差很大,在 15 攝氏度到 35 攝氏度之間。由於早晚天涼,所以要帶一些保暖的衣服。因為山上天氣變化大,還要帶雨具。

人類的敦煌（節選）　馮驥才

地處中西交流大道咽喉的敦煌石窟，歷時千年，擁有的寶藏無法計算。

當今世界上哪裏還有更龐大、更豐厚、更浩瀚的文化遺存？

總括算來，壁畫四萬五千平方米，塑像三千餘身，藏經洞出土的絕無僅有的中古時代文物五萬餘件；數量之巨，匪夷所思。而遺書件件都是罕世奇珍，壁畫幅幅都是絕世傑作！若把這些壁畫按照兩米高連接起來，可以長長地延綿二十五公里！而且在歷代不斷重修中，有的壁畫下面還潛藏着一層、兩層，甚至更多。愈在裏層的愈古老珍貴。將來的科學技術肯定叫我們看到更加絢麗多彩的奇觀；將來的敦煌學者肯定叫我們更深廣又切身地受益於敦煌。

然而，任何一個學者都會感覺到整個敦煌文明的浩大無邊，也會感到每一個具體學科的深不見底。它像一個世界那樣，充滿着未知的空白與無窮的神祕；對於它，我們已知的永遠是遠遠小於未知。那些在敦煌把一頭黑髮熬成白髮的學者們，最終才會發覺自己以畢生努力所佔有的無非是汪洋大海中的一個小島或幾塊礁石，從而深深地發出人生的浩歎！

還有一種文化的敬畏！

這個世界上最古老和最遼闊的文化宮殿，其價值無可比擬，它所給予我們的啟示，遠遠超出了它藝術和文化的本身。它的創造者是千千萬萬中國各民族的民間畫工，貢獻給它精神素材和創作激情的卻是萬里絲路上所有的國家和人民。

每當我們回首人類最初相互往來的絲路歷史，總不免深切地受到感動。你站在這道路的任何一個地方，向兩端望去，都是無窮無盡。一道穿越歐亞非三洲的無比深長的路呵！即使在今天，也很難徒步穿越那些深山大川，茫茫大漠，萬里荒原，然而，人類卻是靠着這樣堅韌不拔的步履，從遠古一步步走入今天的強大。這條路是腳印壓着腳印踏出來的，而每一個腳印都重複着同樣的精神。如果人類在將來陷入迷失，或對自己有什麼困惑，一定能在這條古老的道路中找到答案，並因此心境豁朗，昂首舉步向前。

歷史是未來最忠實的伴侶。

這條曾經跨洲際的最古老的絲路，不會只躺在這荒漠上被人遺忘，它必定還存在於地球上所有人對未來的祈望與信念中。

它永遠是人類的驕傲之本，自信的依據與歷史的光榮。

這一切又全都折射和永駐在迷人的敦煌石窟中。

如果你靜下心來，一定能從莫高窟五彩繽紛的窟壁上聽到歷史留下的雄渾凝重的回響。它告訴你：

人類長存的真理，便是永遠不放棄交流，並在這不中斷的交流中，相互理解，相互給予，相互美好地促動。

羽人與天人。犍陀羅的佛與女性的菩薩。佛本生的故

事與經變畫。西夏文題記與漢字榜書。各國王子和各族供養人像。絲路上各地各國珍奇而美麗的事物。

　　能夠告訴我們這個真理、並使我們深深感動的地方，才能被稱做人類的文化聖地。

　　它一定是人類的敦煌。

　　它必定是永遠的敦煌。

（選自《朗讀者・第二輯》，人民文學出版社，2017 年）

> **作者介紹** 馮驥才（1942- ），著名的作家、畫家、民間藝術家。馮驥才的代表作有《挑山工》《珍珠鳥》等。

A 選擇（答案不止一個）

1) "歷史是未來最忠實的伴侶。"這句話的意思是人類可以 ＿＿＿ 。

　　a) 以史為鑒　　　b) 還原歷史　　　c) 從歷史中找到答案　　　d) 探究絲路的奧祕

2) "它一定是人類的敦煌。"這句話的意思是敦煌 ＿＿＿ 。

　　a) 記載了各國的傳奇故事　　　b) 凝聚了千萬中國優秀畫工的心血

　　c) 開創了共同探究的新方式　　　d) 的精神素材和創作激情源自絲路上所有的國家和人民

B 選出四個正確的句子

敦煌石窟 ＿＿＿ 。

☐ a) 在中西交流大道的咽喉，是一個使人們深深感動的文化聖地

☐ b) 是目前世界上最宏大，寶藏最豐厚的文化遺址

☐ c) 裏面藏有稀世珍寶，比如壁畫、塑像、佛經等等

☐ d) 裏有的壁畫後面潛藏着好幾層壁畫，將來世人會看到更加絢麗多彩的奇觀

☐ e) 中珍藏着幾千萬件文物，數量之大，簡直匪夷所思

C 配對

☐ 1) 面對敦煌浩瀚無邊的寶藏，　　　a) 最古老、最遼闊的文化宮殿。

☐ 2) 敦煌是這個世界上　　　b) 遠遠超出了它的藝術價值和文化價值。

☐ 3) 敦煌給予我們的啟示　　　c) 人們感歎：我們已知的永遠小於未知。

☐ 4) 敦煌具有極高的研究價值，　　　d) 涉及的領域有宗教、藝術、考古等。

　　　e) 長存的真理是永遠不放棄交流。

　　　f) 人類自信的依據和歷史的光榮。

D 回答問題

1) 作者用了哪個比喻來表示人類對敦煌知之甚少？

2) 敦煌這座人類文化的寶藏傳遞了什麼真理？

E 學習反思

"這條路是腳印壓着腳印踏出來的，而每一個腳印都重複着同樣的精神。"這是一種什麼精神？你讀了這句話有何體會？

鴉片戰爭‧太平天國運動‧第二次鴉片戰爭

　　乾隆在位期間清朝的國力強大，而乾隆晚年的奢侈浪費也給清朝埋下了由盛轉衰的種子。乾隆去世後，嘉慶帝（1760 年－1820 年）即位。嘉慶年間，政治腐敗，貪污嚴重，經濟衰退，清朝開始逐漸衰落。與此同時，英國、法國、德國、美國等國的資本主義經濟發展正處於上升階段。為了尋找原材料和銷售產品的市場，英國首先把目光投向了中國。

　　道光帝（1782 年－1850 年）於 1820 年即位。道光年間，英國向中國大量走私毒品鴉片，獲得了巨額利潤。那時中國有幾百萬人吸食鴉片上癮，身衰體弱。1838 年道光派林則徐去廣東查禁鴉片。1839 年林則徐把查出來的兩萬餘箱鴉片在廣東的虎門海灘銷毀。英國以此為藉口，派出軍隊對中國發動了第一次鴉片戰爭（1840 年－1842 年）。腐朽的清朝政府抵擋不住英國的侵略，戰敗後簽訂了中國近代史上第一個不平等條約《南京條約》，以開通商口岸、割香港島、賠款、商定關稅而告終。《南京條約》使中國的領土完整和主權獨立遭到破壞，中國由此逐步淪為半殖民地半封建社會。第一次鴉片戰爭標誌着中國近代史的開端。

　　第一次鴉片戰爭後，清政府對內加重剝削人民，對外軟弱無能，激起了中國民眾的強烈反抗。洪秀全等利用西方宗教信仰組織農民起義軍，在廣西發動了反抗清政府的武裝起義，建立了太平天國（1851 年－1864 年）。太平天國運動規模巨大，歷時 14 年，最後在中外的聯合鎮壓下失敗。

圓明園

　　咸豐帝（1831 年－1861 年）於 1850 年即位。咸豐在位期間爆發了由英國、法國聯合發動的第二次鴉片戰爭（1856 年－1860 年）。英、法聯軍於 1860 年攻入北京後對北京城郊進行了瘋狂的搶劫和破壞。被譽為"萬園之園"的皇家園林圓明園也遭到搶劫，並被大火焚毀。美國、俄國趁火打劫。清政府被迫先後簽訂了《天津條約》《北京條約》《瑷琿條約》等不平等條約。這些條約中含有割地、賠款、開放更多通商口岸、允許外國公使進駐北京等內容。香港的九龍半島就是在《北京條約》中割讓給英國的。

古為今用 （可以上網查資料）

1) 皇家園林圓明園遺址現在是北京一個著名的旅遊景點。在浙江橫店鎮，按 1:1 的比例新建了一個 "圓明新園"，它既汲取北京皇家御園圓明園的精華，又進行了造園藝術創新。橫店圓明新園花了幾年建成？總投資多少？其建造目的是什麼？

2) 現在，香港作為中國的一個特別行政區。香港由哪幾個部分組成？是一座什麼樣的城市？

3) "亞洲四小龍" 是指從 20 世紀 60 年代開始，亞洲的幾個地區和國家在短時間內實現了經濟的騰飛，一躍實現發達富裕。香港是其中一條 "小龍"，請寫出其他三條 "小龍"。

10 地理知識

江南四大名園

拙政園

江南古典園林以小巧玲瓏著稱，善於在有限的空間組合出變幻多端的景致。這種設計體現出江南文人雅士的審美和追求，散發出中國傳統文化的神韻和氣質。

南京的瞻園、蘇州的留園和拙政園、無錫的寄暢園是江南四大名園，是江南園林建築藝術的精華。

南京的瞻園以精心設計的假山著稱。假山設計之精緻、層次之豐富，簡直是巧奪天工。配以山上蔥鬱的植被、池中澄靜的水面，園中的景觀美不勝收。

蘇州的留園以佈局精巧、奇石眾多而知名。留園的建築空間安排得十分精妙，可以在園中欣賞到山水、田園、山林、庭園四種不同的景色。

拙政園是蘇州最大的古典園林。園景以水為中心，山水縈繞，庭院錯落，有濃郁的江南水鄉韻味。著名建築大師貝聿銘先生設計的蘇州博物館就在拙政園的旁邊。

無錫的寄暢園以自然的山、精美的水、凝練的園、古拙的樹、巧妙的景而聞名。寄暢園深得清朝康熙、乾隆兩位皇帝的賞識，在北京的頤和園和圓明園都有仿照寄暢園建造的 "園中園"。

造福後代 （可以上網查資料）

1) 江南園林佔地面積都不大，以精巧的設計、匠心的建造而聞名於世。請介紹一個你遊覽過的私家花園、街心公園或者國家公園，並說一說其設計特點、建造工藝。

2) 貝聿銘先生設計的建築遍佈世界各地。請上網查一查哪些是他設計的傑出作品。

3) 蘇州物產豐富，碧螺春茶、陽澄湖大閘蟹、絲綢等都是蘇州特產。蘇州小吃是中國四大小吃之一。如果有機會，你想去蘇州一遊嗎？為什麼？

生詞

❶ dìng yì 定義 definition　❷ hǎo gǎn 好感 good impression

❸ sù 塑 mould　sù zào 塑造 mould

❹ pǐn pái 品牌 brand　❺ xiāo lù 銷路 sale

❻ qiǎng 搶 (抢) rush to be first

❼ zhàn 佔 occupy　qiǎng zhàn 搶佔 race to control

❽ é 額 (额) specified number　fèn é 份額 share; portion

❾ zhī míng 知名 well-known

❿ jué 角 contend　⓫ zhú 逐 pursue　jué zhú 角逐 contend

⓬ duó 奪 (夺) snatch　zhēng duó 爭奪 contend for

⓭ bù xī 不惜 not hesitate　⓮ gōng běn 工本 cost of production

⓯ bù yí yú lì 不遺餘力 do everything in one's power

⓰ zhàn tái 站台 support　⓱ yǐng shì 影視 movie and television

⓲ ǒu 偶 idol　ǒu xiàng 偶像 idol　⓳ jù é 巨額 enormous amount

⓴ jià 嫁 shift; transfer　zhuǎn jià 轉嫁 shift; transfer

㉑ zhī fù 支付 pay　㉒ huáng jīn 黃金 gold

㉓ shí duàn 時段 period of time　huáng jīn shí duàn 黃金時段 (as on TV) prime-time

㉔ rè mén 熱門 popular　㉕ wú shí wú kè 無時無刻 all the time

㉖ zuǒ yòu 左右 both sides　㉗ dào dǐ 到底 after all

㉘ pín lù 頻率 frequency　㉙ jù 拒 resist　kàng jù 抗拒 resist

㉚ bǎo guì 寶貴 valuable　㉛ miǎo 秒 second

㉜ yè jì 業績 outstanding achievement

㉝ rùn 潤 profit　lì rùn 利潤 profit

㉞ kuā dà qí cí 誇大其詞 make an overstatement

㉟ chuī 吹 boast

㊱ xū 噓 breathe out slowly　chuī xū 吹噓 boast of

㊲ gōng xiào 功效 effect

㊳ shān 煽 provoke　shān dòng 煽動 provoke

㊴ wéi 違 (违) violate　㊵ bèi 背 violate　wéi bèi 違背 violate

㊶ liáng xīn 良心 conscience

㊷ bù 佈 declare　fā bù 發佈 issue; release

㊸ jiǎ 假 fake; false　xū jiǎ 虛假 false

㊹ mēng 蒙 cheat　mēng piàn 蒙騙 deceive

㊺ bù zé shǒu duàn 不擇手段 by fair means or foul

㊻ tiāo 挑 stir up　㊼ suō 唆 instigate　tiāo suō 挑唆 incite

㊽ yǐn yòu 引誘 lure; seduce　㊾ wù dǎo 誤導 mislead

㊿ lì yì 利益 benefit　51 xiū chǐ 羞恥 shame

52 huǎng 謊 (谎) lie　huǎng yán 謊言 lie　53 qiān 牽 lead

54 shàng dàng 上當 be cheated　55 shòu piàn 受騙 be cheated

56 qīn 侵 invade　qīn rù 侵入 invade

57 jiǎo luò 角落 corner　58 tuī guǎng 推廣 popularize; spread

59 yí 移 change

60 mò 默 quiet; silent　qián yí mò huà 潛移默化 exert a subtle influence on

61 yīng 英 outstanding person

62 jùn 俊 handsome　yīng jùn 英俊 handsome

63 xiāo 瀟 (潇) sǎ 灑 (洒) natural and unrestrained

64 xiān 纖 fine　xiān xì 纖細 slim

65 yǎo tiǎo 窈窕 (of a girl or woman) gentle and graceful

66 wǔ 嫵 (妩) mèi 媚 charming

67 pāo 拋 leave behind　pāo qì 拋棄 abandon

68 hǎn 喊 shout　69 zhì shàng 至上 supreme; the highest

70 céng miàn 層面 aspect　71 xiào yìng 效應 effect

聽課文錄音，做練習

A 選擇

1) 今天的辯題是什麼？

　　a) 普世價值　　　b) 大眾的消費觀

　　c) 廣告的定義　　d) 廣告的影響

2) 廣告一般在哪個時間段播出？

　　a) 黃金時段　　b) 中午

　　c) 深夜時段　　d) 早上

3) 廣告一般出現在哪裏？

　　a) 新聞開播前　　b) 電視劇開頭

　　c) 電視劇結尾　　d) 電視節目中間

4) 廣告宣揚什麼價值觀？

　　a) 崇尚消費　　b) 貨比三家

　　c) 精打細算　　d) 造假

B 判斷正誤

☐ 1) 一些商家為了提高產品的知名度，花巨資聘請明星代言。

☐ 2) 巨額的廣告費轉嫁到了消費者的身上，商品價格會因此上升。

☐ 3) 廣告經常在電視劇熱播時間段播出，浪費了觀眾陪伴家人的時間。

☐ 4) 有些商家誇大產品功效，力圖吸引消費者購買自己的產品。

☐ 5) 有些商家發佈虛假的信息，蒙騙消費者。

☐ 6) 消費者會買俊男美女代言的產品。

☐ 7) 有些民眾無法抵擋廣告的誘惑不停地買、買、買，拋棄了勤儉節約的美德。

C 選擇（答案不止一個）

1) 對於在電視上出現的高頻率廣告，人們 ＿＿＿＿ 。

　　a) 無法看節目了　　b) 感到厭煩　　c) 只能關掉電視　　d) 只能硬着頭皮看

2) 為了有更好的業績，有些商家在廣告中 ＿＿＿＿ 消費者。

　　a) 挑唆　　b) 引誘　　c) 造謠　　d) 誤導

3) 有些消費者在潛移默化中受到廣告的影響，認為 ＿＿＿＿ 。

　　a) 男士應該幽默帥氣　　b) 女士應該纖細窈窕

　　c) 男士應該高大強壯　　d) 女士應該活潑可愛

D 回答問題

1) 這篇辯論稿的觀點是什麼？

2) 做廣告的目的是什麼？

3) 做廣告對商家有什麼幫助？

尊敬的主席、評委、正方代表，在座的老師、同學：

大家好！

關於今天的辯題，我方的觀點是：廣告的負面影響大於正面影響。

廣告的定義是向公眾介紹商品、服務內容或文娛體育節目的一種宣傳方式。做廣告的目的是讓更多人了解產品，對其產生好感。廣告對商家塑造品牌形象、打開商品銷路、搶佔市場份額確實有很大的幫助，然而越來越多的事實表明，廣告給人們帶來了極大的負面影響。我方認為廣告的消極影響主要表現在四個方面。

為了提高產品的知名度，與其他品牌展開角逐，爭奪市場，很多商家都不惜工本、不遺餘力地花費巨資聘請知名度高的明星為自己站台。雖然影視明星受到很多年輕人的崇拜，這類廣告很受喜愛，但是偶像名人所收取的巨額廣告費都會算入產品的價錢中，轉嫁到了消費者身上。也就是說，消費者無形中要支付更多的、沒有必要的費用。

廣告不僅浪費消費者的金錢，還浪費消費者的時間。黃金時段、熱門的電視節目中間往往會插播很多廣告，有些廣告還會反覆播出。這些無時無刻不陪伴左右的廣告讓人分不清自己到底是在看節目還是在看廣告。對於高頻率的廣告，人們感到厭煩，卻又無法抗拒，而寶貴的時間就這樣一分一秒地浪費了。

為了獲得更好的業績，賺取更多的利潤，一些商家誇大其詞，過分吹噓產品的功效，煽動消費者，還有一些商家違背良心，發佈虛假的信息，蒙騙消費者。這些廣告不擇手段地挑唆、引誘、誤導消費者，極大地損害了消費者的利益。消費者往往被這些不知羞恥的謊言牽著鼻子走，上當、受騙。

侵入生活各個角落的廣告對於社會風氣也有巨大的影響。廣告不僅推廣產品，也銷售價值觀、消費觀。很多人在潛移默化中受到廣告影響，認為男士就應該是英俊瀟灑、幽默帥氣的，女士就應該是纖細窈窕、嫵媚動人的，覺得符合這些氣質特點的產品都是必須擁有的。還有不少人無法抗拒廣告的誘惑，拋棄勤儉節約的美德，高喊消費至上的口號。這些社會層面的負面效應是不能忽視的。

綜上所述，我方認為廣告的負面影響更大。

謝謝大家！

2 根據實際情況回答問題

1) 美，分外在美和內在美。外在美又稱形象美。為了追求暫時的外在美，有些年輕人花大量的時間、精力、金錢去減肥、化妝，甚至整容。在你周圍有這樣的人嗎？你是怎麼看這種現象的？

2) 俗話說："愛美之心，人皆有之。" 外在美，比如擁有模特般的身材和明星般的臉，的確在很多時候是人們考慮的重要因素，但是內在美更持久、更深刻。你認為內在美重要還是外在美重要？

3) 有些年輕人努力提高個人修養和素質，以培養持久的內在美。你在這方面做得怎麼樣？有沒有進一步提高的空間？

4) 現在的年輕人愛趕時髦，比如買流行的時裝、最新款的手機等。最近，你周圍的朋友們在追逐什麼時尚？青年人在趕潮流上花太多心思，這是否會影響正常的學習和生活？你是怎麼看的？

5) 廣告具有傳遞訊息快、直接等特點。商家應該用什麼方法才能讓廣告給社會帶來正面的影響？

6) 有些商家深知年輕人崇拜明星的特點，讓明星做廣告，以促進銷售。有些商家還會採用其他特殊的方式做廣告來激發消費者的購物欲望，不少青年人因此養成了愛消費的習慣。你覺得年輕人應該怎樣做才能抵擋廣告的誘惑？

7) 你覺得政府是否應該對廣告業進行更為嚴格的監管，以防止商家作假、誤導民眾？你認為政府應該採取什麼措施、制定哪些法規來監管廣告業？

8) 青年人應該怎樣做才能學會理性購物，不盲目地滿足自己的購物欲？

3 諺語名句

1) 當局者迷，旁觀者清。

2) 塞翁失馬，焉知非福？

3) 千里送鵝毛，禮輕情義重。

4) 行得春風有夏雨。

5) 新官上任三把火。

6) 不當家，不知柴米貴；不生子，不知父母恩。

虎頭虎腦

中華詩歌朗誦比賽通知

　　近期東方衛視播出的《詩書中華》節目受到了社會各界的無數好評，也引發了我校師生的高度關注。

　　《詩書中華》節目突破了以往文化類節目普遍的對抗模式，而是以家庭為單位，藉此傳遞中國文化中優良的家風、家訓，讓人耳目一新。家學是中國古詩文學習最豐厚的土壤，中國古詩文中的璀璨文化與家庭風貌的融合是再自然不過的了。

　　學生上學後，學校擔負起了教授中國古詩文的職責。古詩文所蘊含的意象、情懷、神采會潛移默化地影響學生的容顏氣質、美學靈感、禮儀風範。這跟教育的真諦不謀而合。

　　讀古詩文不只是高雅文人的專屬，除了滿腹經綸的學者，還應該有接地氣的學生一起吟誦古詩文。基於這種理念，我校從今年起實行了跨學科新嘗試，把中國古詩文、中國畫、中國樂器、中國服裝與現實生活結合起來，飽滿地展現中國文化的魅力。經過"大唐盛世"和"清明上河圖"兩個項目的嘗試，學校風氣有了一些改變，學生變得謙卑、謙順、禮讓、禮貌。

　　為了慶祝新嘗試的成功，學校決定打造一場極其精緻、高雅的文化盛會——中華詩歌朗誦比賽。在中文組、美術組、音樂組、時裝組的緊密配合下，比賽場地將詩歌之韻、燈光之影、音樂之柔、舞蹈之美、服飾之逸融為一體，中華詩歌朗誦比賽會在獨特的、具有中國古典美的舞台上進行。

　　以下是第一屆中華詩歌朗誦比賽的規則。

一、初賽

　　1) 在語文課隨堂進行，二人一組參加初賽。

　　2) 朗誦篇目為課堂上學過的 20 篇詩歌，學生預先準備好兩篇，各自朗誦一篇。

　　3) 朗誦時要求做到發音標準、吐字清晰、聲情並茂、富有韻味。

　　4) 初賽滿分為 50 分，其中儀態 10 分，朗誦流利程度及普通話標準程度各 20 分。

　　5) 每班選出得分最高的一組參加年級決賽。

二、決賽

　　1) 於 6 月 22 日週五下午一點在學校中國文化中心舉行。

　　2) 朗誦篇目為課堂上學過的 30 篇詩歌，學生當場任意抽取兩篇，各自朗誦一篇，並回答和所朗誦的詩歌相關的問題。

　　3) 決賽滿分為 100 分。其中衣着和儀態共 10 分，朗誦表現力 10 分，朗誦流暢及吐字清晰各 20 分，問答部分的流利程度及所回答的內容各 20 分。

　　4) 選手最終的成績取四位評委的平均分。

　　5) 每個年級設一等獎 1 名，二等獎 2 名，三等獎 3 名。

　　希望同學們踴躍報名，積極備戰，以別樣的風采和氣質展現中國文化的精髓。

中文組林老師

2018 年 5 月 21 日

A 選擇（答案不止一個）

1) 家庭和學校 ＿＿＿＿ 。

    a) 都是學習中國古詩文的 "學堂"

    b) 都有責任教授中國古詩文

    c) 都對《詩書中華》節目有極高的評價

    d) 都組織觀看了《詩書中華》節目

2) 中華詩歌朗誦比賽 ＿＿＿＿ 。

    a) 的舞台是精心打造的

    b) 由中文組、美術組、英文組聯合組織

    c) 的舞台將燈光、音樂、舞蹈等造型美融為一體

    d) 將是一場歌頌古典藝術的盛會

B 配對

□ 1) 古詩文中的意象、情懷和神采

□ 2) 學校進行的跨學科新嘗試把現實生活

□ 3) 中華詩歌朗誦比賽將被打造成

□ 4) 中華詩歌朗誦比賽的場地

□ 5) 通過 "大唐盛世" 和 "清明上河圖" 項目，

a) 在一個獨特的具有中國古典美的舞台上表演。

b) 將詩歌之韻、燈光之影、舞蹈之美融為一體。

c) 一場精緻、高雅的文化盛會。

d) 跟古詩文、國畫、樂器等結合在一起。

e) 學校的風氣有了改變。

f) 在學校幾個學科組的大力配合下開展的。

g) 能讓學生在不知不覺中改變儀表、儀態。

C 判斷正誤，並說明理由

中國古詩文中的璀璨文化可以很自然地跟家庭風貌結合在一起。   對   錯

＿＿＿ ＿＿＿＿ ＿＿＿＿

D 選出四個正確的句子

根據第一屆中華詩歌朗誦比賽的規則，＿＿＿＿ 。

□ a) 初賽利用各班語文課的時間完成

□ b) 決賽定於 6 月 22 日週五下午一點在學校中國文化中心舉行

□ c) 初賽和決賽是從不同的古詩文中抽兩篇，每人朗誦一篇

□ d) 朗誦古詩文時，參賽者要吐字清晰，聲音和表情要體現詩的內容及韻味

□ e) 在初賽和決賽中，參賽者都要就所朗誦的詩文回答問題

□ f) 決賽共設了三個獎項，分別是一等獎、二等獎和三等獎

E 回答問題

1)《詩書中華》節目跟以往的文化類節目有什麼不同？節目希望達到什麼目的？

2) 這則比賽通知的目的是什麼？

F 學習反思

你能背誦幾首中國詩歌？你對這幾首詩歌有什麼理解？你認為中國詩歌是否還有現實意義？請舉例說明。

自媒體可能淪為無底線的狂歡 (2018-3-19 18:40)

隨着信息傳播渠道的多元化，我們進入了"人人都有麥克風"的"自媒體時代"。自媒體是個人藉助微信、博客等現代化手段進行自我觀點傳播的新媒體的總稱。自媒體給傳媒圈帶來了前所未有的變化，其平民化、信息共享、各抒己見的優勢打破了傳統媒體傳播壟斷的局面。

自媒體是一個百家爭鳴的舞台，擁有不可小視的號召力。社會熱點的議論、公益活動的發起等都可以在自媒體平台上進行。在自媒體平台上，同一件事出現"橫看成嶺側成峯"的言論也是十分正常的。

由於自媒體傳播快、自由度大、質量良莠不齊，一些問題漸漸浮出了水面。有些缺乏職業道德的自媒體人為了一己私利濫用傳播權、輿論權，做出違背職業道德的事，甚至觸犯了法律。長此以往，自媒體終將淪為無底線的狂歡。這肯定不是新聞媒體進步的表現。

近幾年，有些自媒體人一味追求點擊率，通過編造假新聞來博取公眾的眼球，比如"碘鹽防輻射"的謠言引起公眾對碘鹽的瘋狂搶購，擾亂了商業運作。有些人為了賺快錢，撰寫出張冠李戴、移花接木式的"偽原創"，侵犯了著作權。有些人故意誇大事實，用嘩眾取寵的手段來引起公眾的注意，損害了媒體在大眾心目中的公信力。還有些人通過消費個人隱私來博得關注，比如演員離婚、分手等。更有些人在沒有完全了解事件的真相時就做出不理性的判斷，傳播片面、衝動、偏激的言論，影響社會的有序發展。如果自媒體以這樣的方式發展，肯定會危害公眾利益，對社會造成不良影響，終將遭到社會大眾的唾棄。

做人要有底線，做任何職業都要有職業道德。《人民文學》的副主編李敬澤先生曾說過，"媒體人是最富有創新精神，最富有大眾情懷，最富有文化承擔的一輩人"。自媒體人也要以維持公眾利益、遵守法律法規、捍衛社會正義、推動社會進步為己任，秉持真實、客觀、公正的原則，為公眾傳遞及時、可靠、正能量的信息。

我們正處於自媒體繁榮的時代，自媒體人自身職業道德的提升、公眾正義的呼聲和有關部門的監督能規避掉很多可能的弊端，讓自媒體以積極的面貌來為社會大眾提供更多的積極信息。大家怎麼看自媒體的發展方向？關注我博客的朋友，請給我留言。

A 寫出字／詞的確切意思

在文本中……	這個字／詞……	文中的意思是……
1)"我們進入了'人人都有麥克風'的'自媒體時代'"	"人人都有麥克風"	
2)"同一件事出現'橫看成嶺側成峯'的言論"	"橫看成嶺側成峯"	

B 選擇（答案不止一個）

1) 自媒體通過 ＿＿＿ 在網絡上傳播信息。

　a) 微信　　b) 著作權　　c) 博客　　d) 百家爭鳴的舞台

2) 自媒體有強大的號召力，能 ＿＿＿ 。

　a) 提升職業道德　　b) 發起公益活動　　c) 討論熱門話題　　d) 指導政府工作

C 選出四個正確的句子

自媒體也漸漸出現了一些問題，比如 ＿＿＿ 。

☐ a) 製造謠言，擾亂人心，引起恐慌

☐ b) 作品東拼西湊，侵犯他人的著作權

☐ c) 誇大事件的嚴重性，嘩眾取寵以吸引觀眾

☐ d) 消費名人的隱私，博取觀眾的眼球

☐ e) 對事情全面了解後表達一些偏激的觀點

D 配對

☐ 1) 自媒體具有平民化、信息共享等特徵，

☐ 2) 媒體人是富有創意的，

☐ 3) 自媒體給大眾提供的信息

a) 應該是及時、可靠、正能量的。

b) 提升職業道德水準。

c) 給傳媒圈帶來了前所未有的變化。

d) 合格的媒體人還應該富有大眾情懷。

e) 傳遞真實、客觀、公正的新聞。

E 回答問題

1) 作者寫道"長此以往，自媒體終將淪為無底線的狂歡"。"無底線"指的是什麼？

2) 自媒體人應該怎麼做才能規避掉可能的弊端？

F 學習反思

你怎麼看自媒體這種新興的媒體形式？你自己會做自媒體人嗎？為什麼？

要求　我們每天都接觸到來自不同渠道的新聞報道。新聞應該具有真實性、公正性和客觀性，但我們卻不時能聽到或者看到不實的報道、偏激的評論，這不僅影響到新聞的可信度，而且會對社會產生負面的影響。請發表自己的看法，談談自己對新聞報道可信度的認識，或者自己曾經被誤導的經歷。

例子：

你：　真實是新聞的生命，是新聞的靈魂。首先，新聞要遵循真實性的原則，也就是說新聞從業者應該只報道事件的時間、地點、人物、原因、經過、結果，而不加入自己的意見和看法。第二，新聞要體現公正性，在報道事件時不帶偏見。第三，新聞要做到客觀公正，把新聞的事實跟意見區分開來。

同學1：在現實中，有時候新聞的公信力會受到大眾的質疑。舉個例子，如果新聞工作者報道犯罪案件時過分地描述血腥的現場或對真相進行過度解讀，雖然只是偶發事件，也會給觀眾造成一種該地區或國家治安非常糟糕的印象。

同學2：其實，媒體有時會放大某一事件，以此來吸引觀眾的眼球。有些雜誌、報刊受到利益的驅使，誇大有利於他們的新聞，不利於他們的事件則會輕描淡寫。舉個例子，一個石油巨頭是一家主流報紙的老闆。該公司的石油勘探項目對自然保護區造成了極大的破壞，憤怒的民眾連續七天上街抗議。但是，這份主流報紙卻對這件事輕描淡寫。

……

你 可以用

a) 要自始至終貫徹新聞的真實性很難。有時候新聞事件本身就撲朔迷離，或者新聞來源可疑，或者事件具有多重性，或者事件的本質被一些假象所掩蓋了。這對新聞工作者是一種挑戰。

b) 新聞工作者不是生活在真空的環境裏，他們也有自己的理念、思想、信仰等，在報道時要做到完全客觀公正十分有挑戰。比如一個記者，她是一個堅定的素食者，在報道關於飲食健康的內容時難免會受到自己素食理念的影響，不自覺地誇大吃素的好處。其實，不吃素也不會對身體有多大的害處。

c) 其實，媒體並不是完全獨立存在的，登載的內容和發出的聲音很多時候要符合所有者的利益。如果一家雜誌的投資人是環保團體，它的很多文章都要符合該團體的理念和做法。

7 寫作

要求 幾乎每家每戶都有電視機。電視是傳播最快、最普及、最有影響力的媒體形式之一。電視節目的內容和形式應該向社會傳遞正能量。好的電視節目能引領社會風氣的轉變，影響價值觀的導向，相反則會起到反作用。請給廣播電視台台長寫信，反映近幾年電視節目普遍存在的問題，並提出建議：大眾媒體應該引導觀眾朝着社會進步的大方向發展。

你可以寫：
- 內容負面、形式不妥等問題
- 改進意見

例子：

尊敬的季台長：

　　您好！

　　我今天寫信是想向您反映貴台電視節目質量的問題，並提出一些改進的建議。

　　長久以來，貴台播放的節目一向受到廣大市民的喜愛。特別是最近播出的《中華詩書吟誦》節目，受到學生的極大歡迎。家長都支持孩子收看此類節目。社會輿論也很歡迎這類有教育意義、弘揚中華文化的節目。然而，貴台的另一些節目就不盡如人意了，沒有起到主流媒體應有的正面引導作用，存在內容粗俗、形式不雅等問題。……

你 可以用

a) 貴台今年年初開播的新節目《跟我來》請了一些明星、歌星參加。這個節目只是為了娛樂大眾，並沒有明確的教育意義，也看不出希望達到什麼目的。節目中，有些演員表現粗俗、言語不雅，破壞了在觀眾心中的美好形象。

b) 電視台播出的《中國好聲音》很受觀眾的喜愛，可惜的是它不是一檔原創節目，是買了國外的版權。我認為中國人應該有文化自信，相信自己完全有能力創作出好節目，比如董卿主持的《朗讀者》就非常出色，是一檔好節目。

c) 電視台應該製作一些知識性強的節目，比如關於中國歷史、非物質文化遺產的節目。這類節目有很強的知識性，有教育意義，能增強大眾的民族認同感，還能激發文化創意。

d) 電視台應該組織人力、投入財力創作出更多有特色的節目，打出自己的品牌。中國有着豐富、深厚的歷史文化底蘊，我相信貴台有能力開拓出知識型、有意義、傳遞正能量的節目，例如書法、篆刻、國畫節目，介紹中國的書法家、篆刻家、國畫家，讓觀眾學習他們為人處世的方法，欣賞他們儒雅的風範。我認為電視台有責任提供有益於社會進步、可以引導正確價值觀的好節目。

"成功人士"的標杆　　　梅桑榆

一個人取得何等成就，才能鬧頂"成功人士"的桂冠戴戴，至今似乎未見哪家權威機構頒佈一個明確的標準。不過，從近年的報刊上可以看出，凡被扣上這一桂冠，濃墨重彩、不惜篇幅地大肆宣傳的人，無非富商巨賈、企業老闆者流，這就給讀者一個印象：無論幹哪一行，只有發了大財，才有資格享此殊榮。而日積月累，這類報道漸漸使國人心中形成一根無形的標杆，即"發財等於成功"。

這一標杆的形成，表面看來，應該歸功於"主流"媒體。其實有大背景在焉。發財等於成功，當然沒錯，想發財的人發了財，他成功了，自然就是成功人士。而用這一標杆來衡量，也的確英雄輩出，隊伍不斷壯大。但是，泱泱大國，成功的標準如此單一，也就難免導致多數國人以金錢多寡論英雄，認為"萬般皆下品，唯有發財高"，人生在世，唯發財最有價值。而在其他行業幹出成就卻未發財的人，也就難以得到社會的尊重，我們的主流媒體，更是吝於將"成功人士"的桂冠戴在他們頭上。

自古以來，發財固然可以稱之為"成功"，但成功並非都等於發財。孔丘先生，中國之頭號聖人、"萬世師表"也，他開創的儒術，成為自漢以降歷代王朝的思想正統、官方意識形態的體現。然而他老人家在世時並不風光，在魯國做官時遭人排擠，被迫去國，其後一直東奔西走，途經宋國時，被人追殺，"累累若喪家之狗"；到了陳國又遭人圍攻，絕糧七日，險些餓死；周遊列國十四年均得不到任用，一輩子與發財無緣。司馬遷，史聖也。他開紀傳體史書之先河，以畢生精力撰寫了《史記》，這部輝煌的歷史巨著，被魯迅譽為"史家之絕唱，無韻之離騷"。然而他一生不但與發財無緣，而且遭受了殘酷的宮刑。李白，詩仙也。他"筆落驚風雨，詩成泣鬼神"，其詩作光耀千秋。然而他卻一生不得志，甚至在年近六旬時因"附逆"而遭流放，生命的最後兩年，貧病交加，過着寄人籬下的生活。杜甫，詩聖也。他與李白並稱"李杜"，均為中國最偉大的詩人，其詩作千古傳誦，與李白的詩作同為中國文學的瑰寶。然而他卻一生窮困，為生存四處奔走，"不煖井晨凍，無衣床夜寒。囊中恐羞澀，留得一錢看"，時常為飢寒所迫……在中國歷史上，此類事例舉不勝舉。左丘明、陶淵明、蘇軾、關漢卿、曹雪芹、吳敬梓……這些在歷史、文學、戲劇等方面取得巨大成就的人，均與發財無緣，且生平坎坷。如果拿今天的"成功人士"的標杆量上一量，這些人不但算不上成功，恐怕還得給他們扣上一頂"失敗人士"的帽子。

在時下"成功人士"的標杆之前，不知有多少人枉自興歎、心灰意冷；在發財成為"主流"價值觀的時代，不知令多少人雖有成就但未發財的人產生失落感。其實，在這個世界上，有許多行業是需要投入巨大的、甚至畢生的精力才能取得成就，並且很難發財的。比如哲學、詩歌、戲劇以及種種學術研究。而衡量一個人是否"成功"，也未必就要在某一方面取得多麼巨大的成就。理想不分大小，通過努力得以實現，就是成功；技藝不分高低，通過學習能夠掌握，可以靠其自立並服務於社會，就是成功。而無論在哪個方面取得成就者，儘管他並未發財，只要他勝過周圍的同行，他就是"成功人士"。

倡導多元化的價值觀，鼓勵國民在物質生活基本滿足之後，懷着一種獻身精神，在科學、文化、藝術、學術等領域發揮自己的聰明才智，為有所成就而努力，社會才能得到全面發展。而這一工作，恐怕也得靠我們的"主流"媒體來做。

（選自《天大的難題》，金城出版社，2016 年）

A 寫出字／詞的確切意思

在文本中……	這個字／詞……	文中的意思是……
"在時下'成功人士'的標杆之前，不知有多少人枉自興歎、心灰意冷"	"枉自興歎" "心灰意冷"	

B 選擇（答案不止一個）

1) 孔子在世時並不風光，他 ＿＿＿ 。

   a) 與發財無緣   b) 在朝廷做官受排擠   c) 長期東奔西走   d) 曾遭遇兇險

2) 自古以來，很多與財富無緣的名人載入史冊。他們是 ＿＿＿ 。

   a) 陶淵明   b) 司馬遷   c) 李白   d) 曹雪芹

C 選擇

"萬般皆下品，唯有發財高"的意思是 ＿＿＿ 。

a) 不擇手段賺來的錢，發了大財也不算本事   b) 一門心思想發財

c) 所有行業都是低賤的，只有能發財的工作才是正經事   d) 成功不算什麼，發財才能得到尊重

D 判斷正誤

☐ 1) 古往今來，媒體從來都不給那些做出成就但並沒有發財的人冠以"成功人士"的桂冠。

☐ 2) 發財成了全社會追求的目標，對這種價值觀的形成，主流媒體應負全部的責任。

☐ 3) 在金錢至上的社會裏，人們相信人生在世，唯有發財最有價值。

☐ 4) 按照今天"成功人士"的標杆，蘇軾很有可能被扣上"失敗者"的帽子。

☐ 5) 儘管沒有發財，只要通過自身的努力，做得比同行好，這也算成功。

☐ 6) 主流媒體應該倡導多元化的價值觀，鼓勵國民發揮聰明才智，為理想而奮鬥。

E 回答問題

1) 近年來，"成功人士"的標杆是什麼？

2) 對於中國這樣一個泱泱大國，只用"發財等於成功"的單一標準來衡量成功會引發什麼問題？

F 學習反思

"理想不分大小，通過努力得以實現，就是成功"，你是怎樣看這一成功標杆的？

洋務運動‧甲午中日戰爭

慈禧太后（1835 年 – 1908 年）是清朝晚期最重要的政治人物，也是實際的統治者。慈禧是咸豐帝的嬪妃，同治帝（1856 年 – 1875 年）的母親。1861 年咸豐駕崩，年僅 6 歲的同治即位。慈禧太后與恭親王奕訢密謀，形成了慈禧太后與慈安太后共同垂簾聽政的局面。

李鴻章

在慈禧太后的支持下，19 世紀 60 年代到 90 年代，中國進行了洋務運動，希望通過引進西方的軍事裝備、機器生產和科學技術來維護清政府的統治。洋務運動使中國有了第一批近代企業，還促進了中國民族資本主義的產生和發展。曾國藩（1811 年 – 1872 年）是洋務運動的發起者之一。在他的倡導下，中國建造了第一艘輪船，建立了第一所兵工廠，翻譯印刷了第一批西方書籍，還派遣了第一批赴美留學生。李鴻章（1823 年 – 1901 年）也是洋務運動的主要領導人之一。李鴻章創辦了北洋水師，設立了江南製造總局和輪船招商局。北洋水師於 1888 年正式建立，是中國近代實力最強、規模最大的海軍艦隊，有大小軍艦 25 艘、輔助軍艦 50 艘、運輸船 30 艘、官兵四千餘人。李鴻章對中國礦業、鐵路、紡織、電信等行業的建設都做出了卓越的貢獻。

19 世紀末，日本通過明治維新提升了經濟實力，增強了軍事力量。由於清朝政治腐敗，國防軍事外強中乾，中國成為了日本對外侵略擴張的目標。1894 年日本海軍不宣而戰，中日之間進行了甲午戰爭。甲午戰爭以中國戰敗、北洋水師全軍覆沒而告終。甲午戰爭的失敗也標誌着洋務運動的破產。1895 年清政府在日本的逼迫下簽訂了《馬關條約》。《馬關條約》將台灣島及其附屬島嶼割讓給日本，使日本獲得了巨大的利益，也刺激了日本的侵略野心。

《馬關條約》簽訂後，中國的民族危機更加嚴重了，西方各國紛紛在中國爭奪利權。1898 年英國又強迫清政府簽訂了《展拓香港界址專條》，把香港的新界租借給英國，為期 99 年，於 1997 年 6 月 30 日期滿。

古為今用 （可以上網查資料）

1) 洋務運動對中國近代史產生了巨大的影響。學者們對洋務運動的功過有何評論？

2) 干支紀年法是中國自古以來一直使用的紀年方法。干支是天干和地支的總稱。天干的十個符號是：甲、乙、丙、丁、戊、己、庚、辛、壬、癸。地支的十二個符號是：子、丑、寅、卯、辰、巳、午、未、申、酉、戌、亥。把天干和地支按照順序相配正好六十為一周，就是俗稱的"干支表"。甲午戰爭在 1894 年爆發，在那之後的"甲午年"是哪年？最近剛過的"甲午年"是哪年？

3) 在日常生活中，人們也用天干的甲、乙、丙、丁來排列順序，比如甲班、乙班，再如甲等、乙等。"甲班"是什麼意思？"乙等"是什麼意思？

10 地理知識

承德避暑山莊

　　北京的頤和園、承德的避暑山莊、蘇州的留園和拙政園為中國四大名園。其中，北京頤和園和承德避暑山莊都是皇家園林。避暑山莊始建於 1703 年，花了 89 年才建成。

避暑山莊

　　避暑山莊分為四個區域——宮殿區、湖泊區、平原區、山巒區。宮殿區是皇帝處理朝政、舉行慶典和生活起居的地方。宮殿區的建築風格古樸典雅，顯得格外清爽、恬靜。湖泊區洲島錯落、碧波蕩漾，呈現江南水鄉美景。平原區平坦開闊、碧草綠茵、林木茂盛，一派蒙古草原風光。山巒區山峯起伏、溝壑縱橫，其間有眾多的寺廟、樓堂、殿閣。整個山莊東南多水，西北多山，好似中國自然地貌的一個縮影。

　　避暑山莊巧用地形、分區明確、景觀豐富，山中有園、園中有山，以山環水、以水繞島。其中的建築有着南方園林的風格，又運用了北方建造的手法，是南北建築藝術的完美結合。整個避暑山莊宮殿與自然景觀和諧地融為一體，可謂是巧妙、細膩的匠心之作，有"中國古典園林之最高範例"的美譽。

造福後代 （可以上網查資料）

1) 承德避暑山莊有著名的 72 景，其中 36 景是康熙皇帝用四個字命名的，36 景是乾隆皇帝用三個字命名的。康熙皇帝命名的景點有水芳岩秀、曲水荷香、風泉清聽等，乾隆皇帝命名的有松鶴齋、如意湖、靜好堂等。請描述一下水芳岩秀、曲水荷香、松鶴齋、如意湖這四個景點。

2) 北京的頤和園是哪個皇帝建造的？是為了誰而造的？

第三單元複習

生詞

第七課							
響應	呼聲	急切	待遇	口號	透支	鑒於	擔憂
狀況	全心全意	定期	期盼	疲憊	狀態	截然	面貌
倡導	節制	膽固醇	埋	禍患	堅果	燕麥	糙米
穀物	世間	冷暖	瑜伽	平息	恬靜	徒步	喧囂
懷抱	急躁	幽雅	志趣相投	結伴	匆匆	腳步	梳理
混亂	傾聽	喚起	付諸實踐	衝破	丟掉	枷鎖	宗旨
迄今	擁護	踐行	臂	同行			

第八課							
結識	不解之緣	駕	越野	載	偏僻	狹窄	崎嶇
仙境	壯觀	峯	巍峨	峭壁	潺潺	溪	五彩繽紛
心曠神怡	刹車	擋	險	敏捷	返回	甘心	一籌莫展
既	不妨	世外桃源	小心翼翼	繞	晚霞	村落	無意
懸崖	紅彤彤	山楂	夕陽	映照	飄	滴	緊
接着	澆	落湯雞	仁	狼狽	淋	着涼	滔滔不絕
美不勝收	盛產	冷僻	造福	昏暗	慈祥	知足常樂	苛求
清貧	置之	平和	淳厚	打動	萌生	念頭	銷售
農作物	緣分	質樸	生涯	饋贈			

第九課							
定義	好感	塑造	品牌	銷路	搶佔	份額	知名
角逐	爭奪	不惜	工本	不遺餘力	站台	影視	偶像
巨額	轉嫁	支付	黃金時段	熱門	無時無刻	左右	到底
頻率	抗拒	寶貴	秒	業績	利潤	誇大其詞	吹噓
功效	煽動	違背	良心	發佈	虛假	蒙騙	不擇手段
教唆	引誘	誤導	利益	羞恥	謊言	牽	上當
受騙	侵入	角落	推廣	潛移默化	英俊	瀟灑	纖細
窈窕	嫵媚	拋棄	喊	至上	層面	效應	

短語 / 句型

- 響應同學的呼聲，滿足急切的需求　•健康生活＝均衡的飲食結構＋有益的生活方式
- 透支了身體健康　•秉持全心全意為同學們服務的精神　•改變身心疲憊的生活狀態
- 擁有截然不同的精神面貌　•倡導會員根據食物金字塔來安排每日的膳食
- 飲食要節制　•領略世間的冷暖，把握人生的方向　•平息不安的情緒，回歸內心的恬靜
- 遠離都市的喧囂，投入自然的懷抱　•調整急躁的狀態，享受幽雅的環境
- 從忙碌的學習和生活中暫時抽離出來　•與志趣相投的朋友結伴　•梳理混亂的思緒
- 傾聽內心的聲音　•喚起心中的活力　•享受青春的美好　•在對的時間做對的事
- 把均衡的飲食結構和有益的休閒方式付諸實踐　•做一些實實在在的“投資”
- 衝破重重的難關，跳出現有的框架，丟掉精神的枷鎖　•張開雙臂歡迎更多同學加入我們的隊伍

- 結下了不解之緣　•駕着越野車　•載着母親和我去太行山賞秋景
- 自古深山多美景，只因偏僻名不揚　•山路十分狹窄、崎嶇　•景色如同仙境一般
- 壯觀的羣峯、巍峨的峭壁、潺潺的小溪　•在我和母親讚歎於車窗外劃過的美景時
- 讓人心曠神怡　•要原路返回又很不甘心　•父親看着我一籌莫展的樣子　•既來之，則安之
- 我們今晚不妨在這世外桃源住下來　•我們都被澆成了落湯雞　•竭盡全力幫助有需要的人
- 小心翼翼地繞過巨石　•頂着晚霞，向深藏在大山深處的村落走去
- 懸崖邊的平台上曬着紅彤彤的山楂，在夕陽的映照下，一片火紅
- 滔滔不絕地講起了太行山的風土人情　•山路難行、村莊冷僻　•要知足常樂，不要苛求
- 生活清貧、物質匱乏　•心態平和、心地淳厚　•神奇的緣分讓我結識了這兩位質樸的老人

- 廣告的定義是向公眾介紹商品、服務內容或文娛體育節目的一種宣傳方式
- 做廣告的目的是讓更多的人了解產品，對其產生好感　•與其他品牌展開角逐，爭奪市場
- 很多商家都不惜工本、不遺餘力地花費巨資聘請知名度高的明星為自己站台
- 廣告對商家塑造品牌形象、打開商品銷路、搶佔市場份額確實有很大的幫助
- 無時無刻不陪伴左右的廣告　•對於高頻率的廣告，人們感到厭煩，卻又無法抗拒
- 違背良心，發佈虛假的信息，蒙騙消費者　•一些商家誇大其詞，過分吹噓產品的功效，煽動消費者
- 消費者往往被這些不知羞恥的謊言牽着鼻子走，上當、受騙　•在潛移默化中受到廣告影響
- 男士就應該是英俊瀟灑、幽默帥氣的　•女士就應該是纖細窈窕、嫵媚動人的
- 無法抗拒廣告的誘惑，拋棄勤儉節約的美德　•高喊消費至上的口號

4 第 4 單元 | 第十課 環境保護

生詞 19

① 項目 xiàng mù project　② 考察 kǎo chá inspect
③ 犧（牺）xī 牲 shēng sacrifice　④ 生態 shēng tài ecology
⑤ 惡（恶）è bad　惡化 è huà deteriorate
⑥ 貪（贪）tān covet　⑦ 圖 tú covet　貪圖 tān tú covet
⑧ 高額 gāo é great number
⑨ 忌 jì fear　顧忌 gù jì scruple　毫無顧忌 háo wú gù jì scruple at nothing
⑩ 搶奪 qiǎngduó snatch　⑪ 打破 dǎ pò break　⑫ 平衡 pínghéng balance
⑬ 顯現 xiǎnxiàn emerge　⑭ 災（灾）zāi disaster　災害 zāi hài disaster
⑮ 密不可分 mì bù kě fēn be closely related
⑯ 洪 hóng flood　洪災 hóng zāi flood　⑰ 砍 kǎn chop
⑱ 濫（滥）làn excessive; flood　⑲ 伐 fá cut down
⑳ 森林 sēn lín forest　㉑ 被 bèi cover　植被 zhí bèi vegetation
㉒ 氾 fàn flood　氾濫 fàn làn flood
㉓ 窪（洼）wā low-lying　低窪 dī wā low-lying
㉔ 農田 nóngtián farmland　㉕ 房屋 fáng wū houses
㉖ 淹 yān flood　㉗ 沒 mò overflow　淹沒 yān mò flood
㉘ 財產 cái chǎn property　㉙ 損 sǔn lose　損失 sǔn shī lose
㉚ 亡 wáng die　傷亡 shāngwáng casualties
㉛ 睜（睁）zhēng open (eyes)
眼睜睜 yǎn zhēngzhēng (looking on) helplessly
㉜ 摧 cuī destroy　㉝ 毀 huǐ destroy　摧毀 cuī huǐ destroy
㉞ 孰 shú what
㉟ 深圳 shēnzhèn Shenzhen, a city in Guangdong province
㊱ 杆 gān pole　標杆 biāogān example
㊲ 為期 wéi qī (to be completed) by a definite date
㊳ 實地 shí dì on the spot　㊴ 獻計 xiàn jì offer advice
㊵ 策 cè plan　獻策 xiàn cè offer advice　㊶ 磚（砖）zhuān brick
㊷ 瓦 wǎ tile　添磚加瓦 tiānzhuān jiā wǎ do one's little bit to help
㊸ 主導 zhǔdǎo leading　㊹ 任職 rèn zhí hold a post
㊺ 公務員 gōng wù yuán civil servant　㊻ 各行各業 gè háng gè yè all walks of life
㊼ 綜合 zōng hé comprehensive　㊽ 常識 cháng shí common knowledge
㊾ 有機 yǒu jī organic　㊿ 感知 gǎn zhī perception
(51) 低 dī hang　低頭 dī tóu hang one's head
(52) 抬 tái lift　抬頭 tái tóu raise one's head
(53) 實物 shí wù real object　(54) 形容 xíngróng describe
(55) 寧（宁）níng tranquil　寧靜 níngjìng tranquil
(56) 偉 wěi great　偉大 wěi dà great
(57) 畏 wèi awe　敬畏 jìngwèi awe　(58) 欲 yù desire
(59) 訣（诀）jué key to success　秘訣 mì jué secret of success
(60) 啟發 qǐ fā inspire　(61) 持續 chí xù continue
(62) 脈 mài vein　命脈 mìngmài lifeline　(63) 逃脫 táo tuō escape
(64) 滅（灭）miè destroy　毀滅 huǐ miè destroy
(65) 厄 è disaster　厄運 è yùn misfortune　(66) 迫 pò urgent
(67) 眉 méi eyebrow　(68) 睫 jié eyelash　迫在眉睫 pò zài méi jié imminent
(69) 斃 bì kill　坐以待斃 zuò yǐ dài bì await one's doom
(70) 內陸 nèi lù inland
(71) 盈 yíng surplus　盈利 yíng lì profit　非盈利 fēi yíng lì non-profit
(72) 昆蟲（虫）kūnchóng insect　(73) 禽 qín birds
(74) 部門 bù mén department
(75) 監（监）jiān monitor　監控 jiānkòng monitor and control
(76) 管制 guǎn zhì control　(77) 力度 lì dù intensity
(78) 章 zhāng rules; regulations　違章 wéi zhāng violate rules and regulations
(79) 違法 wéi fǎ break the law　(80) 企業 qǐ yè enterprise
(81) 懲（惩）chéng punish　懲罰 chéng fá punish

A 選擇

1) 對環境破壞者，人們應該採取什麼態度？

　　a) 不能再容忍了　　　b) 繼續容忍

　　c) 無可奈何　　　　　d) 不管

2) 在作者眼中，深圳是一個什麼樣的城市？

　　a) 商業發達的城市　　b) 環保城市的楷模

　　c) 內陸城市　　　　　d) 自然風景優美的城市

3) 實地考察為期幾天？

　　a) 三天　　b) 四天

　　c) 一週　　d) 五天

4) 深圳的第一所自然學校是哪年成立的？

　　a) 2013 年　　b) 2014 年

　　c) 2018 年　　d) 今年

B 判斷正誤

☐ 1) 生態環境日益惡化，環境問題引起了越來越多人的關注。

☐ 2) 一些企業貪圖商業利潤，不顧後果地搶奪自然資源。

☐ 3) 環境破壞的危害已經顯現，近幾年頻繁發生的自然災害就是最好的例子。

☐ 4) 由於植被遭到了破壞，遇上強降雨容易引起河水氾濫，導致農田和房屋被淹。

☐ 5) 提高市民的環境保護意識關鍵在於教育，學校要起到領頭羊的作用。

☐ 6) 深圳的自然學校由廣大市民合資開辦，是環境保護項目的標杆。

☐ 7) 在自然學校學習後，市民會自然地產生保護環境的意願。

C 選擇 (答案不止一個)

1) 在考察報告中建議 ＿＿＿ 。

　　a) 政府再建一個自然學校　　　　b) 加強對企業的監管

　　c) 政府開展不同的環保教育項目　d) 懲罰破壞環境的企業

2) 在考察報告的最後，號召市民 ＿＿＿ 。

　　a) 譴責破壞環境的兇手　　b) 馬上行動起來

　　c) 保護共同的家園　　　　d) 制定更嚴屬的環保法規

D 回答問題

1) 生態環境日益惡化的根本原因是什麼？

2) 這次考察使作者得到了什麼啟發？

3) 寫這份報告的人是什麼身份？

深圳自然學校環保教育項目考察報告

尊敬的市長：

引言 今時今日，環境問題引起了越來越多人的關注。以犧牲環境為代價來發展經濟是生態環境日益惡化的根本原因。很多商家貪圖高額的商業利潤，毫無顧忌地搶奪自然資源、打破生態平衡。環境破壞帶來的

危害已經開始顯現。近年來頻發的自然災害就與環境破壞有密不可分的關係。以去年的洪災為例，亂砍濫伐破壞了森林植被，遇到強降雨引發河水氾濫，低窪地區的農田和房屋被淹沒，造成了嚴重的財產損失和人員傷亡。就這樣眼睜睜地看着我們賴以生存的家園被摧毀。是可忍，孰不可忍！

在環境保護方面，深圳市做得十分出色，是綠色城市的標杆。今年三月，我們一行三人前去"取經"，對"自然學校"環保教育項目進行了為期三天的實地考察，希望可以借鑒深圳的成功經驗，為我市的環保工作獻計獻策、添磚加瓦。

考察內容及結果 為了提高市民的環保意識，在政府的主導下，2014年深圳成立了第一所自然學校。學校的任職老師全部都是志願者，有公務員、醫生、律師等各行各業、不同身份的人。學校的課程對公眾開放。其課程設計原則可以濃縮為三個字——綜合性，即將環保理念、生態知識、生活常識有機地結合起來，將理論學習與體驗感知有機地結合起來，讓民眾低頭看教材，抬頭看實物。很多市民都用"深有感觸"來形容學習的心得。在如此快節奏的城市中尋得這片寧靜的地方，讓人感受自然的偉大與美好，產生敬畏之心和保護之欲，這就是自然學校成功的秘訣。

這次考察給了我們很大的啟發，我們深刻地認識到環境是人類生存的基礎，是可持續發展的命脈。生存環境被破壞，誰也無法逃脫毀滅的厄運。保護環境迫在眉睫，我們絕不能坐以待斃。

建議 我市地處內陸山區，自然資源豐富，政府可以開展多種非盈利環保教育項目。這些項目可以讓市民對植物、昆蟲、禽鳥等有進一步認識，因為了解而產生關愛之心，因為關心而激發起保護的動力。除此之外，政府有關部門應加強監控和管制力度，對於違章、違法破壞環境的企業，施以必要的懲罰。

我們必須馬上行動起來，保護共同的家園！

成基中學學生：郭東、孫洋、陳明

4月10日

2 根據實際情況回答問題

1) 很多商家貪圖高額的商業利潤，毫無顧忌地搶奪自然資源，打破了生態平衡。這種商業開發對環境造成了哪些危害？請舉例說明。

2) 在你們國家或地區，以破壞環境作為代價的商業開發是否普遍？政府有沒有制定相關的法律來保護環境？請舉幾個例子說一說。

3) 哥本哈根世界氣候大會於 2009 年 12 月 7 日至 18 日在丹麥首都哥本哈根召開。這次會議被喻為"拯救人類的最後一次機會"。大會達成了哪些協議？你認為這些協議能應對全球變暖的氣候危機嗎？為什麼？

4) 共享單車是最近幾年發展起來的新型交通工具租賃方式。共享單車不用燃料、使用方便，還有利於身體健康，真是一舉三得。但是，由於初期運作不成熟，共享單車給社會造成了不少麻煩。你使用過共享單車嗎？你認為怎樣做才能使共享單車健康、穩步、可持續發展？請說說你的建議。

5) 你是否會建議學校組織學生親身體驗類似"自然學校"的環保教育項目，讓學生感受自然的偉大與美好，進而產生對自然的敬畏之心和保護之欲？你會如何勸說校長接受你的建議？

6) 在世界範圍內，飢餓使兒童營養不良，影響他們的成長發育，同時也引發各種疾病。在你居住的地區，如有兒童因貧困而捱餓，你作為學生，可以為他們做什麼？

7) 你們學校在回收利用廢紙、鋁罐、玻璃瓶、塑料器皿方面有何措施？這些措施有哪些實效？如果目前學校的回收措施不得力，你會給學校提出什麼改進建議？

8) 雖然我們過上了比較富裕的生活，但依然不能忘記勤儉節約的優良傳統。你在這方面做得怎麼樣？還有哪些需要改進的地方？

3 諺語名句

1) 好酒不怕巷子深。
2) 好記性不如爛筆頭。
3) 撿了芝麻，丟了西瓜。
4) 解鈴還需繫鈴人。
5) 人往高處走，水往低處流。
6) 只許州官放火，不許百姓點燈。

馬到成功

關於噪聲污染對學生健康傷害的報告

噪聲污染是廢氣、廢水、光污染以外的另一種環境污染。它主要來自於發聲體無規則振動時產生的聲音。噪聲污染會對周圍的人和環境造成不良的影響，除了干擾人們的正常生活，還會對身體造成不同程度的傷害。

研究顯示，85 分貝以下的噪聲不會危害聽覺器官，但是會造成聽覺疲勞。長期暴露在85 分貝以上的噪聲中，聽覺損傷會明顯增加。更有研究表明，噪聲通過聽覺器官作用於大腦中樞神經系統，也會對全身的其他器官造成負面影響。

對學生來說，噪聲污染的主要源頭是音響設備發出的聲音。如果長期暴露在高頻率、高強度的噪聲中，聽力會遭受到不同程度的損傷，還會誘發多種疾病，直接影響正常的學習和生活。本學年伊始，學生會調查組開展了 "噪聲——被我們忽視的健康殺手" 的調查。

本次的問卷調查對象是 7 個年級的 350 名學生，每個年級的 50 名受調查者都是隨機抽取的，之後又從每個年級的這 50 名學生中隨機抽出 5 名學生進行面談。調查結果呈報家長教師協會，希望校級領導、教師、家長和學生對於噪聲污染重視起來，並採取及時、有效的措施，以免學生遭受身體損傷。搜集到的信息歸納為以下幾個要點：

• 有 64% 的學生在走路、乘車、看書或吃飯的時候都戴着耳機聽音樂。

• 有近一半的學生平均每天用耳機聽音樂至少兩個小時。其中約有三分之一的學生使用85 分貝以下的重低音耳機，每天的使用時間均不少於一個小時。

• 有 35 位學生有使用高音喇叭播放音樂的習慣，每天平均聽音樂一個半小時以上。在對他們習慣的音量進行測試後發現，分貝都在 90 以上，好像音樂不響就不夠刺激。在這 35位學生中，有八成的同學反映自己有時會頭痛、腦脹、耳鳴、失眠、惡心，感覺疲憊不堪、心煩意亂；有近四分之一的同學表示自己身體抵抗力差，時常感冒；有 40% 的學生表示有時會覺得食欲不振，消化不良。

鑒於以上調查結果，我們學生會決定先從校園入手，張貼各種宣傳海報，讓學生對噪聲污染的危害更加警覺。同時，我們也建議學校積極開展各項專題教育活動，號召大家加強自律能力，在享受音樂的同時注意自己的身體健康。藉此機會，我們也呼籲廣大家長，應督促孩子合理地使用耳機以及擴音器。

學生會

2018 年 3 月 10 日

A 選擇

1) 這篇文章採用的文體是 _____ 。

    a) 通知　　b) 廣告　　c) 報告　　d) 演講稿

2) 這篇文章的目的是 _____ 。

    a) 介紹噪聲污染的危害

    b) 引起大家對噪聲污染的關注

    c) 說明噪聲污染的定義

    d) 介紹關於噪聲污染的調查

B 選擇 (答案不止一個)

根據調查報告結果，學生會建議 _____ 。

a) 學校開展有關噪聲污染的教育

b) 父母監督孩子正確使用耳機和擴音器

c) 學生在安全音量下享受音樂

d) 師生都避免使用擴音設備

C 配對

☐ 1) 噪聲污染對周圍的人和環境　　　a) 還會誘發多種疾病。

☐ 2) 對於學生，噪聲的主要來源是　　b) 會傷害大腦的中樞神經系統。

☐ 3) 噪聲污染不僅會造成聽力損傷，　c) 都會造成不良影響。

☐ 4) 85 分貝以下的噪聲是安全的，　　d) 但是也會造成聽覺疲勞。

☐ 5) 填寫問卷和參加面談的學生　　　e) 採取有效、及時的措施，避免身體損傷。

    f) 音響設備發出的聲音。

    g) 都是隨機挑選的。

D 選出四個正確的句子

根據問卷調查和面談所搜集到的信息，_____ 。

☐ a) 有六成以上的學生走路、吃飯都戴着耳機聽音樂

☐ b) 有差不多一半的學生每天聽至少兩個小時的音樂

☐ c) 有大約 170 位學生習慣用重低音耳機聽音樂

☐ d) 有一成的學生喜歡把音量開得很高，因為覺得這樣比較刺激

☐ e) 有近 30 位學生反映有時會感到很累、晚上睡不好

☐ f) 在全部學生中，有近四分之一的學生感到胃口不好，消化不良

E 回答問題

1) 除了噪聲以外，還有哪幾種污染源？

2) 在什麼情況下，噪聲污染會對青年人的聽力造成損傷？

F 學習反思

1) 你認為噪聲污染對青年人的危害是否得到了社會足夠的關注？請舉例說明。

2) 青年人應該採取哪些措施才能在享受音樂的同時保護自己的聽覺器官？

開啟新能源汽車時代

現今，環境污染日趨嚴重。在諸多污染源中，汽車排放的廢氣是流動的污染源，是造成空氣污染的元兇之一。2015 年，各國在巴黎氣候會議上達成了減排目標，汽車製造業也在想方設法製造零排放的環保汽車。

統治了一百多年的傳統能源汽車時代即將結束。發明第一輛內燃機汽車的德國準備在 2030 年讓內燃機汽車壽終正寢。英國、法國也宣佈在 2040 年全面禁止銷售汽油車和柴油車。日本的豐田公司計劃在 2050 年停售內燃機汽車。中國和美國也緊隨其後，大力推進新能源汽車的研發與推廣。

在這個大趨勢下，各大車企都把目光投向了電動汽車。憑着強大的技術支持和生產製造能力，美國的特斯拉汽車稱得上是電動車的領軍人物。近幾年，中國也加入了這一汽車工業革命，有好幾款中國製造的電動車榮耀登場。其中，比亞迪電動汽車的電池、電控、電機皆為自主研發，已在世界上五十多個國家銷售。

為了支持電動車的推廣，中國政府推出了很多優惠政策。在北京，普通機動車單雙號限行，電動汽車不限行。市政府鼓勵社會資本建設更多的公共充電樁，方便開電動車的人；高速公路上的過路費對電動車免收，大大減少了車主的使用成本。在上海，傳統燃油車競標車牌費一般在 8 萬元以上，但電動車的費用一筆勾銷，補貼力度可謂驚人。

儘管各種政策和優惠層出不窮，但一部分中國網友對電動汽車的普及仍有些顧慮。

網友1：駕駛安全性是人們買車時首先要考慮的。目前電動車的技術尚未成熟。如果我買車，還是會選擇傳統的燃油車。

網友2：目前，我市公共充電樁覆蓋率很低，僅在某些大型商業區的停車場才有。讓充電網點密集覆蓋，如此大規模的公共設施要在短時間內建成談何容易。

網友3：電動汽車的電池蓄電量少，跑短途和固定線路還行。如果跑長途，需要中途充電，耗時很長，給出行帶來諸多不便。

網友4：雖然車企都聲稱電動汽車廢氣零排放。其實，發電機、電池報廢肯定會對環境造成污染。

新能源汽車將成為未來汽車工業發展的大趨勢，但擺在廣大車主面前的實際問題仍是需要技術和時間來解決的。綠色理念要接上地氣，新能源汽車才能真正成為惠及大眾的交通工具。

A 寫出字/詞的確切意思

在文本中……	這個字/詞……	文中的意思是……
1) "汽車排放的廢氣是造成空氣污染的元兇之一"	"元兇"	
2) "德國準備在 2030 年讓內燃機汽車壽終正寢"	"壽終正寢"	
3) "美國的特斯拉汽車稱得上是電動車的領軍人物"	"領軍人物"	

B 選擇（答案不止一個）

1) 在北京，_____。

    a) 電動車不單雙號限行

    b) 到處都有公共充電樁

    c) 電動車主不用付高速路的過路費

    d) 電動車主可以得到社會資本的補貼

2) 關於電動車在中國的普及，_____。

    a) 網友 1 暫時不看好

    b) 網友 2 覺得充電樁是一個瓶頸

    c) 網友 3 覺得應該鼓勵電動車跑長途

    d) 網友 4 認為電動車也可能造成環境污染

C 判斷正誤

☐ 1) 各大車企紛紛加入了研發零排放環保汽車的行列。

☐ 2) 各國都決心在不遠的將來停止生產傳統燃油汽車，改為製造零排放汽車。

☐ 3) 德國、法國和英國都宣佈在 2030 年前全面禁止銷售傳統能源汽車。

☐ 4) 憑藉強大的技術支持以及生產製造能力，美國的特斯拉是電動車行業的老大。

☐ 5) 中國的比亞迪自主研發了電動車的電池、電控和電機技術。

☐ 6) 上海採用免除車牌競標費用的方式來鼓勵人們購買電動汽車。

☐ 7) 如果電動車在各國普及，環境污染問題將會得到徹底的解決。

D 判斷正誤，並說明理由

1) 各個大型汽車企業都把開發電動汽車作為企業發展的方向。　　　　對　　錯

_____　　___　___

2) 電動車跑長途要充電，而且充電的時間較長，這給車主帶來較多麻煩。

_____　　___　___

E 回答問題

1) 造成空氣污染的一個重要原因是什麼？

2) 激勵汽車製造業開發電動車的原因有哪些？

F 學習反思

1) 你認為開發電動車會對汽車製造業和環境造成哪些正面的影響？哪些負面的影響？

2) 你認為今後的汽車製造業應該往哪個方向發展？為什麼？

要求 中國 85% 的煤炭是通過直接燃燒使用的，主要用於火力發電、民用取暖、家庭爐灶等。燃燒煤炭向空氣中排放大量的二氧化硫、二氧化碳和煙塵，造成大氣污染，對環境的破壞很嚴重。近年來，雖然石油仍是現代工業最主要的原料，但各國開始重視開發利用風能、太陽能、地熱能、海洋能、生物能、核聚變能等新能源。請選一種新能源，從開發、利用，以及環境保護角度對這種新能源做介紹。

例子：

你： 我先來介紹一下核能。核能是最乾淨、最高效的能源之一。核能在發電的過程中不消耗氧氣，也不產生二氧化碳，所以不會對環境造成破壞，但安全處理核廢料一直是個問題。曾經被認為是最安全、最可靠的切爾諾貝利核電站 1986 年發生的核事故震驚了世界。2011 年日本福島核電站的重大事故再一次引發人們對核電站安全問題的疑慮。雖然核能的使用很有爭議，但很多國家依然研究、開發、利用它。

同學 1： 核能是否安全，公說公有理，婆說婆有理。我接下來要介紹太陽能。太陽能是一種自然能源，儲量豐富，無污染，被國際公認為未來最具競爭力的能源之一。中國應用太陽能採暖發展迅速，而且節能效果明顯。中國將太陽能利用與建築節能技術相結合，減少了能源消耗所帶來的環境污染。

……

你 可以用

a) 風能是一種可再生能源，既清潔又環保。風能是空氣流動所產生的動能，它的總儲量非常巨大，但有分佈廣、不穩定的特點。風能設施越來越先進，生產成本也在逐漸降低。風能設施一般不影響周圍環境，有利於保護生態。

b) 目前石油仍然是現代工業最主要的原料。石油大多用於交通運輸工具，比如輪船、飛機、汽車等。石油燃燒產生的二氧化硫嚴重污染大氣，對人體的危害也很大。

c) 天然氣指天然蘊藏於地層中的氣體混合物，是一種較為清潔、安全、優質的燃氣。採用天然氣作為能源可減少煤和石油的用量，減少污染，改善環境。

d) 雖然現在有可再生能源作為選擇，但是利用可再生能源的價格往往比較昂貴。另外，使用可再生能源是否會對環境造成破壞還不確定，仍有爭議。

7 文體

報告格式

標題：關於 xx 的考察報告

- 稱呼
- 引言：介紹考察的背景，寫明考察的人員組成、時間、地點、對象、目的。
- 考察內容及結果：寫明考察的方法、情況、結果，分析得到的啟發、認識、結論。
- 建議：提出解決問題的方法、改進工作的建議，引發思考，展望前景。
- 落款

8 寫作

要求 為了響應市政府的廢紙回收計劃，學校董事會給了學生會一個任務：調查本校在廢紙回收和再利用方面的現狀，並根據實際情況提出相應的改進方案。你是學生會主席，帶領三位成員對學校的廢紙回收情況做調查，然後寫一份報告上交給學校董事會。

你可以寫：
- 調查目的、時間、地點、對象
- 調查方法、結果、認識、結論
- 建議

例子：

關於校園廢紙回收的調查報告

引言 為了更好地做好廢物回收工作，加強環境保護，市政府從今年 1 月 1 日起在全市實施廢紙回收計劃。學校董事會為了了解我校廢紙回收狀況，請學生會對相關工作展開調查，並向學校董事會提出改進回收措施的建議。調查時間為 9 月 1 日至 30 日，調查地點在校園內。

調查內容及結果 調查採取了實地調查、問卷調查和面談的方式。學生會的四位成員在不同時間段進行了六次實地調查，隨機抽取兩百名學生和十位老師進行了問卷調查，並從中隨機抽取二十名學生和四位老師進行了面談。……

你 可以用

a) 校園廢紙以廢報紙、影印紙、宣傳紙、舊作業本和練習紙為主。從每天的廢紙回收情況來看，只有不到 60% 的廢紙被扔進回收箱，很多學生都把廢紙當作垃圾扔進了垃圾箱。這說明學生的回收意識還是十分薄弱的。

b) 在跟學生的面談中，有 65% 的學生表示很少把廢紙扔進回收箱，原因是廢紙回收箱太少了，覺得無處可放就直接扔進垃圾箱了。

c) 有些同學建議學校專門成立廢物回收小組，對環境保護政策的制定、實施起到主導和監督作用。

藏羚羊跪拜　　　王宗仁

　　這是聽來的一個西藏故事。發生故事的年代距今有好些年了。可是，我每次乘車穿過藏北無人區時，總會不由自主地要想起這個故事的主人公——那隻將母愛濃縮於深深一跪的藏羚羊。

　　那時候，槍殺、亂逮野生動物是不受法律懲罰的。就是在今天，可可西里的槍聲仍然帶着罪惡的餘音低迴在自然保護區巡視衛士們的腳印難以到達的角落。當年舉目可見的藏羚羊、野馬、野驢、雪雞、黃羊等，眼下已經成為鳳毛麟角了。

　　當時，經常跑藏北的人總能看見一個肩披長髮、留着濃密大鬍子、腳蹬長筒藏靴的老獵人在青藏公路附近活動。那支磨蹭得油光閃亮的杈子槍斜掛在他身上，身後的兩頭藏犛牛馱着沉甸甸的各種獵物。他無名無姓，雲遊四方，朝別藏北雪，夜宿江河源，餓時大火煮黃羊肉，渴時一碗冰雪水。獵獲的那些皮張自然會賣來一筆錢，他除了自己消費一部分外，更多地用來救濟路遇的朝聖者。那些磕長頭去拉薩朝覲的藏家人，心甘情願地走一條佈滿艱難和險情的漫漫長路。每次老獵人在救濟他們時總是含淚祝願：上蒼保佑，平安無事。

　　殺生和慈善在老獵人身上共存。促使他放下手中的杈子槍是在發生了這樣一件事以後——應該說那天是他很有福氣的日子。大清早，他從帳篷裏出來，伸伸懶腰，正準備要喝一銅碗酥油茶時，突然瞅見兩步之遙對面的草坡上站立着一隻肥肥壯壯的藏羚羊。他眼睛一亮，送上門來的美事！沉睡一夜的他渾身立即湧上來一股清爽勁頭，絲毫沒有猶豫，就轉身回到帳篷拿來了杈子槍。他舉槍瞄了起來，奇怪的是，那隻肥壯的藏羚羊並沒有逃走，只是用乞求的眼神望着他，然後衝着他前行兩步，兩條前腿"撲通"一聲跪了下來。與此同時，只見兩行長淚就從牠眼裏流了出來。老獵人的心頭一軟，扣扳機的手不由得鬆了一下。藏區流行着一句老幼皆知的俗語："天上飛的鳥，地上跑的鼠，都是通人性的。"此時藏羚羊給他下跪自然是求他饒命了。他是個獵手，不被藏羚羊的憐憫打動是情理之中的事。他雙眼一閉，扳機在手指下一動，槍聲響起，那隻藏羚羊便栽倒在地。牠倒地後仍是跪臥的姿勢，眼裏的兩行淚跡也清晰地留着。

　　那天，老獵人沒有像往日那樣當即將獵獲的藏羚羊開宰、扒皮。他的眼前老是浮現着給他跪拜的那隻藏羚羊。他有些蹊蹺，藏羚羊為什麼要下跪？這是他幾十年狩獵生涯中唯一一次見到的情景。夜裏躺在地鋪上他也久久難以入眠，雙手一直顫抖着……

　　次日，老獵人懷着忐忑不安的心情對那隻藏羚羊開膛扒皮，他的手仍在顫抖。腹腔在刀刃下打開了，他吃驚得叫出了聲，手中的屠刀"咣當"一聲掉在地上……原來在藏羚羊的子宮裏，靜臥着一隻小藏羚羊，牠已經成型，但自然是死了。這時候，老獵人才明白為什麼那隻藏羚羊的身體肥肥壯壯，也才明白牠為什麼彎下笨重的身子給自己下跪：牠是在求獵人留下自己孩子的一命呀！

天下所有慈母的跪拜，包括動物在內，都是神聖的。

老獵人的開膛破腹半途而停。

當天，他沒有出獵，在山坡上挖了個坑，將那隻藏羚羊連牠那沒有出世的孩子掩埋了。同時埋掉的還有他的杈子槍……

從此，這個老獵人在藏北草原上消失了。再沒人知道他的下落。

（選自《朗讀者‧第二輯》，人民文學出版社，2017 年）

A 選擇（答案不止一個）

1) 通過這篇文章，作者想傳遞的信息是 ＿＿＿＿ 。

    a) 人應該尊重自然，不應破壞環境　　b) 萬物都通人性，人要善待萬物

    c) 應招募更多的志願者加入巡視隊　　d) 動物也有母愛，母愛是最偉大的

2) 老獵人是個 ＿＿＿＿ 的人。

    a) 有良知　　　　b) 兇殘　　　　c) 殺生與慈善並存　　　　d) 劫富濟貧

B 選出四個正確的句子

在今天的可可西里，＿＿＿＿ 。

☐ a) 藏羚羊、野馬、雪雞、黃羊等野生動物已經很少了

☐ b) 巡視衛士們每天都在自然保護區的各個角落巡邏，讓偷獵者無機可乘

☐ c) 法律會懲罰那些槍殺、亂逮野生動物的人

☐ d) 罪惡的槍聲不時響起，還有冒天下之大不韙的偷獵者

☐ e) 已經看不到用打獵換來的錢救濟朝聖者的老獵人的身影了

C 配對

☐ 1) 藏羚羊見到老獵人後給他下跪，

☐ 2) 面對下跪的藏羚羊，老獵人猶豫了片刻，

☐ 3) 藏羚羊下跪的情景不斷浮現在眼前，

☐ 4) 當老獵人看到藏羚羊腹中的小羚羊時，

a) 他感到無比震驚、自責、悔恨。

b) 他馬上挖坑掩埋了母羚羊和小羚羊。

c) 祈求他放過自己和未出生的小羚羊。

d) 但還是按下扳機殺死了藏羚羊。

e) 他即刻決定：放棄狩獵。

f) 老獵人心煩意亂，難以入睡。

D 回答問題

1) 藏區流傳著一句俗語："天上飛的鳥，地上跑的鼠，都是通人性的。"請用課文中的例子來解釋這句話。

2) 為什麼這個老獵人最後放下屠刀，消失在藏北草原上？

E 學習反思

"天下所有慈母的跪拜，包括動物在內，都是神聖的。" 你認為藏羚羊的跪拜給予人類什麼啟示？

維新變法・義和團運動

同治帝駕崩後，年僅 4 歲的光緒帝（1871年－1908年）即位，慈禧太后和慈安太后又一次垂簾聽政，大權仍掌握在慈禧手中。甲午戰爭後，中國陷入了被各國列強瓜分的境地，西方國家通過不平等條約大量掠奪中國的人力、物力和財力，加深了中華民族的苦難和危機。

梁啟超

康有為

面對日益嚴重的民族危機，以康有為、梁啟超為代表的維新派提出了維新思想和變法主張，要求實行君主立憲，發展資本主義。維新派的主張得到了光緒的支持，光緒於 1898 年 6月頒佈詔書，進行變法。因為 1898 年是農曆戊戌年，所以稱為戊戌變法。6 月到 9 月期間變法轟轟烈烈地展開，先後在中國設立了鐵路礦務總局、農工商總局等。光緒力圖進行一場深刻的社會變革，重振大清王朝。然而慈禧太后和保守的大臣害怕改革會損害他們的利益，所以反對變法。慈禧太后於 1898 年 9 月囚禁了光緒。戊戌變法以失敗告終。

1898 年起，很多由貧苦農民、手工業者、小商販等下層人民組成的民間組織開始反對西方傳教士。他們被稱為義和團。義和團打着"扶清滅洋"的旗號，對外國勢力發起反擊，打擊了帝國主義在中國橫行霸道的囂張氣焰，促進了中國人民的覺醒。義和團殺死了很多外國傳教士，還焚燒了教堂，西方國家十分恐慌，紛紛要求鎮壓義和團。1900 年，英國、法國、美國等國家組建的八國聯軍對中國發動了新的戰爭。由於事態嚴重，清政府聯合八國聯軍鎮壓了義和團運動。1901 年，清政府與列強簽訂了《辛丑條約》，使中國陷入了更深的災難，完全淪為半殖民地社會。

被囚禁多年的光緒於 1908 年 11 月 14 日暴崩，享年 38 歲。慈禧立 3 歲的愛新覺羅・溥儀（1906 年－1967 年）為帝。次日，慈禧病逝，享年 74 歲。舉行登基儀式時，溥儀哭鬧着要離開，他父親安慰說："快完了，快完了！"迷信的清朝大臣認為這句話很不吉利。果然，1911 年爆發辛亥革命，清朝統治被推翻，溥儀在位三年就退位了。溥儀是清朝的末代皇帝，也是中國歷史上最後一個皇帝。

古為今用 （可以上網查資料）

1) 1898 年發生的戊戌變法中的"戊戌"，1901 年簽訂的《辛丑條約》中的"辛丑"是不是干支紀年法中的叫法？下一個"戊戌年"和"辛丑年"分別是哪年？

2) 什麼叫"君主立憲制"？

3) 戊戌變法又稱"百日維新"，這是為什麼？戊戌變法的主要內容有哪些？

4) 《辛丑條約》是中國近代史上賠款數目最龐大、主權喪失最嚴重的不平等條約。其中有哪些不平等條款？

11 地理知識

布達拉宮

布達拉宮坐落於拉薩市，是西藏最龐大、最完整的古代宮堡建築羣，也是藏傳佛教的聖地。每年都有大量的觀光遊客和朝聖信徒前往布達拉宮。

布達拉宮

公元七世紀，為迎娶唐朝的文成公主，吐蕃王朝的松贊干布修建了布達拉宮。那時的布達拉宮是三座九層的樓宇，其中有一千間宮殿。吐蕃王朝滅亡後，布達拉宮的大部分建築毀於戰火。1645 年，布達拉宮得到重建。之後，布達拉宮成為歷代達賴喇嘛的冬宮居所，以及重大的宗教和政治儀式的舉辦地。

經過歷代達賴的相繼增建，今日的布達拉宮主樓紅宮高達 115.703 米，氣勢十分雄偉。其屋頂和窗簷為木製結構，飛簷外挑，屋角翹起。牆面裝飾具有濃重的藏傳佛教色彩。柱身上佈滿了鮮豔的彩畫和華麗的雕飾。整個宮殿採用紅、白、黃三色，對比鮮明，盡顯藏族古建築的迷人特色，為藏式建築的傑出代表。

布達拉宮中收藏了數量龐大、絢麗多彩的歷史文物，有壁畫、佛塔、塑像、唐卡、經文、典籍，還有金器、銀器、瓷器、玉器等工藝品。

（可以上網查資料）

1) 在香港，佛誕節是公眾假日。佛誕節，也叫浴佛節，是為紀念佛祖釋迦牟尼的誕辰而設立的節日。佛祖釋迦牟尼是哪年誕生的？是在哪裏誕生的？他出家前是什麼身份？

2) "無論你遇見誰，他都是你生命中該出現的人，絕非偶然，他一定會教給你一些什麼。"讀了佛祖釋迦牟尼的這句名言，你有何體會？

3) 世界上有哪三大宗教？三大宗教有什麼共同之處？

志願服務

生詞

21

① 大會 (dà huì) conference

② 烏（乌）鎮（镇）(wū zhèn) Wuzhen, a town in Zhejiang province

③ 召 (zhào) convene　召開 (zhào kāi) convene　召喚 (zhàohuàn) summon

④ 屆（届）時 (jiè shí) when the time comes　⑤ 出席 (chū xí) attend

⑥ 圍繞 (wéi rào) revolve round　⑦ 探討 (tàn tǎo) inquire

⑧ 紀 (jì) epoch　世紀 (shì jì) century

⑨ 顯著 (xiǎnzhù) prominent

⑩ 新興 (xīn xīng) new and developing

⑪ 絲綢 (sī chóu) silk　絲綢之路 (sī chóu zhī lù) the Silk Road

⑫ 通道 (tōngdào) passageway

⑬ 沿線 (yánxiàn) along the line

⑭ 窗 (chuāng) window　窗口 (chuāngkǒu) channel; medium

⑮ 夥（伙）(huǒ) partner　夥伴 (huǒbàn) partner; companion

⑯ 如火如荼 (rú huǒ rú tú) thriving vigorously

⑰ 方 (fāng) just now　⑱ 艾 (ài) halt　方興未艾 (fāngxīngwèi ài) be on the upswing

⑲ 淘寶網 (táo bǎowǎng) Taobao, the most popular Internet site for business in China

⑳ 創立 (chuàng lì) found　㉑ 零售 (língshòu) retail

㉒ 註 (zhù) record; 注 (zhù) pour　註冊 (zhù cè) enroll; register　注入 (zhù rù) inject

㉓ 支付寶 (zhī fù bǎo) Alipay　㉔ 付賬（账）(fù zhàng) pay a bill

㉕ 商務 (shāng wù) commercial affairs

㉖ 即時 (jí shí) immediately　㉗ 軟件 (ruǎnjiàn) software

㉘ 必將 (bì jiāng) will definitely

㉙ 活力 (huó lì) vigor; energy　㉚ 素 (sù) all along

㉛ 府 (fǔ) home

㉜ 魚米之鄉 (yú mǐ zhī xiāng) the land of abundance

㉝ 遇 (yù) chance　機遇 (jī yù) opportunity

㉞ 搭 (dā) build　搭建 (dā jiàn) build

㉟ 紅利 (hóng lì) bonus

㊱ 穩健 (wěnjiàn) firm; steady　㊲ 步伐 (bù fá) step

㊳ 煥（焕）(huàn) glowing　煥發 (huàn fā) glow

㊴ 順（顺）利 (shùn lì) smoothly

㊵ 範（范）(fàn) scope　範圍 (fàn wéi) scope

㊶ 引導 (yǐn dǎo) guide

㊷ 住宿 (zhù sù) accommodation　㊸ 發放 (fā fàng) give out

㊹ 就 (jiù) engage in　就餐 (jiù cān) have one's meal

㊺ 補助 (bǔ zhù) subsidy; allowance

㊻ 人身 (rénshēn) person　㊼ 保險 (bǎoxiǎn) insurance

㊽ 自願 (zì yuàn) voluntary

㊾ 性 (xìng) sex　性別 (xìng bié) gender

㊿ 國籍 (guó jí) nationality

(51) 崗（岗）(gǎng) post　崗位 (gǎngwèi) post; job

(52) 承擔 (chéngdān) undertake

(53) 相應 (xiāngyìng) corresponding

(54) 練 (liàn) skilled　熟練 (shú liàn) skilled

(55) 運 (yùn) use　運用 (yùnyòng) use

(56) 錄用 (lù yòng) employ

(57) 查看 (chá kàn) inspect; examine

(58) 遞（递）(dì) pass　遞交 (dì jiāo) hand over; submit

(59) 以免 (yǐ miǎn) in order to avoid　(60) 錯失 (cuò shī) miss

A 選擇

1) 第四屆世界互聯網大會將開幾天？

    a) 三天   b) 兩天

    c) 一週   d) 四天

2) 第四屆世界互聯網大會將在哪裏召開？

    a) 上海   b) 烏鎮

    c) 江蘇   d) 深圳

3) 從什麼時候開始招募志願者？

    a) 開會前一個月   b) 一個月

    c) 發出通知後開始   d) 七月一日

4) 這份通知是由哪個部門發出的？

    a) 大會籌備組   b) 大會主席團

    c) 大會組委會   d) 當地政府

B 判斷正誤

☐ 1) 互聯網不僅是一種技術工具，還是新興經濟發展的"基礎設施"。

☐ 2) 互聯網可以促進各國的經濟與文化交流，造福人民。

☐ 3) 通過互聯網，各國將成為發展、和平的夥伴。

☐ 4) 電子商務在中國的發展如火如荼。

☐ 5) 在淘寶購物、用支付寶付賬，這些都是互聯網大會主要推廣的項目。

☐ 6) 烏鎮響應時代號召，於 2013 年創立了世界互聯網大會。

☐ 7) 世界互聯網大會搭建的平台可以讓更多的人在互聯網經濟中受惠。

C 選擇（答案不止一個）

1) 烏鎮素有 _____ 之稱。

    a)"魚米之鄉"   b) 現代化小鎮   c)"絲綢之府"   d) 會議之都

2) 志願者服務的領域包括 _____ 。

    a) 引導   b) 翻譯   c) 服務員   d) 諮詢

3) 如有意當志願者，要 _____ 。

    a) 馬上遞交所需材料   b) 仔細閱讀相關要求

    c) 去組委會辦公室申請   d) 在截止日期前交材料

D 回答問題

1) 第四屆世界互聯網大會將圍繞哪些方面進行探討？

2) 淘寶網是哪年創立的？是做什麼的平台？

3) 在年齡、性別、國籍和語言方面，招募志願者時有哪些要求？

第四屆世界互聯網大會志願者招募通知

第四屆世界互聯網大會將於 2017 年 12 月 3 日至 5 日在浙江烏鎮召開。屆時會有來自八十多個國家的代表出席大會，圍繞數字經濟、互聯網與社會、交流合作等方面進行探討。

進入 21 世紀後，互聯網對社會與經濟的影響日益顯著。互聯網不僅是一種技術工具，也是一種生活方式，更是一種新的生態，是新興經濟發展的"基礎設施"。

古代的絲綢之路開啟了中西方交往的通道，促進了中西方經濟與文化的交流，造福了沿線各國的人民。現今的互聯網扮演着類似的角色，通過互聯網這個窗口，各國將成為發展的夥伴與和平的夥伴。

如今，互聯網經濟在中國的發展如火如荼、方興未艾。以淘寶網為例，淘寶網是 2003 年創立的，現在已經成為亞洲最大的網絡零售平台。淘寶網有過億的註冊會員，每天都有幾千萬人在淘寶上購物、用支付寶付賬。除了電子商務之外，中國還有大量廣受歡迎的即時通訊軟件、網絡遊戲等等。這一切都告訴世人，中國必將為世界互聯網經濟的發展注入更多活力。

素有"絲綢之府"和"魚米之鄉"之稱的烏鎮響應時代召喚，抓住歷史機遇，在 2014 年創立了世界互聯網大會。世界互聯網大會搭建了一個平台，通過深入地交流，讓更多的人在互聯網經濟中受惠、獲益，享受互聯網所帶來的紅利、便利，同時也使互聯網在前進的道路上邁着穩健的步伐，煥發出智慧的魅力。

為確保此屆世界互聯網大會的順利召開，組委會將在世界範圍內招募志願者。招募通知如下：

服務時段　2017 年 12 月 3 日至 5 日

服務領域　翻譯、引導、諮詢等志願服務

服務補助　大會將提供住宿和服裝，按日發放交通及就餐補助，並為志願者購買人身意外傷害保險。

招募時間　2017 年 7 月 1 日至 31 日

招募條件　自願參加志願服務，年齡在 18 歲以上，身體及心理健康，性別不限，國籍不限。滿足崗位的要求，承擔相應的職責，能夠熟練運用兩門以上語言者優先錄用。

報名方式　請登錄大會網站 www.internet.wuzhen.cn 查看具體報名程序。

注意事項　請仔細閱讀相關要求，在截止日期前遞交所需材料，以免錯失良機。

大會組委會

2017 年 6 月 2 日

2 根據實際情況回答問題

1) 數字經濟是一個信息和商務活動都數字化的全新經濟系統。商家和消費者通過網絡進行交易。請舉例說明數字經濟就在我們身邊。請說一說這種新型的數字經濟給人們的日常生活帶來了哪些變化？

2) 由於互聯網的飛速發展，網上購物已經成為一件很平常的事。你有沒有想過網上購物的包裝盒、包裝袋是一種極大的浪費？這會對環境造成什麼影響？應如何平衡科技發展與環境保護？

3) 支付寶的出現顛覆了人們使用現金的觀念，打破了人們常規的現金交易的習慣。貨幣會在不遠的將來消失嗎？你認為這是好事還是壞事？你是怎樣看待這種革新的？

4) 一些不良網站有暴力、色情、低俗內容，還有虛假資訊誤導、欺騙大眾。你認為青年人應該怎樣做才能讓自己免受網絡的負面影響？

5) 如今，很多年輕人已經離不開網絡了。網絡確實給人們的生活提供了很多方便，但是長期對着電腦會忽略與身邊人的直接溝通，疏遠人與人之間的關係，影響正常的社交活動。你覺得人們應該怎樣做才能避免這些負面影響？

6) 互聯網發達至極，人們現在足不出戶就能知曉天下大事，還能遙控辦事。將來辦公、做事的方式都有可能改變。這種改變是好事還是壞事？請舉例說明。

7) 網絡時代，人們已經習慣了閱讀電子新聞、書籍等。這是不是意味着將來紙質書將退出歷史舞台？有人說網絡閱讀大多只是瀏覽，是淺閱讀，而閱讀紙質書是深度閱讀。請結合自己的閱讀習慣和體會，發表你的看法。

8) 世界互聯網大會每年在烏鎮召開。你會申請做志願者嗎？為什麼？假如你想申請做世界互聯網大會的志願者，你認為自己具備了什麼條件？

3 諺語名句

1) 機不可失，時不再來。

2) 來得早不如來得巧。

3) 巧婦難為無米之炊。

4) 三天打魚，兩天曬網。

5) 平時不燒香，臨時抱佛腳。

6) 有理走遍天下，沒理寸步難行。

天馬行空

杜絕網絡欺凌，構建陽光平台

隨着互聯網的發展，電子產品的普及以及各種社交平台的盛行，一種隱蔽性強、傷害性大的新型欺凌愈演愈烈，那就是網絡欺凌。網絡欺凌指人們利用互聯網做出針對個人或羣體的惡意、重複的行為，會使他人受到傷害。網絡欺凌已經成為全球範圍內最常見的社會問題之一。

網絡欺凌通常是匿名的，一般利用虛假的電子郵件、網站、在線遊戲、網上聊天室等平台。欺凌者用不堪入耳、煽動性極強的污言穢語對他人的人格或行為進行造謠、侮辱、謾罵、詆毀、攻擊等。在公眾平台上，欺凌者會未經他人同意公開私人信息或私密照片，欺凌者還會建立羣組，詆毀羣外的人，並號召或勒令羣內夥伴共同斷絕與受害者的關係。

一家網絡安全教育機構在 2018 年對四千名初高中生做的一項調查顯示，有近四成的學生曾遭遇過網絡欺凌，有大約四分之一的學生承認曾經以不同形式欺凌過別人，有 73% 的受訪者表示自己曾親眼目睹過網絡欺凌的發生。網絡欺凌是一種"軟暴力"，像一把刀子刺傷他人的內心，給受害者造成巨大的心理傷害，影響他們的健康成長。心理學家指出，網絡欺凌的受害者會出現焦慮、抑鬱、暴躁、喪失自信，甚至會有暴力攻擊行為以及自殺意圖。不僅如此，受害者在學業上的表現也受到負面影響，輕者學習成績下降，重者厭學、逃學。

面對這種很難完全避開的無聲傷害，學會自我保護尤為重要。首先，要留下證據。由於網絡上的信息刪除很容易，能證明欺凌的證據轉瞬即逝，及時截屏、拍照是最佳手段，可以為日後維護自己的正當權益留下證據。其次，要尋求幫助。在收集到證據之後，要毫不猶豫地向可以信賴的老師、家長、親屬或朋友傾訴，得到他們的及時幫助。第三，要切斷聯繫。盡可能地讓不文明的言論、信息遠離自己的生活圈也是一種自我保護的方法。最後，要報告警方。如果涉及惡意誹謗、人身攻擊、網絡暴力，要馬上報警。

網絡是一個公眾平台，每個人都有責任維護它的安全性、公平性、自由性。大眾應該用強大、積極的態度剔除互聯網上不和諧的聲音，用健康、陽光的語言讓互聯網發揮其正能量。同時，政府應該制定相關法律法規，加強網絡監管，依法嚴懲網絡欺凌者，力求更好地防止網絡欺凌的發生。

A 寫出字/詞的確切意思

在文本中……	這個字/詞……	文中的意思是……
1)"一種隱蔽性強、傷害性大的新型欺凌愈演愈烈"	"愈演愈烈"	
2)"網絡欺凌是一種'軟暴力'"	"軟暴力"	

B 選擇 (答案不止一個)

網絡欺凌 _____ 。

a) 是一種常見的社會問題　　b) 的案例越來越多

c) 會給被欺凌者造成心理傷害　　d) 指的是在網絡上對他人進行武力攻擊

C 選出四個正確的句子

網絡欺凌形式有很多，有的欺凌者 _____ 。

☐ a) 用虛假的電子郵件發電郵

☐ b) 在聊天室裏用不堪入耳的污言穢語對被欺凌者進行謾罵、侮辱

☐ c) 在網絡上用造謠、誹謗的手段，對被欺凌者進行人身攻擊

☐ d) 在羣組裏私自公開被欺凌者的私人信息或私密照片

☐ e) 在網絡上公開跟被欺凌者的關係

☐ f) 給被欺凌者寄威脅信件或包裹

D 配對

☐ 1) 在互聯網時代，

☐ 2) 如果遭受到網絡欺凌，

☐ 3) 被害者要及時向

☐ 4) 自我保護方法之一

a) 受害者要即刻保存好有力的證據。

b) 是切斷跟欺凌者的關係，遠離不文明的言論。

c) 網絡欺凌有時難以避開，所以要學會自我保護。

d) 公安機關已經採取了各種法律手段嚴懲欺凌者。

e) 可信賴的人傾訴，以得到幫助。

f) 所採取的收集證據的方法有截屏、拍照等。

E 回答問題

1) 在網絡時代，人們應該怎樣做才能維護網絡的安全性、公平性和自由性？

2) 在網絡監管上，政府應該採取什麼行動？

F 學習反思

網絡是個公開、自由的平台，你認為網絡需要監管嗎？誰來監管？如何監管？

烏鎮 —— 智慧名鎮

一、風情古鎮

烏鎮地處浙江省，具有悠久的歷史。烏鎮是典型的江南水鄉，素有"魚米之鄉""絲綢之府"之稱，完整地保存着原有的水鄉古鎮風貌和格局。2014年，烏鎮被定為世界互聯網大會的永久會址。

烏鎮經歷了"1.0 千年古鎮""2.0 旅遊名鎮""3.0 智慧人文共生城鎮"的跨越式升級，正在把自己打造成"互聯網＋城市"的全球樣板，推動生態、低碳、智慧等領域的發展，以實現"國際風情小鎮、全球智慧名鎮"的總目標。

二、智慧小鎮

烏鎮有一個城市管理的"大腦"，採用的是物聯網技術，通過網絡進行信息交換，實現物物相息，使整個小鎮的管理更有效、更智慧。

在烏鎮安檢站，太赫茲人體安檢系統只需三五秒鐘就能完成人體安檢。在旅遊景區、酒店，"刷臉"代替了檢票、入住登記，既快速又精準。

烏鎮的消防栓、路燈、景觀燈等公共設施全部智能控制。夜幕降臨，纏繞在樹上的 LED 燈帶和路燈都會自動亮起。烏鎮全面執行節能減排計劃，燈光明暗、顏色變換、開關時間、檢查維修都自動控制。

烏鎮的垃圾收集箱也實現了智能化。垃圾箱是全封閉的，只有感應器感應到有垃圾靠近時才把"嘴巴"張開。它可以通過語音提醒幫助人們進行垃圾分類，還可以對垃圾進行自動消毒、壓縮。

無人車在開放的城市道路上運營。無人

車能提升自己的"智商"，適應複雜的真實路況，為客人提供安全、舒適、便捷的乘車體驗。遊客可通過手機掃碼，搭乘不同線路的車前往各個會展場館。

在烏鎮自動停車庫內，停車取車全部由智能機器人控制，辦手續最快只需一分鐘。

無論在賓館、飯店、商場，還是咖啡館、書店、寫字樓，甚至在一些主要馬路上，都有免費的無線網。一部智能手機在手，下載一個 APP，就能及時了解烏鎮的交通、餐飲、景點、購物、訂房等信息。在烏鎮，你根本就無需帶現金，只需用手機或者"刷臉"就能完成付款。

烏鎮在通過各種形式告知天下 —— 未來盡在"網中"。

三、歡迎來訪

烏鎮正在向世人展示其獨特的風采。每位來訪者都會在體驗淳樸清新的水鄉生活之餘，享受到現代生活的舒適與便利，度過一段安謐綠洲的美好時光。如想了解更多關於烏鎮的信息，請登錄 www.wuzhen.cn。

歡迎各位遊客、參會者光臨烏鎮！

江南旅行社

2018 年 6 月 5 日

A 寫出字 / 詞的確切意思

在文本中……	這個字 / 詞……	文中的意思是……
1) "烏鎮有一個城市管理的'大腦'"	"大腦"	
2) "只有感應器感應到有垃圾靠近時才把'嘴巴'張開"	"嘴巴"	

B 選擇

1) 這篇文章採用的文體是 ＿＿＿ 。

    a) 通知　　b) 小冊子

    c) 報告　　d) 倡議書

2) 烏鎮會讓訪客體驗到 ＿＿＿ 。

    a) 現代化的高檔酒店　　b) 嘈雜的環境

    c) 古樸與現代化的結合　　d) 綠色的花園

C 選擇

烏鎮發展的總目標是成為一個 ＿＿＿ 。

a) 富有情懷的古老小鎮　　b) 世界聞名、智能化的小鎮

c) 物聯網樣板城　　d) 物聯網與互聯網的完美結合

D 配對

□ 1) 物聯網的運用

□ 2) 遊客入住烏鎮的酒店，

□ 3) 烏鎮的公共照明設施有智能控制，

□ 4) 遊客可以用手機掃碼

□ 5) 在烏鎮，一部智能手機在手

□ 6) 在烏鎮無需帶現金，

a) 燈光明暗、調色、開關都實現自動化了。

b) 使得烏鎮有了一個智能的"大腦"。

c) 給客人提供安全、舒適、便捷的乘車體驗。

d) 只需"刷臉"就可以完成入住手續。

e) 及時了解烏鎮的交通、餐飲、會議議程等情況。

f) 可以通過手機或者"臉刷"完成付款。

g) 搭乘無人車去各個會展場館，極其方便。

h) 就能搞定一切，比如購物、用餐、訂房等。

E 回答問題

1) 烏鎮在歷史上享有哪些美譽？

2) 烏鎮經歷了哪幾個跨越式的升級？

3) "烏鎮在通過各種形式告知天下——未來盡在'網中'。"這個"網"指的是什麼？

F 學習反思

烏鎮是一個有着悠久歷史的古鎮。現代人應該如何在運用新科技的同時保持其原有的特色？

要求　微信是一個方便易用、即時通訊、交流互動的社交軟件，具有較強的社交屬性。微信是一個很受歡迎的軟件，給大眾帶來了很多便利和好處。在中國，微信的普及率極高，但也有很多人認為微信對日常生活有負面的影響，弊大於利。請就微信是利大於弊還是弊大於利展開辯論。

例子：

正方：尊敬的張老師、反方代表、在座的同學們，下午好！我方的觀點是微信利大於弊。首先，用微信能打免費電話，可以節約生活成本。其次，用微信能發送語音、視頻、圖片、文字等多種形式的信息，人們的溝通更加具有時效性。最後，可以在微信平台做微商，人們足不出戶就可以做生意了。

反方：尊敬的張老師、正方代表、在座的同學們，下午好！謝謝正方表述自己的觀點。我方的觀點是微信弊大於利。第一，微信可以讓人免費打電話。俗話說"一寸光陰一寸金，寸金難買寸光陰"，因為是免費的，人們有事沒事煲電話粥，浪費了很多時間。第二，微信能傳照片、視頻等。有些人吃飯時菜一上桌就先拍照，配以文字上傳微信朋友圈。若是有人點評，還會邊吃飯邊回覆。本該細細品味的菜餚成了配角，而看微信成了主角。第三，微商魚龍混雜。銷售假冒偽劣商品時有發生，不僅破壞了經商環境，也使消費者蒙受損失。

……

a) 我認為微信對生活有很多負面的影響。第一，很多人不時拿出手機來看微信，這會對視力有影響。第二，有些人一邊走路一邊看微信，很容易發生意外事故。第三，人們總以為微信使人與人的聯繫密切了，但其實是減少了面對面接觸的機會。很多人覺得已經在網絡上"碰頭"了，就沒有必要再見面了。第四，通過微信，有些謠言、假新聞被快速地轉發，那些判斷能力差的人容易上當受騙。

b) 我認為微信給生活帶來了很多便利，有很大的優勢。第一，微信這個平台非常廣闊。通過微信可以交到從來都沒見過面的朋友，不出家門就可以購物、學習、買車票等。第二，在朋友圈裏，你可以及時了解朋友的近況，加強朋友間的友誼。第三，微信上有很多生活常識、養生知識、旅遊推薦、心靈雞湯，非常實用。

7 寫作

要求 學校最近出了一份諮詢文件，希望在本校推行新的互聯網管理措施，比如在網上不能散佈不實言論、不能發佈不雅照片、不能以任何形式欺凌同學等。學校將開設一個公眾平台讓老師和學生就這一系列的新措施發表意見。請寫一篇文章，發表你對推行新的互聯網管理措施的看法，發佈在這個平台上。

你可以寫：

- 新措施的內容
- 新措施實施的合理性、可能性
- 你的看法

例子：

對網絡欺凌說"不"

　　為了讓互聯網更好地為大家服務，學校最近出台了一份關於互聯網管理新措施的諮詢文件。我們應該集思廣益，發表自己的看法，使新措施的實施順暢、有效。

　　互聯網具有開放性。互聯網的高速發展使其內容魚龍混雜，偏激言論、不實報道、色情暴力、網絡詐騙等時有發生，網絡安全隱患會影響網絡的健康發展。青少年思想還未成熟，判斷力不強，容易誤入歧途。

　　近一兩年，學校在互聯網管理方面是出了一些問題，比如有學生在校期間大玩兒網絡遊戲，浪費了寶貴的學習時間，還有學生在網上散佈不

實言論，甚至出現了網絡欺凌。新出台的措施對這些問題有了明確的界定和相應的處理辦法，我們應該給予大力支持。……

你 可以用

a) 學校的新措施包括不散佈不實言論、不發佈不雅照片、不以任何形式欺凌同學，禁止在校期間玩兒網絡遊戲、上社交網。網絡視頻、娛樂信息等要在老師的指導下或得到老師的允許後才能觀看、瀏覽。這些措施是為了減少對網絡資源的佔用，提高上網速度。

b) 我認為很多條款是保護、引導學生正確使用網絡的重要措施，可以避免學生受到不良的影響，使得學生的身心健康成長。

c) 我發現有些條款是很難實施的，比如學生要在老師的指導下觀看網絡視頻。高年級學生有自習時間，如果老師不在時他們就不能看網絡視頻，會影響、妨礙他們做功課。

d) 不能在網絡上放不雅照。"不雅"的定義是什麼？如何監管？這會引發爭議。我建議學校舉辦講座、開班會，教育學生什麼是不雅照，引導學生正確使用網絡。只有這樣才能讓網絡更好地、有效地為學習服務。

做人與處世　　季羨林

一個人活在世界上，必須處理好三個關係：第一，人與大自然的關係；第二，人與人的關係，包括家庭關係在內；第三，個人心中思想與感情矛盾與平衡的關係。這三個關係，如果能處理得好，生活就能愉快；否則，生活就有苦惱。

人本來也是屬於大自然範疇的。但是，人自從變成了"萬物之靈"以後，就同大自然鬧起獨立來，有時竟成了大自然的對立面。人類的衣食住行所有的資料都取自大自然，我們向大自然索取是不可避免的。關鍵是怎樣去索取。索取手段不出兩途：一用和平手段，一用強制手段。我個人認為，東西文化之分野，就在這裏。西方對待大自然的基本態度或指導思想是"征服自然"，用一句現成的套話來說，就是用處理敵我矛盾的方法來處理人與大自然的關係。結果呢，從表面上看上去，西方人是勝利了，大自然真的被他們征服了。自從西方產業革命以後，西方人屢創奇跡。樓上樓下，電燈電話。大至宇宙飛船，小至原子，無一不出自西方"征服者"之手。

然而，大自然的容忍是有限度的，它是能報復的，它是能懲罰的。報復或懲罰的結果，人皆見之，比如環境污染，生態失衡，臭氧層出洞，物種滅絕，人口爆炸，淡水資源匱乏，新疾病產生，如此等等，不一而足。這些弊端中哪一項不解決都能影響人類生存的前途。我並非危言聳聽，現在全世界人民和政府都高呼環保，並採取措施。古人說："失之東隅，收之桑榆。"猶未為晚。

中國或者東方對待大自然的態度或哲學基礎是"天人合一"。宋人張載說得最簡明扼要："民吾同胞，物吾與也。""與"的意思是夥伴。我們把大自然看作夥伴。可惜我們的行為沒能跟上，在某種程度上，也採取了"征服自然"的辦法，結果也受到了大自然的報復，前不久南北的大洪水不是很能發人深省嗎？

至於人與人的關係，我的想法是：對待一切善良的人，不管是家屬，還是朋友，都應該有一個兩字箴言：一曰真，二曰忍。真者，以真情實意相待，不允許弄虛作假。對待壞人，則另當別論。忍者，相互容忍也。日子久了，難免有點磕磕碰碰。在這時候，頭腦清醒的一方應該能夠容忍。如果雙方都不冷靜，必致因小失大，後果不堪設想。唐朝張公藝的"百忍"是歷史上有名的例子。

至於個人心中思想感情的矛盾，則多半起於私心雜念。解之之方，唯有消滅私心，學習諸葛亮的"淡泊以明志，寧靜以致遠"，庶幾近之。

（選自《季羨林談人生》，三聯書店（香港）有限公司，2006 年）

作者介紹 季羨林（1911-2009），著名的東方學大師、語言學家、文學家、佛學家、教育家。季羨林的代表作有《憶往述懷》《牛棚雜憶》等。

A 選擇 （答案不止一個）

1) _____ 都是大自然對人類過度開發的懲罰。

   a) 物種瀕臨滅絕　　b) 生態失去平衡　　c) 淡水資源匱乏　　d) 瘟疫肆意氾濫

2) 在處理人與人之間的關係時，要 _____ 。

   a) 保持忍讓　　b) 以誠相待　　c) 虛情假意　　d) 減少私心雜念

B 選擇

1) "失之東隅，收之桑榆"的意思是 _____ 。

   a) 說一套，做一套　　b) 在某處先有所失，在另一處終有所得

   c) 雷聲大，雨點小　　d) 東一榔頭，西一棒子

2) "天人合一"意思是 _____ 。

   a) 人類要依照天道行事　　b) 上天要想出辦法控制人類的欲望

   c) 人類與大自然融為一體　　d) 人類採取"征服自然"的辦法

C 配對

□ 1) 人自從變成了"萬物之靈"後　　a) 所需的資源，人類要注意索取的手段。

□ 2) 大自然給人類提供生活　　b) 就要從大自然中獨立出來。

□ 3) 西方對待大自然的態度是：　　c) 征服自然，使其為人類服務。

□ 4) 如果人類以大自然為敵，　　d) 有生態失衡、生存環境惡化等。

□ 5) 大自然對人類報復的結果　　e) 資源匱乏會影響人類的生存。

f) 到了一定限度大自然是會反抗的。

g) 用對待夥伴的方式來對待大自然。

D 回答問題

1) 人活在世上需要處理好哪三種關係才能生活愉快？

2) 怎樣才能處理好個人心中思想感情的矛盾？

E 學習反思

1) 你認為人類應該怎樣做才能處理好與大自然的關係？

2) 你怎樣理解季羨林先生的兩字箴言：一曰真，二曰忍？請舉例說明。

辛亥革命・中華民國建立

戊戌變法失敗後，社會上的進步人士、海外華僑以及勞苦大眾普遍對專制、腐敗的清政府極度不滿。響應時代的召喚，1894 年，孫中山（1866 年 – 1925 年）在夏威夷檀香山建立了中國近代第一個資產階級革命團體——興中會，其奮鬥目標是"驅除韃虜，恢復中華，創立合眾政府"。1905 年，孫中山聯合其他革命黨團體，組成了中國近代資產階級革命政黨——中國革命同盟會，孫中山為總理。孫中山領導革命的指導思想是三民主義，即民族主義、民權主義和民生主義。1911 年，同盟會在廣州組織起義。雖然起義軍因寡不敵眾而失敗，但是廣州起義極大地振奮了廣大羣眾的鬥志。

1911 年，為了維護統治，清政府把川漢和粵漢兩條民辦鐵路收歸國有，然後將它們抵押給外國的銀行團。這引起了全國人民的憤怒和反抗。1911 年 10 月 10 日，革命黨人在湖北武昌發動了武昌起義。武昌起義勝利後一個多月的時間裏，先後有 13 個省宣佈獨立。1912 年 1 月 1 日，中華民國臨時政府在南京成立，孫中山被推舉為臨時大總統。因為 1911 年

孫中山

是農曆辛亥年，所以這場偉大的資產階級民主革命叫辛亥革命。辛亥革命推翻了清朝的統治，結束了中國兩千多年的君主專制制度。

袁世凱（1859 年 – 1916 年）是清末、民國時期最重要的人物之一。袁世凱有能力，也有野心。甲午戰爭時期，他向光緒皇帝提出新建陸軍的思想，並於 1895 年開始用西法編練中國的第一支新式陸軍。清末新政期間，袁世凱編練北洋軍，積極推動近代化改革。辛亥革命期間，清政府的軍權、政權、財權全部控制在他的手中。之後，他成功勸說溥儀於 1912 年 2 月 12 日退位，以和平的方式結束了清朝兩百六十多年的統治。1913 年，袁世凱當選為中華民國大總統。1915 年 12 月，袁世凱稱帝。由於遭到各方的強烈反對，他做了 83 天皇帝就被迫宣佈取消帝制了。1916 年，袁世凱因病去世。

古為今用 （可以上網查資料）

1) 1911 年發生的辛亥革命中的 "辛亥" 是不是干支紀年法中的叫法？

2) 孫中山 "天下為公" 的理念是什麼？

3) 孫中山《遺囑》全文："余致力國民革命凡四十年，其目的在求中國之自由平等。積四十年之經驗深知欲達到此目的，必須喚起民眾及聯合世界上以平等待我之民族，共同奮鬥。現在革命尚未成功，凡我同志，務須依照余所著《建國方略》《建國大綱》《三民主義》及《第一次全國代表大會宣言》，繼續努力，以求貫徹。最近主張開國民會議及廢除不平等條約，尤須於最短期間促其實現。是所至囑！" 孫中山在《遺囑》中對後人有怎樣的囑託？

10 地理知識

都江堰

　　都江堰在四川成都平原西部的岷江上，是戰國時期李冰父子率眾修建的大型水利工程。都江堰在不破壞自然環境的前提下，充分利用水力資源，堪稱人、地、水協調、統一的楷模。它也是世界上年代最久、唯一留存、仍在使用的偉大水利工程。

都江堰

　　在古代，成都平原是一個旱澇災害十分嚴重的地方。流經四川的岷江水勢湍急、漲落迅猛。雨季時，常常洪水氾濫，成都平原成為一片汪洋，而雨水不足時，又會造成乾旱，莊稼顆粒無收。都江堰水利工程的整體規劃是將岷江水分成兩條，西邊的岷江正流主要用於排洪，東邊的人工引水渠道主要用於灌溉。這樣既能夠分洪減災，又可以引水灌田。李冰父子還雕刻了石像放在水中，方便計量水量。得益於巧奪天工的都江堰，今天的成都平原才能夠成為富饒的 "天府之國"。

　　2008 年 5 月 12 日四川汶川發生了八級的地震，都江堰經受住了地震的考驗，原有的重要設施都無大礙。這也體現出都江堰是中國古代勞動人民智慧的結晶，是水利工程的曠世之作。

造福後代 （可以上網查資料）

1) 成都的百姓是用什麼形式來紀念李冰父子的？

2) 三峽大壩位於湖北省，是目前世界上最大的水利發電工程。三峽大壩是哪年開始興建的？是哪年完成的？

3) 為什麼中國政府要花巨資興建三峽水利工程？興建三峽水利工程可以帶來哪些好處？

現代科技

生詞 (23)

① 空前 kōngqián unprecedented

② 前所未有 qián suǒ wèi yǒu unprecedented

③ 敞 chǎng open　敞開 chǎng kāi open wide

④ 扉 fēi door　心扉 xīn fēi heart; mind

⑤ 擁 yōng embrace　擁抱 yōngbào embrace

⑥ 推進 tuī jìn carry forward　⑦ 保守 bǎoshǒu conservative

⑧ 刃 rèn blade　⑨ 低估 dī gū underestimate

⑩ 殺（杀）shā kill　殺傷 shāshāng kill and wound

殺傷力 shāshāng lì power of destruction

⑪ 物極必反 wù jí bì fǎn things will develop in the opposite direction when they reach the limit

⑫ 極致 jí zhì the maximum　⑬ 毋 wú don't

⑭ 庸 yōng (usually used in the negative) need　毋庸 wú yōng need not

⑮ 置疑 zhì yí (usually used in the negative) doubt

⑯ 局 jú circumstance　局勢 jú shì situation

⑰ 逆 nì inverse　逆轉 nì zhuǎn take a turn for the worse

⑱ 虛擬 xū nǐ unreal

⑲ 涯 yá bound; limit　天涯 tiān yá end of the world

天涯海角 tiān yá hǎi jiǎo the remotest corners of the earth

⑳ 拴 shuān tie

㉑ 咫 zhǐ ancient measure of length　近在咫尺 jìn zài zhǐ chǐ close at hand

㉒ 陌路人 mò lù rén stranger　㉓ 姻 yīn marriage　婚姻 hūn yīn marriage

㉔ 形同虛設 xíngtóng xū shè exist in name only

㉕ 碎 suì broken　破碎 pò suì broken　支離破碎 zhī lí pò suì broken up

㉖ 生產 shēngchǎn produce

㉗ 以往 yǐ wǎng in the past　㉘ 手工 shǒugōng handicraft

㉙ 幅 fú width　幅度 fú dù range; scope

㉚ 削 xuē cut　削減 xuē jiǎn reduce

㉛ 在所難免 zài suǒ nán miǎn unavoidable

㉜ 無所事事 wú suǒ shì shì idle about

㉝ 頹（颓）tuí dispirited　頹廢 tuí fèi decadent

㉞ 暴 bào hot-tempered　㉟ 躁 zào impetuous　暴躁 bào zào hot-tempered

㊱ 失業 shī yè unemployed　㊲ 差距 chā jù gap

㊳ 矛 máo spear　㊴ 盾 dùn shield　矛盾 máo dùn contradiction

㊵ 蕩 dàng swing　動蕩 dòngdàng turbulent

㊶ 毒 dú poison　病毒 bìng dú virus

㊷ 對抗 duì kàng resist　㊸ 變異 biàn yì vary　㊹ 進化 jìn huà evolution

㊺ 狂 kuáng insane　狂人 kuáng rén maniac

㊻ 妄 wàng absurd　狂妄 kuángwàng wildly arrogant

㊼ 自大 zì dà arrogant　狂妄自大 kuángwàng zì dà arrogant and conceited

㊽ 死亡 sǐ wáng death

㊾ 宰 zǎi be in charge of　主宰 zhǔ zǎi be in actual control of

㊿ 染 rǎn infect　傳染 chuánrǎn infect

(51) 法則 fǎ zé rule　(52) 一旦 yí dàn once; in case

(53) 基因 jī yīn gene　(54) 實現 shí xiàn fulfill

(55) 永生 yǒngshēng immortal

(56) 噩 è ill-omened　噩夢 è mèng nightmare

(57) 歹 dǎi evil　為非作歹 wéi fēi zuò dǎi do evils

(58) 徒 tú negative word for a person　亡命之徒 wángmìng zhī tú desperado

(59) 蠻（蛮）mán rough　野蠻 yě mán savage

(60) 行徑 xíngjìng action　(61) 估量 gū liang assess

(62) 恐 kǒng fear　(63) 怖 bù fear　恐怖 kǒng bù horror

(64) 災難 zāi nàn disaster

(65) 天方夜譚（谭）tiānfāng yè tán most fantastic tale　(66) 冷靜 lěngjìng calm

聽課文錄音，做練習

A 選擇

1) 二十一世紀有什麼時代特點？

　a) 科技空前發展　　b) 人們普遍悲觀

　c) 人們普遍樂觀　　d) 失業率高

2) 作者對高科技的影響持什麼態度？

　a) 中立　　b) 悲觀

　c) 樂觀　　d) 偏激

3) 互聯網對遠距離交流有什麼影響？

　a) 帶來便利　　b) 帶來挑戰

　c) 帶來麻煩　　d) 費用便宜

4) 作者從幾個方面來說高科技可能給人類帶來負面影響？

　a) 三個　　b) 四個　　c) 兩個　　d) 五個

B 選出四個正確的句子

高科技可能會給人類帶來負面的影響，比如 ＿＿＿ 。

☐ a) 越來越多的人生活在虛擬世界，可能導致家庭矛盾

☐ b) 家人都不住在一起了，改為通過手機聯絡

☐ c) 自動化技術讓機器人代替工人工作，造成失業問題

☐ d) 越來越多的失業人士因無事可做而沉迷於網絡

☐ e) 貧富差距會變得越來越嚴重，可能加深社會矛盾

☐ f) 隨着藥物的不斷升級，以後的傳染病都治不好了

☐ g) 一旦不法之徒掌握了高科技，可能會做出傷天害理的事

C 選擇（答案不止一個）

1) 科技發展到極致，＿＿＿ 。

　a) 其消極面也會相伴而來　　b) 毀滅性的局勢可能難以逆轉

　c) 其負面效應也會出現　　d) 科學災難就離人類不遠了

2) 一旦人類完全掌握了基因科學，＿＿＿ 就有可能實現。

　a) 長生不死　　b) 永生的願望　　c) 生老病死　　d) 全民醫保

D 回答問題

1) 樂觀的人怎樣看待快速發展的高科技？

2) 為什麼說高科技是一把雙刃劍？

3) 作者寫這篇文章的目的是什麼？

高科技可能會毀滅人類

21 世紀是科學技術空前發展的時代。人工智能、生物科技等高科技給人類帶來了前所未有的影響。樂觀的人敞開心扉擁抱高科技，認為快速發展的科技是人類文明的推進器。然而，對於高科技的影響我個人是比較保守的，甚至是悲觀的。

任何事物都有兩個方面，高科技也是一把雙刃劍。我們在享受高科技帶來的便利的同時，也不能低估了它的殺傷力。常言道：物極必反。科技發展到極致，毋庸置疑，其負面效應也會相伴而來，毀滅性的局勢將難以逆轉。

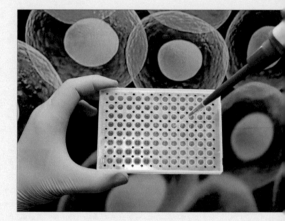

具體來說，我認為高科技可能會從以下方面給人類帶來負面影響。

第一，互聯網使人們可以隨時進行遠距離交流。這既是一種便利，又是一種誘惑。現如今，越來越多的人生活在虛擬世界中：通過互聯網與遠在天涯海角的人拴在一起，而近在咫尺的家人卻好似陌路人。久而久之，可能會導致婚姻形同虛設、家庭支離破碎、社會變成一盤散沙。

第二，自動化技術讓工廠的生產由以往的人類手工作業向無人化的方向發展，大幅度地削減員工在所難免。一方面，沒有工作的人無所事事，會變得迷茫、頹廢、暴躁；另一方面，社會的財富會集中在少數富人手裏。無論是失業問題還是貧富差距，都會加深社會矛盾、引起社會動蕩。

第三，隨着藥物的不斷升級，病毒在跟藥物對抗的過程中也在變異進化，將來可能會出現殺不死的超級病毒。醫學的發展使人類變得狂妄自大，自以為已經戰勝了死亡，可以主宰一切，然而傳染了超級病毒卻是無藥可救的。這可能是對人類違背自然界生老病死法則的一種懲罰。

第四，一旦人們完全掌握了基因科學，就可能實現永生的夢想。這是美夢成真，但也可能是一場噩夢。如果這些高科技被為非作歹的亡命之徒掌握，誰都無法預測這些科學狂人會有什麼野蠻行徑。世界秩序可能受到巨大的衝擊，甚至人類文明都可能被摧毀。

綜上所述，我認為高科技可能對人類的未來造成難以估量的威脅。恐怖的科學災難絕對不是天方夜譚。今時今日，人類不應該盲目地追求科技的快速發展，是時候停下來冷靜地思考一下二者的關係了。

2 根據實際情況回答問題

1) 進入二十一世紀，科技的發展給人們帶來了哪些新產品？這些新產品給人們的日常生活帶來了哪些改變？你認為這些改變是好事還是壞事？為什麼？

2) 高科技發展的趨勢不可阻擋，今後的汽車工業將發展無人駕駛。最近，有一輛無人駕駛汽車在試行中撞死了一個路人。如果無人駕駛技術還沒有成熟就倉促上馬，會對社會造成什麼影響？

3) 互聯網上有一些色情、暴力訊息會給社會帶來精神污染，會危害年輕人的身心健康。有些學者認為互聯網應該受到監管。你對監管互聯網有何建議？

4) 自動化技術的發展將代替人工勞作，未來一個工廠可能只需要一兩個人來監管。這會造成大量的低知識性人員失業，影響社會穩定。你認為政府應該怎樣應對因失業而引發的尖銳社會矛盾？

5) 世界著名科學家霍金非常擔心人工智能機器人會以飛快的速度自主學習、重塑自我，進而自行發展，而人類受限於緩慢的生物進化，終被替代。還有些科學家認為人類應該停止研究、製造人工智能機器人。你有何看法？

6) 霍金還預言，地球將在兩百年內毀滅，如果人類想繼續生存應該尋找其他星球移民。你覺得霍金的預言駭人聽聞嗎？面對地球上有限的資源、日趨惡劣的自然環境以及不斷增長的人口數量，人類的出路在哪裏？請發表你的看法。

7) 你認為高科技可能對人類的未來造成難以估量的威脅嗎？你是不是同意人類不應該盲目地追求科技的快速發展，而應該回歸自然、跟自然界和平相處？請說一說你的看法。

8) 由於高科技的飛速發展，終有一日，機器人會代替人工勞動，家裏也會有各種機器人為人類服務。那麼，人活着還有什麼意義？請發表你的看法。

3 諺語名句

1) 三十年河東，三十年河西。

2) 勝敗乃兵家常事。

3) 識時務者為俊傑。

4) 沒有不透風的牆。

5) 物以類聚，人以羣分。

6) 笑一笑，十年少；愁一愁，白了頭。

車水馬龍

人工智能，中國彎道超車

2018 年世界機器人大會於 8 月 15 日至 19 日在北京 ① 。今年大會的主題是 ② 智慧新動能，共享開放新時代。來自中、美、俄、英、德、日等國的三百多位頂尖專家、知名企業家 ③ 大會，真可謂是一次智慧的盛宴。短短幾天時間，人工智能一下子成為了各國政界、商界、媒體都繞不開的話題。很多發達國家已把人工智能 ④ 國家核心技術研發戰略。

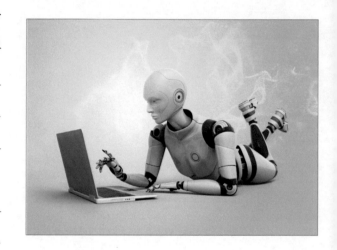

為什麼發展人工智能如此重要？有一位學者預測，在今後的 10 年內，人工智能將變得足夠聰明，從事人類 40% 的工作。更有人大膽預言，30 年後智能機器人將滲透到我們生活的方方面面。人類與機器人共存絕對不是天方夜譚。機器人代替人類工作已經悄然展開，生產、收銀、駕駛、翻譯等都可以讓機器人來做，它們做得又快速又精準。富士康生產線已經部署了四萬台機器人。技術嫻熟、任勞任怨的機器人大軍將代替技術工人。阿里巴巴與上海地鐵合作，在不久的將來付費入閘將引入人臉識別技術，整個過程只需 10 秒鐘。

一些業內專家稱人工智能是人類歷史上的第四次工業革命。阿里巴巴的主席馬雲曾說過，中國錯失了第一次和第二次工業革命，不能再錯失這一次科技型的工業革命。人工智能時代，中國絕不能落後，未來的科技競爭，就看誰 ⑤ 了核心科技。中國要 ⑥ 彎道超車。

中國政府 ⑦ 2030 年要搶佔人工智能全球制高點。國務院下發的《新一代人工智能發展規劃》引起了各界的極大關注。為了 ⑧ 和維護國家安全，要研發人工智能、壯大智能產業、培育智能經濟。中國要在整體的國家競爭力方面取得躍升式的提高和跨越式的發展。

中國有戰略，也有實施計劃，是動了真格的。做法之一是在學校設置人工智能課程。為了實現目標，從小學教育、中學課程、到大學院校逐步新增人工智能課程，在全國範圍內建設人工智能方面的人才梯隊。

為了迎接人工智能的蓬勃發展，現在的中國和所有國家一樣，在全方位地做着準備。你做好準備了嗎？現在就應該未雨綢繆了。

（軒然）

A 寫出字／詞的確切意思

在文本中……	這個字／詞……	文中的意思是……
1) "真可謂是一次智慧的盛宴"	"可謂"	
2) "人工智能一下子成為了繞不開的話題"	"繞不開"	
3) "中國是動了真格的"	"動了真格"	

B 選詞填空

保障　　共創　　列入　　掌握　　舉行　　實現　　宣佈　　親臨

① _____　② _____　③ _____　④ _____　⑤ _____　⑥ _____　⑦ _____　⑧ _____

C 判斷正誤

☐ 1) 來參加 2018 年世界機器人大會的有各國的領導人、頂尖專家、企業家。

☐ 2) 有專家預測，不遠的將來人工智能將代替四成人類的工作。

☐ 3) 機器人已經在一些崗位代替人在工作了，比如研發崗位、管理崗位等。

☐ 4) 搶佔人工智能全球制高點，中國已經有了具體的計劃。

☐ 5) 中國要整體提高國家競爭力，迎接這次科技革命。

☐ 6) 很多中、小學早就已經開設了人工智能課程。

D 配對

☐ 1) 如今，人工智能已經成為　　　a) 研發人工智能、壯大智能產業、培育智能經濟。

☐ 2) 有人預言，30 年後　　　b) 地鐵會全面採用人臉識別技術。

☐ 3) 中國政府宣佈 2030 年　　　c) 各國政要、企業家和媒體共同關心的話題。

☐ 4) 中國政府計劃有步驟地　　　d) 生產線上機器人的技術比工人嫻熟得多。

　　　e) 中國要搶佔人工智能的全球制高點。

　　　f) 人類真的要跟機器人共存了。

E 回答問題

1) 為什麼 2018 年世界機器人大會是一次智慧的盛宴？

2) 中國在教育方面會採取什麼措施以抓住這次科技革命的機遇？

F 學習反思

1) 你認為機器人在近十年之內會代替哪些工種？人類應該做哪些準備和調整？

2) 你認為人類應該怎樣應對人工智能的快速發展？

"無人化" 真的來了！

這幾年，無人超市、無人餐廳、無人酒店、無人工廠陸續出現，"無人化" 接二連三地進入了我們的生活，衝擊着我們的認知。

前不久，一家生產餃子的無人工廠在媒體上曝光，一夜之間火了起來。在幾千平方米的餃子工廠裏，車間乾淨整潔，機器 24 小時不停地工作，員工卻一個都見不着。只見流水線上的一隻隻機器手和麵、放餡兒、包餃子，然後輕柔地抓取餃子放到精準的位置，裝盒。真令人感歎人類不如機器那麼吃苦耐勞！機器代替人工大大提高了產品質量和工作效率，還大幅度降低了成本。據說，這樣規模的餃子工廠現在只雇傭了 20 個人，人工數量減少了 90%。可悲的是，那些嫻熟的餃子工人徹底失業了！人們不禁要問，無人工廠是未來企業發展的方向嗎？

阿里巴巴的無人零售商店 "淘咖啡" 開門迎客時也引起了不小的轟動。在無人商店裏，購物流程簡單得很：顧客掃碼通過閘門進入店內，選好商品後經過支付閘口，支付寶自動扣款。這種購物流程不必輸密碼付款，東西拿了就走。

最近，無人商店在全國各地應運而生，一些城市出現了自助便利店、無人超市、無人水果店等。有些無人店由於顧客的誠信問題而虧損，不得不在短期內結業。造成這種窘狀的原因是識別系統還不完善，使少數缺乏誠信的人有機可乘。當然，也有一些無人商店運行順利。浙江一家無人雜貨鋪從來都沒有遭遇過顧客未付錢拿走貨品的情況，顧客都自動按照標籤上的價格付款。

很多人表示，在中國沒有必要開無人商店，因為中國的人工比較便宜。即使是無人商店，補貨還是需要工人，機器無法自動補貨。此外，安裝智能系統的成本比人工運營的費用高得多。無人商店原本是希望節省成本，但是事實並非如此。

"無人化" 改變了傳統的商業模式，這種改變令基層工人失業，可能會引起工人嫉妒、憤怒的心理，甚至激發罷工浪潮。企業是有社會責任的，商業模式的改變要考慮到對社會的衝擊。我們不禁要問，新的商業模式是否應該顧及社會責任？商業模式的改變是否一定要以損害某些社會羣體的利益作為代價？

（佳怡）

A 選擇

1) 這篇文章採用的文體是 ＿＿＿ 。

　　a) 通知　　b) 報刊文章

　　c) 廣告　　d) 小冊子

2) 作者對無人工廠持 ＿＿＿ 態度。

　　a) 支持　　b) 反對

　　c) 中立　　d) 無所謂的

B 寫出字／詞的確切意思

在文本中……	這個字／詞……	文中的意思是……
1)"'無人化'接二連三地進入了我們的生活"	"接二連三"	
2)"生產餃子的無人工廠一夜之間火了起來"	"一夜之間火了起來"	

C 選出四個正確的句子

在媒體曝光的生產餃子的無人工廠，＿＿＿ 。

☐ a) 車間有好幾千平方米，乾淨整潔，空無一人

☐ b) 包餃子的機器熟練地和麵、放餡兒、包餃子，工人在一旁裝盒

☐ c) 用機器來做餃子，不僅質量好，而且速度快

☐ d) 如果不用機器，每天生產同樣數量的餃子，需要大約 200 個工人

☐ e) 使用機器所需成本比雇傭工人少一半

☐ f) 機器代替了工人，一刻也不停地工作

D 配對

☐ 1) 顧客掃碼通過淘咖啡的閘門後

☐ 2) 顧客選好了物品後

☐ 3) 在淘咖啡買東西付款無需輸入密碼，

☐ 4) 在一些無人商店，有誠信問題的顧客

a) 經過淘咖啡的支付閘門，支付寶會自動付賬。

b) 便可以自由挑選商品了。

c) 也會按照標籤上的價格付款。

d) 由於虧損嚴重而不得不結業。

e) 鑽技術不完善的空子，拿走東西不付錢。

f) 購物流程十分簡單。

E 回答問題

1) 哪些原因使得在中國開無人商店不划算？

2) 無人化改變了傳統的商業模式，會對社會造成哪些衝擊？

F 學習反思

1) 你認為無人工廠是未來企業發展的方向嗎？為什麼？

2) 中國的人工相對比較便宜，你認為在中國有必要開無人商店嗎？為什麼？

要求 20世紀末，網購在中國誕生。最近十年，網購席捲全國，帶動了快遞行業的蓬勃發展。快遞員騎着摩托車走街串巷，把物品送到消費者手中，消費者收到物品後把包裝材料扔出家門，快遞包裝產生的垃圾堆成了山。最近，京東作為中國數一數二的網上購物商城推出了送貨機器人，這意味着成千上萬的快遞員將被智能機器人替代。另外，快遞產生的大量包裝材料造成了環境污染。請就這兩個問題發表各自的意見。

例子：

你： 今天有爆炸性新聞：北京市海淀區，二十多台京東配送機器人整裝待發，隨着調度平台發出命令，首批載有貨物的機器人自動出發，把貨物逐一送到目的地。這太不可思議了！京東推出機器人快遞員的消息像一枚炸彈，炸得快遞員們心驚膽戰——失業的那一天似乎越來越近了。

同學1： 新科技帶來了"無人化"的新趨勢。汽車工廠裏流水線上的機器手臂精準地安裝汽車零件，機器人被派往海底做勘探等等。機器人代替了人類工作，這好像還能夠接受。如今，機器人又跑到了馬路上，這簡直是天方夜譚！政府、公眾還沒有準備好怎樣面對馬路上行走的機器人。我認為科技在這方面走得太快了！

......

你可以用

a) 京東配送的機器人有很多功能，能規劃線路、自動換道、辨別交通燈、主動泊車，還能識別、躲避障礙物。

b) 我認為現在機器人的技術還沒有完全成熟。你看到的機器人代替快遞員只是京東的商業炒作。這些機器人在馬路上行駛，它們有駕駛執照嗎？如果程序出了問題，對路人造成了人身傷害，誰來負責任？

c) 京東計劃開發超重型無人機，因為無人機是最佳的運貨工具，可以直飛，不受地形的影響。據說，京東打算在中國多地建造無人機機場，實現24小時內將貨物送達中國的任何一個城市。

d) 每天有上億件物品快遞到世界各地。商家為了避免商品的損壞普遍會過度包裝，造成大量垃圾。一方面，每天產生海量的膠帶、紙盒、包裝箱、編織袋，而另一方面，回收、再利用的情況並不理想。這造成了很大的浪費，引發了環保問題。

7 寫作

隨着高科技的迅猛發展，新的發明創造對整個人類的生存構成了巨大的威脅。溫室效應、環境污染、生態危機、倫理問題都需要人們去正視、解決。進入 21 世紀，人工智能發展迅猛，為很多領域開創了新的機會，但同時給人們帶來了前所未有的挑戰。人工智能會給人類帶來兩大災難：持續性失業和不斷加大的貧富差距。請以 "人工智能帶來的災難：失業和貧富差距" 為題目寫一篇博客。

你可以寫：

• 兩大災難：失業和貧富差距

• 你的看法

例子：

人工智能帶來的災難：失業和貧富差距

人工智能時代已經來臨。我們人類準備好了嗎？答案是：沒有！面對可能發生的問題我們幾乎是束手無策的。

機器人霸佔了你的工作，你該怎麼辦？機器人犯罪，誰來負責任？人沒有了工作，人的價值體現在哪裏？一個家庭沒有了收入，引發社會矛盾，加劇貧富差距，該由誰負責？這些問題引起了社會的廣泛關注，但還沒有解決這些問題的明確方向。

然而，發展人工智能的腳步並沒有停下來，反而越來越快。我真的很擔憂，有一天人工智能給人類帶來了災難性的衝擊，但是人類還沒有準備好如何應對。這並不是杞人憂天，而是活生生的現實！……

你 可以用

a) 在人工智能時代，機器代替了人的工作，汽車無人開，醫院無醫生，工廠無工人，商店無售貨員。不管是藍領還是白領，都將失業。這波失業潮是人類從來都沒有經歷過的。機器人時代，人沒有了工作，失業的人可以去幹什麼呢？人的自我價值又在哪裏體現呢？

b) 為了迎接人工智能時代的到來，我們應該做好以下準備。第一，不斷學習，全力進取。只有堅持學習，才能對當下和未來的狀況有比較清晰的認知，在未來給自己留有更多的選擇餘地。第二，提高適應能力和應變能力。人工智能時代變化極快，只有適應能力和應變能力強的人才能生存。第三，提高創新的意識和能力。在智能化社會，創新勞動將佔主導地位。只有不斷提高創新能力，才能立於不敗之地。

自然的規定不可違背

——"華聯‧城市山林"手冊序　　周國平

人，棲居在大地上，來自泥土，也歸於泥土，大地是人的永恆家園。如果有一種裝置把人與大地隔絕開來，切斷了人的來路和歸宿，這樣的裝置無論多麼奢華，算是什麼家園呢？

人，棲居在天空下，仰望蒼穹，因驚奇而探究宇宙之奧祕，因敬畏而感悟造物之偉大，於是有科學和信仰，此人所以為萬物之靈。如果高樓蔽天，俗務纏身，人不再仰望蒼穹，這樣的人無論多麼有錢，算是什麼萬物之靈呢？

人是自然之子，在自然的規定範圍內，可製作，可創造，可施展聰明才智。但是，自然的規定不可違背。人不可背離土地，不可遮蔽天空，不可忤逆自然之道。老子曰："人法地，地法天，天法道，道法自然。"此之謂也。

一位英國詩人吟道："上帝創造了鄉村，人類創造了城市。"創造城市，在大地上演繹五彩繽紛的人間故事，證明了人的聰明。可是，倘若人用自己的作品把自己與上帝的作品隔離開來，那就是愚昧。倘若人用自己的作品排擠和毀壞掉上帝的作品，那就是褻瀆。

城市化的潮流不可阻擋，也不必阻擋。擺在我們面前的任務是，如何使城市化按照健康的方式進行，在城市與鄉村之間，在人類的作品與上帝的作品之間，在人與自然之間，達成最佳的和諧。

事實上，這原本就是中國先賢的追求。莊子向往的境界是，既可"與世俗處"，又能"獨與天地精神往來"。陶淵明鍾愛的生活是，雖然"結廬在人境"，卻能"悠然見南山"。當然，還有米芾，"城市山林"的題額凝練地表達了城市與山林合一的理想。

事實上，這原本就是人性的要求。人既需要動，也需要靜，在生命的活躍與靈魂的寧靜之間形成美好的平衡。因此，城市與山林的合一無疑是最適合人性的居住環境。

所以，我祝願華聯"城市山林"的規劃獲得圓滿成功，在切實保護好山林生態的前提下，使城市人享受到隱居山林的情趣。

　　所以，我祝願中國的改革順利進展，在發展的前提下逐步縮小貧富差距，使更多的普通人能夠住進不必在山林、但親近自然的明亮的居所。

（選自《善良·豐富·高貴》，黃山書社，2007 年）

作者介紹 周國平（1945- ），著名的作家、學者。周國平的代表作有《人與永恆》《妞妞：一個父親的札記》等。

A 選擇（答案不止一個）

1) 現代人所棲居的家園把人和大地分割開來，這是很 ＿＿＿ 的做法。

a) 聰明　　　　b) 愚蠢　　　　c) 不理智　　　　d) 巧妙

2) 對於人與自然的和諧境界，中國歷史上的先賢 ＿＿＿ 的表述值得我們借鑒。

a) 莊子　　　　b) 上帝　　　　c) 米芾　　　　d) 陶淵明

B 選擇

1) 這篇文章 ＿＿＿ 。

a) 描繪未來城市規劃的願景　　　b) 祝願華聯 "城市山林" 規劃取得成功

c) 提出健康的生活方式　　　　　d) 提供城鄉結合的新思路

2) 老子曰："人法地，地法天，天法道，道法自然。" 這句話的重點是 ＿＿＿ 。

a) 人要敬畏天地　　b) 人不能無法無天　　c) 天地之間人為大　　d) 自然規律不可違背

C 判斷正誤，並說明理由

人生活在大地上，大地哺育了人，它是人類永恆的家園。　　　　對　　錯

＿＿＿＿＿＿＿＿＿＿＿＿＿＿＿＿＿＿＿＿＿＿＿＿＿＿　　＿＿　＿＿

D 寫出字 / 詞的確切意思

在文本中……	這個字 / 詞……	文中的意思是……
1) "切斷了人的來路和歸宿"	"歸宿"	
2) "用自己的作品把自己與上帝的作品隔離開來"	"上帝的作品"	

E 回答問題

1) 人性的要求是什麼？人類適合怎樣的居住環境？

2) 作者對人們的居所環境有何期盼？

F 學習反思

以中國的一線城市北京、上海、廣州、深圳為例，城市中高樓林立，居民好似生活在石森林中，這完全把 "人類的作品" 與 "上帝的作品" 分隔開了。對此你有什麼看法？

新文化運動·五四運動·中國共產黨·中國國民黨

戊戌變法期間，中國創辦了第一所國立綜合性大學——京師大學堂（即今天北京大學的前身）。1905 年，慈禧太后下令廢除了在中國實行了一千三百多年的科舉制度。科舉制度廢除以後，中國開始借鑒西方及日本的教育制度。民國初期，中國的高等學府得到了進一步的發展，引進了開放的學風，注重培養學生獨立、自主的精神。這為五四運動的到來提供了人才準備。

伴隨着袁世凱復辟，社會上有一股復古逆流。為了喚起民眾，陳獨秀創辦了《新青年》雜誌。以陳獨秀、李大釗、魯迅為代表的先進知識分子在《新青年》上刊登文章，宣傳民主與科學，提倡白話文。《新青年》啟發了人們的民主覺悟，推動了現代科學在中國的發展，為五四運動的爆發奠定了思想基礎。

五四運動的爆發是以第一次世界大戰（1914 年 – 1918 年）的結束為背景的。在巴黎和會期間，西方列強將德國在中國山東的特權交給了日本。由於北洋政府在巴黎和會上外交失敗，1919 年 5 月 4 日，北京的青年學生、廣大民眾發動了遊行、請願等愛國運動。五四運動是中國人以團結的力量反對帝國主義和封建主義的愛國運動。五四運動的熱潮很快席捲了全國。從五四運動起，中國進入了新民主主義革命時期。

五四運動促進了馬克思主義理論在中國的傳播，對中國共產黨的誕生和發展起到了重要的作用。中國共產黨於 1921 年 7 月成立，在中國點燃了新的革命火種。毛澤東（1893 年 – 1976 年）是近現代中國歷史，乃至世界歷史中最重要的人物之一。他在學生時代就組織革命團體，五四運動前後接觸並接受了馬克思主義。1921 年，毛澤東出席了中國共產黨第一次全國代表大會。

中國國民黨是孫中山創建的一個中國政黨，其前身是中國革命同盟會。孫中山總結中國民主革命的經驗教訓，在 1924 年召開的國民黨第一次全國代表大會上改組了中國國民黨，確認了共產黨員以個人身份加入國民黨的原則。毛澤東和其他 23 位中國共產黨員參加了國民黨第一次全國代表大會。

古為今用 （可以上網查資料）

1) 北京大學的文理科在中國有著領先的地位，其學術傳統是"兼容並包、思想自由"。清華大學以工科為主，以"自強不息、厚德載物"為校訓，堅持"中西融匯、古今貫通、文理滲透"的辦學風格。初步了解了這兩所中國著名的高等學府後，你會考慮去那裏上大學嗎？為什麼？如果打算去的話，你會做哪些準備工作？

2) 魯迅先生是中國家喻戶曉的文學巨匠。他創作了諸多小説、散文、雜文、翻譯作品，對中國社會思想、文化發展產生了重大的影響。你曾經讀過魯迅的哪些作品？有何感想？

10 地理知識

景德鎮

景德鎮被人們稱為瓷都。景德鎮這個名字也和瓷器的製作有關。在宋真宗景德元年，因為生產出了質地優良的青白瓷器，所以用皇帝的年號"景德"將古鎮命名為"景德鎮"。

景德鎮

景德鎮的瓷器造型優美、花樣豐富、風格獨特，以"白如玉、明如鏡、薄如紙、聲如磬"而著稱。青花瓷、玲瓏瓷、粉彩瓷、顏色釉瓷合稱為景德鎮的四大傳統名瓷。

青花瓷藍白相映、怡然成趣、美觀大氣，被冠以"人間瑰寶"的美稱。青花瓷的製作要經過拉坯、利坯、施釉、畫坯和燒窯五道工序。拉坯是把器物的雛形做出來。利坯是對粗坯進行旋削，使之厚度均勻。施釉是在坯的內外上一層釉，使之光潤。畫坯是用青花料在坯胎上繪畫。燒窯是把坯胎放在一千三百度左右的窯裏燒製。

景德鎮的瓷器不僅聞名於中國，還享譽全世界。鄭和七次下西洋，把大批瓷器帶去了沿途的國家。現在很多國家的博物館中都收藏有景德鎮製造的精美瓷器。

造福後代 （可以上網查資料）

1) 最初，瓷器作為器皿供人們日常生活使用。現在，瓷器會派哪些用場？

2) 瓷器和絲綢是中國人民獻給世界的兩件寶物，這兩件寶物在一定程度上改變了人們的生活方式。請舉幾個例子說一說你的理解。

3) 很多歷史悠久、製作精美的瓷器價值連城。你認為古董收藏家花高價買古董瓷器值得嗎？為什麼？

第四單元複習

生詞

第十課							
項目	考察	犧牲	生態	惡化	貪圖	高額	毫無顧忌
搶奪	打破	平衡	顯現	災害	密不可分	洪災	砍
濫	伐	森林	植被	氾濫	低窪	農田	房屋
淹沒	財產	損失	傷亡	眼睜睜	摧毀	孰	深圳
標杆	為期	實地	獻計	獻策	添磚加瓦	主導	任職
公務員	各行各業	綜合	常識	有機	感知	低頭	抬頭
實物	形容	寧靜	偉大	敬畏	欲	祕訣	啟發
持續	命脈	逃脫	毀滅	厄運	迫在眉睫	坐以待斃	內陸
非盈利	昆蟲	禽	部門	監控	管制	力度	違章
違法	企業	懲罰					

第十一課							
大會	烏鎮	召開	召喚	屆時	出席	圍繞	探討
世紀	顯著	新興	絲綢之路	通道	沿線	窗口	夥伴
如火如荼	方興未艾	淘寶網	創立	零售	註冊	注入	支付寶
付賬	商務	即時	軟件	必將	活力	素	府
魚米之鄉	機遇	搭建	紅利	穩健	步伐	煥發	順利
範圍	引導	住宿	發放	就餐	補助	人身	保險
自願	性別	國籍	崗位	承擔	相應	熟練	運用
錄用	查看	遞交	以免	錯失			

第十二課							
空前	前所未有	敞開	心扉	擁抱	推進	保守	刃
低估	殺傷力	物極必反	極致	毋庸	置疑	局勢	逆轉
虛擬	天涯海角	拴	近在咫尺	陌路人	婚姻	形同虛設	支離破碎
生產	以往	手工	幅度	削減	在所難免	無所事事	頹廢
暴躁	失業	差距	矛盾	動蕩	病毒	對抗	變異
進化	狂人	狂妄自大	死亡	主宰	傳染	法則	一旦
基因	實現	永生	噩夢	為非作歹	亡命之徒	野蠻	行徑
估量	恐怖	災難	天方夜譚	冷靜			

短語／句型

- 環境問題引起了越來越多人的關注　•貪圖高額的商業利潤，毫無顧忌地搶奪自然資源
- 以犧牲環境為代價來發展經濟是生態環境日益惡化的根本原因　•打破生態平衡
- 環境破壞帶來的危害已經開始顯現　•近年來頻發的自然災害就與環境破壞有密不可分的關係
- 亂砍濫伐破壞了森林植被　•遇到強降雨引發河水氾濫　•低窪地區的農田和房屋被淹沒
- 眼睜睜地看着我們賴以生存的家園被摧毀　•是可忍，孰不可忍　•綠色城市的標杆
- 為我市的環保工作獻計獻策、添磚加瓦　•將理論學習與體驗感知有機地結合起來
- 感受自然的偉大與美好，產生敬畏之心和保護之欲　•可持續發展的命脈
- 誰也無法逃脫毀滅的厄運　•保護環境迫在眉睫　•絕不能坐以待斃　•開展多種非盈利環保教育項目
- 加強監控和管制力度　•對於違章、違法破壞環境的企業，施以必要的懲罰

- 屆時會有來自八十多個國家的代表出席大會　•互聯網對社會與經濟的影響日益顯著
- 圍繞數字經濟、互聯網與社會、交流合作等方面進行探討　•一種生活方式　•一種新的生態
- 新興經濟發展的“基礎設施”　•互聯網扮演着類似的角色
- 絲綢之路開啟了中西方交往的通道　•現在已經成為亞洲最大的網絡零售平台
- 各國將成為發展的夥伴與和平的夥伴　•互聯網經濟在中國的發展如火如荼、方興未艾
- 中國必將為世界互聯網經濟的發展注入更多活力　•烏鎮響應時代召喚
- 抓住歷史機遇　•讓更多的人在互聯網經濟中受惠、獲益　•享受互聯網所帶來的紅利、便利
- 使互聯網在前進的道路上邁着穩健的步伐，煥發出智慧的魅力　•購買人身意外傷害保險
- 身體及心理健康，性別不限，國籍不限　•滿足崗位的要求，承擔相應的職責

- 21世紀是科學技術空前發展的時代　•樂觀的人敞開心扉擁抱高科技
- 人工智能、生物科技等高科技給人類帶來了前所未有的影響　•高科技也是一把雙刃劍
- 在享受高科技帶來的便利的同時，也不能低估了它的殺傷力　•常言道：物極必反
- 科技發展到極致，毋庸置疑，其負面效應也會相伴而來，毀滅性的局勢將難以逆轉
- 通過互聯網與遠在天涯海角的人拴在一起，而近在咫尺的家人卻好似陌路人
- 導致婚姻形同虛設、家庭支離破碎、社會變成一盤散沙　•傳染了超級病毒卻是無藥可救的
- 恐怖的科學災難絕對不是天方夜譚　•違背自然界生老病死法則
- 如果這些高科技被為非作歹的亡命之徒掌握，誰都無法預測這些科學狂人會有什麼野蠻行徑
- 高科技可能對人類的未來造成難以估量的威脅　•人類不應該盲目地追求科技的快速發展

生詞

❶ 機不可失 jī bù kě shī can't afford to lose the opportunity

❷ 順 shùn obey　順應 shùnyìng comply with

❸ 多樣化 duōyànghuà diversify

❹ 潮 cháo tide　潮流 cháo liú trend (of social change)

❺ 倡議 chàng yì propose

❻ 致力 zhì lì be devoted to

❼ 互利 hù lì mutually beneficial

❽ 互惠 hù huì mutually beneficial

❾ 祉 zhǐ happiness　福祉 fú zhǐ good fortune

❿ 舉 jǔ act　舉措 jǔ cuò act; measure

⓫ 契機 qì jī turning point

⓬ 彰 zhāng obvious　彰顯 zhāngxiǎn obviously demonstrate

⓭ 逢 féng meet; come across　相逢 xiāngféng come across

⓮ 安寧 ān níng tranquil; peaceful

⓯ 號召 hào zhào call

⓰ 加快 jiā kuài speed up

⓱ 重點 zhòngdiǎn focal point

⓲ 增設 zēng shè put up additionally

⓳ 蒙古 měng gǔ Mongolia　蒙古語 měng gǔ yǔ Mongol language

⓴ 烏爾都語 wū ěr dū yǔ Urdu

㉑ 土耳其 tǔ ěr qí Turkey　土耳其語 tǔ ěr qí yǔ Turkish

㉒ 孟加拉 mèng jiā lā Bangladesh　孟加拉語 mèng jiā lā yǔ Bengali

㉓ 馬來語 mǎ lái yǔ Malay language

㉔ 複合 fù hé compound

㉕ 立體 lì tǐ multi-level

㉖ 模 mó model　模式 mó shì pattern; model

㉗ 貿（貿）mào trade　商貿 shāngmào business and trade

㉘ 成效 chéngxiào effect

㉙ 渠 qú channel　渠道 qú dào channel

㉚ 輸 shū transport　輸入 shū rù input

㉛ 針對 zhēn duì be aimed at

㉜ 圖 tú plan　力圖 lì tú strive

㉝ 跨 kuà go beyond

㉞ 事務 shì wù general affairs

㉟ 築 zhù construct　構築 gòu zhù construct

㊱ 橋樑 qiáoliáng bridge

㊲ 機制 jī zhì mechanism

㊳ 助教 zhù jiào teaching assistant

㊴ 燦（灿）càn 爛（烂）làn magnificent; splendid

㊵ 蘊（蕴）yùn profoundness　底蘊 dǐ yùn inner story

㊶ 賦（赋）fù bestow on　賦予 fù yǔ entrust

㊷ 風貌 fēngmào style and features

㊸ 輝（辉）huī splendour

㊹ 瑰麗 guī lì surpassingly beautiful

㊺ 滲（渗）shèn seep　滲透 shèn tòu permeate

㊻ 巷 xiàng lane; alley

街頭巷尾 jiē tóu xiàng wěi streets and lanes

㊼ 符 fú symbol　音符 yīn fú musical note

㊽ 殷 yīn profound

㊾ 切 qiè eager　殷切 yīn qiè eager

㊿ 等待 děng dài wait

1 聽課文錄音，做練習

A 選擇

1) 中國在哪年提出了"一帶一路"倡議？

    a) 三年前　　　b) 兩年前

    c) 2013 年　　d) 2018 年

2) 絲路外國語大學將在何時增開外語專業？

    a) 2018 年　　b) 今後五年內

    c) 2013 年　　d) 今年

3) 西安是個什麼樣的城市？

    a) 世界名城　　b) 摩登城市

    c) 百年古都　　d) 既古老又現代的城市

4) 西安有什麼獨特的魅力？

    a) 有現代化的街道　　b) 有民族村

    c) 有深厚的歷史底蘊　　d) 有文化節

B 選出四個正確的句子

絲路外國語大學首創"外語＋專業"的立體課程設計模式，_____。

☐ a) 能讓學生學習蒙古語、土耳其語、孟加拉語等外語

☐ b) 除了教授外語以外，還提供商科、歷史等其他專業課程

☐ c) 將採用自編教材，這樣更有針對性

☐ d) 會給學生提供開辦家教中心的機會

☐ e) 能讓學生熟練掌握外語，並擁有其他專業知識

☐ f) 能使學生在日後的跨文化交際中充分施展才華

☐ g) 將為學生創造在中國就業的機會

C 選擇（答案不止一個）

1) "一帶一路"倡議可以 _____ 。

    a) 為經濟發展提供新的契機　　b) 彰顯人類對美好未來的追求

    c) 建設一個合作平台　　d) 促進文明的互鑒

2) 在"一帶一路"的框架下，各國人民將 _____ 。

    a) 共享安寧的生活　　b) 和諧相處　　c) 相逢相知　　d) 體驗新的經濟模式

D 回答問題

1) 絲路外國語大學為什麼要增設外語專業？

2) 絲路外國語大學"外語＋專業"的立體課程將採用什麼教學模式？

3) 人們可以通過什麼方式查看招生信息？

學習外語，機不可失

順應世界多極化、經濟全球化、文化多樣化、社會信息化的發展潮流，秉持包容、開放的理念，2013年中國提出了"一帶一路"倡議，致力於建設一個互利、互惠的合作平台，為沿線各國人民帶來福祉。這一舉措可以為經濟發展提供新的契機，也可以促進文明的互鑒，還可以彰顯人類對美好未來的共同追求。在"一帶一路"的框架下，各國人民相逢相知，共享安寧、和諧、富裕的生活。

為了響應"一帶一路"的號召，配合"一帶一路"的需要，加快語言人才的培養是絲路外國語大學下一階段的重點工作。在今後的五年裏，學校將增設蒙古語、烏爾都語、土耳其語、孟加拉語、馬來語等更多的外語專業。

為了培養複合型人才，本校首創"外語＋專業"的立體課程設計模式，即除了語言學習以外，也十分重視學生對商貿、歷史、國際政治等專業知識的掌握。為了保證教學成效，本校採用多渠道輸入的教學模式，選用有針對性的教學材料。本校力圖將學生培養為熟練掌握外語，並且擁有專業知識的優秀人才，使學生在日後的跨文化交際及國際事務中更好地發揮作用。

本校的漢學院有很多來學習漢語的外國留學生。為了在學生之間構築起互幫互學的橋樑，本校設有互惠機制。舉例來說，漢學院有很多說蒙古語的留學生，他們在學習中文之餘，會為蒙古語專業的學生做家教或在蒙古語課當助教。這樣一方面蒙古語專業的學生可以跟講蒙古語的人直接交流，另一方面說蒙古語的留學生也有機會和中國學生練習漢語。

本校位於千年古都西安。西安是一座既古老又現代的城市，也是一座有着燦爛少數民族文化的城市。深厚的歷史底蘊賦予了西安獨特的魅力，老城的風貌與現代化建築交相輝映，瑰麗的少數民族文化滲透在古城的街頭巷尾。在西安學習、生活一定會給你難忘的體驗。

有意來絲路外國語大學學習外語的學生，請登錄學校網站（www.silu.edu.cn）查看相關招生信息。

"一帶一路"是各國共同參與的一支交響樂，希望你可以成為其中一個美麗的音符。絲路外國語大學殷切地等待你的到來！

絲路外國語大學
2018 年 3 月 2 日

2 根據實際情況回答問題

1) 你學中文的動力是什麼？你在學習中文的過程中遇到了哪些困難？請談一談你學習中文的經歷和感受。你覺得今後應該怎麼做才能把中文學得更好？

2) 你學簡體字還是繁體字？你對學習簡體字和繁體字有何看法？

3) 多學一門外語會有哪些好處？是否一定要去目的語國家才能把外語學好？你有沒有學外語的經歷和體會？學好一門外語，有哪幾個關鍵的因素？

4) 有些學外語的學生會利用假期去目的語國家一邊旅遊，一邊提高語言能力，一邊零距離接觸那個國家的文化。你認為這是個好主意嗎？為什麼？

5) 你高中畢業後會選擇空檔年嗎？如果讓你延遲一年上大學，利用這一年的時間去一個國家學習一門新的外語，你會做怎樣的選擇？為什麼？

6) 進入二十一世紀，中國成為世界第二大經濟體，到 2030 年將進入創新型國家前列。人們常說，工作在哪裏就往哪裏走。你會考慮以後去中國工作嗎？希望從事什麼樣的工作？請說一說你的計劃及理由。

7) 你對絲路外國語大學"外語 + 專業"的立體課程感興趣嗎？為什麼？複合型人才就業時有哪些優勢？你希望自己將來具備哪些專業知識和能力？

8) 在全球範圍內有很多國際組織，比如紅十字會、無國界醫生組織、國際救援隊等，這些國際組織都需要具備多國語言能力和國際視野的人才。如果讓你去國際組織做義工，你會怎樣推薦自己？

3 諺語名句

1) 三人行，必有我師焉。(孔子)

2) 學而時習之，不亦說乎？(孔子)

3) 學而不思則罔，思而不學則殆。(孔子)

4) 天時不如地利，地利不如人和。(孟子)

5) 窮則獨善其身，達則兼濟天下。(孟子)

6) 居安思危。思則有備，有備無患。(左丘明)

龜鶴延年

各位老師、同學：

早上好！

我今天演講的話題是中國"新四大發明"之一的高鐵。

上個月，我坐高鐵從上海到蘇州，全程大約 100 公里，最高時速達 307 公里，23 分鐘就安全抵達蘇州了。在火車上，我可以閱讀、與人交談，還可以四處走動。這次出行讓我親身體驗了中國高鐵的魅力。

2008 年，中國第一條從北京到天津的城際高鐵開始運營。這是中國第一條具有世界一流水平的高速鐵路。在過去十多年的時間裏，中國高鐵憑藉着高技術、高質量以及在安全上的競爭優勢，以舒適、平穩、方便的感受獲得了廣大乘客的青睞。高鐵是中國製造的一張靚麗的國家名片。

中國的高鐵發展之路並不平坦。技術人員克服了一個又一個技術難題，從氣溫低至零下 30 攝氏度的東北到氣溫超過 40 攝氏度的南方，再到海拔 3000 米以上的青藏高原，還要應對雪山、溶洞、暗河等複雜的地質環境。高鐵發展對技術的要求之高，在鐵路發展史上是絕無僅有的。2018 年，北京到瀋陽的高鐵啟動了智能自動駕駛系統試驗。這標誌着中國在自主創新的道路上取得了階段性成果，實現了關鍵核心技術的重大突破，在全球處於領先地位。

為什麼中國要發展高鐵？中國人口眾多，地域廣袤，鐵路交通是最好的選擇。高鐵具有準時、載量大、線路長、速度快、行駛安全、票價合理等優勢。縱橫交錯的高鐵網拉近了人與人、城市與城市之間的距離，讓人們的生活越來越便捷。不僅如此，高鐵也帶動了城市之間、區域之間的經濟和社會發展。

目前，中國擁有全球最長的高速鐵路網絡。中國的高鐵網絡已經實現了"四縱四橫"，未來規劃的"八縱八橫"將覆蓋更多地級市。這張綿密的高鐵網絡會把全國各地都連接起來。中國高鐵還將通過"一帶一路"倡議促進與世界其他國家的合作，為當地民眾帶來發展機遇和福祉。

中國高鐵發展至今，整體技術持續領跑世界。中國高鐵能跑多快、走多遠，還會帶給我們什麼驚喜，讓我們拭目以待。我願中國的高鐵技術有新的突破，更好地配合社會的進步和發展。

我建議大家下次去中國學習、旅行或探親訪友也搭乘高鐵。

謝謝大家！

A 寫出字 / 詞的確切意思

在文本中……	這個字 / 詞……	文中的意思是……
1) "中國高鐵獲得了廣大乘客的青睞"	"青睞"	
2) "高鐵是中國製造的一張靚麗的國家名片"	"靚麗"	

B 選擇 (答案不止一個)

1) 中國發展高鐵是因為 _____ 。

   a) 中國人多，高鐵一次能運載很多乘客

   b) 中國有世界最長的鐵路網絡

   c) 中國的高鐵技術世界領先

   d) 中國地方大，高鐵有線路長的優勢

2) 未來，中國的高鐵將 _____ 。

   a) 延伸到更遠、更廣的地區

   b) 編織一張連接全國各地的鐵路網

   c) 推出全球最快的自動化高速火車

   d) 把票價降得更低

C 配對

☐ 1) 乘坐中國的高鐵，

☐ 2) 在北京到瀋陽段高鐵，

☐ 3) 縱橫交錯的高鐵拉近了

☐ 4) 中國高鐵的快速發展

a) 人與人、城市與城市間的距離。

b) 走自主創新的道路，實現了關鍵核心技術的突破。

c) 帶動了經濟和社會的發展。

d) 乘客感覺舒適、平穩、方便。

e) 進行了智能自動駕駛系統試驗並取得了階段性成果。

f) 標誌着中國進入了高鐵時代。

D 判斷正誤，並說明理由

1) 中國的高鐵發展在技術上要求極高，這麼高的要求在鐵路發展史上從未有過。　　對　　錯

_____

2) 中國的高鐵發展到今天，其整體技術一直處於領先地位。

_____

E 回答問題

1) 關於中國的高鐵，作者有怎樣的親身體驗？作者為什麼極力向全校師生推薦高鐵？

2) 中國的高鐵發展克服了哪些技術難題？請舉例說明。

F 學習反思

1) 你以後去中國學習、旅行或探親訪友會選擇搭乘高鐵嗎？為什麼？

2) 很多發達國家的鐵路系統已經很老舊了，也沒有意願發展高鐵。你認為這是為什麼？你是否認為發展高鐵比發展航空業更環保？請發表你的看法。

關於在粵港澳大灣區規劃下進一步發展香港旅遊業的建議書

尊敬的旅遊發展局總幹事：

最近出台了一份關於粵港澳大灣區建設的報告。粵港澳大灣區將會覆蓋香港、澳門兩個特別行政區，以及廣州、深圳等九個城市。粵港澳大灣區聚集了中國的兩個一線城市——廣州和深圳，加上香港和澳門兩個國際都市，在一百多公里的距離內有四個超大城市，人口接近七千萬，這在世界範圍內也很罕見。

連接香港、珠海和澳門的港珠澳大橋今年通車，珠三角地區有 12 條地鐵在年內破土動工。預計到 2020 年，大灣區的交通設施將建成現代化綜合交通運輸網，使粵港澳大灣區形成"一小時生活圈"。

有了便利的交通網的支持，大灣區中的超級城市集聚將形成互補經濟，經濟快速發展、生活水平迅速提高。有專家表示，在五年之內粵港澳大灣區在國民生產總值的總量上將會超越紐約灣、舊金山灣和東京灣這三個世界級大灣區。

粵港澳大灣區將給香港帶來極佳的商機和發展的契機，同時也會給香港的旅遊業帶來積極的影響。香港這顆"東方之珠"是世界聞名的旅遊城市，享有"購物天堂""美食天堂"之美譽。在粵港澳大灣區發展的大背景下，香港應該把握良機，擬定適合本地旅遊業發展的方向及規劃。就此，我們香港旅行社總會擬定了"一程多站"的方案。

一、推出粵港澳圈內旅遊線路套餐，開發個性化旅遊，豐富在港體驗。

- 深度文化遊：深入挖掘香港本地的歷史和習俗文化。
- 活力香港遊：體驗地道的香港娛樂、運動、美食、藝術等特色項目。
- 特色節日遊：組織民俗節、音樂節、動漫節等特色活動。
- 醫療一站遊：體驗先進、舒適的醫療服務。

二、開發新型的休閒站點，配以優質的住宿和旅遊服務。

- 建設新的主題公園，提供新鮮的概念式旅遊。
- 開發度假村，推廣回歸自然、身心健康等理念。

香港作為國際化大都市必將在粵港澳大灣區中發揮重要且特殊的作用，這也給香港進一步發展旅遊業提供了絕佳的商機。懇請旅遊局考慮我們的建議，加快香港旅遊業的發展。我們堅信，香港將釋放更大的旅遊市場潛力。

此致

敬禮

香港旅行社總會

2018 年 7 月 10 日

A 寫出字/詞的確切意思

在文本中……	這個字/詞……	文中的意思是……
1)"最近出台了一份關於粤港澳大灣區建設的報告"	"出台"	
2)"使粤港澳大灣區形成'一小時生活圈'"	"一小時生活圈"	

B 選擇

1) 這篇文章採用的文體是 _____ 。

 a) 通知

 b) 正式書信

 c) 新聞報告

 d) 建議書

2) 這篇文章的目的是 _____ 。

 a) 説服香港政府發展旅遊業

 b) 建議旅遊局規劃香港旅遊業的發展方向

 c) 介紹粤港澳大灣區的發展方向

 d) 介紹粤港澳大灣區的旅遊發展新方向

C 選擇 (答案不止一個)

1) 粤港澳大灣區的優勢有 _____ 。

 a) 龐大的人口紅利

 b) 超級城市集聚

 c) 發達的現代化交通運輸網

 d) 高度發達的旅遊業

2) 為配合粤港澳大灣區的發展,香港應該 _____ 。

 a) 開發新的旅遊項目

 b) 組織有特色的活動

 c) 開辦遊客醫院

 d) 重建原有的著名旅遊景點

D 配對

□ 1) 粤港澳大灣區聚集了

□ 2) 粤港澳大灣區將促進

□ 3) 粤港澳大灣區的建設

□ 4) 香港作為國際化大都市

□ 5) 香港應該抓住絕佳的商機,

a) 將給香港帶來新的發展機會。

b) "購物天堂"和"美食天堂"之美譽。

c) 香港、澳門和九個內地城市。

d) 將會在粤港澳大灣區中發揮特殊的作用。

e) 經濟的快速發展,提高人們的生活水平。

f) 進一步釋放更大的旅遊市場潛力。

g) 這在世界範圍內純屬罕見。

E 回答問題

1) 粤港澳大灣區包含了哪兩個國際化大都市?

2) 粤港澳大灣區將如何打造"一小時生活圈"?

F 學習反思

1) 你認為超大城市會給人們的日常生活帶來哪些問題?

2) 你今後希望去粤港澳大灣區學習、工作、生活嗎?為什麼?

要求　世界上有幾千種語言，每種語言都有一個複雜的表達系統。中國幅員遼闊，方言眾多，有"十里不同音"的說法。帶着歷史印記的方言是考證人類社會發展的重要資料，是十分寶貴的文化遺產。方言作為中華民族的集體記憶，應該好好地保護起來，供後人學習、研究。在大力推廣普通話的大背景下，很多方言已經很少有人會講了。還有一些方言正在消失。是否應該保護方言成了大家關注的焦點。請就是否應該保護方言，應該如何保護方言發表看法。

例子：

你：　中國的每一種方言都是中華文化發展的見證，不管失去哪一種方言，我們的歷史、文化都將不完整。方言就是鄉音，方言的消失等同於"家鄉味道"的消失。

同學1：我同意。二三十年前，上海大力推廣普通話，孩子在學校説普通話，到了家裏也説普通話，很多小孩都不會説上海話了。近十年，上海開始恢復上海話。在公交車上，報站時先説普通話，然後説英語，最後説上海話。我最近看到電視上的一則新聞報道，離上海不遠的蘇州也採取了相同的方式恢復蘇州話。

……

你可以用

a) 我們希望交流方便、通暢，所以大力推廣普通話。如果坐在一起開會，每個人都説不同的方言，會很難溝通。但是，推廣普通話和保護方言並不矛盾。採取措施保護好方言，可以讓我們更好地了解和傳承中華文化。

b) 方言有着普通話難以替代的地位。比如某些特定的表達，方言更自然、貼切、精確，而且蘊含着豐富的情感。若換作説普通話，可能情感的表述就沒那麼到位了。

c) 普通話只有四個聲調，其他一些方言有更多的聲調，比如廣東話有九個聲調。這反映出語言本身的豐富性。

d) 在中國，有的方言只有不到一兩千人在使用了，這樣的方言需要保留嗎？從文化意義的角度看，應該保留，而從經濟效益的角度看，這種方言確實已經沒有多大保留價值了。

7 寫作

要求 曾幾何時，中國是個"自行車王國"。那時候，航空、鐵路、公路交通都相當落後。經過幾十年的發展，中國一躍成為世界交通大國。中國的交通設施發展迅猛。地鐵是大城市解決交通擁堵的最佳選擇之一。四通八達的高速公路網幾乎覆蓋了全國各地。新建的橋樑和隧道刷新着世界紀錄。中國的高鐵世界領先，憑藉技術先進、安全可靠、票價合理、換乘方便等優勢受到乘客的青睞。民用航空也發展成為一種大眾化的交通工具。你所居住的城市要興建一座反映本地交通設施變化的博物館。請為該館做一本小冊子。

你可以寫：

- 過去的交通狀況
- 現在的交通狀況
- 未來的交通狀況

例子：

上海交通設施經歷了天翻地覆的變化

背景：

上海是中國的經濟中心，也是一座國際大都市。近四十年，上海的交通設施發生了翻天覆地的變化。城內，上海有中國第一條磁浮列車。上海的城市軌道交通發展迅速，有十幾條地鐵線，實現了市區與周邊區域的連接。向外，上海浦東機場是一座大型國際機場，聯通全球幾十個國家和地區約三百個通航點。上海的鐵路交通也很發達，有多條高鐵通向全國各主要區域，還能直達北京和香港。……

你可以用

a) 以前，上海的馬路都很窄。那時候，馬路上大多是公共汽車、貨車和自行車，很少有私家車。自行車是人們日常出行的交通工具。每個家庭至少有一輛自行車，有的家庭有好幾輛自行車。在上下班高峯時段，浩浩蕩蕩的自行車隊組成了一道奇特的風景線。

b) 經過改革開放幾十年的發展，上海人的生活水平得到了快速的提高，很多家庭都買了私家車。由於上海人口眾多，停車和堵車都成了大問題，所以政府很重視地鐵的修建。

c) 為了配合上海與周邊的交通發展，市政府提出了一系列發展規劃。上海將增加鐵路、高鐵的對外通道，打造城鄉軌道交通網，提升航空客運和貨運能力。在環保方面，上海將倡導綠色出行，提高能源利用效率以減少交通污染。上海還將推廣新科技在交通領域的應用研究。

柏林牆是被音樂電視摧毀的嗎（節選）　　　星雲大師　劉長樂

星雲大師：

一位觀眾在鳳凰電視台看了關於我與劉長樂先生的對話後寫道："我不太明了的是，節目的名稱叫《包容的智慧》，但整個節目中並沒有怎樣觸及智慧。但當我靜下心來思索時，突然開悟：'包容的智慧是什麼？不就是包容嗎？對，智慧就是包容！'"

中國詞語意味無窮，包容不僅意味着平和、寬容，也經常有另外一些意思：眼開眼閉，難得糊塗，吃虧是福。還講究忍讓、苟且、退守，即所謂的"妥協"。

妥協是一條路徑，變通是一種境界。佛教本身就很會妥協，有時妥協是成功最重要的因素之一。我雲遊世界各地弘法，記得有一次在美國康奈爾大學講演，該校一位約翰‧麥克雷教授在敍談時說道："你來美國弘法可以，但是不能開口閉口都是中華文化，好像是故意為征服美國文化而來的。"當時我聽了心中就有一個覺悟：我應該要尊重別人的文化，我們來到這裏只是為了奉獻、供養，如同佛教徒以香花供養諸佛菩薩一樣。大家常說，讓一分山高水長，退一步海闊天空，就是這個意思。

還有人把戰勝對手當成成功的標誌，其實，真正的制勝之道，不在於屈人之兵，而在於化敵為友。

長樂先生：

在釋迦牟尼、孔子、蘇格拉底那個時代，古希臘、以色列、中國和印度的古代文化都發生了"終極關懷的覺醒"。換句話說，這幾個地方的人們開始用理智的方法、道德的方式來面對這個世界，同時也產生了宗教。它們是對原始文化的超越和突破。而超越和突破的不同類型決定了今天西方、印度、中國、伊斯蘭不同的文化形態。

遺憾的是，在兩千多年之後的當代，東西方文化產生了一些嚴重的衝突、分歧和對立。恐怖主義、自殺式襲擊、隔離牆、定點清除等等。死亡與戰爭，像影子一樣跟隨着人類，面對這些嚴重的危機，東西方的一些有識之士提出了相互依存的思路。但是怎樣才能讓人們真正認識到誰也離不開誰呢？包容的思想為我們提供了一些新的思維方式。

（選自《包容的智慧》，湖南人民出版社，2013 年）

作者介紹 星雲大師（1927- ），俗名李國深。星雲大師 1967 年在台灣創建佛光山。他的代表作有《人生就是放下》《世間最大的力量是忍耐》等。

A 選擇（答案不止一個）

1) "包容" 的意思有 ＿＿＿ 。

    a) 忍讓   b) 較勁   c) 不計較   d) 吃虧就是佔便宜

2) 美國一位教授在跟星雲大師敍談時說道："你來美國弘法可以，但是不能開口閉口都是中華文化，好像是故意為征服美國文化而來的。" 這位教授想說 ＿＿＿ 。

    a) 要尊重美國當地的文化   b) 宗教人士不應有文化傾向性

    c) 美國文化會被中國文化同化   d) 不應該在美國開口閉口說中國文化

B 選出四個正確的句子

從這兩段談話中，我們能領會到 ＿＿＿ 。

☐ a) "包容的智慧" 歸根結底就是兩個字：包容

☐ b) 包容這個詞語意味無窮，含有平和、寬容等意思

☐ c) 與其打倒對手，還不如跟對手交朋友，化敵為友才是明智的處世之道

☐ d) 跟其他國家的人打交道時，要特別注意尊重別人的文化

☐ e) 制止戰爭的唯一方式是讓各方都意識到要相互依存的現實，而不是忍讓、妥協

C 配對

☐ 1) 難得糊塗 | a) 睜開眼才能看清楚。

☐ 2) 海闊天空 | b) 聰明一世，糊塗一時。

                   | c) 該明白的時候明白，該裝糊塗的時候裝糊塗。

                   | d) 睜開眼睛，認識世界。

                   | e) 形容無邊無際。

D 回答問題

1) 在星雲大師看來，什麼是成功的重要因素？

2) 面對文化上的衝突、分歧和對立，劉長樂先生提出了什麼思路和建議？

E 學習反思

1) 星雲大師說："還有人把戰勝對手當成成功的標誌，其實，真正的制勝之道，不在於屈人之兵，而在於化敵為友。" 你同意這種說法嗎？請舉例說明。

2) 在歷史的長河中，不同的宗教和文化的差異引致了嚴重的衝突、分歧和對立。人類應該怎樣在全球化的大環境下取得和解？請舉例說明。

國共合作·北伐戰爭·日本侵華

1924 年，國民黨第一次全國代表大會重新解釋了三民主義，與共產黨建立了統一戰線，開始了第一次國共合作（1924 年 1 月 – 1927 年 7 月）。大會上還決定建立中國國民黨陸軍軍官學校——黃埔軍校。孫中山任命蔣介石（1887 年 – 1975 年）為黃埔軍校校長兼粵軍總司令部參謀長。

蔣介石是中國近代史上一個重要人物，對中國近代史的進程有極為重要的影響。蔣介石的夫人宋美齡是"民國第一家族"——宋氏家族的幼女。她也是中國近代傑出的政治家、外交家，是蔣介石的外交助手。宋美齡的父親宋耀如曾經資助孫中山進行革命。宋家次女宋慶齡是孫中山的夫人，有非常高的威望。

北洋政府腐敗無能，人民生活水深火熱。1926 年，中國國民黨領導的國民政府發動了反對北洋軍閥的革命戰爭——北伐戰爭。蔣介石為北伐軍的總司令。1928 年國民革命軍攻克北京。同年，軍閥張作霖在東北被日軍刺殺，其子張學良宣佈易幟，效忠國民政府。至此，北伐戰爭宣告勝利，中國實現了形式上的統一，南京政府正式成為統治全國的合法政府，蔣介石逐漸確立了個人獨裁統治的地位。

1927 年，以蔣介石為代表的國民黨新右派製造了一系列事件，瘋狂屠殺共產黨員、革命群眾和國民黨左派，第一次國共合作破裂。1930 年至 1931 年，蔣介石調動大量兵力對中國共產黨的革命根據地連續發動了三次軍事圍剿，都以失敗告終。

1931 年 9 月 18 日發生的九一八事變是日本在中國東北蓄意發動的一場侵華戰爭，也是日本侵華的開端。九一八事變後，蔣介石推行"攘外必先安內"政策，對日本妥協退讓，集聚兵力圍攻共產黨的革命根據地。1932 年 2 月，東北全境淪陷。1932 年 3 月，日本在東北建立了偽滿洲國傀儡政權，溥儀為元首。自九一八事變起，日本對東北人民進行了長達 14 年的奴役和統治。

黃埔軍校

古為今用 （可以上網查資料）

1) 黃埔軍校是中國近代最著名的軍事學校，培養出了許多指揮官和軍事人才。進入 21 世紀後，中國在軍事領域取得了哪些重大的進展？請列舉空軍和海軍兩大領域的發展成就。

2) 蔣經國是蔣介石的長子，在他任職期間台灣成為"亞洲四小龍"之一。蔣經國在推動台灣經濟建設和發展的過程中推行了十大建設。這些建設涉及到哪些行業？請舉幾個例子說明。

3) 宋家三姐妹宋靄齡、宋慶齡和宋美齡分別嫁給了中國歷史上的三個重要人物，宋靄齡嫁給了孔祥熙，宋慶齡嫁給了孫中山，宋美齡嫁給了蔣介石。1997 年上映的《宋家皇朝》以宋家三姐妹作為歷史的見證人講述了中國歷史上動盪不安的政局。如果有機會，你會去看這部電影嗎？

10 地理知識

平遙古城

山西的平遙古城是一座具有兩千多年歷史的文化名城。1997 年，整座古城被列入世界文化遺產。

明朝初年，為防禦外族侵擾，平遙古城開始修築城牆。1703 年，平遙古城築起了四面大城樓，城牆變得更加壯觀。平遙古城的城牆長六千多米，高約十二米，歷經幾百年的風雨滄桑，至今雄風猶存。

平遙古城

古城內街道、商鋪、民宅仍保持着明清傳統的佈局與風格。城內有四條主要的街道，高大敞亮的商鋪沿街而建。南大街是古城中最繁忙的商業街，清朝時控制着全國一半以上的金融機構。城內的民宅多是青磚灰瓦的四合院，左右對稱、層層遞進、整齊有序。精巧的木雕、磚雕和石雕配以傳統的剪紙、窗花和壁畫，使整座古城呈現出一派古樸渾厚的風貌。

平遙古城每年都舉辦精彩紛呈的民俗活動，讓人目不暇接。模擬在水中駕船的旱船表演，滑稽詼諧；踩着高蹺的舞步動作，驚險刺激；隨着音樂起伏的舞獅表演，壯觀喜慶。精彩的表演與古城風貌交相輝映，構成了一幅具有民族特色的美妙圖畫。

造福後代 （可以上網查資料）

1) 世界上還有哪些城市保留着古城風貌？你認為保護古城對保持傳統文化有什麼作用？

2) 平遙古城和西安的古城牆被完好地保存了下來。保護好古城牆在現今社會有什麼現實意義？

3) 北京的古城牆有幾百年的歷史。從 1952 開始，北京的外城城牆陸續拆除。目前，北京明城牆遺跡只剩下兩處。假如古城牆完整地保留下來，會給今天的北京增添何種光彩？

當代中國

生詞

27

① 復興 (fù xīng) revive

② 民生 (mínshēng) the people's livelihood

③ 舉世 (jǔ shì) throughout the world

④ 矚（瞩）(zhǔ) gaze 舉世矚目 (jǔ shì zhǔ mù) attract worldwide attention

⑤ 乃至 (nǎi zhì) and even

⑥ 形勢 (xíng shì) situation; circumstances

⑦ 演 (yǎn) develop; evolve 演變 (yǎnbiàn) evolve

⑧ 縱 (zòng) longitudinal 縱觀 (zòngguān) take a panoramic view of

⑨ 晰 (xī) clear 清晰 (qīng xī) clear

⑩ 重 (chóng) layer 重重 (chóngchóng) layer upon layer

⑪ 磨難 (mó nàn) hardship

⑫ 生生不息 (shēngshēng bù xī) living things will multiply endlessly

⑬ 生機 (shēng jī) vitality

⑭ 勃勃 (bó bó) thriving 生機勃勃 (shēng jī bó bó) vibrant with life

⑮ 頑（顽）(wán) persistent 頑強 (wánqiáng) indomitable

⑯ 周邊 (zhōubiān) neighbouring

⑰ 博採眾長 (bó cǎi zhòngcháng) collect extensively

⑱ 蓄 (xù) store 兼收並蓄 (jiānshōubìng xù) incorporate things of diverse nature

⑲ 漫 (màn) extensive 漫長 (màncháng) very long

⑳ 川 (chuān) river 海納百川 (hǎi nà bǎi chuān) accommodating

㉑ 範 (fàn) model; example 風範 (fēng fàn) demeanour

㉒ 謙和 (qiān hé) modest and amiable

㉓ 度 (dù) tolerance 氣度 (qì dù) magnanimity

㉔ 造就 (zào jiù) bring up

㉕ 煌 (huáng) bright 輝煌 (huī huáng) magnificent

㉖ 盛 (shèng) flourishing; prosperous

㉗ 自由 (zì yóu) freedom ㉘ 外籍 (wài jí) foreign nationality

㉙ 使者 (shǐ zhě) envoy

㉚ 僧 (sēng) monk 僧人 (sēngrén) monk

㉛ 貿易 (mào yì) trade

㉜ 胸懷 (xiōnghuái) heart; mind

㉝ 奉 (fèng) believe in 信奉 (xìn fèng) believe in

㉞ 汲 (jí) draw (water) 汲取 (jí qǔ) draw; derive

㉟ 養分 (yǎng fèn) nutrient

㊱ 睿 (ruì) be farsighted 睿智 (ruì zhì) wise and farsighted

㊲ 根基 (gēn jī) foundation

㊳ 髓 (suǐ) marrow 精髓 (jīng suǐ) marrow ㊴ 匯集 (huì jí) collect

㊵ 尖 (jiān) pointed 尖端 (jiānduān) most advanced

㊶ 承前啟後 (chéngqián qǐ hòu) a link between what goes before and what comes after

㊷ 繼往開來 (jì wǎng kāi lái) carry forward the cause and forge ahead into the future

㊸ 關鍵 (guānjiàn) key

㊹ 淡 (dàn) indifferent; cool 淡定 (dàndìng) calm

㊺ 從容 (cóngróng) calm; unhurriedly ㊻ 看待 (kàn dài) look upon; treat

㊼ 理智 (lǐ zhì) sensibly ㊽ 立足 (lì zú) keep a foothold

㊾ 振 (zhèn) boost 振興 (zhènxīng) vitalize

㊿ 奮發 (fèn fā) exert oneself (51) 人本主義 (rénběnzhǔ yì) humanism

(52) 順從 (shùncóng) obey (53) 民意 (mín yì) popular will

(54) 民心 (mín xīn) common aspiration of the people

(55) 可親 (kě qīn) amiable (56) 重返 (chóng fǎn) return to

(57) 舞台 (wǔ tái) stage; arena (58) 一如既往 (yì rú jì wǎng) as always

(59) 道路 (dào lù) road; path (60) 康莊大道 (kāngzhuāng dà dào) broad road

1 聽課文錄音，做練習

A 選擇

1) 中國有多少年的文明史？

    a) 兩千年   b) 五千年

    c) 一千年   d) 上萬年

2) 絲綢之路的起點在哪裏？

    a) 長安   b) 東方

    c) 西方   d) 中國

3) 踐行中國夢的根基是什麼？

    a) 悠久的歷史   b) 複雜的國際形勢

    c) 輝煌的過去   d) 傳統文化的睿智

4) 二十一世紀的今天，中國正處在什麼時期？

    a) 不斷創新   b) 繼往開來

    c) 共同開發   d) 同心同德

B 選出四個正確的句子

在歷史長河中，中華民族 ＿＿＿＿ 。

☐ a) 歷經了重重磨難，但是中華文明生生不息

☐ b) 以海納百川的風範創造了燦爛輝煌的古代文明

☐ c) 秉持開放和包容的心態向其他民族學習

☐ d) 有着頑強抗爭的精神

☐ e) 淡定從容地看待世界

☐ f) 推崇開放性和包容性

☐ g) 堅持公平競爭，以優越的待遇吸引外國的高尖端人才

C 選擇（答案不止一個）

1) 中華民族的偉大復興會對 ＿＿＿＿ 產生深遠的影響。

    a) 中國的未來   b) 古代文明的探究   c) 絲路的開發   d) 世界形勢的演變

2) 盛唐時期，長安 ＿＿＿＿ 。

    a) 社會風氣相當開放   b) 已經是當時世界上最大的國際化都市

    c) 是東西方貿易往來的見證   d) 見證了絲路沿線各國、各民族的文化交流

D 回答問題

1) 經過改革開放幾十年的建設，中國在哪些方面取得了巨大成就？

2) 中國人信奉"古為今用，洋為中用"，請解釋這句話的意思。

3) 為什麼說中國是一頭和平的、可親的獅子？

老師們、同學們：

早上好！

我今天要講的話題是中華民族的偉大復興。經過改革開放幾十年的建設，中國在政治、經濟、科技、交通、民生等方面都取得了舉世矚目的成就，開啟了歷史的新篇章。中華民族的偉大復興對中國的未來乃至世界形勢的演變都會產生深遠的影響。

縱觀中國五千年的文明史，我們可以清晰地看到雖然經歷了重重磨難，但是中華文明生生不息，生機勃勃，一直延續至今。中華文明有如此頑強的生命力，原因何在？就在於其所推崇的開放性和包容性。自夏朝起，華夏民族就秉持開放與包容的心態與周邊各族互相交流、博採眾長、兼收並蓄。在漫長的歷史長河中，中國以海納百川的風範和謙和有禮的氣度，造就了輝煌燦爛的古代文明。以絲綢之路的起點長安城為例，盛唐時期國力強大，社會風氣自由開放，來到長安的外籍商人、使者、學生、僧人有上萬人之多。作為當時世界上最大的國際化都市，長安是東方和西方貿易往來、文化交流的重要見證，也是中華文明開放、包容的胸懷的完美體現。

中國人信奉"古為今用，洋為中用"。中國善於從古老的智慧中汲取養分，長於從外來的文化中尋找幫助。傳統文化的睿智是踐行中國夢的根基所在，西方文化的精髓又在不斷為中國注入新鮮的血液。改革開放以來，中國與世界各國的交流合作日益加強。現在中國各大城市都匯集了大量國內外高尖端的人才，他們是中國發展的有力保障。

在二十一世紀的今天，中國正處於承前啟後、繼往開來，實現中華民族偉大復興的關鍵時刻。逐步走向富強的中國會以更加開放、包容的心態，淡定從容地看待世界，成熟理智地處理國際事務。中國在立足本國，朝着國家富強、民族振興、人民幸福的目標奮發努力的同時，會與各國一起秉持人本主義，順從民意民心，共同創建和平美好的未來。

中國這頭東方睡獅已經醒來，但是一頭和平的、可親的獅子。中國正在以大國風範重返世界舞台，會一如既往地堅持和平發展的道路，同各國一起走互利共贏的康莊大道，為人類文明建設做出貢獻。

謝謝大家！

2 根據實際情況回答問題

1) 通過"一帶一路"，中國希望跟沿途國家一起發展經濟，互惠互贏，共創繁榮。這能給各國帶來哪些好處？

2) 在世界經濟一體化的大背景下，各國的經濟互相依存，依賴性更強了。你認為這是好事還是壞事？為什麼？

3) 在世界範圍內，很多富裕國家也有貧富差距。以你自己的國家或者你熟悉的國家為例，政府是通過什麼措施縮小貧富差距的？這些措施有效嗎？你有什麼更好的建議？

4) 中國以海納百川的風範、謙和有禮的氣度造就了輝煌燦爛的古代文明。你認為其他國家是否也可以借鑒中國成功的經驗？世界各國，無論大國還是小國、強國還是弱國，應該攜手共創美好的世界。你覺得這個願望能實現嗎？為什麼？

5) 中國人信奉"古為今用，洋為中用"。中國人善於從古老的智慧中汲取養分，長於從外來的文化中尋找幫助。請舉例說明中國人是怎麼做的。這對其他國家的人民有何借鑒意義？

6) 人才是第一資源。中國在經濟快速發展的同時推出了"千人計劃"，以吸引世界高尖端人才。世界上其他國家有沒有類似的人才吸引計劃？請舉例說明。

7) 在經濟快速發展的過程中會產生很多問題，比如食品安全、環境污染等。你覺得政府應該怎樣做才能平衡經濟發展和民生問題？

8) 進入二十一世紀，全球範圍內的局部戰事遠遠沒有結束。戰爭對兒童造成了直接和間接的傷害與威脅。作為生長在和平國家的年輕人，我們能為這些飽受硝煙折磨的無辜孩子做些什麼？

3 諺語名句

1) 讀書破萬卷，下筆如有神。（杜甫）

2) 但願人長久，千里共嬋娟。（蘇軾）

3) 誰知盤中餐，粒粒皆辛苦。（李紳）

4) 夕陽無限好，只是近黃昏。（李商隱）

5) 業精於勤，荒於嬉。（韓愈）

6) 書山有路勤為徑，學海無涯苦作舟。（韓愈）

鶴壽松齡

http://blog.sina.com.cn/zhixingblog
知行的博客

儒釋道是中華傳統文化的精髓　(2018-6-15 19:30)

❶　中國有着幾千年的文明史，儒釋道對中華傳統文化的影響滲透到社會的方方面面，深刻影響着中國人的思想、行為和規範。也許是機緣巧合，這三家的鼻祖幾乎出生於同一時代。在漫長的歷史長河中，這三位聖人受到後人的敬仰和崇拜，他們的思想影響着千千萬萬的中國人。

❷　儒家尊孔子為聖人，儒者入世也，有以儒治世之說。孔子主張人要躊躇滿志、志存高遠，也就是做事要先立下志向，有一腔抱負。如果想成就事業，努力和付出是必需的，還要經受磨難和困苦。一個人經歷了磨難而逐漸成熟、成長，最終水到渠成，厚積薄發。儒家以正氣為根基，只有浩然正氣才能壓倒邪氣。

❸　佛家鼻祖為釋迦牟尼，釋者出世也，有以佛治心之說。佛家講究的是清淨，正如《金剛經》所說"一切有為法，如夢幻泡影"。佛教強調要放下欲望，放下自我，擺脫私心的束縛，超脫外界的追逐。佛家的根本是靜氣，要看透一切，放下一切。

❹　道家創始人為老子，道者遊世也，有以道治身之說。道家着眼於"大"，即大眼界成就大氣象。真正的大氣可以通天徹地，一氣貫通而天地和。另一位道家學派的代表人物莊子說過"天地與我並生，而萬物與我為一"。有了這種眼界和氣象，為人處世自然大氣豪邁。道家以大氣為基，氣不大不足以容天地。

❺　道家以"道"為核心，對中國哲學思想的形成影響深遠。老子曰："人法地，地法天，天法道，道法自然"，意思是人以地的法則運行，地以天的法則運行，天以道的法則運行，道以自然的法則運行，所以萬物的最高屬性是自然法則。只有順應了自然法則，人與萬物、天地與道合為一體，才會呈現天清地寧、風調雨順、山嶽穩固、萬物繁榮的景象。老子的這一精闢概括可謂道家思想精華之所在，是千古不易的做人做事的法則，深刻地揭示了人們"回歸自然、天人合一"的自然大道。

❻　雖然儒釋道各異，但殊途同歸。三教合一，相輔相成，相得益彰，是中華民族文化的支柱。依照儒釋道的真諦去做，便能實現南懷瑾大師所說的人生最高境界，即佛為心、道為骨、儒為表。讓我們一起努力追求儒釋道的最高境界吧！各位有什麼看法？歡迎給我留言。

閱讀（101）┊評論（67）┊收藏（8）┊轉載（18）┊喜歡▼┊打印

A 在第 2 段中找出意思最接近的詞語

1) 形容對自己取得的成就心滿意足：_____

2) 比喻有條件之後事情自然會成：_____

3) 形容只有準備充分才能辦好事情：_____

B 選擇（答案不止一個）

1) 儒釋道三教 _____ 。

　　a) 是中華傳統文化的精髓　　　　b) 影響着中國人的行為和規範

　　c) 是中華民族文化的支柱　　　　d) 的影響滲透到中華文化的各個層面

2) 儒家主張人要 _____ 。

　　a) 眼高手低　　b) 追求遠大的理想　　c) 經歷磨煉才能成長　　d) 奮鬥，要願意付出

3) 佛教強調人要 _____ 。

　　a) 回歸自然　　b) 看得透，放得下　　c) 追求崇高的目標　　d) 超脫外界的追逐

C 配對

□ 1) 道家以 "道" 為核心，　　　　　a) 中國的哲學思想形成了深遠的影響。

□ 2) 莊子也是道家的代表人物，　　　b) 人與萬物、天地與道才能合為一體。

□ 3) 在道家的觀點中只有順應了自然法則，　c) 着眼於 "大" ，有大眼界才有大氣象。

□ 4) 道家認為做到了 "天人合一" 才會　d) 萬物的最高屬性是自然法則。

　　　　　　　　　　　　　　　　　　e) 呈現人類與大自然和諧共存的景象。

　　　　　　　　　　　　　　　　　　f) 他主張為人處世要大氣、有氣度。

D 判斷正誤，並說明理由

　　　　　　　　　　　　　　　　　　　　　　　　　　　　　　對　　錯

1) 巧得很，孔子、釋迦牟尼和老子幾乎出生於同一個時代。

_____　　____　____

2) 在漫長的歷史長河中，中國人非常崇敬儒釋道三家的鼻祖。

_____　　____　____

E 回答問題

哪位聖人的話揭示了 "回歸自然、天人合一" 的道家思想精華？

F 學習反思

1) 讀了這篇文章後，你對儒家、佛家和道家有了哪些新的認識？

2) 你今後是否會追求南懷瑾大師所說的人生最高境界，即佛為心、道為骨、儒為表？為什麼？

精準扶貧，成效顯著

霞光下，村莊稀疏地散落在褐色的山溝裏，村屋頂上升起裊裊的炊煙。凌風、松濤和我靜靜地站在山頂上俯瞰着這片為之傾盡心血的土地，不禁感慨萬千。這時，一切言語都是多餘的。

由於乾旱少雨、土地貧瘠，靠天吃飯成了所有人的宿命。在我們的記憶中，乾涸的田地裏寸草不生，光禿禿的山上黃土飛揚，村民們的生活非常艱苦。近幾十年，大部分的年輕人都待不下去了，相繼離開村莊外出打工，留下的只有老人和孩子。

我和凌風、松濤是發小兒，一起在大山裏長大。在大學裏，凌風專攻生物工程，松濤學習金融管理，我主修教育和心理學。我們仨只有一個念頭：學成後一起返鄉，用我們的知識、青春和雙手把荒地窮溝變成青山綠水，讓父老鄉親早點兒擺脫貧苦的日子，報答養育我們的土地和親人。

在國家精準扶貧政策的大環境下，我們滿懷豪情壯志，回到村裏甩開臂膀大幹一場。在鄉政府、銀行、村委會和村民的幫助下，我們進行了實地考察。經過多次協商後，我們達成了共識，制定出一套“靠山吃飯”的整體規劃：連片開發，機械化耕作，科技化種植，農林牧並舉，同步發展教育、養老為一體的現代新型農業園區。我們跟村民一起修公路、打水井、築水池、鋪管道、開荒山、建雞場、搭溫室……憑着改變家鄉落後現狀的美好願望，通過信息共享、項目幫扶、技術指導、資金支持來發展產業化經營模式，我們引導、帶領着村民腳踏實地地朝着致富的目標努力。

如今的家鄉發生了翻天覆地的變化。山上栽植了核桃樹、棗樹、蘋果樹等特色經濟林果，還種植了雲杉、海棠等景觀樹種。一眼望去，綠油油的樹叢中點綴着沉甸甸的果實，喜悅的心情躍然升起。山坡上放養着走地雞，家家戶戶飼養着品種優良的肉羊，日光溫室大棚裏種植了各式蔬菜……一切都超出了村民的預料和想像。在村裏，我們還開辦了幼兒園、小學和養老院。我任院長，當上了他們的“頭兒”。看到孩子在整潔、乾淨的環境中學習、玩耍，老人們在舒適、溫馨的小院中頤養天年，在外打工的青壯年紛紛返鄉加入到我們建設家鄉的隊伍中來。

五年了，我們不忘初心，每天都在為實現當初那個質樸的願望而打拚。看着日益變化的村貌和臉上洋溢着滿足感的村民們，我們心裏美滋滋的。

A 寫出字／詞的確切意思

在文本中……	這個字／詞……	文中的意思是……
1)"我和凌風、松濤是發小兒"	"發小兒"	
2)"我任院長，當上了他們的'頭兒'"	"頭兒"	
3)"我們心裏美滋滋的"	"美滋滋"	

B 選出四個正確的句子

規劃制定好以後，他們仨跟村民一起 _____ 。

☐ a) 打水井、建水池、鋪設管道、修築公路

☐ b) 把荒山開發出來種植林果和景觀樹種

☐ c) 搭建日光溫室大棚種蔬菜和水果

☐ d) 為每家每戶在山上建養雞場

☐ e) 幫助家庭飼養優良品種的肉羊

☐ f) 開辦幼兒園、小學和養老院

C 選擇 (答案不止一個)

1) 他們三個人靠着 _____ 把荒山窮溝變成了青山綠水。

　　a) 青春熱血　　　b) 勤勞努力

　　c) 專業知識　　　d) 投資

2) 在制定規劃之前，他們 _____ 。

　　a) 先達成了共識　　b) 做了實地考察

　　c) 修建了公路　　　d) 農林牧並舉

D 配對

☐ 1) 他們三人回鄉工作是

☐ 2) 帶領村民致富的關鍵是

☐ 3) 根據當地原有的自然資源，

☐ 4) 看到了家鄉的巨變，

☐ 5) 經過了五年的努力，

a) 擁有信息、技術、資金等方面的優勢。

b) 村貌發生了巨大的改變。

c) 努力實現致富目標。

d) 在外打工的青壯年陸續返鄉加入建設大軍。

e) 採用機械化耕作、科技化種植等模式。

f) 他們摸索出了可行的產業化經營模式。

g) 希望用雙手報答養育他們的土地和親人。

E 回答問題

1) 從哪些地方可以看出以前山村的經濟條件很差？

2) 經過五年的艱苦奮鬥，家鄉的面貌有了哪些改變？請舉兩個例子。

F 學習反思

如果有機會去貧困地區幫助當地百姓脫貧，你願意去嗎？你想為那裏的人做些什麼？

要求

由東北師範大學與世界價值觀調查協會聯合舉辦的"共建人類命運共同體視野下的當代世界價值觀與價值觀教育"國際學術論壇於 2018 年 6 月 20 日在長春召開。本次論壇堪稱是世界範圍內價值觀研究的一次盛會，匯聚了來自 21 個國家，20 餘位價值觀研究及價值觀教育領域的著名學者。什麼是世界價值觀？世界價值觀是超越國界、民族，適用於不同膚色、語言、背景、宗教、信仰的人，集各國、各民族值得繼承並具有現實意義的價值觀。請跟大家分享你認為值得弘揚、繼承並具有現實意義的優秀價值觀。

例子：

你：　價值觀的形成受到特定的歷史發展歷程和思維方式的影響。一個民族的基本價值觀會在潛移默化中扎根於人們的心中，支配着人們的言行舉止。一個民族的價值觀是不容易改變的，也是很難讓另一個民族全盤接納的。

同學 1：中國人普遍認同的價值觀深受儒家思想的影響。儒家學說倡導"天下為公"的"大同世界"，即天下為大家所共有，社會充滿光明。儒家還推崇"仁、義、禮、智、信"。"仁"就是要有一顆愛心，人人友愛，天下就太平了。"義"指做公正、合理的事。"禮"就是要重視禮節，講禮貌。"智"是智慧的意思，指擁有大智慧。"信"就是要講信譽，言行一致。"仁、義、禮、智、信"是中國價值體系中核心的要素。

……

你可以用

a) 西方崇尚理性、科學，注重邏輯。西方的價值觀強調以個人為主體，實現個人利益，維護個人尊嚴。西方的價值觀主要體現為民主、自由、人權。西方人比較獨立，以稱呼為例，他們對長輩直呼其名，和對同事、朋友的稱呼一樣。

b) 中國人深受儒家、道家、佛教思想的影響。中國人強調集體觀念，集體的利益高於個人的利益，個人要服從集體。中國人注重輩分、尊重長輩。在行為上，中國人比較含蓄、委婉，做事情要考慮周全，"三思而後行"。在家庭觀念上，中國人特別看重血緣親情，孝順父母，愛護兄弟姐妹，有濃厚的宗族思想。對待朋友、老鄉也充滿深深的情誼。

7 寫作

要求 隨着全球化步伐的加快，各國之間的互動更加頻繁、文化交流更加深入。各國希望增進了解、加強合作以達到共融，這已成為大趨勢。整個世界正在朝着"多元一體化"的方向邁進。在這個"地球村"裏，每個國家都應該是平等的。那麼，是什麼把各國聯繫在一起呢？我認為是普世價值觀。請就"普世價值觀"發表你的看法。寫一份演講稿，在校會上做演講。

你可以寫：

• 什麼是"普世價值觀"

• 怎樣成為名副其實的"地球村"中的一員

例子：

各位老師、同學：

　　早上好！

　　我們正處在全球化的大時代。科技的快速發展、經濟"你中有我，我中有你"的格局加速了全球化的進程，世界正在變成一個"地球村"，不同文化間的交往日益頻繁。在這個過程中，肯定會有陣痛、磨合、調整，甚至衝突，但是我們只要認準了大目標、大方向，不斷努力，就一定能攜手共創美好未來。

　　我相信"普世價值觀"能讓不同國家、地區，不同膚色、語言、背景、信仰的人走到一起。世界文化是多姿多彩的，但同時又是一體的，普世價值觀就是我們的最大公約數。……

你可以用

a) 今時今日，由於人類相互交往、相互依存的程度加深，人類文化也相互影響。面對不同的文化時，我們應當求同存異。在保持自己文化特色的同時，我們應該秉持包容、開放的心態。只有這樣，大家才能和睦共處、合作共贏。

b) 世界文化一體化的重點在一個"和"字。中國人崇尚"和而不同"。即使有猜忌、摩擦、衝突，只要秉持"以和為貴"的原則，就能消除隔閡，取得和解，共創和諧氛圍。

c) 孔子說："己所不欲，勿施於人"，意思是你自己都不願意做的事，也不應該強求別人做。你也許幫不了別人，但至少不要為難別人。要多做利人利己、互利雙贏的事。

d) 中國人深受儒家倡導的"中庸之道"的影響。"中庸之道"指的是做人要保持中正、平和，做事講究恰當、適中，不要過火、偏激。凡事要適可而止，比如享欲不要太過、待人不要太苛、用物不要太奢等。"中庸之道"是中國人的道德標準。

從一個微笑開始　　劉心武

又是一年春柳綠。

春光爛漫，心裏卻絲絲憂鬱絞纏，問依依垂柳，怎麼辦？不要害怕開始，生活總把我們送到起點，勇敢些，請現出一個微笑，迎上前！

一些固有的格局打破了，現出一些個陌生的局面，對面是何人？周遭何冷然？心慌慌，真想退回到從前，但是日曆不能倒翻，當一個人在自己的屋裏，無妨對鏡沉思，從現出一個微笑開始，讓自信、自愛、自持從外向內，在心頭凝結為坦然。是的，眼前將會有更多的變數，更多的失落，更多的背叛，也會有更多的疑惑，更多的煩惱，更多的辛酸，但是我們帶着心中的微笑，穿過世事的雲煙，就可能沉着應變，努力耕耘，收穫果實，並提升認知，強健心弦，迎向幸福的彼岸。

地球上的生靈中，惟有人會微笑。羣體的微笑構築和平，他人的微笑導致理解，自我的微笑則是心靈的淨化劑。忘記微笑是一種嚴重的生命疾患。一個不會微笑的人可能擁有名譽、地位和金錢，卻一定不會有內心的寧靜和真正的幸福，他的生命中必有陰蔽的遺憾。

我們往往因成功而狂喜不已，或往往因挫折而痛不欲生，當然，開懷大笑與嚎啕大哭都是生命的自然悸動，然而我們千萬不要將微笑遺忘，惟有微笑能使我們享受到生命底蘊的醉味，超越悲歡。

他人的微笑，真偽難辨，但即使是虛偽的微笑，也不必怒目相視，仍可報之以一粲；即使是陰冷的奸笑，也無妨還之以笑顏。微笑戰鬥，強似哀兵必勝，那微笑是給予對手的飽含憐憫的批判。

微笑毋庸學習，生而俱會，然而微笑的能力卻有可能退化。倘若一個人完全喪失了微笑的心緒，那麼，他應該像防癌一樣，趕快採取措施，甚至對鏡自視，把心底的溫柔、顧眷、自惜、自信絲絲縷縷揀拾回來，從一個最淡的微笑開始，重構自己靈魂的免疫系統，再次將胸臆拓寬。微笑吧！在每一個清晨，向着天邊第一縷陽光；在每一個春天，面對着地上第一針新草；在每一個起點，遙望着也許還看不到的地平線……

相信吧，從一個微笑開始，那就離成功很近，離幸福不遠！

（選自《劉心武說世道人心》，中國青年出版社，2007 年）

> **作者介紹** 劉心武（1942- ），著名的作家、紅學研究家。劉心武的代表作有《班主任》《鐘鼓樓》等。

A 寫出字/詞的確切意思

在文本中……	這個字/詞……	文中的意思是……
1)"我們往往因成功而狂喜不已"	"狂喜不已"	
2)"往往因挫折而痛不欲生"	"痛不欲生"	

B 選擇（答案不止一個）

1) 微笑的魅力極大，_____ 。

   a) 自我的微笑能淨化心靈　　　b) 羣體的微笑能營造平和的氣氛

   c) 開懷大笑能消除心中的煩惱　d) 他人的微笑能化解誤會，促進理解

2) 笑有好幾種，有 _____ 。

   a) 憤怒的微笑　　b) 虛偽的微笑　　c) 猙獰的微笑　　d) 陰冷的奸笑

C 判斷正誤，並說明理由

有了微笑，一個人想不成功、不幸福都難。　　　　　　　　　　對　　錯

_____　　_____　_____

D 選出四個正確的句子

對於那些瞻前顧後，害怕打開新局面的人，作者給出的忠告是 _____ 。

☐ a) 生活總會把你送到起點，自己要挺起胸，勇敢向前

☐ b) 千萬別想着往後退，日子總歸是一天一天向前過的

☐ c) 只要心中帶有微笑、沉着穩健、奮發圖強，就能到達幸福的彼岸

☐ d) 人生雖有酸甜苦辣，但只要心裏有定力就能看清前進的方向

☐ e) 看着鏡子，現出微笑，重拾自信

E 配對

☐ 1) 微笑應該是發自　　　　　a) 因為微笑的能力是與生俱來的。

☐ 2) 微笑能使人們享受　　　　b) 內心的自信、自愛、自持。

☐ 3) 人們毋須學怎樣微笑，　　c) 那就要趕緊行動起來，重拾心底的温柔、自惜、自信。

☐ 4) 如果不再有微笑，　　　　d) 生命底蘊的醉味，超越悲傷與歡喜。

　　　　　　　　　　　　　　　e) 坦誠、沉着、強健的姿態構築平和的氛圍。

　　　　　　　　　　　　　　　f) 雖然退化了，但千萬別將它遺忘。

F 回答問題

一個不會微笑的人，他的內心可能是怎樣的？

G 學習反思

如果你希望打破固有的格局，你會用"微笑"來開啟新生活嗎？請舉例説明。

紅軍長征·抗日戰爭

共產黨領導的紅軍第五次反國民黨圍剿失利。1934 年 10 月，紅軍被迫離開中央革命根據地，開始了萬里長征。在長征途中，紅軍走過草地，翻過雪山，經過了 14 個省，翻越了 18 座大山，進行了 380 多次戰鬥，行程約兩萬五千里。1936 年 10 月，紅軍三大主力在甘肅會師，長征勝利結束。

紅軍長征

蔣介石消極抗日的政策引起了社會各界的強烈不滿。1936 年 12 月 12 日，國民黨愛國將領張學良和楊虎城在西安發動了西安事變，扣留了蔣介石。在中國共產黨和各方的努力下，西安事變得到和平解決，蔣介石被迫接受停止內戰、聯共抗日。

1937 年 7 月 7 日，日軍在北京盧溝橋附近以尋找失蹤士兵為藉口向中國守軍開槍射擊，發生了震驚中外的盧溝橋事變，也叫七七事變。七七事變是中國全國抗戰的開始。1937 年 9 月，蔣介石承認共產黨的合法地位，形成抗日民族統一戰線，開啟了第二次國共合作。

抗日戰爭期間，中國人民經歷了大大小小無數次戰役，死傷慘重。1937 年 8 月開始的淞滬會戰是抗日戰爭中的第一場大型會戰，也是抗日戰爭中規模最大、戰鬥最慘烈的一場戰役。1937 年 9 月平型關戰鬥的勝利打破了日軍不可戰勝的神話。1937 年底日軍攻陷了南京，發動了慘無人道的南京大屠殺，三十多萬手無寸鐵的無辜中國人被日本軍隊殘暴殺害。

1941 年 12 月 7 日，日本偷襲美國太平洋海軍艦隊基地珍珠港。12 月 8 日，美國、英國向日本宣戰，從此中國不再獨立對日作戰。1943 年 11 月，美、英、中三國政府首腦羅斯福、丘吉爾、蔣介石在埃及首都開羅舉行會議，之後發表《開羅宣言》。《開羅宣言》中規定日本要歸還佔領中國的所有領土，包括東北四省、台灣及澎湖羣島等。1945 年 7 月，美、英、中三國共同發表了《波茨坦公告》，敦促日本投降。1945 年 8 月 6 日和 9 日，美國在日本的廣島、長崎投下了兩顆原子彈。1945 年 8 月 15 日，日本宣佈無條件投降。

抗日戰爭是第二次世界大戰的重要組成部分。從 1931 年九一八事變開始到 1945 年日本投降的 14 年抗日戰爭中，中國軍民傷亡達 3500 多萬人，中國直接、間接經濟損失達 6000 多億美元。

古為今用 （可以上網查資料）

1) 張學良和楊虎城發動西安事變的目的是什麼？西安事變結束後，張學良的政治前途如何？

2) 《開羅宣言》在涉及中國疆土方面有哪些決定？

3) 《波茨坦公告》的主要內容有哪些？

10 地理知識

宣城

宣城地處安徽省東南部，有兩千多年的歷史，文化底蘊十分深厚。宣城走出了著名的思想家胡適、畫家吳作人等多位文化名人。這裏還有文房四寶之鄉的美譽。

宣城

文房四寶指筆、墨、紙、硯四種中國古代傳統的書畫用具。宣城所產的宣紙、宣筆、徽墨、宣硯十分有名，備受人們追捧。

宣紙是用於創作中國傳統書畫的特殊紙張，迄今已有一千五百多年的歷史了，因為原產於宣城，所以名為宣紙。製作宣紙的原材料是青檀樹皮和稻草。宣紙的潤墨性為中國傳統的書法和國畫作品增色不少。由於不易變色、少被蟲蛀、易於保存，宣紙有"紙中之王，千年壽紙"之稱。

寫書法、畫國畫用的毛筆又叫宣筆。據記載，公元前 223 年，秦國將領蒙恬經過宣城，發現那裏兔子的兔毛很長、質地很好。於是，蒙恬對毛筆進行了改良，將筆桿一端鏤空，將兔毛的筆頭置入腔內。這樣做出來的毛筆穩定性好，方便書寫。這就是宣筆的鼻祖。

造福後代 （可以上網查資料）

1) 胡適是中國著名的思想家、文學家、哲學家，因領導了新文化運動而聞名於世。胡適認為人生在於奮鬥，即使在困境中，也要保持樂觀和自信。你對胡適的樂觀主義有何看法？

2) 吳作人是中國著名的畫家。他師從徐悲鴻先生，是中國美術界的又一位領軍人物。請上網查一查吳作人的畫作，並說一說你對中國國畫藝術的看法。

3) 你喜歡中國的書法嗎？你會去學寫毛筆字作為新的興趣愛好嗎？為什麼？

生詞 29

① shí zhuāng 時裝 fashionable dress

② xiù 秀 show

③ mí nǐ 迷你 mini

④ zǔ guó 祖國 motherland

⑤ cuǐ càn 璀璨 resplendent

⑥ tòng xīn 痛心 saddened

⑦ fū sè 膚色 complexion

⑧ qí 歧 different　qí shì 歧視 discriminate against

⑨ mó 摩 rub; scrape　mó cā 摩擦 friction

⑩ cháng cǐ yǐ wǎng 長此以往 if things go on like this

⑪ jǐ 擠 (挤) exclude　pái jǐ 排擠 exclude

⑫ gé gé bú rù 格格不入 incompatible

⑬ niǔ 扭 twist　niǔ qū 扭曲 twist

⑭ wàng zì fěi bó 妄自菲薄 have a sense of inferiority

⑮ zhǔ liú 主流 main trend

⑯ méng 蒙 cover

⑰ bì 蔽 cover　méng bì 蒙蔽 deceive

⑱ kě qǔ 可取 desirable

⑲ jǐng 井 well

⑳ wā 蛙 frog

　jǐng dǐ zhī wā 井底之蛙 person with a very narrow outlook

㉑ qīng 傾 tendency　qīngxiàng 傾向 tendency

㉒ yī cún 依存 depend on somebody or something for existence

㉓ qīngxǐng 清醒 regain consciousness

㉔ xiá 瑕 defect　wú xiá 無瑕 flawless

　wánměi wú xiá 完美無瑕 perfect

㉕ cuì 粹 essence　jīng cuì 精粹 essence

㉖ zāo pò 糟粕 waste or useless matter

㉗ shuài 率 hasty　qīngshuài 輕率 hasty

㉘ quán pán 全盤 overall

㉙ chì 斥 repel; exclude　pái chì 排斥 exclude

㉚ chén 辰 time　shòuchén 壽辰 birthday (of an elderly person)

㉛ zhēn 箴 advise　zhēnyán 箴言 advice

㉜ dà tóng 大同 Great Harmony

㉝ jīnghuá 精華 essence

㉞ xiānmíng 鮮明 clear-cut

㉟ pīn hé 拼合 piece together

㊱ shèng huì 盛會 grand assembly

㊲ jù huì 聚會 gathering

㊳ guó bié 國別 a particular country

㊴ xíng tài 形態 formation

　yì shí xíng tài 意識形態 ideology

㊵ zǔ gé 阻隔 cut off

㊶ jiān 肩 shoulder

㊷ fù 負 bear; shoulder

　jiān fù 肩負 undertake; shoulder

A 選擇

1) 作者倡議將"多元文化節"定於幾月幾號？

   a) 六月十日   b) 二月一日

   c) 十月一日   d) 二月十二日

2) 作者建議"多元文化節"舉行什麼活動？

   a) 民樂演奏   b) 時裝表演

   c) 雜技表演   d) 現代歌舞表演

3) 被排擠的學生心理會產生什麼變化？

   a) 自卑   b) 狂妄自大

   c) 看不起別人   d) 自我蒙蔽

4) 費孝通十六字箴言的重點是什麼？

   a) 尊重自己   b) 天下大同

   c) 坦誠交流   d) 欣賞對方

B 選出四個正確的句子

在二十一世紀，世界變成了地球村，各個國家和民族應該 _____ 。

☐ a) 認識到意識形態的差異，排斥不同的文化

☐ b) 意識到沒有一種文化是完美的

☐ c) 尊重外國獨特的文化並全盤接受

☐ d) 承認世界文化的多樣性，對文化有清醒的認識

☐ e) 用理智的心態來對待不同的文化

☐ f) 避免成為井底之蛙，這樣才有利於各國的交往

☐ g) 借鑒中國傳統的"和而不同"的觀念

C 選擇（答案不止一個）

1) 知行國際學校好似一個迷你聯合國，學生來自 _____ 。

   a) 世界上各個民族   b) 世界各地   c) 中國不同的地方   d) 很多不同的國家

2) 多元文化節的目的是 _____ 。

   a) 消除隔閡、坦誠交流   b) 擔任文化的使者

   c) 搭建理解、包容的橋樑   d) 了解各民族的文化

D 回答問題

1) 為什麼説知行國際學校是個非常良好的學習環境？

2) 為什麼有些學生在學校遭受到歧視？

3) 國際文憑課程倡導什麼理念？

關於舉辦多元文化節的倡議書

尊敬的老師們、同學們：

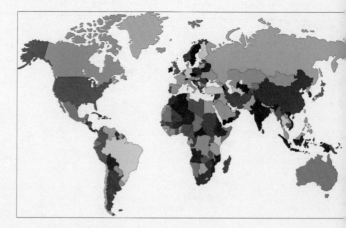

我們學生會在此倡議將每年的六月十日定為學校的"多元文化節"。我們可以在多元文化節舉行各個國家、各個民族的時裝秀、藝術展、歌舞表演等文化交流活動。

我們知行國際學校好似一個迷你聯合國，有來自世界各地的學生。每個學生都是自己祖國與民族璀璨文化的代表。這是非常良好的學習環境。然而，令人感到痛心的是由於膚色、文化、信仰等方面的不同，有些學生遭受到歧視，摩擦和衝突時有發生。這與國際文憑課程倡導的"多元一體"的理念相矛盾，也不利於同學們的學習與成長。長此以往，受到排擠的同學會覺得格格不入，可能產生心理扭曲，變得妄自菲薄，或者盲目崇拜主流文化，而另一些同學則會變得狂妄自大，蒙蔽自我，看不到其他文化的可取之處，可能成為井底之蛙。無論是哪種傾向，都不利於同學們的身心健康。

在二十一世紀，世界變成了地球村，各個國家、各個民族你中有我，我中有你，相互依存。我們可以借鑒中國傳統的"和而不同""和諧相生"觀念，用理智的心態來對待不同的文化。另外，我們應該清醒地認識到，世上沒有一種文化是完美無瑕的，都有精粹和糟粕。無論是哪種文化，都不能輕率地全盤接受，也不能情緒化地盲目排斥。

在處理多元文化的關係方面，我們十分認同費孝通先生在八十歲壽辰上提出的十六字箴言："各美其美，美人之美，美美與共，天下大同。""各美其美"指的是每個民族的文化都有自己的精華，首先要尊重自己民族的文化。"美人之美"指的是要尊重其他民族的文化，承認文化的多樣化。"美美與共，天下大同"的意思是各個民族的文化都能以其鮮明的特色豐富世界的文化，拼合起來，能夠使世界充滿生機和活力，可以構築出理想中的大同美。

多元文化節將會是我們學校的一場盛會，是多元文化的一場聚會。任何國別背景、文化傳統、意識形態的差異都無法阻隔我們坦誠地交流。讓我們攜手同行，搭建起理解、包容、欣賞的橋樑，肩負起世界和平建設者的職責。

　　此致

敬禮

知行國際學校學生會
5月2日

2 根據實際情況回答問題

1) 你所在的地區有沒有"多元文化節"？如果讓你發起、組織一個"多元文化節"，你有何打算？請具體說一說。

2) 由於通訊的高度發達，各國的文化得到廣泛傳播，各地的生活方式、價值觀得到更多人的了解。在你們學校有沒有推廣、弘揚各國文化的活動？如果有，辦得怎麼樣？效果如何？

3) 西方的一些理念和價值觀受到很多年輕人的追捧。如果全球傳承單一文化，信奉單一價值觀，是好事還是壞事？在你們學校有沒有主流價值觀？其他國家的價值觀有沒有受到尊重？

4) 一個國家或一個民族在社會發展的過程中形成了自己獨特的文化。多元文化是指各民族的文化都得到同等的重視、尊重，以及平等的對待。在全球化的國際大背景下，應該怎樣提倡多元文化？

5) 世界上沒有一種文化是完美無瑕的，都有其精華和糟粕。以你們國家或地區的文化作為例子，其中有哪些優秀的文化值得其他國家學習？

6) 無論是哪種文化，都不能輕率地全盤接受，也不能情緒化地盲目排斥。請從其他國家的文化中找到值得學習的地方，並說一說可以怎樣將之付諸實踐。

7) 在世界範圍內，飢餓仍然伴隨着人類。如果讓你給自己國家的政府提一些切實可行的建議，你會說些什麼？

8) 在二十一世紀的今天，局部戰爭給國家和人民帶來巨大的損失、災難和痛苦。如果讓你在聯合國發表"世界人民渴望和平"的演講，你會說些什麼？

3 諺語名句

1) 欲窮千里目，更上一層樓。（王之渙）

2) 野火燒不盡，春風吹又生。（白居易）

3) 人有悲歡離合，月有陰晴圓缺。（蘇軾）

4) 但知行好事，莫要問前程。（馮道）

5) 天生我材必有用，千金散盡還復來。（李白）

6) 山重水複疑無路，柳暗花明又一村。（陸游）

鶴髮童顏

在全球化的框架下

"全球化"這個熱門話題有着諸多定義。通常意義上的全球化是指各國聯繫不斷增強,國與國之間在政治、經濟、貿易上相互依存。在全球化的框架下,可以視全球為一個整體。

全球化這個大概念跟普通老百姓並沒有直接的關聯,因為人們所關心的是每天的柴米油鹽。唯一能覺察到的是由於人員往來暢通、頻繁,世界各地出現了很多融合了不同民族、語言、文化、宗教、意識形態的城市或地區。

我在香港出生、長大。香港可謂是個"小聯合國"。雖然香港的主要居民是中國人,但是來自世界各地的人都可以在這裏平等地學習、工作、居住。我接觸到的很多英國教師二十出頭就來到香港執教了,退休後也不回英國,他們已經把香港當作自己的家了。節慶最能體現全球化給人們帶來的改變。中國人過春節,在香港的外國人也入鄉隨俗給小孩、未婚人士發紅包。聖誕節,每個公共場所都裝扮得很有節日氣氛,不同背景、信仰、種族的人都沉浸在節慶的喜悅之中。

高中畢業後,我選擇去新加坡上大學。新加坡算得上是全球化的典範。新加坡社會在化解了種族誤會、摩擦、衝突後尋找到了最大公約數,即國家認同感,締造了種族和諧共存的局面。新加坡政府特別強調"新加坡人"的身份,淡化種族、宗教特徵。在新加坡的社區,不同種族的人按照比例搭配居住。除了新加坡國慶日以外,春節、開齋節、屠妖節、聖誕節等傳統節日也是公眾假期,也都熱烈慶祝。

今年暑假,我去了中東的迪拜度假。一天晚上,我在迪拜塔旁邊的人工湖邊觀看世界最大的音樂噴泉。看着噴灑的水柱伴隨着張學友的歌《吻別》挪動着優雅的舞步,我覺得普通話唱詞格外親切。我難掩心中的喜悅,跟身邊的遊客攀談了起來。站在我左邊的是兩個來自埃及的年輕遊客,身穿阿拉伯服裝;我右邊是一個來自津巴布韋的年輕小伙子,在當地工作;我後邊是印度的一家四口,來這裏度假。我主動用英文向他們介紹了《吻別》的歌詞大意。我們雖然說不同的語言、來自不同的民族,但是大家都能欣賞美好的音樂。生活在地球村,人們對美的追求是相同的。

全球化使不同國家的人有機會一起學習、工作、生活,這是一個多麼和諧的世界啊!

A 寫出字 / 詞的確切意思

在文本中……	這個字 / 詞……	文中的意思是……
1) "人們所關心的是每天的柴米油鹽"	"柴米油鹽"	
2) "新加坡社會尋找到了最大公約數"	"公約數"	

B 選擇 (答案不止一個)

1) 香港居民 _____ 。

  a) 都是中國人

  b) 多是中國人，也有其他國籍的人

  c) 以中國人為主

  d) 外籍人佔多數

2) 在香港 _____ 。

  a) 中國人也過西方的節日

  b) 西方人也過中國的節日

  c) 外籍人士只過他們自己的節日

  d) 從節慶可以看出全球化的影響

C 判斷正誤

☐ 1) 新加坡是全球化的典範，其經驗適用於任何一個國家。

☐ 2) 新加坡政府用國家認同感締造了一個種族和諧的社會。

☐ 3) 為了淡化種族、宗教矛盾，新加坡政府特別強調 "新加坡人" 的身份。

☐ 4) 新加坡的社區很有特色，不同種族的人按比例入住社區。

☐ 5) 在新加坡，各個種族的人都只慶祝屬於自己種族的傳統節日。

☐ 6) 春節、聖誕節、開齋節、屠妖節都是新加坡的公眾假期。

D 配對

☐ 1) 伴隨着中文歌，

☐ 2) 在異國他鄉，作者

☐ 3) 在迪拜塔人工湖邊上，

☐ 4) 生活在地球村的人們

☐ 5) 音樂噴泉的觀看者聽不懂中文歌詞的意思，

a) 自告奮勇翻譯中文歌詞。

b) 聽到中文歌感到格外親切、欣喜。

c) 音樂噴泉噴灑的水柱挪動着優雅、動人的舞步。

d) 穿着不同的服飾，説着不同的語言。

e) 觀看音樂噴泉的人來自不同的國度。

f) 但是他們同樣能欣賞優美的旋律。

g) 對美的追求和對音樂的理解是共通的。

E 回答問題

1) 全球化給各國帶來了哪些影響？

2) 普通老百姓在哪些方面可以覺察到全球化的影響？

F 學習反思

全球化對你來説意味着什麼？你認為全球化是好事還是壞事？請舉例説明。

全球化的利與弊

各位老師、同學：

早上好！

我今天要講的話題是全球化的利與弊。

全球化指全球聯繫不斷增強，是人類社會發展的一種現象。不論在科技、經濟，還是在文化、價值觀等方面，全球化都在以潤物細無聲的方式一點點地改變着人們的生活。

全球化使人們對信息的獲取更加便捷。隨着全球化進程的加快，各個國家之間的交流日益頻繁，實現了在全球範圍內信息和資源的共享。哪個國家的動物園添丁進口了、哪位領導人成功連任了、哪裏的自然災害需要國際救援了、哪顆人造衛星被送上太空了⋯⋯小到雞毛蒜皮，大至天文地理，人們足不出戶就能將世界各地的最新資訊收入囊中。

全球化讓人們餐桌上的美食愈發豐富。歐美食客舉着烤串細細品味，中國食客拿着漢堡大快朵頤，這些場景成了街頭常事。飯店不只出售單一的菜品：西餐館的後廚房可以製作出地地道道的中國酒釀小圓子，中餐館也有了芝士黃油焗蔬菜⋯⋯眼花繚亂的菜式滿足了人們對不同口味的喜好和需求。

全球化給人們的娛樂生活添姿增色。從平面到立體，從真實到虛擬，人們的各種感官都被調動了起來。風靡全球的捕捉寵物小精靈的手機遊戲，讓身處不同地域的人一起廢寢忘食地享受着同一份精彩。除了各種聯機遊戲，各國的體育賽事、電視連續劇等都為人們的休閒生活增添了不少樂趣。

然而，全球化是一把雙刃劍，在讓人們的溝通更便捷、生活更開放的同時，它本身也有很多弊端需要我們正視。

快餐文化受到年輕一代的喜愛，快餐使得兒童、年輕人的肥胖率上升。人們追捧一些西方的節日，而忽略了對本民族傳統文化的傳承。有些經濟運作制度、規則、秩序對於發展中國家是不公平的。發展中國家的傳統工業也可能受到衝擊。全球化還加劇了世界經濟發展的不平衡，導致貧富差距日趨嚴重。

全球化是世界發展的必然趨勢。在這種大環境下保護各個國家優秀的傳統文化極為重要。"最民族的，才是最世界的"，保存和傳承自己本民族的文化是每個青年人不可推卸的使命。

謝謝大家！

A 寫出字／詞的確切意思

在文本中……	這個字／詞……	文中的意思是……
"小到雞毛蒜皮，大至天文地理"	"雞毛蒜皮"	

B 選擇 (答案不止一個)

1) 全球化正在悄悄地改變着世界。這些改變表現在 ＿＿＿＿ 方面。

   a) 科學技術　　　　　b) 價值觀　　　　　c) 經濟貿易　　　　　d) 飲食文化

2) 由於信息和資源的共享，＿＿＿＿ 等事情很快就能傳遍世界各個角落。

   a) 某動物園的動物生寶寶了　　　b) 某國的總統連任了

   c) 某學生的考試失誤了　　　　　d) 某國的人造衛星升空了

3) ＿＿＿＿ 等為人們的娛樂生活添姿增彩。

   a) 手機遊戲、電視連續劇　　　b) 聯機遊戲、體育賽事

   c) 雞毛蒜皮、天文地理　　　　d) 西餐、中餐

4) 全球化的弊端有 ＿＿＿＿ 。

   a) 越來越多的年輕人得了肥胖症　　b) 每個國家都只過自己的傳統節日

   c) 發達國家的貧富差距縮小了　　　d) 一些發展中國家的傳統工業受到衝擊

C 判斷正誤

☐ 1) 由於全球化進程的加快，各國的聯繫更加緊密了、交流更加頻繁了。

☐ 2) 全球化使得人們餐桌上的菜餚更加豐富了。

☐ 3) 由於全球化，西方人開始嘗試吃中餐，而不少中國人也愛上了吃西餐。

☐ 4) 在做中餐時，中國廚師能用西餐的食材和佐料燒出地道的中國菜。

☐ 5) 由於信息的流通，一種手遊可以很快就在世界各地流行開來。

☐ 6) 全球化利弊參半，生活的多姿多彩已經沖昏了我們的頭腦，麻痹了我們的神經。

☐ 7) 受全球化的影響，各國都面臨着怎樣來保護自己國家優秀的傳統和文化的難題。

D 回答問題

1) 從哪方面能看出當下信息流通的快捷？

2) 全球化如何影響各國的飲食文化？請舉一個例子說明。

E 學習反思

1) 你怎麼理解"最民族的，才是最世界的"？

2) 你今後會怎麼擔負起傳承自己民族文化的重任？

要求 你是知行國際學校學生會的成員。你們給校長寫的倡議得到了採納，學校將6月10日定為"多元文化節"，由學生會來組織。學生會成員一起商量怎樣組織、安排第一屆多元文化節的相關工作。

例子：

你： 我們的倡議得到了老師和同學們的響應，校長也採納了我們的建議，將在6月10日舉辦第一屆多元文化節。我感到無比的高興和激動。接下來，我們該怎樣開始籌備工作？

同學1： 我們先合計一下有幾個部門要參與到籌備工作中去，然後我們每個人管一部分。首先，我們要請校務處配合，他們要幫忙安排場地以及相關的工作。第二，我們要聯繫校外的團體和個人來表演文藝節目、舉辦專題座談等。第三，我們要跟每個年級的級長聯繫，讓每個班出一個節目。第四，要有人來管經費。

同學2： 我們還要籌款，因為邀請外面的團體或個人是需要付錢的。我們可以請家長教師協會給予我們幫助，他們有舉辦大型活動的經驗，也有經費可以資助我們。

你： 我們要組織哪些活動呢？我們社區有一個舞龍舞獅隊，他們每年春節到附近的社區表演，非常受歡迎，可以營造歡樂的氛圍。我們可以讓學校的鑼鼓隊跟他們配合，那就更熱鬧了。

……

a) 六月國家體操隊將來我市進行交流活動，他們的體操表演可好看了，一定會受到大家的喜愛。我父親在文化局工作，我知道他正在安排體操隊的交流活動。這是非常難得的機會，如果能邀請到他們，一方面我們能一睹精彩的表演，另一方面還能聽他們談談不怕吃苦、堅持不懈、奮力拼搏的經歷。相信我們一定會從他們走過的成長之路得到很多啟示。

b) 我是社區民樂隊的隊員，是拉二胡的。我可以跟領隊的老師商量一下，看看能不能安排來我校表演。我們可以為民樂隊的老師和小音樂家們舉辦一個"中國民樂講座"，讓同學們對中國民族樂器有更多的了解。這對繼承、弘揚中華文化有促進作用。我們還可以讓我校的交響樂隊跟民樂隊合作，獻上一場中西合璧的表演。我相信這些節目一定會受到大家的喜歡。

7 文體

倡議書格式

標題：關於 xx 的倡議書

- 稱呼："尊敬的老師們、同學們""廣大市民朋友們""社會各界愛心人士"等。
- 正文：發出倡議的背景、原因、目的，倡議的具體內容、要求。
- 結尾：倡議者的決心、希望、建議。
- 落款：發出倡議的個人、團體，發出倡議的日期。

8 寫作

要求 在全球化的進程中，人們的生活方式、思維方式、價值觀有了更多的交流和融合。你是"世界公民社團"的負責人，請寫一份倡議書，呼籲全校師生做合格的世界公民。

你可以寫：
- 世界公民應有的品德
- 倡議全校師生參與的活動

例子：

做合格的世界公民活動倡議書

老師們、同學們：

　　我們學校的學生來自 54 個國家和地區，可謂是個"小聯合國"。我們秉持理解、包容、謙讓、合作的理念，努力把自己培養成"知識＋技能"型學習者，為成為有國際視野、有責任心、能肩負起社會責任的世界公民做好準備。

　　一方面，我們心中對未來有着遠大的理想、美好的憧憬，另一方面，我們在努力走好腳下的每一步路。那麼，成為一名世界公民應該要有哪些品德？

　　我們應懷有感恩的心態，珍惜現在所擁有的一切。同時，我們要想到世界上還有一些身處戰火、饑荒中的人。……

你 可以用

a) 仁愛是做人的根本。人要有慈悲之心，要愛父母、愛兄弟姐妹、愛朋友，還要有胸懷愛所有的人。

b) 人要有包容心，要用寬闊的胸襟包容他人的缺點，不輕易懷疑別人，總是多想他人的好處。

c) 人要保持自由，人格獨立。在享受人權的同時要對自己的言行負責任。

d) 對待任何人、任何事都要持有公平的態度。要堅定地維護法律法規，在法律面前人人平等。

e) 人要主持正義，懲惡揚善。做人做事要合乎道德規範。

做一個戰士　　巴金

一個年輕的朋友寫信問我："應該做一個什麼樣的人？"我回答他："做一個戰士。"

另一個朋友問我："怎樣對付生活？"我仍舊答道："做一個戰士。"

《戰士頌》的作者曾經寫過這樣的話：

我激蕩在這綿綿不息、滂沱四方的生命洪流中，我就應該追逐這洪流，而且追過它，自己去造更廣、更深的洪流。

我如果是一盞燈，這燈的用處便是照徹那多量的黑暗。我如果是海潮，便要鼓起波濤去洗滌海邊一切陳腐的積物。

這一段話很恰當地寫出了戰士的心情。

在這個時代，戰士是最需要的。但是這樣的戰士並不一定要持槍上戰場。他的武器也不一定是槍彈。他的武器還可以是知識、信仰和堅強的意志。他並不一定要流仇敵的血，卻能更有把握地致敵人的死命。

戰士是永遠追求光明的。他並不躺在晴空下享受陽光，卻在暗夜裏燃起火炬，給人們照亮道路，使他們走向黎明。驅散黑暗，這是戰士的任務。他不躲避黑暗，卻要面對黑暗，跟躲藏在陰影裏的魑魅、魍魎搏鬥。他要消滅它們而取得光明。戰士是不知道妥協的。他得不到光明便不會停止戰鬥。

戰士是永遠年輕的。他不猶豫，不休息。他深入人叢中，找尋蒼蠅、毒蚊等等危害人類的東西。他不斷地攻擊它們，不肯與它們共同生存在一個天空下面。對於戰士，生活就是不停地戰鬥。他不是取得光明而生存，便是帶着滿身傷疤而死去。在戰鬥中力量只有增長，信仰只有加強。在戰鬥中給戰士指路的是"未來"，"未來"給人以希望和鼓舞。戰士永遠不會失去青春的活力。

戰士是不知道灰心與絕望的。他甚至在失敗的廢墟上，還要堆起破碎的磚石重建九級寶塔。任何打擊都不能擊破戰士的意志。只有在死的時候他才閉上眼睛。

戰士是不知道畏縮的。他的腳步很堅定。他看定目標，便一直向前走去。他不怕被絆腳石摔倒，沒有一種障礙能使他改變心思。假象絕不能迷住戰士的眼睛，支配戰士的行動的是信仰。他能夠忍受一切艱難、痛苦，而達到他所選定的目標。除非他死，人不能使他放棄工作。

這便是我們現在需要的戰士。這樣的戰士並不一定具有超人的能力。他是一個平凡的人。每個人都可以做戰士，只要他有決心。所以我用"做一個戰士"的話來激勵那些在彷徨、苦悶中的年輕朋友。

（選自《朗讀者·第二輯》，人民文學出版社，2017年）

A 選擇

1) 這是一篇 _____ 。

 a) 記敍文　　　b) 議論文

 c) 散文　　　　d) 說明文

2) 這篇文章是寫給 _____ 看的。

 a) 迷茫的一代　　　b) 戰士

 c) 患得患失的人　　d) 年輕人

B 選擇（答案不止一個）

1) 這篇文章是作者 _____ 。

 a) 殷切的希望　　　b) 嚴厲的說教　　　c) 諄諄的教誨　　　d) 嚴肅的批評

2)《戰士頌》的作者寫的這段話表示戰士應該是 _____ 的人。

 a) 追逐生命洪流　　　b) 不惜犧牲自己　　　c) 敢於拚搏　　　d) 願助他人一臂之力

C 選出四個正確的句子

我們這個時代需要這樣的戰士：他們 _____ 。

☐ a) 迎着困難上，克服艱難險阻，勇往直前

☐ b) 永無休止地戰鬥、戰鬥、再戰鬥，直至取得勝利

☐ c) 意志十分堅定，戰鬥力非常強

☐ d) 有着虔誠的宗教信仰，為心中的信仰奮鬥

☐ e) 只有在意志徹底被擊垮後才放棄戰鬥

☐ f) 從清晰的未來目標中獲得鼓勵、看到希望

D 判斷正誤，並說明理由

戰士是永遠充滿朝氣、活力的人。　　　　　　　　　　對　　　錯

_____

E 回答問題

1) 戰士"只有在死的時候他才閉上眼睛"，這句話是什麼意思？

2) 什麼樣的人才能成為戰士？

F 學習反思

巴金在文中寫道："所以我用'做一個戰士'的話來激勵那些在彷徨、苦悶中的年輕朋友。"請說說你在今後的人生道路上會怎樣激勵自己成為一名真正的戰士。

解放戰爭·中華人民共和國成立

抗日戰爭勝利後，1945 年 10 月 10 日，國民黨與共產黨經過和談，簽訂了《雙十協定》，明確了和平民主建國的方針。1946 年 1 月 10 日，雙方簽訂了《停戰協定》。1946 年 6 月 6 日國民政府簽發了第二次停戰令。1946 年 6 月 26 日，停戰期剛過，國民黨以 30 萬軍隊圍攻中原解放區，發動了全面進攻。解放區的軍民奮勇反擊。全國解放戰爭正式開始。

天安門

1946 年 6 月至 1947 年 6 月，解放軍處於戰略防禦階段，主要戰場在解放區。1947 年 6 月至 1948 年 9 月，解放軍由戰略防禦轉入戰略反攻。1948 年 9 月起，解放軍發動戰略決戰，進行了遼瀋、淮海、平津三大戰役，基本上消滅了國民黨軍隊的主力。

平津戰役是解放戰爭具有決定意義的三大戰役中的最後一次戰役。平津戰役的戰場在北平（今北京）、天津和張家口地區。為了保護古都北平不受戰爭的摧毀，中共希望能和平解放，派人與守衛北平的國民黨將軍傅作義多次交涉、談判。傅作義看到大勢所趨，選擇了和平道路。北平的文化古跡得以完整地保留了下來。

1949 年 4 月，解放軍橫渡長江，解放了南京，國民黨政府在大陸的統治被推翻。1949 年 12 月，蔣介石被迫宣告"引退"，退守台灣。

在 1949 年 10 月 1 日的開國大典上，中華人民共和國中央人民政府主席毛澤東站在天安門城樓向全世界莊嚴宣告："中華人民共和國中央人民政府今天成立了！"中華人民共和國以北京為國都，以五星紅旗為國旗，以《義勇軍進行曲》為國歌，國徽內容為國旗、天安門、齒輪和穀穗。中國人民經過一百多年的英勇奮鬥，終於成為國家的主人，中國的歷史進入了一個新紀元。中華人民共和國的成立為實現國家的繁榮富強奠定了基礎。

新中國成立初期，新生的人民政府經受着政治、軍事、經濟等方面的嚴峻考驗。那時的中國一窮二白、百廢待興，但是人民精神飽滿、渴望嶄新未來。

從 1949 年新中國成立至今，中華人民共和國走過了艱難卻光輝的歲月，中國人民為了實現中華民族偉大復興的中國夢而不斷努力奮鬥。

古為今用 （可以上網查資料）

1) 《義勇軍進行曲》的歌詞是："起來！不願做奴隸的人們！把我們的血肉，築成我們新的長城！中華民族到了最危險的時候，每個人被迫着發出最後的吼聲。起來！起來！起來！我們萬眾一心，冒着敵人的炮火，前進！冒着敵人的炮火，前進！前進！前進！進！"國歌的歌詞給人們一種什麼樣的感受？

2) 新中國成立以來，在國際事務中發揮着越來越重要的作用。哪一年美國跟中國建立了正式外交關係？

3) 21世紀中國政府提出了"中國夢"。請解釋一下"中國夢"的概念。

11 地理知識

麗江古城

麗江古城坐落在雲南省麗江市，是保存十分完好的少數民族古城，也是中國以整座古城申報世界文化遺產獲得成功的兩座古城之一。

麗江古城

麗江古城以四方街為中心，街巷向四面鋪開。城中沒有整齊規矩的道路，河道縱橫交錯，街道沿水修建，小巷彎曲幽靜，房屋古色古香。

麗江古城作為少數民族城市，具有濃郁的納西族特色。納西族是雲南特有的少數民族，納西族人絕大部分居住在麗江。納西族有自己的語言和文字，他們的服飾、藝術、節日、慶典也很有特色。火把節是納西族傳統節日之一，於農曆六月二十四日至二十七日舉行慶祝活動。傳說，天上的玉皇大帝對人間生機盎然的景象感到不滿，派天將去燒毀人間。天將不忍心這樣做，於是叫村民連燒三夜的火來騙過玉皇大帝。從此，納西族人每逢六月就燒火三天以作紀念。

因為以前麗江的納西族統治者姓"木"，如果在麗江建了城牆，"木"就成了"困"字，不吉利，所以麗江古城就成了一座沒有城牆的古城。

造福後代 （可以上網查資料）

1) 請上網查一查麗江古城的風味美食，介紹一兩種你感興趣的特色食品。

2) 麗江古城的空間佈局以水為核心，河網縱橫，橋樑密集，因為與蘇州神似，被譽為"高原姑蘇"。在上海的周邊也有很多別緻的水鄉。請介紹其中的一個水鄉古鎮。

第五單元複習

生詞

第十三課							
機不可失	順應	多樣化	潮流	倡議	致力	互利	互惠
福祉	舉措	契機	彰顯	相逢	安寧	號召	加快
重點	增設	蒙古語	烏爾都語	土耳其語	孟加拉語	馬來語	複合
立體	模式	商貿	成效	渠道	輸入	針對	力圖
跨	事務	構築	橋樑	機制	助教	燦爛	底蘊
賦予	風貌	輝	瑰麗	滲透	街頭巷尾	音符	殷切
等待							

第十四課							
復興	民生	舉世矚目	乃至	形勢	演變	縱觀	清晰
重重	磨難	生生不息	生機勃勃	頑強	周邊	博採眾長	兼收並蓄
漫長	海納百川	風範	謙和	氣度	造就	輝煌	盛
自由	外籍	使者	僧人	貿易	胸懷	信奉	汲取
養分	睿智	根基	精髓	匯集	尖端	承前啟後	繼往開來
關鍵	淡定	從容	看待	理智	立足	振興	奮發
人本主義	順從	民意	民心	可親	重返	舞台	一如既往
道路	康莊大道						

第十五課							
時裝	秀	迷你	祖國	璀璨	痛心	膚色	歧視
摩擦	長此以往	排擠	格格不入	扭曲	妄自菲薄	主流	蒙蔽
可取	井底之蛙	傾向	依存	清醒	完美無瑕	精粹	糟粕
輕率	全盤	排斥	壽辰	箴言	大同	精華	鮮明
拼合	盛會	聚會	國別	意識形態	阻隔	肩負	

短語 / 句型

- 順應世界多極化、經濟全球化、文化多樣化、社會信息化的發展潮流
- 秉持包容、開放的理念　• 致力於建設一個互利、互惠的合作平台
- 為沿線各國人民帶來福祉　• 為經濟發展提供新的契機　• 促進文明的互鑒
- 彰顯人類對美好未來的共同追求　• 各國人民相逢相知，共享安寧、和諧、富裕的生活
- 培養複合型人才　• 在日後的跨文化交際及國際事務中更好地發揮作用
- 力圖將學生培養為熟練掌握外語，並且擁有專業知識的優秀人才　• 構築起互幫互學的橋樑
- 西安是一座既古老又現代的城市，也是一座有着燦爛少數民族文化的城市
- 深厚的歷史底蘊賦予了西安獨特的魅力　• 老城的風貌與現代化建築交相輝映
- 瑰麗的少數民族文化滲透在古城的街頭巷尾　• 絲路外國語大學殷切地等待你的到來

- 中國在政治、經濟、科技、交通、民生等方面都取得了舉世矚目的成就
- 開啟了歷史的新篇章　• 走互利共贏的康莊大道
- 對中國的未來乃至世界形勢的演變都會產生深遠的影響　• 中華文明生生不息，生機勃勃
- 經歷了重重磨難　• 就在於其所推崇的開放性和包容性　• 互相交流、博採眾長、兼收並蓄
- 中國以海納百川的風範和謙和有禮的氣度，造就了輝煌燦爛的古代文明　• 國家富強、民族振興
- 信奉"古為今用，洋為中用"　• 善於從古老的智慧中汲取養分，長於從外來的文化中尋找幫助
- 傳統文化的睿智是踐行中國夢的根基所在，西方文化的精髓又在不斷為中國注入新鮮的血液
- 以更加開放、包容的心態，淡定從容地看待世界　• 成熟理智地處理國際事務
- 以大國風範重返世界舞台　• 一如既往地堅持和平發展的道路

- 有些學生遭受到歧視，摩擦和衝突時有發生　• 尊重其他民族的文化
- 受到排擠的同學會覺得格格不入　• 產生心理扭曲，變得妄自菲薄，或者盲目崇拜主流文化
- 變得狂妄自大，蒙蔽自我　• 成為井底之蛙　• 各個國家、各個民族你中有我，我中有你
- 借鑒中國傳統的"和而不同""和諧相生"觀念　• 用理智的心態來對待不同的文化
- 世上沒有一種文化是完美無瑕的，都有精粹和糟粕　• 承認文化的多樣化
- 各美其美，美人之美，美美與共，天下大同　• 構築出理想中的大同美
- 不能輕率地全盤接受，也不能情緒化地盲目排斥　• 使世界充滿生機和活力
- 任何國別背景、文化傳統、意識形態的差異都無法阻隔我們坦誠地交流
- 搭建起理解、包容、欣賞的橋樑　• 肩負起世界和平建設者的職責

詞彙表

生詞	拼音	意思	課號
A			
艾	ài	halt	11
安定	ān dìng	stable	4
安寧	ān níng	tranquil; peaceful	13
氨基酸	ān jī suān	amino acid	1
案	àn	long table	5
暗	àn	dim	8
傲	ào	proud	4
B			
白頭偕老	bái tóu xié lǎo	remain a devoted couple till ripe old age	2
拜	bài	worship	2
膀	bǎng	wing (of a bird)	1
包容	bāo róng	bear with	4
飽滿	bǎo mǎn	plump	1
寶貴	bǎo guì	valuable	9
保守	bǎo shǒu	conservative	12
保險	bǎo xiǎn	insurance	11
保佑	bǎo yòu	bless and protect	4
抱	bào	embrace	7
暴	bào	hot-tempered	12
暴躁	bào zào	hot-tempered	12
曝	bào	expose to sunlight	5
曝光	bào guāng	expose	5
卑	bēi	inferior	3
備	bèi	fully	1
背	bèi	violate	9
被	bèi	cover	10
憊	bèi	fatigue	7
必將	bì jiāng	will definitely	11
斃	bì	kill	10
蔽	bì	cover	15
臂	bì	arm	7
鞭	biān	whip	5
鞭策	biān cè	urge forward	5
變異	biàn yì	vary	12
標杆	biāo gān	example	10
賓客	bīn kè	guest; visitor	1
秉	bǐng	preside over	4
秉持	bǐng chí	uphold	4
並進	bìng jìn	advance side by side	2
病毒	bìng dú	virus	12
勃勃	bó bó	thriving	14
博採眾長	bó cǎi zhòng cháng	collect extensively	14
搏	bó	fight; struggle	5
補助	bǔ zhù	subsidy; allowance	11
捕	bǔ	catch	1
捕獲	bǔ huò	catch	1
不妨	bù fáng	might as well	8
不解之緣	bù jiě zhī yuán	forge an indissoluble bond	8
不惜	bù xī	not hesitate	9
不遺餘力	bù yí yú lì	do everything in one's power	9
不已	bù yǐ	endlessly	1
不擇手段	bù zé shǒu duàn	by fair means or foul	9
佈	bù	declare	9
步伐	bù fá	step	11
怖	bù	fear	12
部門	bù mén	department	10
C			
財產	cái chǎn	property	10
財富	cái fù	wealth	3
采	cǎi	spirit	2
採納	cǎi nà	accept	3
燦爛	càn làn	magnificent; splendid	13
糙	cāo	coarse	7
糙米	cāo mǐ	brown rice	7
策	cè	whip	5
策	cè	plan	10
層面	céng miàn	aspect	9
差距	chā jù	gap	12
查看	chá kàn	inspect; examine	11
柴	chái	bony	1
潺潺	chán chán	the babbling sound of flowing water	8
長此以往	cháng cǐ yǐ wǎng	if things go on like this	15

生詞	拼音	意思	課號
常規	cháng guī	convention	6
常識	cháng shí	common knowledge	10
敞	chǎng	spacious	2
敞	chǎng	open	12
敞開	chǎng kāi	open wide	12
倡導	chàng dǎo	advocate	7
倡議	chàng yì	propose	13
潮	cháo	tide	13
潮流	cháo liú	trend (of social change)	13
臣	chén	subject under a feudal rule	4
臣子	chén zǐ	subject under a feudal rule	4
辰	chén	time	15
襯托	chèn tuō	serve as a foil	2
趁	chèn	while; when	1
成效	chéng xiào	effect	13
呈	chéng	manifest; show	1
呈現	chéng xiàn	emerge; show	2
誠信	chéng xìn	honest	3
承擔	chéng dān	undertake	11
承前啟後	chéng qián qǐ hòu	a link between what goes before and what comes after	14
懲	chéng	punish	10
懲罰	chéng fá	punish	10
持續	chí xù	continue	10
耻辱	chǐ rǔ	shame; disgrace	3
斥	chì	repel; exclude	15
翅膀	chì bǎng	wing	1
衝破	chōng pò	break through	7
憧憬	chōng jǐng	look forward to	5
崇	chóng	esteem	4
崇拜	chóng bài	worship; adore	4
重	chóng	layer	14
重重	chóng chóng	layer upon layer	14
重返	chóng fǎn	return to	14
綢	chóu	silk	2
綢緞	chóu duàn	silk and satin	2
籌	chóu	plan	8
躊躇	chóu chú	be self-satisfied	5
躊躇滿志	chóu chú mǎn zhì	enormously proud of one's success	5
出人頭地	chū rén tóu dì	become outstanding	4

生詞	拼音	意思	課號
出息	chū xi	promising	4
出席	chū xí	attend	11
川	chuān	river	14
傳承	chuán chéng	pass on and inherit	2
傳染	chuán rǎn	infect	12
傳宗接代	chuán zōng jiē dài	produce offspring	2
窗	chuāng	window	11
窗口	chuāng kǒu	channel; medium	11
闖	chuǎng	break through	5
創立	chuàng lì	found	11
創始	chuàng shǐ	initiate	1
創新	chuàng xīn	bring forth new ideas	1
吹	chuī	boast	9
吹噓	chuī xū	boast of	9
淳	chún	simple	8
淳厚	chún hòu	simple and kind	8
祠堂	cí táng	ancestral temple	2
慈祥	cí xiáng	kind	8
匆匆	cōng cōng	in a hurry	7
從容	cóng róng	calm; unhurriedly	14
催	cuī	speed up	1
催肥	cuī féi	fatten	1
摧	cuī	destroy	10
摧毀	cuī huǐ	destroy	10
璀璨	cuǐ càn	resplendent	15
粹	cuì	essence	15
村落	cūn luò	village	8
錯失	cuò shī	miss	11

		D	
搭	dā	build	11
搭建	dā jiàn	build	11
打動	dǎ dòng	touch; move	8
打擊	dǎ jī	attack	5
打破	dǎ pò	break	10
大公無私	dà gōng wú sī	selfless and just	3
大會	dà huì	conference	11
大同	dà tóng	Great Harmony	15
歹	dǎi	evil	12
待遇	dài yù	treatment	7
怠	dài	slack	5

生詞	拼音	意思	課號
擔憂	dān yōu	worry about; be concerned about	7
膽固醇	dǎn gù chún	cholesterol	7
淡	dàn	indifferent; cool	14
淡定	dàn dìng	calm	14
當	dāng	facing	1
當……面	dāng... miàn	to somebody's face	1
擋	dǎng	keep off	8
蕩	dàng	clear away	5
蕩	dàng	swing	12
蕩然無存	dàng rán wú cún	with nothing left	5
導向	dǎo xiàng	guide	6
到底	dào dǐ	after all	9
道路	dào lù	road; path	14
德行	dé xíng	moral integrity	3
等待	děng dài	wait	13
低	dī	hang	10
低估	dī gū	underestimate	12
低落	dī luò	low	5
低頭	dī tóu	hang one's head	10
低窪	dī wā	low-lying	10
滴	dī	a measure word used for dripping liquid	8
迪	dí	enlighten	4
敵	dí	enemy	5
底線	dǐ xiàn	bottom line	3
底蘊	dǐ yùn	inner story	13
地毯	dì tǎn	carpet	2
帝	dì	emperor	1
帝王	dì wáng	emperor	1
遞	dì	pass	11
遞交	dì jiāo	hand over; submit	11
諦	dì	meaning	2
蒂	dì	stem of plants	2
殿	diàn	palace	2
殿堂	diàn táng	palace	2
雕	diāo	carve	2
丁	dīng	population	2
定期	dìng qī	periodical	7
定義	dìng yì	definition	9
丟掉	diū diào	throw away	7
動蕩	dòng dàng	turbulent	12

生詞	拼音	意思	課號
棟	dòng	ridgepole	2
棟樑	dòng liáng	pillar	3
毒	dú	poison	12
毒癮	dú yǐn	drug addiction	5
睹	dǔ	see	2
度	dù	tolerance	14
端	duān	proper; upright	3
端正	duān zhèng	proper; upright	3
緞	duàn	satin	2
對抗	duì kàng	resist	12
盾	dùn	shield	12
多樣化	duō yàng huà	diversify	13
奪	duó	snatch	9

E

生詞	拼音	意思	課號
峨	é	towering	8
額	é	specified number	9
厄	è	disaster	10
厄運	è yùn	misfortune	10
惡	è	bad	10
惡化	è huà	deteriorate	10
噩	è	ill-omened	12
噩夢	è mèng	nightmare	12

F

生詞	拼音	意思	課號
發佈	fā bù	issue; release	9
發放	fā fàng	give out	11
發人深省	fā rén shēn xǐng	prompt one to deep thought	6
伐	fá	cut down	10
法則	fǎ zé	rule	12
凡	fán	every; any	1
凡是	fán shì	every; any	1
繁衍	fán yǎn	increase gradually in number	2
返	fǎn	return	8
返回	fǎn huí	return	8
氾	fàn	flood	10
氾濫	fàn làn	flood	10
範	fàn	scope	11
範	fàn	model; example	14
範圍	fàn wéi	scope	11
方	fāng	just now	11
方興未艾	fāng xīng wèi ài	be on the upswing	11

生詞	拼音	意思	課號
妨	fáng	hinder	8
房屋	fáng wū	houses	10
飛船	fēi chuán	spaceship	6
非盈利	fēi yíng lì	non-profit	10
緋	fēi	red	2
緋紅	fēi hóng	a pink glow	2
扉	fēi	door	12
紛	fēn	numerous	2
紛紛	fēn fēn	one after another	2
墳	fén	grave	4
份額	fèn é	share; portion	9
奮發	fèn fā	exert oneself	14
豐盈	fēng yíng	plump	1
風采	fēng cǎi	graceful bearing	2
風範	fēng fàn	demeanour	14
風貌	fēng mào	style and features	13
風言風語	fēng yán fēng yǔ	slanderous gossips	5
峯	fēng	peak	8
逢	féng	meet; come across	13
奉	fèng	believe in	14
佛山	fó shān	Foshan, a city in Guangdong province	2
否定	fǒu dìng	deny	6
膚色	fū sè	complexion	15
伏	fú	bend over	5
伏案	fú àn	bend over one's desk	5
服	fú	convince	5
服輸	fú shū	admit defeat	5
符	fú	symbol	13
幅	fú	width	12
幅度	fú dù	range; scope	12
福祉	fú zhǐ	good fortune	13
府	fǔ	home	11
付	fù	commit to	7
付賬	fù zhàng	pay a bill	11
付諸實踐	fù zhū shí jiàn	put into practice	7
負	fù	bear; shoulder	15
複合	fù hé	compound	13
復興	fù xīng	revive	14
賦	fù	bestow on	13
賦予	fù yǔ	entrust	13

生詞	拼音	意思	課號
		G	
改革	gǎi gé	reform	6
甘	gān	willingly	8
甘心	gān xīn	willingly	8
杆	gān	pole	10
感知	gǎn zhī	perception	10
崗	gǎng	post	11
崗位	gǎng wèi	post; job	11
高傲	gāo ào	arrogant	5
高額	gāo é	great number	10
高鐵	gāo tiě	high-speed train	6
高校	gāo xiào	colleges and universities	6
格格不入	gé gé bú rù	incompatible	15
個體	gè tǐ	individual	6
各行各業	gè háng gè yè	all walks of life	10
各抒己見	gè shū jǐ jiàn	everybody speaks up	4
根	gēn	root	2
根基	gēn jī	foundation	14
根深蒂固	gēn shēn dì gù	deep-rooted	2
耿耿	gěng gěng	loyal; faithful	3
工本	gōng běn	cost of production	9
公德	gōng dé	social morality	3
公務員	gōng wù yuán	civil servant	10
功效	gōng xiào	effect	9
宮廷	gōng tíng	palace	1
恭	gōng	respectful	3
恭敬	gōng jìng	respectful	3
供	gòng	lay (offerings)	2
供奉	gòng fèng	enshrine and worship	2
苟	gǒu	careless	4
構築	gòu zhù	construct	13
估	gū	estimate	6
估量	gū liang	assess	12
谷	gǔ	valley	5
穀物	gǔ wù	grain	7
固	gù	firm	2
固	gù	no doubt	6
固然	gù rán	no doubt	6
故	gù	hence	1
故	gù	pass away	4

生詞	拼音	意思	課號
顧忌	gù jì	scruple	10
關鍵	guān jiàn	key	14
觀念	guān niàn	idea; concept	3
管制	guǎn zhì	control	10
貫	guàn	join together	2
光亮	guāng liàng	shiny	1
光宗耀祖	guāng zōng yào zǔ	bring honour to one's ancestors	4
歸	guī	return	2
歸納	guī nà	sum up	6
歸屬	guī shǔ	belong to	2
瑰	guī	rare	3
瑰寶	guī bǎo	treasure	3
瑰麗	guī lì	surpassingly beautiful	13
國別	guó bié	a particular country	15
國籍	guó jí	nationality	11

H

生詞	拼音	意思	課號
海納百川	hǎi nà bǎi chuān	accommodating	14
酣	hān	fully	2
酣睡	hān shuì	sleep soundly	2
喊	hǎn	shout	9
行業	háng yè	profession	6
航	háng	navigate; sail	5
航空	háng kōng	aviation	5
航天	háng tiān	spaceflight	5
毫無顧忌	háo wú gù jì	scruple at nothing	10
好感	hǎo gǎn	good impression	9
好評	hǎo píng	favourable comment	1
號	hào	sign	7
號召	hào zhào	call	13
合格	hé gé	qualified	3
合乎	hé hū	conform with	3
何去何從	hé qù hé cóng	what course to follow	6
和睦	hé mù	harmonious	3
和平	hé píng	peace	3
荷	hé	lotus	1
荷葉	hé yè	lotus leaf	1
弘	hóng	expand	3
弘揚	hóng yáng	promote	3
紅利	hóng lì	bonus	11
紅彤彤	hóng tóng tóng	bright red	8

生詞	拼音	意思	課號
洪	hóng	flood	10
洪災	hóng zāi	flood	10
後悔	hòu huǐ	regret	5
呼	hū	cry out	6
呼聲	hū shēng	voice of the people	7
呼應	hū yìng	echo	2
呼籲	hū yù	appeal	6
互惠	hù huì	mutually beneficial	13
互利	hù lì	mutually beneficial	13
懷	huái	keep in mind	6
懷	huái	chest; bosom	7
懷抱	huái bào	bosom	7
懷疑	huái yí	doubt	6
喚	huàn	call out	7
喚起	huàn qǐ	arouse	7
患	huàn	disaster	7
煥	huàn	glowing	11
煥發	huàn fā	glow	11
荒	huāng	absurd	6
荒唐	huāng táng	ridiculous	6
黃金	huáng jīn	gold	9
黃金時段	huáng jīn shí duàn	(as on TV) prime-time	9
煌	huáng	bright	14
謊	huǎng	lie	9
謊言	huǎng yán	lie	9
輝	huī	splendour	13
輝煌	huī huáng	magnificent	14
回顧	huí gù	look back	5
回歸	huí guī	return	2
回味	huí wèi	aftertaste	1
回味無窮	huí wèi wú qióng	leave prolonged aftertaste	1
悔	huǐ	regret	5
毀	huǐ	destroy	10
毀滅	huǐ miè	destroy	10
匯集	huì jí	collect	14
昏	hūn	dark	8
昏暗	hūn àn	dim	8
婚嫁	hūn jià	marriage	2
婚姻	hūn yīn	marriage	12
混	hùn	mix; mingle	7

生詞	拼音	意思	課號
混亂	hùn luàn	chaos; disorder	7
活力	huó lì	vigor; energy	11
夥	huǒ	partner	11
夥伴	huǒ bàn	partner; companion	11
禍	huò	disaster	7
禍患	huò huàn	disaster	7

J

生詞	拼音	意思	課號
擊	jī	attack	5
機不可失	jī bù kě shī	can't afford to lose the opportunity	13
機遇	jī yù	opportunity	11
機制	jī zhì	mechanism	13
積累	jī lěi	accumulate	1
基本	jī běn	basic	4
基因	jī yīn	gene	12
汲	jí	draw (water)	14
汲取	jí qǔ	draw; derive	14
極致	jí zhì	the maximum	12
即時	jí shí	immediately	11
急切	jí qiè	eager	7
急躁	jí zào	impatient	7
棘	jí	thorns	5
擠	jǐ	exclude	15
紀	jì	epoch	11
忌	jì	fear	10
既	jì	as; since	8
繼往開來	jì wǎng kāi lái	carry forward the cause and forge ahead into the future	14
祭祖	jì zǔ	offer sacrifice to the ancestors	2
加快	jiā kuài	speed up	13
枷	jiā	cangue	7
枷鎖	jiā suǒ	shackles	7
假	jiǎ	fake; false	9
駕	jià	drive	8
嫁	jià	(of a woman) marry	2
嫁	jià	shift; transfer	9
尖	jiān	pointed	14
尖端	jiān duān	most advanced	14
堅定	jiān dìng	firm	2
堅果	jiān guǒ	nuts	7
堅信	jiān xìn	firmly believe	3

生詞	拼音	意思	課號
堅硬	jiān yìng	hard	1
肩	jiān	shoulder	15
肩負	jiān fù	undertake; shoulder	15
監	jiān	monitor	10
監控	jiān kòng	monitor and control	10
兼收並蓄	jiān shōu bìng xù	incorporate things of diverse nature	14
見證	jiàn zhèng	witness	2
建功立業	jiàn gōng lì yè	build up establishment	4
踐行	jiàn xíng	carry out	7
鑒於	jiàn yú	in view of	7
強	jiàng	stubborn	5
交易	jiāo yì	business; deal	5
澆	jiāo	pour (liquid) on	8
驕	jiāo	proud	4
驕傲	jiāo ào	pride	4
角落	jiǎo luò	corner	9
腳步	jiǎo bù	step	7
接納	jiē nà	take in	2
接着	jiē zhe	go on	8
街頭巷尾	jiē tóu xiàng wěi	streets and lanes	13
節制	jié zhì	control	7
結伴	jié bàn	go in company with	7
結識	jié shí	get to know	8
捷	jié	quick	8
睫	jié	eyelash	10
截然	jié rán	completely	7
屆時	jiè shí	when the time comes	11
緊	jǐn	close	8
盡心竭力	jìn xīn jié lì	exert one's utmost	3
進化	jìn huà	evolution	12
近在咫尺	jìn zài zhǐ chǐ	close at hand	12
勁	jìn	strength	1
荊	jīng	thorns	5
驚	jīng	be startled	5
兢兢業業	jīng jīng yè yè	painstaking and conscientious	4
精粹	jīng cuì	essence	15
精華	jīng huá	essence	15
精髓	jīng suǐ	marrow	14
井	jǐng	well	15

227

生詞	拼音	意思	課號
井底之蛙	jǐng dǐ zhī wā	person with a very narrow outlook	15
竟	jìng	unexpectedly	5
敬畏	jìng wèi	awe	10
敬仰	jìng yǎng	revere	2
就	jiù	engage in	11
就餐	jiù cān	have one's meal	11
局	jú	circumstance	12
局勢	jú shì	situation	12
舉	jǔ	act	13
舉措	jǔ cuò	act; measure	13
舉世	jǔ shì	throughout the world	14
舉世矚目	jǔ shì zhǔ mù	attract worldwide attention	14
巨額	jù é	enormous amount	9
拒	jù	resist	9
據	jù	evidence	6
聚會	jù huì	gathering	15
角	jué	contend	9
角逐	jué zhú	contend	9
訣	jué	key to success	10
絕	jué	cut off	8
倔	jué	blunt	5
倔強	jué jiàng	stubborn	5
君	jūn	monarch	4
君主	jūn zhǔ	monarch	4
俊	jùn	handsome	9

K			
開創	kāi chuàng	open; set up	1
開啟	kāi qǐ	start up	2
砍	kǎn	chop	10
看待	kàn dài	look upon; treat	14
康莊大道	kāng zhuāng dà dào	broad road	14
抗拒	kàng jù	resist	9
抗爭	kàng zhēng	make a stand against; resist	5
考察	kǎo chá	inspect	10
苛	kē	harsh	8
苛求	kē qiú	make excessive demands	8
磕	kē	knock against	5
磕磕絆絆	kē kē bàn bàn	walk with difficulty	5
可憐	kě lián	pitiful	6

生詞	拼音	意思	課號
可親	kě qīn	amiable	14
可取	kě qǔ	desirable	15
客	kè	objective	6
客觀	kè guān	objective	6
空前	kōng qián	unprecedented	12
恐	kǒng	fear	12
恐怖	kǒng bù	horror	12
口號	kǒu hào	slogan	7
誇	kuā	exaggerate	6
誇大	kuā dà	exaggerate	6
誇大其詞	kuā dà qí cí	make an overstatement	9
跨	kuà	go beyond	13
寬	kuān	wide	2
寬	kuān	relax	6
寬敞	kuān chang	spacious	2
寬鬆	kuān sōng	relax	6
狂	kuáng	insane	12
狂人	kuáng rén	maniac	12
狂妄	kuáng wàng	wildly arrogant	12
狂妄自大	kuáng wàng zì dà	arrogant and conceited	12
曠	kuàng	neglect (duty or work)	5
曠	kuàng	vast	8
曠課	kuàng kè	play truant	5
框架	kuàng jià	framework	3
匱	kuì	lack	8
匱乏	kuì fá	deficient	8
饋贈	kuì zèng	make a present	8
愧	kuì	ashamed	3
昆蟲	kūn chóng	insect	10

L			
濫	làn	excessive; flood	10
狼狽	láng bèi	in a difficult position	8
累	lěi	accumulate	1
冷靜	lěng jìng	calm	12
冷漠	lěng mò	indifferent	5
冷暖	lěng nuǎn	well-being	7
冷僻	lěng pì	isolated	8
理智	lǐ zhì	sensibly	14
力度	lì dù	intensity	10
力圖	lì tú	strive	13

生詞	拼音	意思	課號	生詞	拼音	意思	課號
厲	lì	severe	5	茫	máng	boundless and indistinct	5
厲害	lì hai	terrible	5	矛	máo	spear	12
立體	lì tǐ	multi-level	13	矛盾	máo dùn	contradiction	12
立足	lì zú	keep a foothold	14	貿	mào	trade	13
利潤	lì rùn	profit	9	貿易	mào yì	trade	14
利益	lì yì	benefit	9	枚	méi	a measure word	2
憐	lián	pity	6	眉	méi	eyebrow	10
蓮子	lián zǐ	lotus seed	2	美不勝收	měi bú shèng shōu	be of dazzling splendour	8
廉	lián	incorruptible	3	燜	mèn	braise	1
廉潔	lián jié	incorruptible	3	蒙	mēng	cheat	9
臉龐	liǎn páng	face	2	蒙騙	mēng piàn	deceive	9
練	liàn	skilled	11	萌	méng	germinate	8
良心	liáng xīn	conscience	9	萌生	méng shēng	germinate	8
良緣	liáng yuán	good match	2	蒙	méng	cover	15
樑	liáng	beam	2	蒙蔽	méng bì	deceive	15
獵	liè	hunt	1	蒙古	měng gǔ	Mongolia	13
淋	lín	drench	8	蒙古語	měng gǔ yǔ	Mongol language	13
磷	lín	phosphorus	1	懵	měng	muddled	5
凌	líng	insult	5	懵懂	měng dǒng	muddled	5
零售	líng shòu	retail	11	孟加拉	mèng jiā lā	Bangladesh	13
領軍	lǐng jūn	take the lead	6	孟加拉語	mèng jiā lā yǔ	Bengali	13
領略	lǐng lüè	experience	2	迷茫	mí máng	confused	5
領悟	lǐng wù	comprehend	4	迷你	mí nǐ	mini	15
領先	lǐng xiān	be in the lead	6	祕訣	mì jué	secret of success	10
流傳	liú chuán	hand down	1	密	mì	intimate	2
錄用	lù yòng	employ	11	密不可分	mì bù kě fēn	be closely related	10
落	luò	settlement	8	面貌	miàn mào	appearance; look	7
落湯雞	luò tāng jī	soaked through	8	秒	miǎo	second	9

M

生詞	拼音	意思	課號	生詞	拼音	意思	課號
馬來語	mǎ lái yǔ	Malay language	13	滅	miè	destroy	10
埋	mái	cover up	7	民生	mín shēng	the people's livelihood	14
邁	mài	stride	5	民心	mín xīn	common aspiration of the people	14
脈	mài	arteries and veins	2	民意	mín yì	popular will	14
脈	mài	vein	10	敏捷	mǐn jié	agile	8
蠻	mán	rough	12	名貴	míng guì	famous and precious	1
漫	màn	without restraint	6	名列前茅	míng liè qián máo	come out on top	5
漫	màn	extensive	14	明火	míng huǒ	open flame	1
漫長	màn cháng	very long	14	命脈	mìng mài	lifeline	10
盲	máng	blind	6	模	mó	model	13
盲目	máng mù	blind	6	模式	mó shì	pattern; model	13
				摩	mó	rub; scrape	15

生詞	拼音	意思	課號
摩擦	mó cā	friction	15
磨難	mó nàn	hardship	14
沒	mò	overflow	10
陌路人	mò lù rén	stranger	12
莫	mò	not	8
莫大	mò dà	greatest	4
漠	mò	indifferent	5
默	mò	quiet; silent	9
某	mǒu	certain (thing, person, etc.)	6
目睹	mù dǔ	see with one's own eyes	2
墓	mù	grave	4
睦	mù	harmonious	3

生詞	拼音	意思	課號
		N	
納	nà	accept	2
納	nà	bring into	6
乃至	nǎi zhì	and even	14
內陸	nèi lù	inland	10
逆	nì	inverse	12
逆轉	nì zhuǎn	take a turn for the worse	12
膩	nì	greasy	1
念	niàn	idea	3
念頭	niàn tou	thought; idea	8
寧	níng	tranquil	10
寧靜	níng jìng	tranquil	10
凝	níng	coagulate	2
凝聚	níng jù	condense	2
扭	niǔ	twist	15
扭曲	niǔ qū	twist	15
農田	nóng tián	farmland	10
農作物	nóng zuò wù	crops	8
濃	nóng	concentrated	2
濃縮	nóng suō	condense	2
濃重	nóng zhòng	strong	2
諾	nuò	promise	3
諾貝爾獎	nuò bèi ěr jiǎng	Nobel Prize	6

生詞	拼音	意思	課號
		O	
偶	ǒu	by chance	5
偶	ǒu	idol	9
偶然	ǒu rán	by chance	5
偶像	ǒu xiàng	idol	9

生詞	拼音	意思	課號
		P	
排	pái	exclude	5
排斥	pái chì	exclude	15
排擠	pái jǐ	exclude	15
排憂解難	pái yōu jiě nàn	solve problems and alleviate sufferings	5
徘徊	pái huái	hesitate	5
派	pài	group	1
龐	páng	face	2
拋	pāo	leave behind	9
拋棄	pāo qì	abandon	9
培育	péi yù	breed	1
披	pī	wrap around	5
披荊斬棘	pī jīng zhǎn jí	hack one's way through difficulties	5
疲憊	pí bèi	exhausted	7
僻	pì	remote	8
偏	piān	slanting	8
偏僻	piān pì	remote	8
片	piàn	cut into slices	1
騙	piàn	deceive	3
飄	piāo	wave in the breeze	8
拼	pīn	exert all one's might	5
拼搏	pīn bó	fight with all one's might	5
拼合	pīn hé	piece together	15
頻率	pín lǜ	frequency	9
品行	pǐn xíng	conduct	3
品牌	pǐn pái	brand	9
品學兼優	pǐn xué jiān yōu	good both in character and academic studies	5
平和	píng hé	mild	8
平衡	píng héng	balance	10
平息	píng xī	subside	7
評	píng	judge	6
評估	píng gū	evaluate	6
迫	pò	urgent	10
迫在眉睫	pò zài méi jié	imminent	10
破碎	pò suì	broken	12
撲	pū	rush against	1
撲鼻	pū bí	assail the nostrils	1
脯	pú	chest; breast	1

生詞	拼音	意思	課號
Q			
期盼	qī pàn	expect	7
欺	qī	deceive	3
欺	qī	bully	5
欺凌	qī líng	bully and humiliate	5
欺騙	qī piàn	deceive	3
歧	qí	different	15
歧視	qí shì	discriminate against	15
祈	qí	pray; hope for	4
祈求	qí qiú	pray for	4
崎	qí	rugged	8
崎嶇	qí qū	rugged	8
企業	qǐ yè	enterprise	10
啟	qǐ	start	2
啟迪	qǐ dí	enlighten	4
啟發	qǐ fā	inspire	10
起碼	qǐ mǎ	at least	3
氣度	qì dù	magnanimity	14
迄	qì	till	7
迄今	qì jīn	up to now	7
契機	qì jī	turning point	13
牽	qiān	lead	9
謙和	qiān hé	modest and amiable	14
前所未有	qián suǒ wèi yǒu	unprecedented	12
潛移默化	qián yí mò huà	exert a subtle influence on	9
搶	qiǎng	rush to be first	9
搶奪	qiǎng duó	snatch	10
搶佔	qiǎng zhàn	race to control	9
橋樑	qiáo liáng	bridge	13
峭	qiào	high and steep	8
峭壁	qiào bì	cliff	8
切	qiè	fit in with	6
切	qiè	eager	13
切合	qiè hé	fit in with	6
竊	qiè	steal	5
侵	qīn	invade	9
侵入	qīn rù	invade	9
親密	qīn mì	intimate	2
禽	qín	birds	10
輕	qīng	take things lightly	5

生詞	拼音	意思	課號
輕敵	qīng dí	take the enemy lightly	5
輕率	qīng shuài	hasty	15
傾	qīng	do one's best	7
傾	qīng	tendency	15
傾聽	qīng tīng	listen attentively	7
傾向	qīng xiàng	tendency	15
清廉	qīng lián	honest and upright	3
清明節	qīng míng jié	Qingming Festival (celebrated around April 5)	4
清貧	qīng pín	poor	8
清晰	qīng xī	clear	14
清醒	qīng xǐng	regain consciousness	15
嶇	qū	rugged	8
軀	qū	body	1
渠	qú	channel	13
渠道	qú dào	channel	13
取長補短	qǔ cháng bǔ duǎn	learn from other's strong points to offset one's weaknesses	6
取經	qǔ jīng	learn from someone's experience	6
圈	quān	circle	5
全盤	quán pán	overall	15
全心全意	quán xīn quán yì	whole heartedly	7
R			
燃	rán	burn	1
燃料	rán liào	fuel	1
染	rǎn	infect	12
繞	rào	go around	8
熱門	rè mén	popular	9
人本主義	rén běn zhǔ yì	humanism	14
人丁	rén dīng	population	2
人身	rén shēn	person	11
忍讓	rěn ràng	exercise forbearance	4
刃	rèn	blade	12
任勞任怨	rèn láo rèn yuàn	work hard and not be upset by criticism	4
任職	rèn zhí	hold a post	10
榮耀	róng yào	glory	4
容	róng	tolerate	4
如火如荼	rú huǒ rú tú	thriving vigorously	11
儒	rú	Confucianist	4
儒家	rú jiā	the Confucianists	4

生詞	拼音	意思	課號
辱	rǔ	disgrace	3
軟件	ruǎn jiàn	software	11
睿	ruì	be farsighted	14
睿智	ruì zhì	wise and farsighted	14
潤	rùn	smooth	1
潤	rùn	profit	9

生詞	拼音	意思	課號
生產	shēng chǎn	produce	12
生機	shēng jī	vitality	14
生機勃勃	shēng jī bó bó	vibrant with life	14
生生不息	shēng shēng bù xī	living things will multiply endlessly	14
生疏	shēng shū	unfamiliar	5
生態	shēng tài	ecology	10
生息	shēng xī	grow; propagate	2
生涯	shēng yá	career	8

S

生詞	拼音	意思	課號
仨	sā	three	8
散漫	sǎn màn	undisciplined	6
喪	sāng	funeral; mourning	2
喪事	sāng shì	funeral affairs	2
掃墓	sǎo mù	sweep a grave to pay respects to a deceased person	4
色調	sè diào	tone	2
森林	sēn lín	forest	10
僧	sēng	monk	14
僧人	sēng rén	monk	14
殺	shā	kill	12
剎	shā	stop	8
剎車	shā chē	stop a vehicle by applying the brakes	8
殺傷	shā shāng	kill and wound	12
殺傷力	shā shāng lì	power of destruction	12
山楂	shān zhā	(Chinese) hawthorn	8
煽	shān	provoke	9
煽動	shān dòng	provoke	9
贍	shàn	provide for; support	3
贍養	shàn yǎng	provide for; support	3
傷亡	shāng wáng	casualties	10
商貿	shāng mào	business and trade	13
商務	shāng wù	commercial affairs	11
上當	shàng dàng	be cheated	9
上墳	shàng fén	honour the memory of the dead at a grave	4
深省	shēn xǐng	come to fully realize	6
深圳	shēn zhèn	Shenzhen, a city in Guangdong province	10
神靈	shén líng	gods	2
神聖	shén shèng	sacred; holy	2
甚	shèn	very	5
滲	shèn	seep	13
滲透	shèn tòu	permeate	13
升華	shēng huá	raise to a higher level	3

生詞	拼音	意思	課號
聲稱	shēng chēng	claim	6
盛	shèng	flourishing; prosperous	14
盛產	shèng chǎn	abound with	8
盛會	shèng huì	grand assembly	15
盛況	shèng kuàng	grand occasions	2
失業	shī yè	unemployed	12
施展	shī zhǎn	give full play to	5
十足	shí zú	full of	1
時段	shí duàn	period of time	9
時髦	shí máo	fashionable	2
時裝	shí zhuāng	fashionable dress	15
實地	shí dì	on the spot	10
實物	shí wù	real object	10
實現	shí xiàn	fulfill	12
食客	shí kè	customers of a restaurant	1
食言	shí yán	break one's promise	3
使者	shǐ zhě	envoy	14
始終	shǐ zhōng	from beginning to end	3
始終如一	shǐ zhōng rú yī	constant	3
世紀	shì jì	century	11
世間	shì jiān	the world	7
世外桃源	shì wài táo yuán	Utopia	8
事務	shì wù	general affairs	13
手工	shǒu gōng	handicraft	12
守	shǒu	guard	2
守護	shǒu hù	guard	2
首創	shǒu chuàng	initiate	1
壽辰	shòu chén	birthday (of an elderly person)	15
受騙	shòu piàn	be cheated	9
狩	shòu	go hunting	1
狩獵	shòu liè	go hunting	1
售賣	shòu mài	sell	1

生詞	拼音	意思	課號
抒	shū	express	4
梳	shū	comb	7
梳理	shū lǐ	organize	7
疏	shū	not familiar with	5
輸	shū	be defeated	5
輸	shū	transport	13
輸入	shū rù	input	13
孰	shú	what	10
熟	shú	skilled	1
熟練	shú liàn	skilled	11
數據	shù jù	data	6
拴	shuān	tie	12
爽	shuǎng	clear	1
爽口	shuǎng kǒu	delicious and refreshing	1
率	shuài	hasty	15
順	shùn	obey	13
順從	shùn cóng	obey	14
順利	shùn lì	smoothly	11
順應	shùn yìng	comply with	13
絲	sī	the slightest	4
絲綢	sī chóu	silk	11
絲綢之路	sī chóu zhī lù	the Silk Road	11
思路	sī lù	train of thought	6
思緒	sī xù	train of thought	5
思緒萬千	sī xù wàn qiān	many trains of thought	5
死亡	sǐ wáng	death	12
飼	sì	raise; feed	1
飼養	sì yǎng	raise; feed	1
搜尋	sōu xún	search for	6
素	sù	all along	11
塑	sù	mould	9
塑造	sù zào	mould	9
溯	sù	trace back	1
酸甜苦辣	suān tián kǔ là	joys and sorrows of life	5
髓	suǐ	marrow	14
碎	suì	broken	12
損	sǔn	lose	10
損公肥私	sǔn gōng féi sī	seek private gain at public expense	3
損失	sǔn shī	lose	10
唆	suō	instigate	9

生詞	拼音	意思	課號
縮	suō	contract	2
索	suǒ	search	6
鎖	suǒ	chain	7

T

生詞	拼音	意思	課號
抬	tái	lift	10
抬頭	tái tóu	raise one's head	10
貪	tān	covet	10
貪圖	tān tú	covet	10
毯	tǎn	blanket	2
歎	tàn	exclaim in admiration	1
探索	tàn suǒ	explore	6
探討	tàn tǎo	inquire	11
唐	táng	exaggerative	6
滔	tāo	inundate	8
滔滔不絕	tāo tāo bù jué	keep on talking	8
逃脫	táo tuō	escape	10
淘寶網	táo bǎo wǎng	Taobao, the most popular Internet site for business in China	11
提倡	tí chàng	advocate; promote	3
提議	tí yì	propose	3
體制	tǐ zhì	system of organization	6
悌	tì	brotherly	3
天方夜譚	tiān fāng yè tán	most fantastic tale	12
天涯	tiān yá	end of the world	12
天涯海角	tiān yá hǎi jiǎo	the remotest corners of the earth	12
添磚加瓦	tiān zhuān jiā wǎ	do one's little bit to help	10
恬	tián	calm; tranquil	7
恬靜	tián jìng	calm; tranquil	7
填	tián	stuff	1
填鴨	tián yā	force-fed duck	1
挑	tiǎo	stir up	9
挑唆	tiǎo suō	incite	9
廷	tíng	(imperial) court	1
通道	tōng dào	passageway	11
同行	tóng xíng	go the same way	7
彤	tóng	red	8
銅	tóng	copper	1
痛心	tòng xīn	saddened	15
偷竊	tōu qiè	steal	5
投	tóu	fit in with	7

生詞	拼音	意思	課號
投入	tóu rù	throw into	5
透支	tòu zhī	make an overdraft	7
圖	tú	covet	10
圖	tú	plan	13
徒	tú	on foot	7
徒	tú	negative word for a person	12
徒步	tú bù	go on foot	7
土耳其	tǔ ěr qí	Turkey	13
土耳其語	tǔ ěr qí yǔ	Turkish	13
團結	tuán jié	unite	2
推崇	tuī chóng	hold in esteem	6
推廣	tuī guǎng	popularize; spread	9
推進	tuī jìn	carry forward	12
頹	tuí	dispirited	12
頹廢	tuí fèi	decadent	12
托	tuō	set off	2
託	tuō	support with hand	4
妥	tuǒ	appropriate	4
妥協	tuǒ xié	compromise	4

W

生詞	拼音	意思	課號
窪	wā	low-lying	10
蛙	wā	frog	15
瓦	wǎ	tile	10
外籍	wài jí	foreign nationality	14
完美無瑕	wán měi wú xiá	perfect	15
完整	wán zhěng	complete	3
頑	wán	persistent	14
頑強	wán qiáng	indomitable	14
晚霞	wǎn xiá	sunset glow	8
亡	wáng	die	10
亡命之徒	wáng mìng zhī tú	desperado	12
妄	wàng	absurd	12
妄自菲薄	wàng zì fěi bó	have a sense of inferiority	15
威	wēi	impressive strength	4
威脅	wēi xié	threaten	5
威嚴	wēi yán	dignity	4
微量	wēi liàng	micro	1
巍	wēi	towering	8
巍峨	wēi é	towering	8
為非作歹	wéi fēi zuò dǎi	do evils	12

生詞	拼音	意思	課號
為期	wéi qī	(to be completed) by a definite date	10
違	wéi	violate	9
違背	wéi bèi	violate	9
違法	wéi fǎ	break the law	10
違章	wéi zhāng	violate rules and regulations	10
圍繞	wéi rào	revolve round	11
維繫	wéi xì	hold together	4
偉	wěi	great	10
偉大	wěi dà	great	10
尾聲	wěi shēng	end	5
畏	wèi	awe	10
穩固	wěn gù	stabilize	4
穩健	wěn jiàn	firm; steady	11
窩	wō	nest	5
烏爾都語	wū ěr dū yǔ	Urdu	13
烏鎮	wū zhèn	Wuzhen, a town in Zhejiang province	11
無法無天	wú fǎ wú tiān	become absolutely lawless	4
無時無刻	wú shí wú kè	all the time	9
無視	wú shì	ignore	6
無所事事	wú suǒ shì shì	idle about	12
無瑕	wú xiá	flawless	15
無意	wú yì	by chance	8
毋	wú	don't	12
毋庸	wú yōng	need not	12
五彩繽紛	wǔ cǎi bīn fēn	multi-coloured	8
嫵媚	wǔ mèi	charming	9
舞台	wǔ tái	stage; arena	14
物極必反	wù jí bì fǎn	things will develop in the opposite direction when they reach the limit	12
誤	wù	mistake	5
誤導	wù dǎo	mislead	9
誤解	wù jiě	misunderstand	5

X

生詞	拼音	意思	課號
夕陽	xī yáng	the setting sun	8
犧牲	xī shēng	sacrifice	10
晰	xī	clear	14
溪	xī	brook	8
嬉	xī	play; have fun	6
嬉鬧	xī nào	laughing and having fun	6

生詞	拼音	意思	課號
席	xí	feast; banquet; dinner	1
媳	xí	daughter-in-law	2
媳婦	xí fù	daughter-in-law	2
喜悦	xǐ yuè	happy	2
細	xì	tiny	4
細胞	xì bāo	cell	4
狹	xiá	narrow	8
狹窄	xiá zhǎi	narrow	8
瑕	xiá	defect	15
霞	xiá	morning or evening glow	8
仙境	xiān jìng	fairyland	8
先進	xiān jìn	advanced	6
先賢	xiān xián	a wise man of the past	3
纖	xiān	fine	9
纖細	xiān xì	slim	9
鮮	xiān	bright-coloured	1
鮮明	xiān míng	clear-cut	15
鮮豔	xiān yàn	bright-coloured	1
賢	xián	an able and virtuous person	3
嫻	xián	skilled	1
嫻熟	xián shú	skilled	1
顯現	xiǎn xiàn	emerge	10
顯著	xiǎn zhù	prominent	11
險	xiǎn	danger	8
限制	xiàn zhì	limit	6
獻策	xiàn cè	offer advice	10
獻計	xiàn jì	offer advice	10
相傳	xiāng chuán	the legend goes that	1
相傳	xiāng chuán	pass on	2
相逢	xiāng féng	come across	13
相距	xiāng jù	away from	5
相應	xiāng yìng	corresponding	11
香氣	xiāng qì	sweet smell; pleasant scent	1
響應	xiǎng yìng	respond to	7
想像	xiǎng xiàng	imagine	6
想像力	xiǎng xiàng lì	imagination	6
項目	xiàng mù	project	10
巷	xiàng	lane; alley	13
銷	xiāo	sell	8

生詞	拼音	意思	課號
銷路	xiāo lù	sale	9
銷售	xiāo shòu	sell	8
瀟灑	xiāo sǎ	natural and unrestrained	9
囂	xiāo	noisy	7
小心翼翼	xiǎo xīn yì yì	cautiously	8
效應	xiào yìng	effect	9
脅	xié	coerce	5
偕	xié	together with	2
攜手	xié shǒu	hand in hand	2
懈怠	xiè dài	slack	5
心扉	xīn fēi	heart; mind	12
心曠神怡	xīn kuàng shén yí	relaxed and happy	8
鋅	xīn	zinc	1
新興	xīn xīng	new and developing	11
薪	xīn	firewood	2
信奉	xìn fèng	believe in	14
信仰	xìn yǎng	faith	3
信譽	xìn yù	reputation	3
行徑	xíng jìng	action	12
形容	xíng róng	describe	10
形勢	xíng shì	situation; circumstances	14
形態	xíng tài	formation	15
形同虛設	xíng tóng xū shè	exist in name only	12
省	xǐng	come to realize the truth	6
杏	xìng	apricot	1
性	xìng	sex	11
性別	xìng bié	gender	11
胸	xiōng	chest; breast	1
胸懷	xiōng huái	heart; mind	14
胸脯	xiōng pú	chest; breast	1
雄偉	xióng wěi	grand	2
羞	xiū	shame	3
羞恥	xiū chǐ	shame	9
羞愧	xiū kuì	ashamed	3
秀	xiù	show	15
虛假	xū jiǎ	false	9
虛擬	xū nǐ	unreal	12
噓	xū	breathe out slowly	9
蓄	xù	store	14
喧	xuān	noisy	7

生詞	拼音	意思	課號
喧囂	xuān xiāo	noisy	7
懸	xuán	hang	8
懸崖	xuán yá	overhanging cliff	8
絢	xuàn	gorgeous (of colour)	3
絢麗	xuàn lì	splendid	3
削	xuē	cut	12
削減	xuē jiǎn	reduce	12
血脈	xuè mài	blood lineage	2
尋	xún	search	6
循	xún	follow	3
馴	xùn	tame	1
馴化	xùn huà	domesticate	1

Y			
崖	yá	cliff	8
涯	yá	bound; limit	12
淹	yān	flood	10
淹沒	yān mò	flood	10
延	yán	extend	2
延續	yán xù	continue; go on	2
嚴於律己	yán yú lù jǐ	be strict with oneself	4
沿	yán	follow (an established practice)	1
沿線	yán xiàn	along the line	11
沿用	yán yòng	follow (an established practice)	1
衍	yǎn	develop; spread out	2
眼睜睜	yǎn zhēng zhēng	(looking on) helplessly	10
演	yǎn	develop; evolve	14
演變	yǎn biàn	evolve	14
豔	yàn	bright	1
燕麥	yàn mài	oats	7
洋	yáng	grand	2
洋溢	yáng yì	be overflowing with	2
仰	yǎng	admire; respect	2
養分	yǎng fèn	nutrient	14
窈窕	yǎo tiǎo	(of a girl or woman) gentle and graceful	9
耀	yào	glory	4
野蠻	yě mán	savage	12
業績	yè jì	outstanding achievement	9
葉	yè	leaf	1
依存	yī cún	depend on somebody or something for existence	15

生詞	拼音	意思	課號
依託	yī tuō	depend on	4
一旦	yí dàn	once; in case	12
一貫	yí guàn	all along; consistent	2
怡	yí	happy and joyful	8
移	yí	change	9
疑	yí	doubt	6
已	yǐ	stop	1
已故	yǐ gù	deceased	4
以禮相待	yǐ lǐ xiāng dài	treat somebody with due respect	3
以免	yǐ miǎn	in order to avoid	11
以身作則	yǐ shēn zuò zé	set an example with one's own action	4
以往	yǐ wǎng	in the past	12
一籌莫展	yì chóu mò zhǎn	can find no way out	8
一如既往	yì rú jì wǎng	as always	14
一絲不苟	yì sī bù gǒu	be conscientious and meticulous	4
一無所知	yì wú suǒ zhī	know nothing at all	6
義	yì	righteousness	3
意識形態	yì shí xíng tài	ideology	15
意外	yì wài	unexpected	1
溢	yì	overflow	2
音符	yīn fú	musical note	13
姻	yīn	marriage	12
殷	yīn	profound	13
殷切	yīn qiè	eager	13
引導	yǐn dǎo	guide	11
引用	yǐn yòng	quote; cite	6
引誘	yǐn yòu	lure; seduce	9
英	yīng	outstanding person	9
英俊	yīng jùn	handsome	9
嬰	yīng	baby	2
嬰兒	yīng ér	baby	2
盈	yíng	full	1
盈	yíng	surplus	10
盈利	yíng lì	profit	10
影視	yǐng shì	movie and television	9
映	yìng	shine	8
映照	yìng zhào	cast light on	8
擁	yōng	support	7
擁	yōng	embrace	12

生詞	拼音	意思	課號
擁抱	yōng bào	embrace	12
擁護	yōng hù	support	7
庸	yōng	(usually used in the negative) need	12
永生	yǒng shēng	immortal	12
憂	yōu	worry	5
幽	yōu	tranquil	7
幽雅	yōu yǎ	tranquil and elegant	7
有機	yǒu jī	organic	10
佑	yòu	bless and protect	4
魚米之鄉	yú mǐ zhī xiāng	the land of abundance	11
瑜伽	yú jiā	yoga	7
預料	yù liào	anticipate	5
欲	yù	desire	10
遇	yù	treat	7
遇	yù	chance	11
譽	yù	praise	1
籲	yù	appeal	6
原則	yuán zé	principle	3
緣	yuán	fate	2
緣分	yuán fèn	luck by which people are brought together	8
悦	yuè	happy	2
越	yuè	cross	8
越野	yuè yě	cross-country	8
允	yǔn	consent	3
允諾	yǔn nuò	promise	3
運	yùn	use	11
運用	yùn yòng	use	11
韻	yùn	charm	2
蘊	yùn	profoundness	13

	Z		
災	zāi	disaster	10
災害	zāi hài	disaster	10
災難	zāi nàn	disaster	12
宰	zǎi	be in charge of	12
在所難免	zài suǒ nán miǎn	unavoidable	12
載	zài	carry	8
讚歎	zàn tàn	highly praise	1
糟粕	zāo pò	waste or useless matter	15
棗紅	zǎo hóng	burgundy	1

生詞	拼音	意思	課號
造福	zào fú	bring benefit to	8
造就	zào jiù	bring up	14
躁	zào	impetuous	12
增設	zēng shè	put up additionally	13
窄	zhǎi	narrow	8
斬	zhǎn	chop; cut	5
嶄新	zhǎn xīn	brand-new	5
佔	zhàn	occupy	9
站台	zhàn tái	support	9
章	zhāng	rules; regulations	10
彰	zhāng	obvious	13
彰顯	zhāng xiǎn	obviously demonstrate	13
掌勺	zhǎng sháo	be the chef	1
着涼	zháo liáng	catch cold	8
召	zhào	convene	11
召喚	zhào huàn	summon	11
召開	zhào kāi	convene	11
針對	zhēn duì	be aimed at	13
真誠	zhēn chéng	sincere	2
真諦	zhēn dì	true meaning	2
真理	zhēn lǐ	truth	3
箴	zhēn	advise	15
箴言	zhēn yán	advice	15
振	zhèn	boost	14
振興	zhèn xīng	vitalize	14
震	zhèn	be shocked	5
震驚	zhèn jīng	be astonished	5
爭奪	zhēng duó	contend for	9
爭光	zhēng guāng	win honour for	4
征	zhēng	go on a long journey	2
征程	zhēng chéng	journey	2
睜	zhēng	open (eyes)	10
整合	zhěng hé	integrate	6
正義	zhèng yì	justice	3
支付	zhī fù	pay	9
支付寶	zhī fù bǎo	Alipay	11
支離破碎	zhī lí pò suì	broken up	12
知名	zhī míng	well-known	9
知足常樂	zhī zú cháng lè	contentment is happiness	8
職	zhí	duty	3

生詞	拼音	意思	課號
職守	zhí shǒu	duty	3
職責	zhí zé	duty	3
植被	zhí bèi	vegetation	10
旨	zhǐ	aim	7
祉	zhǐ	happiness	13
咫	zhǐ	ancient measure of length	12
至上	zhì shàng	supreme; the highest	9
志趣	zhì qù	aspiration and interest	7
志趣相投	zhì qù xiāng tóu	have similar aspiration and interest	7
制度	zhì dù	system	3
質地	zhì dì	quality	1
質樸	zhì pǔ	simple	8
炙	zhì	grill	1
炙烤	zhì kǎo	grill	1
摯	zhì	sincere	5
摯友	zhì yǒu	intimate friend	5
致力	zhì lì	be devoted to	13
秩	zhì	order	3
秩序	zhì xù	order	3
置疑	zhì yí	(usually used in the negative) doubt	12
稚嫩	zhì nèn	young and tender	2
忠心	zhōng xīn	devotion; loyalty	3
忠心耿耿	zhōng xīn gěng gěng	loyal and devoted	3
忠於	zhōng yú	loyal to	3
重點	zhòng diǎn	focal point	13
重量	zhòng liàng	weight	1
周邊	zhōu biān	neighbouring	14
逐	zhú	pursue	9
主導	zhǔ dǎo	leading	10
主流	zhǔ liú	main trend	15
主宰	zhǔ zǎi	be in actual control of	12
矚	zhǔ	gaze	14
助教	zhù jiào	teaching assistant	13
住宿	zhù sù	accommodation	11
注	zhù	pour	11
注入	zhù rù	inject	11
註	zhù	record	11
註冊	zhù cè	enroll; register	11
築	zhù	construct	13

生詞	拼音	意思	課號
磚	zhuān	brick	10
轉嫁	zhuǎn jià	shift; transfer	9
莊	zhuāng	solemn	2
莊重	zhuāng zhòng	solemn	2
樁	zhuāng	a measure word	5
壯觀	zhuàng guān	magnificent sight	8
狀況	zhuàng kuàng	condition	7
狀態	zhuàng tài	state	7
追溯	zhuī sù	trace back to	1
追憶	zhuī yì	recall	4
準	zhǔn	norm; standard	3
準則	zhǔn zé	norm; standard	3
資金	zī jīn	capital	1
自大	zì dà	arrogant	12
自然	zì rán	naturally	3
自由	zì yóu	freedom	14
自願	zì yuàn	voluntary	11
宗	zōng	aim	7
宗旨	zōng zhǐ	aim; purpose	7
宗族	zōng zú	patriarchal clan	2
綜合	zōng hé	synthesize	6
綜合	zōng hé	comprehensive	10
縱	zòng	longitudinal	14
縱觀	zòng guān	take a panoramic view of	14
阻礙	zǔ ài	hinder	6
阻隔	zǔ gé	cut off	15
祖國	zǔ guó	motherland	15
祖宗	zǔ zong	ancestors	4
遵循	zūn xún	follow	3
左右	zuǒ yòu	both sides	9
坐以待斃	zuò yǐ dài bì	await one's doom	10